HEYNE
BÜCHER

## Das Buch

England zu Beginn des 18. Jahrhunderts: Die junge temperamentvolle Carlotta Eversleigh wird zufällig Zeugin einer Verschwörung der Anhänger Jakobs II. gegen den englischen Thron. Carlotta gerät in Lebensgefahr, aber dank ihrer Schönheit und ihres Muts setzt sich Lord Hessenfield für sie ein. Sie wird seine Geliebte, und bald erwartet sie ein Kind von ihm. Hessenfield geht nach Frankreich, um weitere Umsturzpläne zu schmieden. Carlotta bleibt in England und beginnt eine Affäre mit dem Verlobten ihrer Halbschwester Damaris, da dieser eine fatale Ähnlichkeit mit ihrer großen Liebe hat.
Doch Hessenfield kehrt nach England zurück, und ohne auch nur eine Sekunde zu zögern, folgt sie ihm mit ihrer kleinen Tochter Clarissa nach Paris. Ein dramatisches Abenteuer nimmt seinen Lauf...

## Die Autorin

Philippa Carr hieß mit richtigem Namen Eleanor Bufford Hibbert und veröffentlichte ihre Romane auch unter den Pseudonymen Victoria Holt und Jean Plaidy.
1989 wurde sie mit dem Golden Treasure Award der Romance Writers of America ausgezeichnet. Die Autorin starb 1993 während einer Kreuzfahrt im Mittelmeer. Ein Großteil ihrer Werke sind im Wilhelm Heyne Verlag erschienen.

PHILIPPA CARR

# DIE HALBSCHWESTERN

*Roman*

Aus dem Englischen
von Monika Hahn

WILHELM HEYNE VERLAG
MÜNCHEN

HEYNE ALLGEMEINE REIHE
Nr. 01/13034

Titel der Originalausgabe
THE SONG OF THE SIREN

(Der Titel erschien bereits in der
Allgemeinen Reihe mit der Band-Nr. 01/6851).

*Umwelthinweis:*
Dieses Buch wurde auf
chlor- und säurefreiem Papier gedruckt.

Taschenbuchausgabe 2/2000

Wilhelm Heyne Verlag GmbH & Co. KG, München
Printed in Germany 2000
Umschlagillustration: ZEFA Visual Media/Wendi Schneider
Umschlaggestaltung: Nele Schütz Design, München
Druck und Bindung: Elsnerdruck, Berlin

ISBN: 3-453-16102-5

http://www.heyne.de

# Carlotta

## *Ein General zu Besuch*

Beau war zurück. Er stand vor mir, elegant, arrogant und unwiderstehlich charmant. Ich begann wieder zu leben, warf mich in seine Arme und bestürmte ihn mit Fragen.

»Beau! Beau! Warum bist du fortgegangen? Warum hast du mich verlassen?«

»Ich war immer hier, ganz nah...«, antwortete er. Seine Stimme hallte überall im Haus wider. »Nah... nah...«

Dann wachte ich auf und merkte, daß er nicht bei mir war. Es war nur ein Traum gewesen. Trauer erfüllte mich, denn ich war wieder allein und noch verzweifelter, weil ich einen Moment geglaubt hatte, er sei zurückgekehrt.

Er war nun schon über ein Jahr fort. Wir hatten heiraten wollen, alles war fest ausgemacht. Unser Plan sah vor, ein zweitesmal zu fliehen – das erste Mal war mißglückt –, und diesmal waren unsere Vorbereitungen viel sorgfältiger gewesen. Beau hielt sich in dem Spukhaus versteckt, und ich besuchte ihn dort. Meine Familie ahnte nichts davon. Man glaubte uns getrennt zu haben. Doch wir waren klüger als sie und planten geschickt jeden unserer Schritte.

Meine Familie mochte Beau nicht, insbesondere meine Mutter, die fast Zustände bekam, wenn nur sein Name erwähnt wurde. Ich merkte von Anfang an, daß sie beschlossen hatte, unsere Heirat zu verhindern. Zeitweise glaubte ich, sie sei auf meine Liebe zu Beau eifersüchtig, doch später dachte ich anders darüber.

Ich hatte mich den Eversleighs nie ganz zugehörig gefühlt, obwohl meine Mutter Priscilla mir immer zu verstehen gegeben hatte, wieviel ich ihr bedeutete. Sie war mir viel zu besitzergreifend vorgekommen, ganz anders als Harriet, die ich lange Zeit für meine wahre Mutter gehalten hatte. Harriet mochte mich gern, war aber nicht überschwenglich. Sie überwältigte mich nicht mit ihrer Zuneigung. Wenn sie erführe, daß Beau und ich schon vor der Hochzeit unsere Ehe vollzogen haben, würde sie sicherlich nur lachend die Achseln zucken, während Priscilla sich mit Bestimmtheit aufführen würde, als sei ein großes Unglück geschehen. Dabei war mein eigenes Vorhandensein der Beweis dafür, daß auch sie in diesen Dingen keineswegs konventionell gewesen war.

Es ist inzwischen allseits bekannt, daß ich ein Bastard bin, die illegitime Tochter von Priscilla Eversleigh und Jocelyn Frinton, der zur Zeit der papistischen Verschwörung enthauptet wurde. Natürlich hatten er und meine Mutter vorgehabt zu heiraten, doch er war gefaßt und hingerichtet worden, bevor sie es tun konnten. Dann hatte die liebe Harriet es übernommen, meine Mutter zu spielen, und war mit Priscilla nach Venedig gereist, wo ich geboren wurde. Als ich all dies später herausfand, war ich hochzufrieden über meinen melodramatischen Eintritt ins Leben. Erst als mir der Onkel meines Vaters sein Vermögen vererbte, ließ sich die Wahrheit nicht mehr verheimlichen. Inzwischen hat man sie allgemein akzeptiert. Ich lebe mit meiner Mutter und ihrem Mann Leigh auf Eversleigh Court; Harriet besuche ich allerdings immer noch häufig.

Priscilla und Leigh waren damals ins Dower House auf dem Gelände von Eversleigh gezogen und wohnten dort mit meiner Halbschwester Damaris und mir. Ganz in der Nähe liegt Enderby Hall, wo ich mich immer mit Beau traf. Enderby Hall wurde mir vom Onkel meines Vaters, Robert Frinton, vererbt. Es steckt voller Geheimnisse und soll angeblich sogar verhext sein.

Merkwürdig ist, daß mich Enderby schon in meiner Kindheit fasziniert hat, bevor jemand auch nur ahnen konnte, daß es einmal mir gehören würde. Irgendeine schreckliche Tragödie hatte dort stattgefunden, und das Haus besaß tatsächlich eine gespenstische Atmosphäre, die Beau gefiel. Er pflegte die Geister zu rufen und sie aufzufordern, uns zu besuchen. Wenn wir auf dem Himmelbett lagen, zog er die Vorhänge zurück und sagte zu mir: »Sie sollen ruhig an unserer Seligkeit teilhaben, Carlotta.« Er war kühn und verwegen und scherte sich um nichts und niemanden. Ich war sicher, daß er keineswegs ängstlich gewesen wäre, falls plötzlich ein Geist vor uns gestanden hätte. Er würde sogar dem Teufel ins Gesicht lachen, wenn dieses furchteinflößende Wesen in Erscheinung träte. Beau behauptete häufig, selbst ein Geschöpf des Satans zu sein.

Wie ich mich ständig nach ihm sehnte! Immer wollte ich mich nach Enderby schleichen, um seine Arme um mich zu fühlen. Ich wollte von ihm hochgehoben und die Treppe hinauf zum Schlafzimmer getragen werden, in dem die Geister schliefen, als sie noch auf Erden weilten. Ich wollte seine laszive, musikalische Stimme hören, die so wunderbar zu modulieren verstand und dabei so charakteristisch für ihn war. Sie paßte zu einem Mann, der – egal wie – das Beste aus dem Leben herausholen wollte und der entschlossen war, allem den Rücken zu kehren, was ihm nichts einbrachte.

»Ich bin kein Heiliger, Carlotta«, gestand er mir. »Und glaub nur nicht, daß ich als Ehemann einer werden könnte, mein Liebling.«

Ich versicherte ihm, daß ich alles andere lieber hätte als einen Heiligen.

Er war der Meinung, daß dies klug von mir sei. »In dir schlummert eine leidenschaftliche Frau, meine kleine Nichtmehr-Jungfrau, die nur darauf wartet, herauszukommen. Ich gebe ihr den Schlüssel.«

Immer wieder hatte er mich an den Verlust meiner Jungfräulichkeit erinnert. Dies schien für ihn eine stete Quelle der Belustigung zu sein. Vielleicht befürchtete er, daß meine Familie mich dazu überreden könnte, ihn doch nicht zu heiraten. »Nun bist du gefangen, kleines Vögelchen«, sagte er einmal. »Du kannst nicht mehr fortfliegen. Du gehörst mir.«

Als Priscilla mich beschwor, Beau aufzugeben, behauptete sie neben anderem, er habe es nur auf mein Vermögen abgesehen. Ich bin sehr reich oder werde es zumindest mit meinem achtzehnten Lebensjahr oder bei einer Verheiratung sein. Als ich Beau damit auf die Probe stellen wollte, antwortete er ohne jedes Zögern: »Ich will ehrlich zu dir sein, mein süßer Schatz. Dein Vermögen ist sehr nützlich. Es wird uns ermöglichen, Reisen zu machen und angenehm zu leben, was dir, meine kleine Erbin, sicher auch gefällt. Wir wollen in deine Geburtsstadt Venedig fahren. Ich glaube übrigens, daß ich zum Zeitpunkt deiner Geburt ebenfalls dort war, was mir fast schicksalhaft vorkommt, findest du nicht auch? Wir sind für einander bestimmt. Kein schnödes Geld soll uns entzweien! Wir können nicht gerade behaupten, daß wir deine Erbschaft verabscheuen, nicht wahr! Sagen wir also ehrlicherweise, daß wir froh darüber sind. Aber hast du andererseits nach alldem, was mit uns geschehen ist, wirklich Zweifel, meine Allerliebste, daß du mir nicht mehr bedeutest als Tausende solcher Vermögen? Wir könnten auch gut zusammenleben, wenn du nur eine kleine Streichholzverkäuferin oder eine Näherin wärst. Wir harmonieren ganz einfach, begreif das doch! Du bist für die Liebe gemacht. In dir finde ich meine Entsprechung. Du bist feurig, und die Leidenschaft wird ein wichtiger Teil deines Lebens sein. Du bist noch so jung, Carlotta, und mußt viel über dich und die Welt dazulernen. Vermögen hin oder her, ich werde jedenfalls dasein, um dich alles zu lehren.« Mir war klar, wie recht er hatte. Wir waren von gleicher Art. Ich empfand tief, wie sehr wir übereinstimmten und welches Glück es für mich bedeutete, ihn gefunden zu haben.

Zwischen uns bestand Einigkeit, obwohl ich damals erst fünfzehn war und er um ungefähr zwanzig Jahre älter. Sein genaues Alter verriet er mir nicht. »Ich bin so alt, wie ich die Welt glauben machen kann, daß ich's bin«, sagte er. »Du mußt dies mehr als jeder andere akzeptieren.«

Und so trafen wir uns im Spukhaus, was ihn besonders amüsierte. Es war ein gutgewählter Treffpunkt, denn kaum jemand ließ sich dort blicken. Nur einmal pro Woche schickte Priscilla Dienstboten nach Enderby, von denen keiner es gewagt hätte, allein einen Fuß dort hineinzusetzen. Mir war bekannt, wann sie hinübergingen, so daß ich Beau immer rechtzeitig warnen konnte, das Haus zu verlassen. Drei Wochen verbrachten wir dort, und dann war er eines Tages verschwunden.

Warum? Wohin? Weshalb war er plötzlich fort? Zu Anfang vermutete ich, daß er etwas Dringendes zu erledigen hatte und nicht in der Lage gewesen war, mich zu benachrichtigen. Doch mit der Zeit begann ich mich zu ängstigen.

Was sollte ich bloß tun? Ich konnte ja niemandem erzählen, daß er aus dem Haus verschwunden war. Es war unbegreiflich. In den ersten Tagen machte ich mir keine übertriebenen Sorgen, doch als aus den Tagen Wochen wurden und aus den Wochen Monate, da geriet ich in Panik. Ich fürchtete, daß ihn ein schreckliches Schicksal ereilt hatte.

Immer wieder lief ich nach Enderby und lauschte in der Halle auf das Schweigen des Hauses. Dann flüsterte ich seinen Namen und wartete auf eine Antwort.

Doch sie kam nie. Nur in meinen Träumen.

Es hilft mir hoffentlich, meine Empfindungen niederzuschreiben. Dadurch bekomme ich vielleicht ein klareres Bild von dem, was geschehen ist, und auch von mir selbst. Bald bin ich siebzehn. Ich werde nach London reisen und an vielen Gesellschaften teilnehmen, die dort und auch in Eversleigh abgehalten werden, denn meine Großeltern wie auch Priscilla und Leigh werden mir einen passenden Ehemann präsentieren wollen. Sicher werde ich viele Bewerber haben, dafür sorgt schon mein Vermögen. Außerdem behauptet Harriet, daß ich das gewisse Etwas habe, das Männer anzieht wie Honig die Bienen. Sie muß es wissen, denn sie hat es ihr Leben lang besessen. »Unangenehm ist daran nur«, sagte sie mir einmal, »daß auch die Wespen kommen und alle möglichen anderen Arten von widerlichen Insekten. Was uns auszeichnet, kann der größte Vorzug einer Frau sein. Falls wir diese Gabe jedoch falsch einsetzen, kann sie uns ungeheuer schaden.« Harriet hat nie auf Intimitäten mit Männern verzichtet, und ich bin sicher, daß sie sich Beau gegenüber ebenso verhalten hätte wie ich. Ihren ersten Liebhaber nahm sie sich mit vierzehn Jahren. Es ist keine leidenschaftliche Liebesgeschichte daraus geworden, aber sie und ihr Liebster fühlten sich befriedigt. »Es machte uns beide sehr glücklich, solange es dauerte. Und genau das soll das Leben ja tun«, erklärte Harriet hierzu.

Ich fühle mich Harriet inniger verbunden als jedem anderen Menschen – mit Ausnahme von Beau. Schließlich hatte ich sie lange Zeit für meine Mutter gehalten, und zwar für eine absolut perfekte. Niemals erstickte sie mich mit ihrer Zuneigung, nie wollte sie wissen, wo ich gewesen war oder wie ich mit dem Unterricht vorankam, und niemals hatte sie Angst um mich. Ich empfand Priscillas offenkundige Ängstlichkeit als ermüdend und wollte mir durch ihre Besorgnis um mein Wohlergehen – besonders nachdem ich Beau kennengelernt hatte – nicht mein Gewissen belasten lassen. In Harriets Gesellschaft fühlte ich mich immer wohl. Ich war sicher, daß sie meine Gefühle für Beau verstehen könnte, wie es meine Mutter nie fertigbrächte, und daß sie mir helfen würde, falls ich in Schwierigkeiten geriete.

Ich war in Eyot Abbas immer willkommen. Hier war auch Benjie nach wie vor häufig anzutreffen, den ich gerne mochte. Er war Harriets Sohn und für mich früher wie ein Bruder gewesen. Ich wußte, daß er sehr an mir hing. Wie entzückt war er gewesen, als sich herausstellte, daß ich nicht seine Schwester war! Diese Reaktion legt eine gewisse Vermutung nahe, die ich sicher recht interessant fände, wenn ich nicht so vernarrt in Beau wäre.

Benjie ist viel älter als ich, an die zwölf Jahre, aber das ändert nichts an seinen Gefühlen für mich. Ich bemerkte sie allerdings erst richtig, als ich Beaus Geliebte wurde. Damals wurde mir überhaupt vieles klar. »Du bist über Nacht erwachsen geworden, wie es so schön heißt«, meinte Beau. »Das bedeutet, meine kleine Unschuld, daß du kein Kind mehr bist, sondern eine Frau.« Beau machte sich über alles lustig, und es gab vieles, was er verabscheute. Unschuld haßte er derartig, daß es ihn drängte, sie zu zerstören. Er war ganz anders als alle, die ich bis dahin gekannt hatte. Niemals würde ein anderer ihn ersetzen können. Er mußte zurückkommen! Bestimmt gab es irgendeine plausible Erklärung. Wenn ich manchmal jenen leichten Geruch nach

Moschus wahrnehme, eine Mischung aus Parfüm und Sandelholz, über allen mich quälende Erinnerungen an ihn. Seine Wäsche hatte immer danach geduftet. Er war in jeder Hinsicht anspruchsvoll. Eines Tages befahl er mir in Enderby, mich nackt auszuziehen und in eine Wanne zu steigen, die er mit rosenduftendem Wasser gefüllt hatte. Hinterher rieb er mich mit einem ebenso parfümierten Hautwasser ein, das er selbst herstellte, wie er mir versicherte. Im Bett war er dann in besonders guter Stimmung, so als ob es ein Ritual gewesen wäre und eine spezielle Bedeutung hätte.

Harriet erwähnte Beau hin und wieder. Natürlich hatte auch sie keine Ahnung, daß er in Enderby gewesen war. »Er ist fort. Vergiß ihn, Carlotta«, sagte sie.

»Er wird zurückkommen.«

Sie erwiderte nichts, doch ihre schönen Augen wirkten ungewöhnlich traurig.

»Warum sollte er denn weggehen?« fragte ich.

»Weil er es für sinnlos hielt, noch länger abzuwarten. Es gab zuviel Widerstand.«

»Von meiner Seite aus gab es keinen.«

»Woher sollen wir wissen, was ihn fortgetrieben hat«, meinte sie. »Aber die Tatsache bleibt bestehen, daß er nicht mehr da ist.«

Bestimmt dachte sie, daß Beau aufs Festland gefahren war. Auch in London, wo er bei Hof gut bekannt war, wurde dies allgemein angenommen. Als Harriet dorthin gereist war, erfuhr sie, daß er bei seinem Verschwinden enorme Schulden hinterlassen hatte. Sie deutete mir gegenüber an, daß er nun wohl auf der Jagd nach einer anderen Erbin sei. Ich wagte ihr nicht zu erzählen, daß wir uns in Enderby getroffen und geplant hatten, miteinander zu fliehen.

Es war eigenartig, wie stark ich manchmal seine Gegenwart zu spüren vermeinte. Oft ging ich dann nach Enderby, schloß mich im Schlafzimmer ein und legte mich auf das Himmelbett, um zu träumen, daß alles wieder von neuem geschehe.

Wenn ich nachts von ihm geträumt hatte, trieb es mich ebenfalls unwiderstehlich nach Enderby. So war es auch am

Nachmittag des Tages, der auf die Nacht folgte, in der Beau mir wieder so nah gewesen war. Es war nicht weit, ein Ritt von höchstens zehn Minuten. Als ich noch Beau dort traf, ging ich immer zu Fuß, da ich nicht wollte, daß jemand mein Pferd sah und folglich von meiner Anwesenheit wußte.

An diesem Tag band ich das Pferd vor dem Haus an einem Pfosten fest, holte den Schlüssel heraus und sperrte die Tür auf. Ich betrat die wunderschöne alte Halle mit ihrer prachtvollen Gewölbedecke und der kunstvoll geschnitzten Wandtäfelung. Am einen Ende der Halle befanden sich hinter einer Zwischenwand die Küchenräume, am anderen erhob sich die Empore für die Musikanten. In diesem Teil des Hauses spukte es angeblich, denn eine frühere Hausherrin hatte versucht, sich an dieser Empore zu erhängen, weil ihr Mann in die Rye-House-Verschwörung verwickelt war. Das Seil war zu lang gewesen, so daß sie sich nur verletzte und über lange Zeit qualvoll dahinsiechte. Diese Geschichte hatte ich wiederholt gehört. Ich erinnere mich auch daran, daß Beau einmal bei meinem Kommen auf jener Empore in Frauenkleidern auftauchte, die er im Haus gefunden hatte. Es machte ihm Spaß, mir Angst einzujagen.

Als ich nun das Haus betrat, schaute ich sofort zur Empore hinüber. Dies geschah immer ganz automatisch, und ich dachte zum tausendstenmal, wie glücklich ich wäre, wenn ich ihn sehen könnte oder wenigstens einen Hinweis bekäme, wo er sich aufhielt – und wann er wieder zu mir zurückkommen würde.

Aber niemand war da. Nur Stille und Düsternis und jene schrecklich bedrückende Atmosphäre, die etwas lauernd Böses an sich hatte. Ich durchquerte die Halle. Meine Schritte auf den Steinfliesen kamen mir unnatürlich laut vor. Dann ging ich die Treppe hinauf, vorbei an der Empore.

Ich öffnete die Tür zum Schlafzimmer, das wir zu unserem Reich gemacht hatten. Das Bett mit den Samtdraperien wirkte sehr eindrucksvoll. Ich dachte plötzlich an all die Menschen, die auf diesem Lager gestorben waren. Dann warf ich mich der Länge nach darauf und vergrub das Gesicht in den Samtpolstern.

»Ach, Beau! Beau!« rief ich. »Warum hast du mich verlassen? Wo bist du jetzt?«

Ich schauderte und setzte mich auf. Es kam mir vor, als hätte ich eine Antwort erhalten. Ich war nicht allein. Es war jemand im Haus. Irgendeine Bewegung... ein Schritt. Waren es Schritte? Ich kannte die Geräusche dieses Hauses, das Knacken von altem Holz, das protestierende Quietschen eines Dielenbretts. Wenn ich früher mit Beau auf diesem Bett lag, hatte ich immer wieder Angst, entdeckt zu werden. Wie hat er mich ausgelacht! Manchmal glaubte ich sogar, daß er es erhoffte. »Liebend gern sähe ich Priscillas prüdes Gesicht, wenn sie mich mit ihrer Tochter im Bett überraschte«, sagte er einmal. Ja, ich kannte die Geräusche dieses Hauses und war nun fest davon überzeugt, nicht mehr allein zu sein. Eine freudige Erregung überwältigte mich. Mein erster Gedanke galt Beau... er ist zurückgekommen!

»Beau!« rief ich. »Beau! Ich bin hier, Beau.«

Die Tür öffnete sich. Mein Herz schlug so wild, daß ich fürchtete, keine Luft mehr zu bekommen.

Im nächsten Moment wandelte sich meine selige Erwartung in Zorn, als ich meine Halbschwester Damaris erkannte.

»Damaris«, stammelte ich. »Was... was tust du hier?«

Vor Enttäuschung wurde mir fast übel, und Haß auf meine Schwester überkam mich. Sie stand mit leicht geöffnetem Mund und erstaunt aufgerissenen Augen da. Damaris war kein hübsches Kind, aber ruhig, gehorsam und von dem Wunsch erfüllt, sich beliebt zu machen, was unsere Mutter als reizend bezeichnete. Ich hatte sie immer recht langweilig gefunden und ignorierte sie, so gut es ging. Doch nun haßte ich sie geradezu. Sie sah in ihrem himmelblauen Kleid mit der etwas helleren Schärpe und den langen braunen Haaren so ordentlich und adrett aus. Ihr Gesichtsausdruck veränderte sich, aus Besorgnis wurde Neugierde.

»Ich dachte, daß jemand bei dir sei, Carlotta«, sagte sie. »Du hast doch eben laut gesprochen, oder?«

»Ich habe gerufen, um zu erfahren, wer da ist. Du hast mich erschreckt.« Ich musterte sie anklagend.

Ihr Mund bildete ein großes O. Sie verfügte über keinerlei Finesse, aber das konnte man von einem zehnjährigen Kind vielleicht auch nicht erwarten. Was hatte ich eigentlich gesagt? Vermutlich hatte ich den Namen meines Geliebten gerufen. Hatte sie ihn gehört? Ich war ziemlich sicher, daß Beau ihr kein Begriff war.

»Ich dachte, es hätte wie Bow geklungen«, sagte Damaris.

»Du irrst dich«, widersprach ich rasch. »Ich habe gerufen: ›Wer ist da?‹«

»Aber...«

»Alles übrige hast du dir nur eingebildet«, fuhr ich in scharfem Ton fort. Ich war vom Bett aufgestanden und packte sie nun etwas unsanft bei der Schulter, so daß sie leicht zusammenzuckte. Das freute mich. Ich wollte ihr weh tun. »Wer hat dir erlaubt, herzukommen?« sagte ich. »Dies ist mein Haus, und ich bin hier, um mich davon zu überzeugen, daß alles in Ordnung ist.«

»Hast du das Bett ausprobiert?«

Ich schaute sie forschend an. Nein, hinter ihrer Bemerkung lauerte kein verstecktes Motiv, kein Aushorchen, keine Anspielung. Eines stand fest: meine kleine Schwester war ohne Arg. Außerdem war sie ja erst zehn Jahre alt.

Ich überlegte. Sollte ich irgendeine Erklärung abgeben? Nein, am besten war es wohl, das Ganze auf sich beruhen zu lassen.

Wir verließen gemeinsam das Haus.

»Wie bist du hergekommen?« fragte ich.

»Zu Fuß.«

Ich schwang mich in den Sattel. »Dann kannst du auch zu Fuß zurückgehen.«

Zwei Tage später, an einem Samstag, war ich im Garten von Dower House, als ein Mann herbeiritt. Er saß ab und verbeugte sich vor mir.

»Irre ich mich oder ist dies das Dower House Eversleigh, wo Captain Leigh Main lebt?«

»Ihr irrt Euch nicht. Er ist zwar im Moment nicht hier,

wird meines Erachtens aber bald zurück sein. Kommt mit. Ich werde Euch zeigen, wo Ihr Euer Pferd anbinden könnt.«

»Vielen Dank. Ihr seid vermutlich seine Tochter.«

»Seine Stieftochter.«

»Ich bin Gervaise Langdon. Wir waren zusammen in der Armee.«

»General Langdon«, rief ich. »Ich hörte ihn Euren Namen erwähnen. General Sir Gervaise Langdon. Stimmt das?«

»Ich sehe, Ihr seid bestens informiert.«

Wir banden sein Pferd an den Pfosten und gingen dann gerade aufs Haus zu, als meine Mutter auftauchte.

»Das ist General Sir Gervaise Langdon, Mutter«, sagte ich rasch.

»Oh, kommt doch herein«, forderte Priscilla ihn auf. »Mein Mann müßte eigentlich gleich hier sein.«

»Als ich durch diese Gegend ritt und mich daran erinnerte, daß mein alter Freund hier lebt, kam ich auf die Idee, ihm einen Besuch abzustatten«, sagte Sir Gervaise.

»Er wird sich sehr freuen. Wie oft hat er von Euch gesprochen, nicht wahr, Carlotta! Dies ist meine Tochter Carlotta«, stellte Priscilla mich vor.

Sir Gervaise verbeugte sich ein zweites Mal vor mir. »Es ist mir ein Vergnügen«, sagte er galant.

Meine Mutter ging uns in die Halle voran.

»Ich versuchte es zuerst beim großen Haus drüben«, erklärte Sir Gervaise. »Dort informierte mich einer der Diener, daß Ihr jetzt im Dower House lebt.«

Priscilla nickte. »Meine Eltern wohnen noch in Eversleigh Court«, fügte sie dann hinzu.

»Auch Lord Eversleigh, nicht wahr? Wo steckt eigentlich Edwin im Augenblick?«

»Er ist gerade auf dem Festland stationiert.«

»Ach so. Ich hatte gehofft, auch ihn anzutreffen.«

»Ihr wißt sicher schon, daß mein Mann den militärischen Dienst quittiert hat?«

»Ja, das weiß ich. Eversleigh macht weiter, oder?«

»Stimmt, aber ich glaube, daß seine Frau es gern sähe, wenn er das gleiche täte wie Leigh.«

»Ein Jammer«, erwiderte der General. »Wir brauchen solche Männer wie die beiden.«

»Ich sage immer, daß ihre Familien sie auch brauchen.«

»Jaja, die ewige Klage der Ehefrauen«, meinte der General lächelnd.

Priscilla geleitete ihn ins Empfangszimmer und ließ Wein und Kuchen auftischen.

Damaris kam herein und wurde vorgestellt.

»Ihr habt zwei charmante Töchter«, sagte der General.

Er erzählte uns von seinen Auslandsreisen und gestand, wie glücklich es ihn mache, wieder in England zu sein. Dann tauchte Leigh auf und war hocherfreut, den General zu sehen. Nach kurzer Zeit meinte meine Mutter, daß die beiden sicher viel zu besprechen hätten. Außerdem gab sie ihrer Hoffnung Ausdruck, daß der General nicht in Eile sei und folglich länger bleiben könne.

Dieser erwiderte, daß er seinen alten Freund Ned Netherby besuchen wolle. Er plane, die Nacht in einem Gasthaus zu verbringen, das nur vier Meilen entfernt lag. Am folgenden Tag würde er dann zu Netherbys Besitztum weiterreiten.

»Das kommt gar nicht in Frage«, protestierte meine Mutter.

»Natürlich bleibt Ihr hier. Wir wollen nichts davon hören, daß Ihr in einem Gasthaus übernachtet, nicht wahr, Leigh?«

Leigh schloß sich Priscillas Vorschlag an, und der General willigte schließlich ein.

»Gut, das wäre also geklärt«, sagte meine Mutter. »Entschuldigt mich bitte, ich will jetzt dafür sorgen, daß Euer Zimmer zurechtgemacht wird. Carlotta, Damaris, kommt mit und helft mir.«

Wir gingen mit ihr hinaus.

»Ich sah, daß der General mit eurem Vater allein reden wollte«, sagte sie. »Bestimmt haben sie viele Erinnerungen auszutauschen. Die beiden waren eine Zeitlang gemeinsam in der Armee.«

Ich zog mich in mein Zimmer zurück, während Damaris meiner Mutter half. Eigentlich war ich immer etwas aufgeregt, wenn Besucher kamen. So war es auch diesmal. Außerdem verriet mir einiges am Benehmen des Generals, daß dies nicht nur ein zufälliger Besuch war. Dieser Gast wirkte auf mich sehr zielbewußt. Es handelte sich bei ihm um einen attraktiven Mann, über eins achtzig groß und vermutlich ein wenig älter als Leigh. Seine Haltung war die eines Militärs; niemand hätte daran gezweifelt, einen Soldaten vor sich zu haben. Die Narbe an seiner rechten Wange gab ihm etwas Verwegenes und erhöhte sogar noch sein gutes Aussehen.

Ich nahm an, daß er gekommen war, um Leigh zu überreden, in die Armee zurückzukehren. Eine solche Annahme lag meiner Mutter sicher fern, sonst hätte sie ihn nicht so freundlich willkommen geheißen.

Beim Dinner wurde viel über die alten Zeiten in der Armee gesprochen, und Leigh machten diese Reminiszenzen ganz offenkundig großen Spaß.

Der General redete auch über den König, den er anscheinend nicht mochte. Er nannte ihn den ›Holländer‹, wobei er dieses Wort voller Verachtung aussprach. Immer wenn der König erwähnt wurde, rötete sich sein Gesicht, und die Narbe hob sich dann hell und deutlich von seiner Haut ab.

Später überließen wir die beiden Männer dem Wein und ihrer Unterhaltung. »Der General ist ein charmanter Mann«, sagte meine Mutter zu mir. »Ich hoffe nur, daß er Leigh nicht zu sehr an das Armeeleben erinnert. Er spricht so darüber, als ob es eine Art Paradies wäre.«

»Mein Vater wird dich bestimmt nie mehr verlassen, Mutter«, mischte sich Damaris ein.

Priscilla nickte ihr zu. »Warum der General wohl hergekommen ist?«

»Weil er auf seinem Weg nach Netherby Hall bei uns vorbeikam«, antwortete Damaris. »Das hat er selbst gesagt.«

Ich lächelte meiner kleinen unschuldigen Schwester zu. Sie glaubte alles, was sie hörte.

Am nächsten Tag – es war Sonntag – gingen wir wie immer zum Essen hinüber nach Eversleigh Court. Obwohl Leigh und meine Mutter das Dower House gekauft hatten, betrachteten sie Eversleigh Court immer noch als ihr zweites

Heim. Ich hatte mehrere Jahre da gelebt, meine Mutter verbrachte ihr ganzes Leben dort, und Damaris war hier zur Welt gekommen. Erst im letzten Jahr hatte Leigh das Dower House erworben, das nur fünf Minuten entfernt lag. Meine Großeltern nahmen es uns übel, wenn wir nicht häufig zu Besuch kamen. Ich liebte Eversleigh Court, obwohl ich Harriets Besitz Eyot Abbas wohl noch mehr als mein Zuhause empfand.

Zur Dinnerzeit versammelten wir uns alle an der Tafel in der Halle. Meine Großmutter, Arabella Eversleigh, hatte am liebsten die ganze Familie beisammen. Damaris war ihr spezieller Liebling, wie ich es nie gewesen war, aber dafür mochte mich mein Großvater Carleton ganz besonders gern. Er war ein äußerst unkonventioneller Mann, jähzornig, arrogant und eigensinnig. Ich fühlte mich sehr zu ihm hingezogen, und es erging ihm bei mir wohl ebenso. Meiner Meinung nach amüsierte es ihn über die Maßen, daß ich ein uneheliches Kind seiner Tochter war, der er eine gewisse grollende Bewunderung zollte, weil sie mich, allen gesellschaftlichen Regeln zum Trotz, zur Welt gebracht hatte. Ich mochte Großvater Carleton und hielt ihn für wesensverwandt mit mir.

Das Haus war zur Zeit von Queen Elizabeth in Form eines E errichtet worden und hatte zwei Seitenflügel rechts und links von der Haupthalle. Diese Halle mit den rauhen Steinmauern, den Waffen und Rüstungen gefiel mir ausnehmend gut. In der Familie Eversleigh gab es eine lange militärische Tradition. Carleton hatte allerdings nur kurze Zeit als Soldat gedient. Nach dem Bürgerkrieg war er daheim geblieben, um die Besitzungen bis zur Restauration zu verwalten. Dabei hat ihm sicher die Aufgabe, die er übernommen hatte, viel mehr Mut und vor allem weit mehr Geschicklichkeit abverlangt, als ein Soldat aufbringen mußte. Er hatte sich als Roundhead ausgegeben, obwohl er fanatischer Royalist gewesen war, und Eversleigh auf diese Weise für die Nachkommenschaft gerettet. Ich konnte ihn mir in dieser Rolle sehr gut vorstellen. Jedesmal, wenn er zur gewölbten Decke mit den schweren Eichenbalken oder zu dem

Stammbaum hinaufschaute, der über dem wuchtigen Kamin gemalt war, dachte er sicher, daß all dies verloren wäre, wenn er in jenen Jahren unter Cromwells Herrschaft nicht so mutig und findig gewesen wäre.

Ja, an der militärischen Tradition der Familie war nicht zu zweifeln. Leigh war bis vor kurzem Soldat gewesen, und Edwin, der Sohn meiner Großmutter Arabella aus erster Ehe und jetzige Lord Eversleigh, diente zur Zeit in der Armee. Seine Frau Jane, eine recht farblose Person, und ihr Sohn Carleton – man nannte ihn im Unterschied zur Großvater Carleton kurz Carl – lebten in Eversleigh, das Edwin gehörte, obwohl mein Großvater es immer noch als seinen Besitz ansah. Das war nicht verwunderlich, wenn man bedenkt, daß er den Besitz jahrelang geführt und für die Familie gerettet hatte. Ohne ihn würde es kein Eversleigh Court mehr geben. Der Vater meiner Großmutter war General Tolworthy gewesen, der sich auf royalistischer Seite ausgezeichnet hatte. Es hatte mich erstaunt, daß auch Beau eine Weile in der Armee gewesen war, und zwar während der Zeit von Monmouths Rebellion. Als er mir das einmal erzählte, schien er sich aus irgendeinem Grund köstlich darüber zu amüsieren. Selbst Carleton war damals in der Armee gewesen, auf seiten Monmouths, obwohl er kein Berufssoldat war. Er hatte damals lediglich für eine ganz bestimmte Sache gekämpft. Wir konnten also sicher sein, daß sich unser Gast, General Langdon, in einem solchen Haushalt wohlfühlte.

An diesem Tag saßen meine Großeltern, Edwins Frau, Lady Eversleigh, und der junge Carl als Gastgeber am Tisch. Hinzugekommen waren Priscilla, Leigh, Damaris und ich. Außerdem waren unsere Nachbarn vom Grasslands Manor, Thomas Willerby und sein Sohn Thomas, der ungefähr ein Jahr jünger war als ich, zu Besuch. Thomas Willerby war seit kurzem verwitwet und sehr unglücklich darüber, da er eine außergewöhnlich gute Ehe geführt hatte. Auch meine Mutter litt unter Christabel Willerbys Tod, da diese vor ihrer Ehe ihre Gesellschafterin gewesen war und ihr auch später eine gute Freundin blieb. In Grasslands gab es noch ein Baby, das auf den Namen seiner Mutter Christabel getauft war, die bei der Geburt gestorben war. Priscilla war tief betrübt über die Tragödie und lud die beiden Willerbys häufig zu uns ein. Sie hatte auch darauf bestanden, daß Christabel fürs erste zu uns ins Kinderzimmer übersiedelte, bis eine befriedigendere Lösung gefunden wurde. Sally Nullens, unsere alte Kinderfrau, und Emily Philpots, die jahrelang als Erzieherin fungiert hatte, waren begeistert über diese Regelung. Was Thomas Willerby betraf, so empfand er für meine Mutter eine derartige Dankbarkeit, daß ihm jedesmal fast Tränen in die Augen stiegen, wenn er sie ansah. Er war ein sehr gefühlvoller Mann.

Meine Großeltern hießen General Langdon herzlich willkommen, und in der ersten Viertelstunde drehte sich das Gespräch bei Tisch nur um die Armee.

Dann machte Priscilla in recht scharfem Ton eine unerwartete Bemerkung, was darauf schließen ließ, daß sie sich in Gedanken schon viel mit diesem Thema beschäftigt hatte. »Ich finde, daß Enderby Hall nicht ungenutzt und leer bleiben sollte. Das tut einem Haus niemals gut.«

»Richtig«, stimmte Thomas zu, immer darauf bedacht, ihr zu Hilfe zu eilen. »Sonst kommt Feuchtigkeit rein. Häuser müssen bewohnt sein, brauchen Feuer und Menschen.«

»Was für ein wunderschöner alter Besitz«, sagte Jane Eversleigh. »Allerdings würde ich nicht gern dort leben. Mir läuft es immer kalt den Rücken herunter, wenn ich daran vorbeikomme.«

»Nur weil du auf dummes Geschwätz hörst«, meinte mein Großvater. »Wenn es nicht dieses Gerede gegeben hätte, würde kein Mensch dort Gespenster vermuten.«

»Interessiert Ihr Euch für Geister, General Langdon?« erkundigte ich mich.

»Ich habe noch nie einen zu Gesicht bekommen«, erwiderte er, »und ich glaube nur an etwas, das ich mit eigenen Augen sehe.«

»Oh, Euch fehlt also der Glaube«, sagte Arabella.

»Sehen bedeutet glauben«, widersprach der General. »Wie hat das Gerede eigentlich begonnen?«

»Ich meine, alles begann damit, daß sich eine frühere Besitzerin dort zu erhängen versuchte. Das Seil war viel zu lang, und sie verletzte sich schwer. Später starb sie dann äußerst qualvoll.«

»Arme Frau. Was hat sie denn zu dieser Tat getrieben?«

»Ihr Mann war in eine Verschwörung verwickelt.«

»In die papistische«, fügte Carl hinzu.

»Nein, du verwechselst ihn mit meinem Vater«, wandte ich ein. »Hier handelte es sich um die Rye-House-Verschwörung, nicht wahr?«

»Ja«, sagte Priscilla in gezwungenem Ton, wie mir schien.

»Sie verschworen sich gegen den König«, sagte Carleton. »Was für ein törichtes und verbrecherisches Unterfangen.«

»Ich begreife nicht, warum die Menschen immer wieder so etwas tun müssen«, meinte Priscilla.

»Meine liebe Lady, manche Männer haben das starke Bedürfnis einzugreifen, wenn sie etwas als unrecht erkannt haben.«

»Und gefährden damit Menschenleben«, warf Arabella heftig ein.

»Ach, das Ganze ist ja längst vorbei«, sagte Carleton. »Aber auf diese Weise hat das Haus jedenfalls seinen schlechten Ruf bekommen.«

»Mir wäre es am liebsten, wenn sich eine nette Familie dort niederließe«, meinte Priscilla. »Es geht doch nichts über gute Nachbarn.«

Sie war nervös, und Leigh beobachtete sie besorgt. Mir kam spontan der Gedanke, daß die beiden sich darüber schon unterhalten hatten. Also hatte meine Schwester wohl doch ausgeplaudert, daß sie mich auf dem Himmelbett in Enderby überraschte. Vielleicht hatte sie sogar erwähnt, daß sie zu hören glaubte, wie ich mit jemandem namens Bow sprach.

»Es handelt sich hier übrigens um mein Haus«, sagte ich, an den General gewandt. »Es wurde mir vom Onkel meines Vaters vermacht, von Robert Frinton.«

»Ich kannte die Familie«, sagte der General. »Was für eine Tragödie!«

Meine Mutter verkrampfte ihre Hände. Heute war sie ganz besonders nervös. Dies mußte wohl am General liegen.

»Es dauert noch einige Monate, bevor du das Erbe antreten kannst«, mischte sich nun mein Großvater ein. »Aber ich bezweifle nicht, daß alles glatt über die Bühne ginge, falls sich ein Verkauf arrangieren ließe.«

»Ich weiß noch nicht, ob ich verkaufen will.«

»Vielleicht liebt Ihr Gespenster, Mistreß Carlotta«, neckte mich der General.

»Ich würde gern mal eines sehen. Ihr etwa nicht, General?«

»Das kommt sehr auf die Art des Gespenstes an«, erwiderte er.

»Du solltest das Haus verkaufen, Carlotta«, sagte Leigh. »Denn du wirst dort ja doch nie leben wollen. Oder vielleicht findet sich jemand, der es mietet.«

Ich schwieg. Die seltsame Anspannung meiner Familie wurde mir jetzt deutlich bewußt. Ob der General sie wohl auch bemerkte? Aus irgendeinem Grund wollte man mich daran hindern, in Enderby durch die leeren Räume zu wandern. Damaris hatte anscheinend tatsächlich erzählt, was sie gesehen und gehört hatte. Nun wußten alle, daß ich immer noch hoffte, Beau wiederzufinden.

»Denk darüber nach«, sagte mein Großvater abschließend.

»Übrigens habe ich auch schon hin und her überlegt, ob ich Grasslands aufgeben soll oder nicht.« Thomas Willerby lenkte mit dieser Bemerkung die volle Aufmerksamkeit auf sich.

»Grasslands aufgeben!« rief meine Mutter ungläubig. »Aber warum denn?«

»Zu viele Erinnerungen«, murmelte er, und am Tisch herrschte Schweigen.

Nach einer Weile sprach Thomas weiter. »Ja, ich dachte mir, daß es vielleicht besser wäre, zurück in den Norden zu ziehen und zu versuchen, ein neues Leben aufzubauen. Aus diesem Grund kam ich damals auch hierher, und dank euch allen und... Christabel wurde es ein gutes Leben. Mag sein, daß es am besten ist, wenn ich mich wieder auf den Weg mache...«

Meine Mutter sah traurig aus, aber ich merkte ihr an, daß sie sich bereits eine Zukunft für ihn ausmalte. Man müßte ihn gehen lassen, um eine neue Frau und ein neues Leben zu finden... vielleicht käme er dann wieder zurück.

»Nun, das wird sich alles finden«, sagte Thomas. »Es gibt noch so vieles zu erwägen. Aber ich bin wie Ihr der Meinung, daß etwas mit Enderby geschehen sollte.«

Da ich sie von dem Thema Enderby ablenken wollte, mischte ich mich wieder in die Unterhaltung. »Ich habe gehört, daß Lady Elizabeth Villiers die irischen Besitzungen von James II. als Schenkung erhalten soll.«

Das Gesicht des Generals lief rot an. »Ungeheuerlich«, murmelte er.

»Laßt den König doch seine Geliebte verwöhnen«, meinte Carleton. »Ich bin sowieso überrascht, daß er eine hat, und wünsche ihm viel Vergnügen mit der Lady.«

»Es ist betrüblich, daß es so weit kommen mußte«, sagte Arabella. »Töchter wenden sich gegen ihre Väter...«

»Wie wahr, wie wahr«, stimmte der General zu. »Ich vermute, daß Queen Mary schwer unter ihrem Gewissen zu leiden hatte. Und bei Queen Anne wird es nicht anders sein, wenn sie den Thron besteigt.«

»Nein, nein«, widersprach Carleton hitzig. »England wird keinen papistischen König dulden. Einen Papisten sind wir schon losgeworden. James ist dort, wo er hingehört – im Exil, und dort soll er auch bis zu seinem Tode bleiben, basta. Falls William sterben sollte – und da sei Gott vor, denn er hat dieses Land gut regiert –, wird Anne gekrönt und die Unterstützung all jener haben, denen das Wohl Englands am Herzen liegt.«

Ich sah deutlich, daß der General sich nur mühsam beherrschte. Leigh machte ein unbehagliches Gesicht, denn er kannte die Ansichten des Generals zu diesem Punkt. Wie typisch für meinen Großvater, seine Meinung zu äußern, ohne vorher zu überlegen, ob er damit jemanden beleidigte.

»Thronraub bringt den Verantwortlichen oft nur Leid«, sagte der General mit bemüht ruhiger Stimme.

»So kann man es kaum nennen. James war nicht zu gebrauchen. Seine Tochter Mary war die nächste in der Thronfolge, und nach ihr kam William. Ich war sofort gegen James, als ich von seinen papistischen Ideen hörte. Lieber hätte ich Monmouth auf den Thron gesetzt, als diesen Papisten über uns herrschen zu lassen. James wurde besiegt und ist nun im Exil. Dort soll er auch bleiben.«

»Ihr seid hitzig, Sir«, sagte der General.

»Ihr nicht, Sir?« entgegnete Carleton. »Ich muß zugeben, daß ich mich über diese Dinge sehr erregen kann.«

»Das merkt man«, stimmte der General zu.

Arabella wechselte taktvoll das Thema, und wir unterhielten uns über so banale Angelegenheiten wie die Frage, ob wir wohl einen strengen Winter bekämen. Dies wiederum erinnerte uns alle an die Zeit, als die Themse zugefroren war und der arme Thomas Willerby Christabel kennenlernte.

Ich war erleichtert, als wir zum Dower House zurückkehrten. Der General schwieg. Ich nahm an, daß er den Besuch bei meinen Großeltern nicht gerade genossen hatte.

Er und Leigh verbrachten den Abend zu zweit, und früh am nächsten Morgen verabschiedete sich unser Gast und brach auf.

Meine Gedanken kreisten um Enderby. Wie wäre mir zumute, falls ich nicht mehr dorthin gehen könnte? Neue Bewohner würden es verwandeln, so daß es ein anderes Haus wäre. Wollte ich es als eine Art Denkmal für den Geliebten behalten, der mich verlassen hatte? Würde ich vielleicht glücklicher sein, wenn ich mich nicht mehr nach Enderby schleichen und dort Trübsal blasen konnte?

Eine schwer zu beschreibende Veränderung ging in mir vor. Ärger erfaßte mich und dämpfte ein wenig meinen Kummer, während mich um so mehr verletzter Stolz peinigte. Konnte es denn wirklich wahr sein, daß Beau aus freien Stücken weggegangen war und eine reichere Erbin gefunden hatte? Das wurde jedenfalls behauptet. Er hatte sich im Hinblick auf die bevorstehende Hochzeit mit mir Geld geborgt, er war gewinnsüchtig und vielleicht schon längst auf der Jagd nach einem größeren Wild – irgendwo auf dem Kontinent, in Paris oder... Venedig. Von Venedig erzählte er immer viel. Ehrlicherweise hatte er nie vorgetäuscht, ein Ehrenmann zu sein, sondern geradezu betont, daß er kein Heiliger sei. »In mir steckt viel von einem Teufel, Carlotta«, hatte er einmal gesagt und mich aufgefordert, seinen Kopf zu betasten, ob dort etwa schon Hörner wüchsen. »Aber gerade das liebst du ja an mir«, neckte er mich, »denn es ist ganz klar, daß sich auch in dir ein kleiner Teufel verbirgt.« Wie töricht von mir zu glauben, daß er zurückkehren würde! Beau war nun schon über ein Jahr fort. Ich malte mir sein Leben an einem fremden Ort aus, in einer Burg am Rhein, einem Palazzo in Italien oder einem Schloß in Frankreich, mit einer Erbin, die mich an Reichtum weit übertraf. Sicher erzählte er in bester Laune von mir, denn Beau redete immer über seine Geliebten. Er verhöhnte den Ehrenkodex, den ein Gentleman eigentlich zu respektieren hatte.

So schürte ich geradezu meinen Zorn auf ihn und fand darin einen gewissen Trost.

Ja, warum sollte Enderby eigentlich nicht vermietet oder verkauft werden? Was hatte ich davon, es wie einen Reliquienschrein für einen treulosen Liebsten aufzubewahren?

Inzwischen war es September geworden. In einem Monat würde mein achtzehnter Geburtstag sein, ein bedeutungsvoller Tag in meinem Leben, da ich dann mein Erbe antreten konnte und endlich mündig sein würde.

Priscilla war der Meinung, daß ein ganz besonderes Fest gefeiert werden müsse, und natürlich bestanden meine Großeltern darauf, es in Eversleigh Court abzuhalten, da es weit geeigneter dafür sei als das Dower House.

Eversleigh Court wimmelte von Besuchern, und ich war sicher, daß Leigh und Priscilla einige junge Männer eingeladen hatten, die als annehmbare Freier in Frage kamen. Sie hofften natürlich, daß ich ihnen einiges Interesse entgegenbringen würde.

Harriet kam mit ihrem Mann Gregory und mit Benjie,

worüber ich mich ganz besonders freute. »Wir kriegen dich ja kaum noch zu Gesicht«, sagte Harriet zur Begrüßung. Sie erstaunte mich auch diesmal wieder. Obwohl wahrlich nicht mehr die Jüngste, war sie immer noch von strahlender Schönheit. Sie gab sich allerdings auch jede erdenkliche Mühe, diese zu erhalten. Ihr Haar war nach wie vor schwarz. »Das verdanke ich nur meiner ganz speziellen Tinktur«, flüsterte sie mir zu, als ich eine Bemerkung darüber machte. »Ich werde dir das Rezept verraten, damit du gut gewappnet bist, wenn es einmal nötig wird.«

Sie wollten eine Woche bei uns bleiben. »Warum kommst du nicht häufiger nach Eyot?« fragte Benjie.

Ich wußte nichts darauf zu antworten. Schließlich konnte ich ihm ja wohl kaum gestehen, daß ich immer noch auf Beaus Rückkehr hoffte.

Wir ritten viel zusammen aus, und ich genoß diese Ausflüge sehr. Mir gefiel das feucht-kühle Septemberwetter, und ich nahm die Landschaft mit einer größeren Intensität als je zuvor wahr. Besonders hübsch waren die lohfarbenen Buchenblätter und die lustigen kleinen Zapfen an den Nadelbäumen. Wie immer zur Herbstzeit hingen überall Spinnweben, die, von glitzernden Tautropfen benetzt, ganz zauberhaft aussahen. Früher machte ich mir nicht viel aus der Natur, doch nun hatte ich das Gefühl, aus einem langen Alptraum zu erwachen.

Benjie war ein amüsanter Begleiter, unbeschwert und gutmütig und immer zum Lachen bereit. Er glich mehr seinem Vater als seiner Mutter. Sir Gregory Stevens konnte man nicht gerade als aufregend bezeichnen, aber er gehörte sicher zu den liebenswürdigsten Menschen, die ich je kennengelernt habe.

Daß Benjie ungefähr zwölf Jahre älter war als ich, spielte für mich keine große Rolle. Ich verglich jeden mit Beau, von dem mich sogar mehr als zwanzig Jahre Altersunterschied trennten. Merkwürdigerweise fühlte ich mich Benjie ebenbürtig, was Lebenserfahrung anging. Das hatte Beau bei mir bewirkt.

Eines Tages kamen wir nach einem Ritt durch die Wälder auf dem Rückweg an Enderby Hall vorbei.

»Trostloses altes Gemäuer«, sagte Benjie. »Ich entsinne mich, daß du Carl und mir hierher nachgelaufen bist.«

»Auch ich erinnere mich genau. Ihr wart gräßliche Jungen, weil ihr mich nicht dabeihaben wolltet. Ihr befahlt mir, zu verschwinden und euch in Ruhe zu lassen.«

»Das mußt du unserer Jugend zugute halten«, erwiderte Benjie. »Ich verspreche dir, daß ich nie mehr etwas Derartiges zu dir sagen werde.«

»Ich muß ein unausstehliches Kind gewesen sein.«

»Gar nicht. Voraussetzung für gute Laune war allerdings, daß Carlotta der Mittelpunkt des Universums war und alle das Knie vor ihr beugten.«

»Mit Ausnahme von Benjamin und Carl.«

»Wir waren eben Dummköpfe.«

»Aber es wandte sich alles zum Besten. Ich folgte euch nach Enderby, versteckte mich in einem Schrank, schlief ein, und auf diese Weise lernten wir Robert Frinton kennen, der sich als ein Onkel meines Vaters entpuppte...«

»... ein Opfer deines Liebreizes wurde und dir sein Vermögen hinterließ. All das hört sich an wie aus einem Märchenbuch, und es ist typisch, daß gerade dir so etwas passiert.«

»Ich finde nicht, daß ich viel von einer Märchengestalt an mir habe, Benjie. Hast du nicht gerade selbst gesagt, daß ich mich für den Mittelpunkt des Universums hielt? Ich fürchte, daß ich mich nicht sehr gewandelt habe, folglich also ein äußerst selbstsüchtiges Wesen bin.«

»Aber ein anbetungswürdiges, Carlotta.«

Er schaute mich unverwandt an. Von meinem Lehrmeister Beau wußte ich, was das zu bedeuten hatte.

»Gehen wir rein und schauen uns das Haus an«, schlug ich impulsiv vor.

»Ist es denn nicht verschlossen?«

»Ich habe den Schlüssel. Immer trage ich ihn an meinem Gürtel bei mir, damit ich jederzeit hineinkann, wenn mich die Laune überkommt.«

Er warf mir einen zweifelnden Blick zu. Wie die ganze Familie wußte auch Benjie über Beau Bescheid. Aber vermutlich ahnte keiner von ihnen, daß er in Enderby gehaust hatte.

Wir banden unsere Pferde an und schlenderten zur Haustür. Benjies Gegenwart erweckte in mir gewisse Gefühle. Ich verstand mich selbst nicht mehr. Plötzlich interessierte es mich, wie es wohl wäre, mit Benjie zu schlafen. Vielleicht war ich wirklich, wie Beau behauptet hatte, die Art von Frau, für die körperliche Leidenschaft lebensnotwendig ist. Beau hatte erklärt, daß er noch nie eine so bereitwillige Jungfrau gekannt hätte. Damit meinte er natürlich, daß ich mich nicht einmal bei unserem ersten Zusammensein gesträubt hatte. »Eine Blume, die sich der Sonne öffnet«, so hatte er mich beschrieben. Bevor ich Beau kennenlernte, war ich viel mit Benjie zusammengewesen. Damals hatte es mich entzückt und mir geschmeichelt, daß er ganz besondere Gefühle für mich hegte.

Ich öffnete die Tür und hatte auf einmal die Hoffnung, die Erinnerung an Beau für immer verdrängen zu können.

»Es ist ein unheimliches Haus«, sagte Benjie. »Findest du nicht auch?«

»Das ist alles nur Einbildung«, widersprach ich.

»Ja, vielleicht hast du recht. Es sieht jetzt gar nicht mehr unheimlich aus, weil du hier stehst. Carlotta, wie schön du bist! Ich kenne nur eine einzige Frau, die dir an Schönheit gleicht, und das ist meine Mutter. Übrigens war ich sehr stolz auf dich, als ich dich noch für meine Schwester hielt.«

»Dein Stolz genügte nicht, um mir zu erlauben, dich auf deinem Streifzug nach Enderby zu begleiten«, erwiderte ich lachend.

»Ich sagte dir ja schon, daß du das unserer jungenhaften Dummheit zugute halten mußt.«

Er schaute mich ernst an, und ich ahnte, daß er mich gerne geküßt hätte. Ich ging quer durch die Halle und schaute zur Musikantenempore hinauf, um die Erinnerung auf mich wirken zu lassen. Der vertraute Schmerz war immer noch da. Keiner würde je für mich wie Beau sein. Langsam begann ich die Treppe hochzusteigen. Benjie kam mir nach, ging an der Spukempore vorbei. Warum muß ich eigentlich immer noch über Beau nachgrübeln, dachte ich wütend. Schließlich ist er fort und hat mich allein gelassen.

Wir schauten in alle Zimmer und kamen auch zu dem Raum mit dem Himmelbett.

Ich starrte es an, und Bitterkeit und Sehnsucht schienen so überwältigend wie eh und je zu sein. Benjie trat neben mich.

»Carlotta, du bist kein Kind mehr«, begann er. »Ich wollte seit langem mit dir sprechen, aber du wirktest so jung...«

Am liebsten hätte ich laut gelacht. War ich nicht noch um vieles jünger gewesen, als ich mit Beau auf diesem Bett herumgetollt hatte! Aber Benjie hatte natürlich brav abgewartet, bis ich ordnungsgemäße achtzehn Jahre alt war. Kein Hauch von Abenteurer steckte in ihm! Er war das krasse Gegenteil von Beau.

»Carlotta, ich glaube, daß sie es von uns erwarten.«

»Was erwarten?«

»Daß wir heiraten.«

»Bittest du mich um meine Hand?«

»Ja. Was sagst du dazu?«

Ich glaubte Beaus Gelächter zu hören. »Sie erwarten es von euch! Dein Schlappschwanz von Verehrer hat abgewartet, bis du im richtigen Alter bist. Darüber können wir doch nur lachen, nicht wahr, Carlotta? Mein Gott, du warst von der Wiege an im richtigen Alter, mein Liebling! So bist du nun einmal. Heirate deinen harmlosen Benjie! Du wirst ein sicheres, geschütztes Leben führen, und ich kann dir schon jetzt versprechen, daß es dich unsäglich langweilen wird.«

Es war eindeutig, daß ich Beau noch nicht entronnen war. Wenn ich Benjies Antrag jetzt annähme, würde ich dabei keinerlei freudige Erregung oder bebende Erwartung empfinden wie früher, wenn ich dieses Haus betrat, um Beau zu treffen.

»Nein«, sagte ich. »Nein.« Irgend etwas in mir ließ mich noch hinzufügen: »Noch nicht.«

Benjie zeigte sich überaus verständnisvoll. »Ich habe es überstürzt«, sagte er.

Überstürzt! Ich kannte seine Gefühle für mich seit langem. Er hatte keine Ahnung, was für ein Mensch ich war. Unwillkürlich stellte ich mir Beau in einer ähnlichen Situation vor. Wenn ich ihn abgewiesen hätte, würde er mich nur ausgelacht und dann aufs Bett geworfen haben.

Wollte ich einen Mann wie Benjie?

Wieder glaubte ich Beaus Gelächter zu vernehmen. Ja, so einen willst du, genau so einen!

Beau würde das ganze als Mordsspaß ansehen. Ausgerechnet in diesem Zimmer, in dem wir uns so vergnügt getummelt hatten (wie er es sicher ausdrücken würde), machte mir Benjie einen Heiratsantag! Und weil ich dann ›nein‹ sagte, vermutete Benjie zu allem Übel auch noch, daß er es überstürzt hätte, mich um meine Hand zu bitten. Wo ich in meiner Unschuld doch noch gar nicht auf derartiges vorbereitet sein konnte!

Nein, ich war Beaus Einfluß keineswegs entronnen.

Wir gingen zu unseren Pferden hinaus.

»Sei nicht betrübt, liebste Carlotta«, bat Benjie.

»Ich werde dich in einiger Zeit noch einmal fragen.«

Harriet kam in mein Zimmer. Sie strotzte vor Gesundheit und sah meiner Meinung nach ebenso schön aus wie zehn Jahre zuvor. Vielleicht war sie ein wenig fülliger geworden, aber das stand ihr gar nicht schlecht. Die zusätzlichen Pfunde beeinträchtigten ihr gutes Aussehen nicht im geringsten. Ihrer eigenen Aussage nach sorgte sie schon dafür, daß sie an den richtigen Stellen zunahm.

Wahrscheinlich wußte sie bereits, daß Benjie um meine Hand angehalten hatte. Manche Dienstboten munkelten, daß Harriet über ungewöhnliche Kräfte verfügte, und ich neigte ebenfalls zu dieser Ansicht. Ihre unglaublich schönen veilchenblauen Augen mit den dichten schwarzen Wimpern waren sehr scharf und ließen sich kaum etwas entgehen.

»Na, meine kleine Verführerin, du willst aus meinem Benjie also keinen glücklichen Mann machen«, sagte Harriet. »Er hat dich heute gefragt, oder?«

Ich nickte.

»Und du hast ›nein‹ gesagt. Ich vermute, daß du ›noch nicht‹ hinzugefügt hast, denn Benjie ist nicht so niedergeschlagen, wie ich es von ihm erwarten würde, wenn er eine glatte Absage bekommen hätte.

»Harriet, du hast wie üblich recht.«

Wir lachten gemeinsam. Sie versetzte mich immer in gute Laune. Ich liebte sie wirklich. Zum Teil lag das daran, daß ich sie in jenen prägenden Kindheitsjahren für meine Mutter gehalten hatte. Aber es war noch mehr als das. Ich zählte sie zu unseresgleichen, sie war Beau und mir ähnlich.

Wir waren die Abenteurer dieser Welt, dazu entschlossen, das meiste von dem zu kriegen, was wir wollten, und dabei nicht gerade zimperlich zu sein, falls die Umstände dies erforderten.

Wir zeichneten uns alle drei durch außergewöhnliche Schönheit aus. Bei Beau und Harriet stand dies außer Frage, und es wäre falsche Bescheidenheit von mir, nicht zuzugeben, daß auch ich recht ansehnlich war. Die Natur hatte sich so etwas wie einen Scherz erlaubt, denn ich hätte gut und gerne Harriets Tochter sein können. Ich war fast so dunkelhaarig wie sie, hatte dunkelblaue Augen, denen allerdings der violette Schimmer fehlte, und meine Wimpern und Brauen waren ebenso schwarz wie bei ihr. Hiermit hörte die Ähnlichkeit allerdings auf. Meine ovale Gesichtsform mit den hohen Wangenknochen, den vollen Lippen und der geraden Nase waren typisch Eversleigh.

Aber auch vom Naturell her glich ich Harriet sehr. Wir harmonierten großartig. Ich konnte mich mit Harriet besser unterhalten als mit irgendeinem anderen Menschen. Meiner Mutter muß es ähnlich ergangen sein, denn sie hatte sich Harriet anvertraut, als sie mich erwartete und Angst davor hatte, ihrer Familie die Wahrheit zu gestehen.

»Mein armer Benjamin«, sagte Harriet nun. »Seit langem liebt er dich. Von dem Augenblick an, in dem er erfuhr, daß du nicht seine Schwester bist, setzte sich dieser Gedanke in seinem Kopf fest. Er hat auf den Tag hingelebt, an dem er dich zum Altar führen darf, und ich muß sagen, daß ich meine neue Tochter sehr willkommen heißen würde.«

»Liebe Harriet, es ist ein verführerischer Aspekt, dich zur Schwiegermutter zu bekommen, aber trotzdem kein ausreichender Grund, um zu heiraten.«

»Es wäre eine richtige Entscheidung, Carlotta. Benjie wäre wirklich gut für dich. Er gleicht seinem Vater, und einen besseren Ehemann als meinen Gregory kann eine Frau sich gar nicht wünschen.« Sie schaute mich mit ernstem Gesicht an. »Du wärst mit Beaumont Granville sehr unglücklich geworden.«

Ich wandte den Kopf ab, doch sie sprach weiter. »O ja, das stimmt. Ich gebe zu, daß Beau ein faszinierender Mann ist. Sicher lebt er nun irgendwo in Saus und Braus und beglückwünscht sich zu seiner Schlauheit. Nach England kann er nicht zurück, denn seine Gläubiger würden sich wie Geier auf ihn stürzen. Ich überlege oft, wo er wohl stecken mag. Venedig halte ich für unwahrscheinlich. Ich habe mehrmals einer sehr lieben Freundin geschrieben, der Contessa Carpori, in deren Palazzo du geboren wurdest. Sie kennt Beau, denn er war ja in Venedig eine bekannte Gestalt. Sie behauptet, daß er jetzt nicht dort ist. Falls sie erfährt, daß er in einer anderen italienischen Stadt auftaucht, wird sie es mich wissen lassen. Denk nicht mehr an ihn. Verbanne ihn aus deinem Gedächtnis. Es machte Spaß, aber nun ist es vorbei. Kannst du es denn nicht als eine notwendige Erfahrung ansehen?«

»Es war eine so wundervolle Erfahrung, Harriet.«

»Das glaube ich gern. Er war sicher ein hinreißender Liebhaber. Aber es gibt noch andere auf der Welt. Außerdem war er hinter deinem Vermögen her, Carlotta.«

»Warum ist er dann nicht geblieben, um es an sich zu raffen?«

»Wohl nur deshalb, weil sich ihm eine noch attraktivere Möglichkeit bot. Dies ist der einzige Grund, der mir einfällt. Er hatte überall Schulden. Wie konnte er hierbleiben und seinen Gläubigern entgegentreten? Vielleicht hat dein Großvater ihm auch gedroht. Carleton Eversleigh hat großen Einfluß bei Hof und könnte Beau mit Leichtigkeit ruinieren. Allerdings halte ich Beau für keinen Menschen, der leicht nachgibt. Du mußt endlich die Tatsachen akzeptieren, auch wenn sie nicht angenehm sind. Die einzig plausible Erklärung scheint zu sein, daß er irgendwo bessere Chancen witterte und sich sofort auf den Weg machte.«

»Harriet, es ist fast drei Jahre her.«

»Und du bist inzwischen mündig geworden. Vergiß ihn! Schlag einen neuen Weg ein! Du hast alles, wovon ein Mädchen nur träumen kann. Du besitzt die Art Schönheit, die für fast jeden Mann unwiderstehlich ist. Außerdem bist du reich. Mein liebes Kind, was hätte ich dafür gegeben, wenn ich in deinem Alter solch ein Vermögen gehabt hätte!«

»Du bist sehr gut auch ohne Vermögen zurechtgekommen.«

»Aber ich mußte jahrelang hart kämpfen. Zugegeben, es hat mir Spaß gemacht. Das ist die Abenteurerin in mir. Aber manchmal mußte ich Dinge tun, die ich lieber nicht getan hätte. Carlotta, laß die Vergangenheit ruhen. Schau in die Zukunft. Sie ist strahlend hell. Du mußt Benjie nicht nehmen, obwohl ich es aus vielen Gründen erhoffe...«

»Einer davon ist mein Vermögen.«

»Ja, einer davon ist dein Vermögen. Aber für Benjie spielt das keine Rolle. Mein Benjamin ist ein anständiger Mensch. Er gleicht seinem Vater, und – ich sage es noch einmal – du könntest keinen Besseren finden, falls du einen guten Ehemann und nicht einen Teufel von einem Liebhaber suchst.«

Harriet küßte mich und zeigte mir dann, was sie bei dem Bankett zu Ehren meiner Volljährigkeit tragen würde.

In Eversleigh Court trafen immer mehr Gäste ein, und selbst im Dower House mußten einige einquartiert werden. Meine Volljährigkeit wurde als ein bedeutungsvolles und feierliches Ereignis angesehen. Ich mußte Sally Nullens zuhören, die mir erzählte, daß ich der ungezogenste ihrer Schützlinge gewesen sei und die stärkste Lunge gehabt hätte, die ich immer einsetzte, um etwas zu bekommen. »Viele hätten dir sicher nachgegeben«, meinte sie. »Aber das war nicht meine Art. Einen kräftigen Klaps auf die Stelle, wo es am meisten weh tut, das hast du von mir gekriegt und hast mir's nicht verübelt, das will ich dir zugute halten.«

Dann folgte Emily Philpots Kommentar. »Du hast deine hübschen Kleider zwar immer schmutzig gemacht, sahst aber trotzdem niedlich aus, und es machte Spaß, für dich zu nähen. Du hast dich nicht verändert, Mistreß Carlotta. Mir tut der Mann leid, der dich kriegt, und wie!« Ich hätte Emily natürlich darauf hinweisen können, daß sie bei diesem Thema nicht gerade als Autorität anzusehen war, da kein Mann je versucht hatte, sie zu heiraten. Aber ich tat es nicht. Dazu mochte ich sie wie auch Sally – zu gerne. Sie stellten beide einen Teil meiner Kindheit dar.

Damaris folgte mir mit fast ehrfürchtigem Gesicht überallhin. Sie war nun elf, immer noch langweilig und viel zu dick. Ihre Bewunderung wurde mir lästig. Leider war ich wohl nicht sehr nett zu ihr. Immerzu päppelte sie kranke Tiere auf und war kreuzunglücklich, wenn einige starben. Sie liebte ihr Pferd und war eine ausgezeichnete Reiterin. Damaris war der Liebling von Sally Nullens und Emily Philpots. Vermutlich hatte sie die richtige Art von Lunge gehabt und war kaum je auf die Stelle geschlagen worden, wo es am meisten weh tut. Sicher hielt sie auch ihre Kleider in tadelloser Ordnung. Allerdings sah sie darin nicht so hübsch aus, wie ich das getan hatte, und das bereitete mir eine boshafte Genugtuung.

Meine Mutter, Leigh und selbst meine Großeltern hofften, daß ich Benjie heiraten würde. Anscheinend wußten alle schon, daß er mich haben wollte, denn sie wirkten irgendwie besonders aufmerksam. Mir kam der Gedanke, daß sie mich versorgt sehen wollten, damit sie erleichtert einen Schlußstrich unter die Episode von Beau und mir ziehen konnten. Sie hofften wohl, daß es nach meiner Verheiratung so sein würde, als hätte ich Beau überhaupt nie gekannt.

Ich war schrecklich unschlüssig, wollte aber doch gerne wissen, ob sie mit ihrer Vorstellung etwa recht hatten. Vermutlich war dies schon ein Schritt vorwärts.

Also ritt ich mit Benjie aus und tanzte mit ihm. Ich mochte

ihn und empfand eine gelinde Erregung, wenn er meine Hand ergriff, mich am Arm berührte oder manchmal küßte. Es war nicht jene wilde Sinnenlust, die ich mit Beau gefühlt hatte. Dennoch reagierte ich auf Benjies Zärtlichkeiten.

Ich stellte mir vor, wie Beau mich auslachen würde.

»Du bist eine leidenschaftliche Frau«, hatte er wiederholt geäußert. War ich es wirklich? War es so, daß ich nur die körperliche Befriedigung wollte, die mich Beau so lieben gelehrt hatte, oder wollte ich Benjie?

Ich war mir nicht sicher. Aber zu einer anderen Entscheidung rang ich mich zumindest durch. Ich würde Enderby verkaufen. Vielleicht war es ein symbolischer Akt, vielleicht akzeptierte ich damit endlich die Tatsache, daß Beau nie mehr zurückkommen würde.

Mistreß Elizabeth Pilkington hatte die Absicht, sich Enderby Hall anzusehen. Sie war am Vortag eingetroffen und wohnte bei Freunden, einige Meilen von Eversleigh entfernt. Sie schlug vor, nach Enderby zu reiten und sich dort mit einem von uns zu treffen, der ihr das Haus zeigen konnte.

Priscilla war der Meinung, daß Leigh dies übernehmen sollte, doch ich war damit nicht einverstanden. Meine Familie mußte endlich begreifen, daß ich kein Kind mehr war, sondern eine erwachsene Frau. Enderby gehörte mir. Ich wollte ihnen meine Unabhängigkeit beweisen, indem ich die Lady traf und im Haus herumführte.

Es war an einem Novembertag um zehn Uhr morgens. Ich hatte diesen frühen Zeitpunkt vorgeschlagen, da es schon kurz nach vier Uhr dunkel wurde. Wenn wir mit der Besichtigung erst am Nachmittag begännen, müßten wir uns sehr beeilen, hatte ich erklärt. Mistreß Pilkington war einverstanden, da sie Enderby natürlich bei Tageslicht sehen wollte.

Ich empfand ein gewisses Gefühl der Erleichterung. Endlich war ich zu der Überzeugung gelangt, daß ich tatsächlich einen neuen Anfang machen könnte, sobald ich Enderby nicht mehr besaß.

Es war kalt. Den November hatte ich noch nie gern gemocht, denn der Winter stand bevor, und das Frühjahr lag in weiter Ferne. Die Bäume hatten die meisten Blätter bereits verloren, und aus dem zaghaften Gesang einer Amsel meinte ich eine melancholische Note herauszuhören. Es klang, als wolle der Vogel seine Traurigkeit abschütteln, schaffte es aber nicht.

Leichter Nebel hing zwischen den Bäumen und ließ die Eiben feucht glänzen. Es schien mehr Spinnennetze zu geben als je zuvor. Das Jahresende kam bald und vielleicht auch das Ende eines Lebensabschnitts für mich.

Mistreß Pilkington wartete schon auf mich. Ich war gleich von ihrem Aussehen angetan. Sie war äußerst elegant und hatte wundervolles rotes Haar. Ihr dunkelgrünes Reitkleid war nach der neuesten Mode geschneidert und stand ihr vorzüglich. Dazu trug sie einen Hut mit einer kleinen braunen Feder.

»Mistreß Pilkington, ich fürchte, ich habe Euch warten lassen«, begann ich das Gespräch.

Sie lächelte reizend und entblößte dabei perfekte weiße Zähne. »Aber nein. Ich kam zu früh, da ich ungeheuer gespannt bin, das Haus in Augenschein zu nehmen.«

»Hoffentlich wird es Euch gefallen. Sollen wir gleich hineingehen?«

»Ja, gerne.«

Ich öffnete die Tür, und wir betraten die Halle. Irgendwie sah an diesem Tag alles anders aus. Die unheimliche Atmosphäre schien verschwunden zu sein. Mistreß Pilkington schaute zur Decke hinauf.

»Sehr eindrucksvoll«, sagte sie. Dann drehte sie sich um und musterte mich aufmerksam. »Nicht wahr, Ihr seid Mistreß Carlotta Main? Ich vermutete nicht, daß ich das Vergnügen haben würde, Euch persönlich kennenzulernen. Ich dachte, daß jemand ...«

»Jemand Älterer käme«, vollendete ich ihren Satz. »Nein. Dies ist mein Haus, und ich kümmere mich um geschäftliche Dinge lieber selbst.«

»Klug von Euch«, sagte sie. »Ich bin genauso. Das Haus ist Teil Eurer Erbschaft, nicht wahr?«

»Ihr scheint viel über mich zu wissen.«

»Ich verkehre in der Londoner Gesellschaft und erinnere

mich daran, daß es da viel Gerede über Eure Verlobung mit Beaumont Granville gab.«

Ich wurde rot. Das hatte ich wahrlich nicht erwartet.

»Es war doch höchst seltsam, nicht wahr... sein plötzliches Verschwinden.«

Sie musterte mich forschend, und ich begann mich recht unbehaglich zu fühlen.

»Alle möglichen Theorien waren im Umlauf«, sprach sie weiter. »Er ging fort, nicht wahr?«

»Ja«, erwiderte ich kurz angebunden. »Er ging fort. Dort drüben ist eine Trennwand. Möchtet Ihr Euch die Küche gleich ansehen, oder sollen wir lieber erst ins Obergeschoß?«

Sie lächelte mir zu, als wolle sie ihr Verständnis dafür ausdrücken, daß ich nicht über Beau reden mochte.

»Ins Obergeschoß, bitte.«

Ich zeigte ihr die Musikantenempore.

»Entzückend«, meinte sie.

Wir schlenderten durch die Zimmer. Schließlich blieb sie ausgerechnet in dem Raum mit dem Himmelbett stehen, der für mich so schmerzliche Erinnerungen barg.

»Wie steht es mit den Möbeln?« erkundigte sie sich.

»Die sind, falls erwünscht, ebenfalls verkäuflich. Ansonsten werden sie weggeschafft.«

»Mir gefallen sie. Da ich mein Haus in London eigentlich nicht aufgeben möchte, könnte ich diese Möbel gut gebrauchen.«

Nachdem sie oben alles besichtigt hatte, gingen wir in den Küchentrakt, und schließlich führte ich sie zu den Nebengebäuden.

»Reizend, ganz reizend. Ich kann nicht begreifen, wie Ihr es fertigbringt, Euch davon zu trennen«, sagte sie.

»Das Haus steht seit vielen Jahren leer, und ich sehe nicht ein, warum es noch länger so bleiben soll«, erwiderte ich.

»Ihr habt recht. Mein Sohn wird bestimmt begeistert davon sein.«

»O, Ihr habt also Familie?«

»Nur einen Sohn.«

»Euer Mann...?«

»Ich habe keinen Mann.«

Sie lächelte mich verschmitzt an. Mir war aufgefallen, daß sie mich während der Besichtigung des Hauses immer wieder verstohlen gemustert hatte. Es sah beinahe so aus, als sei ich für sie ebenso interessant wie Enderby.

Sie spürte offensichtlich, daß mir ihre Neugier nicht entgangen war. »Verzeiht bitte. Ich fürchte, daß ich Euch durch mein Interesse in Verlegenheit bringe. Ihr seid eine sehr schöne junge Frau, wenn ich das sagen darf, und Schönheit beeindruckt mich ungemein.«

Ich errötete leicht. Normalerweise hatte ich nicht das geringste gegen Komplimente einzuwenden. Es bereitete mir Vergnügen, Aufmerksamkeit zu erregen, und ich war es gewöhnt, angestarrt zu werden. Doch in ihrem Verhalten lag etwas Beunruhigendes. Mir kam spontan der Gedanke, daß ihr Hauptinteresse gar nicht dem Haus galt. Vielleicht gab es ein ganz anderes Motiv für ihr Kommen.

Da sie selbst eine sehr attraktive Frau war, hielt ich es für angebracht, das Kompliment zu erwidern.

»Ihr seid selbst sehr schön.«

Sie lachte geschmeichelt. »Meine beste Zeit ist vorbei... leider. Früher einmal...«

Sie benahm sich fast wie eine Schauspielerin ihrem Publikum gegenüber. »Nein, Ihr irrt Euch«, widersprach ich rasch.

»Jetzt ist Eure beste Zeit.«

Sie lachte wieder. »Ich glaube, wir werden prächtig miteinander auskommen. Es ist so wichtig, sich mit seinen Nachbarn gut zu verstehen. Enderby ist doch nicht weit von Eversleigh Court entfernt?«

»Nein. Allerdings leben wir nicht mehr dort bei meinen Großeltern, sondern im benachbarten Dower House. Das dritte große Herrenhaus, das ebenfalls ganz in der Nähe liegt, heißt Grasslands Manor.«

»Das klingt alles sehr vielversprechend. Können wir nun noch einen Blick auf das Grundstück werfen?«

Wir traten in den leichten Nebel hinaus und gingen durch die Gärten.

»Das Gelände ist nicht so weitläufig, wie ich dachte«, lautete ihr Kommentar.

»Früher war es größer. Als mein Stiefvater das Dower House kaufte, übernahm er auch Land, das eigentlich zu Enderby gehörte.«

»Wie interessant. Was hat er denn übernommen? Ich würde gerne sehen, was ich sonst vielleicht hätte haben können.«

»Er ließ eine Mauer um das Areal errichten und grenzte es so von den Ländereien des Dower Houses ab.«

»Ist dies etwa die Mauer?«

»Ja.«

»Er hat anscheinend die Absicht, alle Welt fernzuhalten.«

»Ursprünglich gab es mal den Plan, den Boden zu bebauen. Doch daraus ist bisher noch nichts geworden.«

»Es sieht alles reichlich verwildert aus.«

»Ja, das Gelände wurde völlig vernachlässigt. Aber sicher wird es schon bald kultiviert werden.«

»Tja, ich danke Euch sehr, Mistreß Main. Das Haus gefällt mir recht gut. Ich würde es mir gern noch einmal genauer anschauen.«

»Natürlich. Mit Vergnügen werde ich es Euch ein zweitesmal zeigen.«

»Ich möchte Euch um einen Gefallen bitten. Eine Woche oder länger werde ich bei meinen Freunden, den Elsomers von Crowhill, bleiben. Kennt Ihr sie?«

»Ja, flüchtig.«

»Dann wißt Ihr, daß Ihr mir vertrauen könnt. Würdet Ihr mir den Schlüssel überlassen, damit ich nach Belieben morgen oder übermorgen herkommen kann, um mir alles noch gründlicher anzuschauen?«

»Aber sicher«, erwiderte ich ohne Zögern. Ich verstand ihr Bedürfnis, das Haus auf eigene Faust zu erkunden. Enderby war zwar möbliert, doch nichts davon konnte leicht transportiert werden. Außerdem hatte ich keine Angst, daß sie etwas wegnehmen würde. Obwohl sie in mir ein Gefühl des Unbehagens erweckte, hielt ich es für undenkbar, daß sie stahl.

Bereitwillig gab ich ihr also den Schlüssel. Da ich einen

zweiten zu Hause hatte, konnte ich auch weiterhin jederzeit herkommen, wenn ich Lust darauf verspürte.

Wir gingen zu den Pferden hinaus. Sie saß mit Schwung und Grazie auf, verabschiedete sich von mir und ritt in Richtung Crowhill davon.

Drei Tage lang hörte ich nichts von ihr. Eines Nachmittags überkam mich die Sehnsucht nach Enderby. Da ich es verkaufen wollte, würde ich mich sowieso nicht mehr oft dort aufhalten können.

Leichter Dunst lag in der Luft. Am Morgen war es ziemlich kalt gewesen, und sicher würde bei anbrechender Dunkelheit wieder Nebel aufsteigen. Alles war feucht, die Büsche, Bäume und auch mein Haar. Bald ist Weihnachten, dachte ich. Wir werden zu Harriet reisen, oder sie kommt zu uns. Dann kann ich wieder mit Benjie zusammensein. Bestimmt wird er mich ein zweites Mal bitten, ihn zu heiraten. Vielleicht soll ich ›ja‹ sagen. Falls ich Enderby verkaufe, bedeutet dies einen kleinen Schritt weg von der Vergangenheit und von Beau. Wenn ich Benjie heirate, bedeutet es einen großen...

Ich dachte an Mistreß Pilkington und daran, wie sehr sie sich für alles interessiert hatte – für mich und meine Verlobung mit Beau nicht weniger als für das Haus. Sie hatte scharfe, hellwache Augen, lohfarbene Augen, wenn ich mich recht erinnerte, die zu dem herrlichen roten Haar paßten. Eine überaus gepflegte Erscheinung, die wußte, was man für seine Schönheit tun konnte, und die dies auch gewissenhaft tat. Sie hatte von dem vielen Gerede über Beau und mich bei Hof berichtet. Es gab wahrhaft bösartige Kommentare darüber, daß ich eine reiche Erbin war. Lange Zeit vor mir hatte Beau schon einmal versucht, eine andere Erbin zu entführen, wie mir Harriet berichtete, als sie mich zu trösten versuchte. Aber der Vater des Mädchens konnte die Heirat verhindern.

»Armer Beau«, hatte Harriet gesagt. »Mit seinen Entführungen hat er kein Glück.« Nachdem Beau verschwunden war, wurde sicher noch mehr über ihn getuschelt.

So war es verständlich, daß auch die elegante Mistreß Pilkington von der Angelegenheit wußte. Ebenso verständlich war es, daß sie ihr Interesse zeigte, als sie sich ein Haus ansah, das der bewußten Erbin gehörte.

Ich sperrte die Tür auf und betrat die Halle. Einen Moment blieb ich stehen und schaute zur Empore hinauf. Alles war vollkommen still. Ich lauschte angestrengt.

Sicher würde ich meine Einbildungen los sein, wenn Mistreß Pilkington sich hier mit ihrem Sohn häuslich einrichtete. Vermutlich würde sie mich auffordern, sie zu besuchen. Alles würde total anders sein. Und genau das wollte ich. Meine Entscheidung war richtig gewesen.

Ich stieg die Treppe hinauf und wandte mich zur Musikantenempore. Irgend etwas war verändert. Ach ja, einer der Schemel war nach vorn gerückt worden.

Mistreß Pilkington war also schon hiergewesen.

Dann roch ich den Duft. Er war unverwechselbar und traf mich wie ein Schock. Mein Herz begann zu hämmern.

Es war jener bestimmte Moschusduft, und er brachte Beau zurück. Ich konnte sein Gesicht sehen und seine Stimme hören. Er hatte mir früher einmal erzählt, daß er diesen Duft wegen seiner starken Intensität so gern mochte. Beau interessierte sich sehr für Parfüms und stellte sie auch selbst her. Moschus sei ein erotisches Parfüm, erklärte er mir. Man füge es häufig anderen Essenzen bei, um ihnen damit eine sinnlichere Note zu verleihen. »Stell dir vor, Carlotta, alles, was in die Nähe kommt, nimmt den Geruch von Moschus an. Er steigert das Verlangen und gilt als Liebesduft.«

So hatte Beau geredet, und der starke Moschusgeruch brachte ihn mir klarer zurück, als es durch irgend etwas anderes möglich gewesen wäre.

Meine Stimmung wandelte sich schlagartig. Wenn ich geglaubt hatte, dem Zauber entronnen zu sein, mit dem er mich umfangen hielt – welch ein Irrtum! Beau war so beherrschend wie eh und je.

Im ersten Moment überwältigten mich meine Gefühle derart, daß ich keinen Gedanken daran verschwendete, warum ich diesen Duft ausgerechnet auf der Musikantenempore wahrnahm. Ich stand bewegungslos da und sehnte mich so schrecklich nach Beau, daß ich an nichts anderes denken konnte.

Doch nach einer Weile meldete sich mein Verstand zu Wort. Woher kommt dieser Geruch? Jemand war hier, der so stark parfümiert gewesen sein mußte, daß ein Dufthauch zurückblieb, als er oder sie das Haus verließ.

Mistreß Pilkington. Natürlich. Allerdings hatte ich bei der Hausbesichtigung nicht bemerkt, daß sie Moschusparfüm verwendete. Das wäre mir garantiert aufgefallen. Ich entsann mich vielmehr eines zarten Veilchendufts, der sie umgab.

Sie hatte den Schlüssel. Das war die logische Erklärung. Warum stand ich so entgeistert hier herum? Beau war schließlich nicht der einzige Mensch, der Moschus benutzte, um damit seine Wäsche zu parfümieren. Es war doch geradezu Mode bei den anspruchsvollen Gentlemen am Hof. Diese Sitte war zum erstenmal während der Restauration aufgetaucht. Beau behauptete, daß es in London und überall im Land so viele eklige Gerüche gab, daß ein Mann etwas tun mußte, um seine Nase vor ihnen zu schützen.

Ich durfte nicht töricht und wirklichkeitsfremd sein.

Fort, nur fort! Es hatte keinen Zweck, durchs Haus zu gehen. Dazu war ich viel zu verstört. Die Erklärung mochte noch so plausibel sein, der Duft hatte mir ein zu deutliches Bild von Beau vorgegaukelt. Ich wollte fort.

Dann sah ich plötzlich etwas Glänzendes auf dem Boden liegen. Ich bückte mich und hob es auf. Es war ein Knopf, und zwar ein außergewöhnlicher Knopf aus Gold, kunstfertig ziseliert.

Ich hatte solche Knöpfe schon früher gesehen, nämlich an einem weinroten Samtmantel, und sie gebührend bewundert.

»Sie wurden speziell von meinem Goldschmied für mich angefertigt«, hatte Beau mir erklärt. »Merk dir, Carlotta, daß es immer die Details an der Kleidung sind, die ihr besondere

Eleganz verleihen. Diese Knöpfe machen meinen Mantel einzigartig.«

Und hier lag nun plötzlich ein solcher Knopf auf dem Boden der Musikantenempore!

Das konnte doch nur eines bedeuten: Beau war hiergewesen.

»Beau«, flüsterte ich sehnsuchtsvoll und erwartete fast, daß er gleich vor mir auftauchen würde.

Doch nur das tiefe Schweigen des Hauses umgab mich. Ich wandte prüfend den Knopf hin und her. Er war schließlich keine Halluzination, sondern ebenso real wie der Duft, der in der Luft lag, Beaus Duft. Es ist ein Zeichen, dachte ich, eine Art Omen, weil ich vorhabe, das Haus zu verkaufen.

Ich setzte mich auf einen Schemel und lehnte die Stirn gegen die Balustrade. Der verschobene Schemel und der Duft mußten noch nicht viel bedeuten. Der Knopf aber war ein sicherer Beweis.

Wann hatte ich Beau zuletzt in diesem Mantel gesehen? In London war es gewesen. Soweit ich mich erinnerte, hatte er ihn in Enderby nie getragen. Und doch lag der Knopf nun hier. Bestimmt hatte er ihn nicht schon damals verloren, als er hier wohnte. Irgend jemand hätte den Knopf sonst schon längst gefunden.

Ich war völlig durcheinander. Gefühle überfluteten mich, die für mich schwer zu begreifen waren. Ich konnte mich nicht entscheiden, ob ich vor Freude halb verrückt oder aber tiefunglücklich war. Dann wieder fühlte ich mich in schwarzen unbekannten Tiefen verloren. Wieder rief ich seinen Namen. Meine Stimme hallte durchs Haus. Das war nicht gut. Vielleicht versteckte sich irgendwo die törichte kleine Damaris und spionierte mir nach. Nein, das war ungerecht. Damaris spionierte nicht. Aber sie hatte die Angewohnheit, gerade dann aufzutauchen, wenn sie unerwünscht war.

Beau! Was hat dies zu bedeuten? Bist du da? Verbirgst du dich? Willst du mich quälen?

Ich verließ die Empore und wanderte durchs Haus. Als ich unser Schlafzimmer betrat, bemerkte ich auch dort den Moschusduft.

Es war unheimlich. Bald würde es dunkeln, und die Geister würden erscheinen, falls es überhaupt Geister waren.

»O Beau, Beau«, flüsterte ich. »Bist du hier irgendwo? Gib mir ein Zeichen! Hilf mir zu verstehen, was dies alles bedeutet.«

Ich spürte, wie der Knopf in meiner Hand warm wurde. Es hätte mich nicht gewundert, wenn er plötzlich verschwunden wäre, aber er war unverändert da.

Widerstrebend ging ich ins Freie und band mein Pferd los. Es war bereits dunkel, als ich im Dower House ankam. Priscilla wartete in der Halle.

»O, da bist du ja endlich, Carlotta. Ich wußte, daß du ausgeritten bist, und begann mir Sorgen zu machen.«

Laß mich in Ruhe! hätte ich am liebsten geschrien. Achte nicht auf mich und mach dir keine Sorgen! Statt dessen sagte ich in kaltem Tonfall etwas ganz anderes: »Ich kann selbst auf mich achtgeben.«

Dann zögerte ich einen Moment, bevor ich weitersprach: »Ich glaube, daß ich Enderby nun doch nicht verkaufen werde.«

Meine Entscheidung wurde reichlich konsterniert aufgenommen. Großvater Carleton hielt es für absurd, daß ein junges Ding wie ich in solchen Angelegenheiten überhaupt etwas zu entscheiden hatte. Enderby war weder von Nutzen noch eine Zierde und sollte verkauft werden. Wahrscheinlich war meine Großmutter derselben Meinung. Leigh zeigte sich tolerant und erklärte, daß es meine Angelegenheit sei, während sich Priscilla wie üblich Sorgen über mein unverständliches Verhalten machte. Sie ahnte, daß es etwas mit Beau zu tun hatte, und war traurig, da sie gehofft hatte, ich sei endlich über diese Affäre hinweg.

Ich schickte einen Boten nach Crowhill zu Mistreß Pilkington, um sie darüber zu informieren, daß ich meine Meinung geändert hatte. Sie sandte mir den Schlüssel mit einem Brief zurück, in dem sie ihrer Enttäuschung Ausdruck gab. Doch sie fügte hinzu, daß sie begreifen könne, wie schwierig es für mich sei, mich von einem solchen Haus zu trennen.

Weihnachten rückte näher, und es herrschte wie immer emsige Geschäftigkeit bei den Vorbereitungen. Priscilla versuchte alles mögliche, um mein Interesse zu wecken, doch ich war in unleidlicher Stimmung. Bei der kleinsten Gelegenheit ging mein Temperament mit mir durch, so daß Sally Nullens mich mit einem Brummbären verglich. Harriet schrieb, daß sie mit Gregory und Benjie zu uns kommen würde. Wir verbrachten das Weihnachtsfest immer gemeinsam, entweder in Eyot Abbas oder in Eversleigh. Meine Großmutter bestand darauf. Sie mochte Harriet sehr gern und war fast ihr ganzes Leben lang mit ihr befreundet gewesen. Sie hatten sich vor der Restauration in Frankreich kennengelernt. Nur manchmal war meine Großmutter ihr gegenüber schroff im Ton, was Harriet zu belustigen schien. Wer ihre Vergangenheit kannte, konnte es verstehen, denn zu einer gewissen Zeit war Harriet Arabellas Konkurrentin gewesen, und Edwin Eversleigh war der Vater von Harriets Sohn Leigh, der nun Priscillas Ehemann war. Unsere Familienbande waren reichlich kompliziert. All das war vor langer Zeit geschehen und sollte nach Harriets Ansicht längst vergessen sein. Aber ich konnte Arabellas gemischte Gefühle für Harriet gut nachfühlen. Als Priscilla sich zu Harriet geflüchtet hatte, weil sie mit mir schwanger war, hatte dies sicher auch einen Schlag für Arabella bedeutet. Trotz alledem wurde Harriet nach Eversleigh Court eingeladen. Ihre Beziehung zu meiner Großmutter und auch zu meiner Mutter war sehr eng, von dem Vertrauensverhältnis zu mir ganz zu schweigen. Harriet hatte immer eine wichtige Rolle in unserem Leben gespielt und gehörte zur Familie. Mein Großvater konnte sie als einziger nicht leiden und machte daraus wie üblich auch kein Hehl. Allerdings nahm ich an, daß er seine Auseinandersetzungen mit ihr genoß, ebenso wie sie. Es war immer etwas los, wenn Harriet zu uns kam.

Alles verlief an Weihnachten wie üblich. Man holte das Weihnachtsscheit herein, dekorierte die große Halle, schenkte den Weihnachtssängern Glühwein aus dem dampfenden Krug ein, tafelte und tanzte unter den Stechpalmen- und Mistelzweigen.

Natürlich waren auch die Willerbys da. Die kleine Christabel wurde von Sally ins Kinderzimmer gebracht, wo diese gemeinsam mit Emily kopfschüttelnd darüber klagte, daß in Grasslands nichts so perfekt sei wie in Eversleigh.

Während wir wohlig gesättigt am Tisch saßen, die Pokale voller Malvasier- und Muskatellerwein, auf den mein Großvater zu Recht stolz war, sprach Thomas Willerby erneut davon, Grasslands aufzugeben.

»Es gibt dort zu vieles, das mich an Christabel erinnert«, sagte er und schaute dabei meine Mutter an.

»Für uns wäre es schrecklich, wenn Ihr weggingt«, erwiderte sie.

»Und reichlich merkwürdig, jemand anderen in Grasslands zu haben«, fügte meine Großmutter hinzu.

»Wir bilden eine solch glückliche Gruppe«, mischte sich nun Leigh ein. »Sind wir nicht wie eine große Familie?«

Thomas setzte eine sentimentale Miene auf. Vermutlich würde er gleich wieder beteuern, daß er alles Glück den Eversleighs verdanke.

Seine verstorbene Frau war als uneheliche Tochter meines Großvaters, der früher ein wilder Bursche gewesen sein mußte, zur Welt gekommen. Um so mehr beglückte es mich immer wieder zu sehen, wie sehr er nun seiner Frau ergeben war. Harriet hatte einmal eine entsprechende Bemerkung darüber gemacht. »Er war der reinste Wüstling, bevor er Arabella heiratete. Durch sie hat er sich gewandelt.« Mir gefiel die Vorstellung, daß es Beau nach unserer Hochzeit genauso ergangen wäre.

»Nur der Gedanke daran, daß ich euch alle verlassen muß, hat meine Abreise bisher verhindert«, sagte Thomas. »Als Christabel starb, war mir klar, daß ich niemals vergessen kann, solange ich hierbleibe. Doch nun drängt mich mein Bruder in York, dorthin zu kommen.«

»Lieber Thomas, Ihr müßt natürlich gehen, wenn es Euch glücklicher macht«, sagte Priscilla.

»Versucht es für ein Weilchen«, schlug Harriet vor. »Ihr könnt ja immer wieder zurückkommen.« Dann wechselte sie das Thema, da, wie ich sehr wohl wußte, dieses sentimentale Gerede sie ungeduldig machte.

»Schon seltsam, wenn hier plötzlich zwei Häuser zum Verkauf stünden«, meinte sie. »Aber Carlotta hat sich ja anders entschlossen und will Enderby nun doch nicht verkaufen... jedenfalls nicht gleich. Wie unsere neue Nachbarin wohl gewesen wäre?«

»Du warst recht beeindruckt von ihr, nicht wahr, Carlotta?« fragte meine Mutter.

»Sie war sehr elegant. Keine ausgesprochene Schönheit, aber sehr attraktiv mit ihrer roten Haarmähne. Ja, mir hat Mistreß Pilkington durchaus Eindruck gemacht«, gab ich zu.

»Pilkington«, rief Harriet, »doch nicht etwa Beth Pilkington!«

»Sie hieß Mistreß Elizabeth Pilkington.«

»War sie hochgewachsen und hatte eine merkwürdige Augenfarbe? Ich glaube, man bezeichnete ihre Augen als topasfarben. Im Theater sagten wir, daß sie rötlich-gelb seien wie ihre Haare. Du liebe Güte! Beth Pilkington wäre also die neue Herrin auf Enderby geworden, wenn Carlotta es hergegeben hätte. Sie war eine beachtliche Schauspielerin. Während meiner Saison in London stand ich mit ihr auf der Bühne.« Harriet lachte.

»Jetzt wird mir manches klar«, sagte ich nachdenklich. »Sie war also Schauspielerin. Kennst du ihren Sohn?«

»Nein, den habe ich noch nie gesehen. Bestimmt hatte Beth einen reichen Gönner. Ja, er muß schon sehr reich gewesen sein, um ihre Ansprüche zu befriedigen.«

Meine Mutter machte ein unbehagliches Gesicht und meinte, daß es wohl einen harten Winter geben würde. Es mißfiel ihr, wenn vor Damaris und mir über solche angeblich unseriösen Dinge geredet wurde. Leigh kam ihr wie immer zu Hilfe und berichtete, was er mit einem Teil des Landes zu tun beabsichtigte, das er kürzlich erworben hatte. Mein Großvater schmunzelte maliziös, und ich vermutete, daß er das Gespräch wieder auf Beth Pilkington lenken wollte. Arabella warf ihm jedoch einen strafenden Blick zu, der ihn erstaunlicherweise schweigen ließ.

Dann wandte sich die Unterhaltung der Politik zu, dem heißgeliebten Gesprächsstoff meines Großvaters. Er war ein aufrechter Protestant, der sich nie scheute, seine Gefühle zu offenbaren. Seine Überzeugung hatte ihn während der Monmouth-Rebellion fast das Leben gekostet, da er aktiv in das Geschehen eingegriffen hatte und deshalb vor den berüchtigten Richter Jeffreys gebracht wurde. In unserer Familie erwähnte man dies so gut wie nie, doch ich hatte anderswo davon gehört. Alle regten sich furchtbar auf, wenn jene Zeit auch nur zur Sprache kam. Aber jetzt war er völlig in Sicherheit. Mit Williams Regierungsantritt war der Protestantismus in England fest etabliert worden, obwohl es immer noch gewisse Befürchtungen gab, daß James II. zurückkehren könnte. Ich wußte, daß viele Leute noch insgeheim auf das Wohl des Königs ›jenseits des Meeres‹ tranken und damit James meinten, der als Gast des französischen Königs in Frankreich Zuflucht gefunden hatte.

Nun gab es Gerüchte, daß König William kränkelte. Er und seine Frau Mary hatten keine Kinder. Als Mary starb, verheiratete sich William nicht wieder. Er war ein guter König, wenn auch nicht sonderlich beliebt. Falls er das Zeitliche segnete, bestand die Gefahr, daß James eine Rückkehr anstrebte.

Dies war für meine Mutter und Großmutter eine Quelle ständiger Angst. Als Frauen empfanden sie nur Verachtung für die Kriege, bei denen die meisten Männer so gerne mitmachten. Die meisten Kriege seien völlig sinnlos geführt worden, meinte Harriet.

Irgend jemand erwähnte den Tod des kleinen Herzogs von Gloucester, des Sohnes von Prinzessin Anne, Schwester der verstorbenen Königin Mary und Schwägerin des jetzigen Königs. Der kleine Herzog war nur elf Jahre alt geworden.

»Arme Frau«, sagte Arabella. »Was hat sie durchgemacht! Siebzehn Kinder, und kein einziges lebt. Sie soll völlig zusammengebrochen sein, denn alle ihre Hoffnungen galten diesem Sohn.«

»Auch unser Land ist davon betroffen«, fügte mein Großvater hinzu. »Falls William nicht mehr lange lebt, bleibt als einzige Alternative ja nur Anne. Wenn sie kein weiteres Kind bekommt, was dann?«

»Im nächsten Jahr wird manch einer mit dem Thron liebäugeln«, sagte Leigh.

»Ihr meint, von jenseits des Meeres?« fragte Thomas Willerby.

»Ja, das meine ich.«

»Anne hat noch viele Jahre vor sich. Sie ist erst fünfunddreißig, soweit ich weiß«, sagte Priscilla.

»Und sie hat leider bewiesen, daß sie keine gesunden Kinder zur Welt bringen kann«, ergänzte mein Großvater.

»Armer kleiner Herzog«, seufzte meine Mutter. »Ich beobachtete ihn einmal, als wir in London waren. Er exerzierte mit seiner holländischen Garde im Park. Er war ein richtiger kleiner Soldat.«

»Ein erbärmliches Wesen«, meinte Harriet. »Sein Kopf war zu groß für das Körperchen. Seit langem war klar, daß er nicht alt werden würde.«

»Welch ein Schicksal! Der König mochte ihn gern, das habe ich jedenfalls gehört.«

»William hatte nie viel Zuneigung für andere übrig«, widersprach Leigh.

»Nein«, stimmte mein Großvater zu. »Aber es ist auch nicht die Aufgabe eines Königs, Zuneigung zu verschwenden, sondern sein Land zu regieren, und das hat William mit beachtlichem Geschick getan.«

»Aber jetzt, Carleton? Was passiert jetzt?« erkundigte sich Thomas Willerby.

»Nach William kommt Anne«, erwiderte mein Großvater. »Bleibt uns nur zu hoffen, daß sie noch einen Sohn zur Welt bringt, und diesmal einen gesunden.«

»Falls nicht, könnten arge Schwierigkeiten entstehen«, meinte Benjie.

»Oh, ich habe dieses Gerede über Streit und Kampf satt«, rief Harriet. »Kriege haben nie etwas Gutes bewirkt. Ist dies ein passendes Gespräch für Weihnachten? Wir sollten die

Jahreszeit des Friedens und des guten Willens mehr genießen und weniger davon reden, was passiert, falls... ›Falls‹ ist ein Wort, das ich noch nie besonders schätzte.«

»Da wir gerade von Kriegen sprechen«, sagte mein Großvater mit einem boshaften Seitenblick auf sie, »in Spanien wird es bald Ärger geben.« Er wandte sich an Leigh und Benjie. »Was haltet ihr davon, daß die Enkel des französischen Königs die spanische Krone übernehmen?«

»Gefährlich«, sagte Leigh.

»Nicht gut«, stimmte Benjie bei.

»Was geht uns denn Spanien an?« argumentierte meine Großmutter.

»Wir können nicht zulassen, daß Frankreich halb Europa beherrscht«, erklärte mein Großvater. »Das siehst selbst du ein, oder?«

»Nein, ganz und gar nicht. Ich glaube, daß du überall nur Unruhe witterst.«

»Wenn es irgendwo Unruhe gibt, sind wir nicht so dumm, unsere Augen abzuwenden.«

Harriet winkte den Musikanten auf der Empore zu, die sofort zu spielen begannen.

Mein Großvater musterte sie durchdringend. »Hast du schon mal von jenem Imperator gehört, der auf der Laute spielte, während Rom brannte?«

»Ja, ich habe von ihm gehört«, erwiderte Harriet. »Er muß das Lautenspiel sehr geliebt haben.«

»Du glaubst mir nicht, nicht wahr? Aber ich will dir etwas sagen. In unserem Land geschehen Dinge, die allen unwichtig erscheinen, die zu blind sind, um deren wahre Bedeutung zu erkennen, oder so benebelt durch ihre Sehnsucht nach Frieden, daß sie in eine andere Richtung schauen. Was unser Land betrifft, betrifft auch uns. Ein kleiner Junge, der Herzog von Gloucester, ist gestorben. Dieser kleine Junge wäre rechtmäßiger König geworden. Jetzt ist er tot, und du hältst das für unwichtig. Warte nur ab.«

»Carleton, man hätte dich auf den Namen Jeremias taufen sollen«, sagte Harriet spöttisch.

»Du regst dich immer viel zusehr über Dinge auf, die vielleicht nie eintreffen«, mischte sich nun meine Großmutter ein. »Wer wird eigentlich heute den Tanz anführen?«

Mein Großvater erhob sich lächelnd und nahm sie bei der Hand. Mich hatte diese Unterhaltung über Konflikte im Königshaus nicht im mindesten interessiert. Ich sah nicht ein, daß es mich etwas angehen könnte. Aber schon bald sollte ich feststellen, wie sehr ich mich hier irrte.

Am folgenden Tag saßen wir alle wieder an der Tafel zusammen, als ein Besucher kam.

Ned Netherby war von Netherby Hall herübergeritten. Er machte einen aufgeregten Eindruck.

»Ihr kommt gerade recht zum Dinner«, begann meine Mutter, brach jedoch jäh ab, als ihr sein verstörtes Gesicht auffiel.

»Habt Ihr schon gehört?« fragte er. »Nein, wohl kaum.«

»Was ist passiert, Ned?«

»Es geht um General Langdon.«

»Ach, dieser Mann«, sagte mein Großvater. »Ich bin überzeugt, daß er ein Papist ist.«

»Es hat ganz den Anschein. Sie haben ihn gefangen und in den Tower gesperrt.«

»Was?«

»Er wurde verraten. Übrigens versuchte er auch mich in die Sache hineinzuziehn«, berichtete Ned. »Zum Glück hat er es nicht geschafft.«

Meine Mutter war blaß geworden und vermied es, Leigh anzuschauen. Ich spürte förmlich, welch schreckliche Angst sie gepackt hielt.

Nein, doch nicht Leigh, dachte ich. Er wird bestimmt bei keiner Verschwörung mitmachen.

»Deshalb war er vor kurzem hier«, fuhr Ned fort. »Er bemühte sich, eine Truppe zusammenzustellen, wurde dabei entlarvt, und nun wird es ihn seinen Kopf kosten.«

»Was für einen Plan hatte er denn?« erkundigte sich Carl.

»Er wollte James zurückholen und wieder auf den Thron setzen, das ist wohl eindeutig.«

»Dieser Schurke!« polterte mein Großvater los.

»Nun, es ist ja nichts daraus geworden«, meinte Ned. »Gott sei Dank habe ich mich nicht überreden lassen.«

»Das will ich doch schwer hoffen, Ned«, sagte mein Großvater. »Papisten in England! Nein, von der Sorte haben wir schon genug gehabt.«

»Ich hielt es für richtig zu kommen, weil...«, begann Ned, zögerte und schaute dann Leigh an.

»Vielen Dank. Aber auch ich bin nicht darin verwickelt«, sagte dieser ruhig. »Es war sehr fürsorglich von Euch, Ned.«

»Welch ein Glück! Ich weiß nämlich, daß Langdon auch hier bei Euch gewesen ist. Meint Ihr, daß man uns verdächtigen wird?«

Meine Mutter griff sich mit der Hand ans Herz, und Leigh umfaßte sofort ihre Schulter. »Aber bestimmt nicht. Jeder kennt unsere politische Gesinnung. Wir stehen fest hinter William und werden bei Anne das gleiche tun.«

»Und nach ihr wären wir auf seiten der Hannoveraner, falls Anne keine Nachkommen mehr bekommt«, brummte mein Großvater.

»Wir auch«, stimmte Ned zu. »Aber ich hielt es doch für wichtig, Euch zu informieren.«

»Er sitzt also im Tower. Na, da gehört er auch hin.« Mein Großvater schlug mit der Faust auf den Tisch wie immer, wenn er sich autoritär zeigen wollte. »Was hatte er denn genau vor, Ned?«

»Der General deutete es mir gegenüber an, als er herkam«, mischte sich nun Leigh ein. »Er horchte die Leute aus, um herauszufinden, wie viele sich unter James' Banner versammeln würden, falls er zurückkäme. Ich glaube kaum, daß er sehr erfolgreich war, denn wir haben alle genug vom Krieg. Und einen Bürgerkrieg will erst recht keiner. James täte gut daran zu bleiben, wo er ist.«

»Die Verschwörung ist also aufgedeckt. Was wird wohl aus unserem General?« überlegte Harriet.

»Er verliert seinen Kopf, was sonst«, schrie mein Großvater. »Wir können es uns nicht leisten, seinesgleichen am Leben zu lassen. Es steht reichlich schlecht um uns, wenn Generäle aus der Armee des Königs bereit sind, den Verräter zu spielen.«

»Das Dumme daran ist nur, daß er dich für den Verräter an James hält, der schließlich unser König war«, stichelte Harriet.

Er ignorierte ihre Bemerkung, und meine Mutter forderte Ned auf, mit uns zu speisen.

Sie war ihm sehr dankbar, doch die Furcht ließ sie in der nächsten Zeit nicht los. Seit mein Großvater bei dem Monmouth-Aufstand vor Gericht gestellt worden war, hatte sie eine panische Angst davor, daß sich die Männer unserer Familie in irgendeine Verschwörung hineinziehen ließen. Priscilla wurde geradezu wütend, wenn sie von der Torheit der Männer sprach, die ihrer Meinung nach nichts dazulernen wollten.

Der Abend hatte seine festliche Atmosphäre verloren. Ich hing melancholischen Gedanken an den galanten General nach, der nun in einer trostlosen Zelle im Londoner Tower saß. Wie schnell konnte sich das Geschick eines Menschen zum Schlechten wenden!

Mit jedem Tag hörten wir mehr über die unerfreuliche Affäre, die für viele nicht unerwartet gekommen war. Es gab eine ganze Menge Engländer, die James' Rückkehr wollten, und die Jakobitenbewegung fand überall in England Anhänger. Dieser Fall erregte ein besonderes Interesse, weil er von einem General aus Williams Armee in die Wege geleitet worden war.

Keiner unserer sonstigen Bekannten war davon betroffen. Wir erfuhren, daß der General noch nicht verurteilt worden war. Als die Tage vergingen, vergaß ich das Ganze vorübergehend.

Ich hatte in diesen Weihnachtsferien wahrlich an anderes zu denken. Benjie bat mich nämlich ein zweites Mal um meine Hand.

Ich konnte ihm immer noch keine definitive Antwort geben, beschäftigte mich in Gedanken aber viel mit ihm.

»Du denkst doch nicht etwa immer noch an Beaumont Grandville, Carlotta?« fragte er mich eindringlich.

Ich zögerte.

»Aber er ist fort, Carlotta, und er wird auch sicher nie mehr zurückkommen, denn sonst hätte er es längst schon getan.«

»Wahrscheinlich läßt sich mein Verhalten nur mit der Treue erklären, Benjie.«

»Weißt du, was Harriet neulich zu mir sagte? ›Carlotta sehnt sich nach einem Traum. Der Mann, den sie sich herbei wünscht, hat nie existiert.‹«

»Beau hat sehr wohl existiert, Benjie.«

»Nicht so, wie du glaubst. Harriet ist der Meinung, daß du dir ein falsches Bild von ihm gemacht hast.«

»Ich kannte ihn sehr gut. Er hat mir nie etwas über sich vorgetäuscht.«

»Aber er ist fort, Carlotta. Vielleicht sogar schon tot.«

»Manchmal glaube ich das auch. O Benjie! Wenn ich nur irgendwie herausfinden könnte, ob er noch lebt oder schon gestorben ist. Ich glaube, daß dann einem Neubeginn nichts mehr im Wege stünde.«

»Ich werde Nachforschungen anstellen«, versprach Benjie. »Er muß auf dem Kontinent sein, nach Harriets Ansicht in irgendeiner eleganten Stadt. Er würde sich niemals auf dem Land begraben. Ich will dich heiraten, Carlotta. Vergiß das nicht.«

»Du bist so gut zu mir, Benjie. Bitte, hör nicht auf, mich zu lieben.«

Vermutlich war das schon eine Art Zugeständnis, denn irgendwie wußte ich, daß ich Benjie eines Tages doch heiraten würde.

Gegen Ende Januar reisten Harriet, Gregory und Benjie nach Eyot Abbas zurück. Harriet hatte mir inzwischen klipp und klar den Rat gegeben, Benjie möglichst rasch zu heiraten. Je eher, desto besser.

»Komm uns besuchen, wenn es Frühling wird«, schlug sie vor.

Erst im Mai machte ich mich auf den Weg nach Eyot Abbas. Meine Mutter war wieder in ausgeglichener Stimmung, denn inzwischen stand fest, daß wir keine Unannehmlichkeiten wegen General Langdon zu befürchten hatten. Außerdem nahm sie als ziemlich sicher an, daß ich nach der Rückkehr aus Eyot Abbas meine Verlobung mit Benjie bekanntgeben würde. Das war ihr Herzenswunsch. Es würde uns alle noch enger zusammenschließen.

Leigh wurde von seinen Ländereien stark in Anspruch genommen und ließ immer neue Äcker anlegen. Es hatte einen neuen Parlamentsbeschluß gegeben, der festlegte, daß Prinzessin Anne die nächste in der Thronfolge nach William sein würde. Sollte sie ohne Erben sterben, würde die Krone an die Nachkommen von Sophie von Hannover fallen, vorausgesetzt diese waren protestantisch.

»Sehr vernünftig«, kommentierte Leigh. »Somit steht fest, daß James nie mehr auf den Thron zurückkehrt. England wird von nun an nur noch protestantische Könige haben.«

Dieses Gerede über Religion langweilte mich. »Wieso ist das eigentlich wichtig? Wen kümmert es denn, ob wir einen protestantischen oder einen katholischen König haben«, sagte ich.

»Es ist dann wichtig, wenn Männer sich deshalb streiten und darauf bestehen, daß die anderen jeweils ihrer Ansicht sein müssen«, gab Leigh zurück.

»Genau das bezweckt doch auch dieser Parlamentsbeschluß«, wandte ich ein.

Im Grunde war es mir wirklich egal, aber ich wollte gerne das letzte Wort haben. Andererseits nahm ich es insgeheim doch ein wenig übel, wie die Katholiken behandelt wurden. Immerhin war mein Vater für seinen katholischen Glauben gestorben, und auch der gute alte Robert Frinton war ein aufrechter Katholik gewesen, der mir sein Vermögen vermacht hatte. Und nun erwartete auch noch General Langdon ein tragisches Ende. Es gefiel mir, daß diese Männer die Gefahr liebten, aber mir mißfiel ihre Intoleranz gegenüber Andersdenkenden.

Ich bereitete mich auf die Abreise nach Eyot Abbas vor. Damaris wurde zu mir geschickt, um mir beim Sortieren meiner Kleider zu helfen. Priscilla versuchte uns immer zusammenzubringen und redete sich ein, daß wir Schwestern einander sehr zugetan waren. Damaris liebte und bewunderte mich ja auch grenzenlos. Es war ein Vergnügen für sie, mir die Haare zu bürsten oder meine Sachen aufzuräumen. Wenn ich für ein festliches Dinner mit Gästen oder für einen Reitausflug fertig angezogen war, stand sie vor mir und verschlang mich förmlich mit ihren Blicken.

»Du bist das schönste Mädchen auf der Welt», sagte sie einmal zu mir.

»Woher weißt du das? Ah, wahrscheinlich bist du eine Kennerin, was die schönen Frauen aller Länder anlangt«, neckte ich sie.

»Du mußt einfach die Schönste sein.«

»Warum denn? Weil ich deine Schwester bin und du alles für unübertroffen hältst, was mit unserer Familie zusammenhängt?«

»Nein, weil du so schön bist, daß keine schöner sein kann.«

Ich hätte mich über diese naive Schwärmerei freuen sollen, doch sie irritierte mich nur. Damaris war das genaue Gegenteil von mir. Ehelich geboren, ein gutes Kind, dem es tatsächlich Spaß machte, mit unserer Mutter die Armen zu besuchen und ihnen Körbe voller Nahrungsmittel zu bringen. Es bekümmerte sie ehrlich, wenn bei jemandem das Dach schadhaft war. Sie wagte sich in solchen Fällen sogar in das Privatzimmer unseres Großvaters und bat ihn, etwas zu unternehmen, obwohl sie schreckliche Angst vor ihm hatte. Er war an ihr nicht sonderlich interessiert und machte daraus auch kein Hehl. Vielmehr tat er alles, um ihre Furcht noch zu steigern. Großmutter Arabella schalt ihn deshalb oft aus und war ganz besonders freundlich zu Damaris. Meinem Großvater gefiel ein eigensinniges Wesen wie ich viel mehr. Falls es nur nach ihm gegangen wäre, hätte er vermutlich nichts gegen meine geplante Hochzeit mit Beau unternommen. Er hielt es für richtig, wenn jeder seine eigenen Fehler machte.

Damaris faltete meine Kleider zusammen und strich mit den Fingerspitzen sanft darüber.

»Dieses blaue gefällt mir besonders gut, Carlotta. Es hat die Farbe von Pfauenfedern, die Farbe deiner Augen.«

»Stimmt nicht. Meine Augen sind um einige Nuancen heller.«

»Aber sie sehen so aus, wenn du dieses Kleid trägst.«

»Damaris, wie alt bist du jetzt?«

»Fast zwölf.«

»Dann wird es langsam Zeit für dich zu überlegen, welche Kleidung für deine eigene Augenfarbe günstig ist.«

»Aber meine Augen sind nicht blau, sondern eher farblos, wie Wasser. Manchmal sind sie fast grau, dann wieder grün und nur ein klein wenig blau, wenn ich etwas Violettes anziehe. Außerdem habe ich keine dichten schwarzen Wimpern wie du, sondern hellbraune, die nicht weiter auffallen.«

»Damaris, ich weiß sehr gut, wie du aussiehst, und brauche keine detaillierte Beschreibung. Welche Schuhe hast du eingepackt?«

Sie zählte sie auf und lächelte dabei auf ihre gutmütige Art. Es war unmöglich, Damaris aus der Fassung zu bringen.

Zwölf Jahre war sie schon alt, überlegte ich. Kurz nach meinem zwölften Geburtstag war ich Beau begegnet. Ich war auch damals schon ganz anders als Damaris und bemerkte sehr wohl alle Blicke, die mich trafen. Meine kleine Schwester sah nichts außer kranken Tieren oder Pächtern, deren Hütten baufällig waren. Einem Mann, der ebenso unerschütterlich und tugendhaft wie sie selbst war, würde sie eine gute Frau sein.

»Ach, laß es bleiben, Damaris«, sagte ich. »Das kann ich allein besser erledigen.«

Niedergeschlagen verließ sie mein Zimmer. Ich war mal wieder gar nicht nett zu ihr gewesen. Warum versuchte ich nicht, die Bewunderung etwas mehr zu verdienen, die sie mir so unbegrenzt zollte? Arme, pummelige Damaris! Sie würde immer die sein, die anderen half und sich selbst dabei vergaß. Wenn ich nicht so ungeduldig mit ihr wäre, müßte sie mir viel öfter leid tun.

Am nächsten Tag wollte ich aufbrechen, und an diesem Abend gab es ein formelles Essen in Eversleigh Court, da meine Großmutter bei solchen Anlässen besonderen Wert auf unsere Anwesenheit legte.

Mein Onkel Carl, der Bruder meiner Mutter, hatte gerade Urlaub von der Armee, in die er der Familientradition gemäß eingetreten war. Großvater Carleton war sehr stolz auf diesen Sohn, der ihm in vielem ähnelte.

Meine Großmutter gab mir alle möglichen Botschaften für Harriet mit und hatte auch einige Kräuter und Tinkturen vorbereitet, die für sie von Interesse sein könnten. Eines der Packpferde würde all das zusammen mit meinen Sachen tragen. Bei guter Witterung war es eine Reise von drei Tagen, und die ganze Tischrunde diskutierte darüber, welche Route ich einschlagen sollte. Da ich schon zu wiederholten Malen nach Eyot Abbas geritten war, kamen mir diese Überlegungen völlig überflüssig vor. Ich protestierte lachend, daß es fast so klänge, als ob sie über das Passahfest berieten.

Großvater schmunzelte. »Unsere Carlotta ist nämlich eine erfahrene Reisende.«

»Erfahren genug, um diese Diskussion übertrieben zu finden«, erwiderte ich.

»Die Gaststätte ›Schwarzer Eber‹ soll recht anständig sein«, sagte Arabella.

»Das kann ich bestätigen«, meinte Carl. »Auf dem Weg hierher verbrachte ich dort eine Nacht.«

»Dann wirst du das gleiche tun, Carlotta«, sagte meine Mutter.

»Warum nennen sie die Herberge wohl ›Schwarzer Eber‹?« wollte Damaris wissen.

»Sie halten dort einen schwarzen Eber, den sie auf alle Reisenden hetzen, die sie nicht mögen«, spottete mein Großvater.

Damaris verzog entsetzt das Gesicht. »Dein Großvater macht nur Spaß, Damaris«, versicherte ihr Priscilla.

Dann wandte sich die Unterhaltung wieder der Politik zu, und mein Großvater fand kein Ende damit. Großmutter schlug vor, die Männer bei ihren imaginären Kämpfen allein zu lassen, damit wir uns ernsthafteren Dingen zuwenden könnten.

Also machten wir es uns im Winterzimmer gemütlich und plauderten über meine Reise. Es folgten weitere Ratschläge, und man schärfte mir ein, daß Harriet mich nicht zu lange bei sich behalten dürfe.

Ich war heilfroh, als wir zum Dower House zurückkehrten.

Am nächsten Morgen stand ich schon beim Morgengrauen auf. Meine Mutter und Damaris waren bereits in den Ställen und überzeugten sich davon, daß alles Nötige auf den beiden Packpferden festgeschnallt war. Drei Knechte begleiteten mich, von denen einer sich speziell um die Packpferde zu kümmern hatte. Meine Mutter hatte wieder ihre Sorgenmiene aufgesetzt.

»Ich möchte, daß du bei deiner Ankunft sofort einen Boten zu uns schickst.«

Ich versprach, dies zu tun.

Dann küßte ich sie und Damaris und ritt los. Vor mir zwei Knechte, der dritte hinter mir, und den Abschluß bildeten die Packpferde. Es war die übliche Anordnung, denn die Straßen waren immer noch nicht ganz ungefährlich, obwohl es in den letzten Jahren zu weniger Zwischenfällen gekommen war.

Man hatte mir eingeschärft, nicht nach Einbruch der Dunkelheit zu reiten, was ich auch befolgen wollte.

Endlich war ich wieder einmal auf dem Weg zu Harriet.

## *Ein Zwischenfall im ›Schwarzen Eber‹*

Es war ein wundervoller Morgen, und ich ritt in bester Laune durch die vertraute Gegend. Überall grünte es, und Wiesengeißbart, Jungfernhaar und Gundelrebe blühten am Wegrand. Es duftete ab und zu nach Weißdorn, während wir durch Wiesen voller Butterblumen und Gänseblümchen kamen. In den Obstgärten glichen die Apfel- und Kirschbäume duftigen rosa oder weißen Wolken.

Die frische Morgenluft und die herrliche Landschaft verfehlten nicht ihre Wirkung auf mich. So unbeschwert war ich seit Beaus Verschwinden nicht mehr gewesen. Es schien fast so, als wolle mir die Natur klarmachen, daß ich nicht für immer und ewig Trübsal blasen durfte. Ein Lebensabschnitt war vorbei, ein anderer lag vor mir. Ich mußte endlich akzeptieren, daß Beau fort war.

Aber wie verhielt es sich mit dem Knopf, den ich in Enderby gefunden hatte? Was besagte der Moschusduft? Ich war ein zweites Mal in Enderby gewesen, doch der Duft war verflogen. Ohne den Knopf als Beweis hätte ich alles für eine reine Ausgeburt meiner Fantasie halten können. Vielleicht hatte Beau ihn doch schon vor seiner Abreise in irgendeinem Winkel verloren. Als Mistreß Pilkington dann das Haus besichtigte, hatte sie ihn wohl versehentlich mit dem Fuß über den Boden gerollt. Schon möglich – aber der Moschusduft?

Auch den hast du dir möglicherweise nur eingebildet, sagte ich mir.

An diesem Maimorgen wollte ich dies nur zu gerne glauben. Ich stellte mir Reitausflüge mit Benjie in die Wälder bei Eyot Abbas vor, köstliche Picknicks und Spaziergänge zu den alten Gemäuern auf der Insel. Dort war ich gezeugt worden, wie ich von meiner Mutter wußte. Gleich nachdem sie mit meinem Vater Jocelyn zum Festland zurückkehrte, wurde er gefangengenommen und hingerichtet. Es war also gar nicht weiter verwunderlich, daß ich für Eyot ganz besondere Gefühle hegte.

Am ersten Tag kamen wir auf der Küstenstraße sehr gut voran, denn das Wetter war ideal. Wir nächtigten im Gasthaus ›Delphin‹, in das ich schon bei anderen Gelegenheiten eingekehrt war. Der Wirt kannte mich. Er tischte uns vorzüglich zubereiteten Hecht auf. Es gab für uns alle Quartier, und nach einer ruhigen Nacht und einem herzhaften Frühstück – Ale, kalter Schinken und frisches Brot – brachen wir zeitig wieder auf.

Der Tag fing gut an. Die Sonne schien warm, die Straßen waren trocken, und schon kurz vor Mittag trafen wir im

Gasthaus ›Rose und Krone‹ ein. Wir ließen uns Taubenpastete und selbstgebrauten Apfelwein schmecken, der weit stärker wirkte, als uns zuerst klar war. Ich trank nur wenig, doch der Knecht, der für die Packpferde verantwortlich war, hielt sich nicht so zurück und war fest eingeschlafen, als es Zeit zum Aufbruch wurde.

Ich weckte ihn, merkte aber gleich, daß er ohne einen erfrischenden Schlummer kaum von Nutzen für uns sein würde. »Wir müssen ihn entweder hierlassen oder etwas warten«, sagte ich zu Jem, dem ältesten Knecht.

»Wenn wir noch warten, Mistreß, erreichen wir den ›Schwarzen Eber‹ nicht vor Dunkelheit.«

»Wir könnten vielleicht woanders übernachten.«

»Ich kenne keine andere Herberge, Mistreß. Außerdem legte Eure Mutter Wert darauf, daß wir gerade dort haltmachen.«

Ich zuckte die Achseln. »Wir werden schon eine andere Unterkunft finden.«

»Mir ist leider kein anderes Gasthaus als der ›Schwarze Eber‹ bekannt. Außerdem müssen wir vorsichtig sein, denn es treibt sich immer viel Gesindel auf den Straßen herum. Eure Mutter schärfte mir ein, nur in Herbergen Rast zu machen, die vertrauenswürdig sind.«

»Ach, welch ein Getue«, sagte ich verdrossen.

»Mistress, ich bin zu Eurem Schutz da und muß die Anordnungen Eurer Mutter befolgen.«

»Im Augenblick bin ich es, die Anordnungen erteilt«, widersprach ich. »Wir müssen jetzt entscheiden, ob wir diesen Dummkopf seinen Rausch allein ausschlafen lassen, also ohne ihn weiterreisen oder ob wir auf ihn warten.«

»Ohne ihn stehen wir nur noch zu zweit zu Eurer Verfügung«, wandte er ein.

»Ach was! Ich bin schließlich keine hilflose Invalidin, sondern kann ganz gut selbst auf mich aufpassen, falls nötig. Wir geben ihm eine Stunde Zeit. Falls er dann nicht hellwach ist, lassen wir ihn hier zurück. Er kann dann mit den Packpferden nachkommen, und wir erreichen noch heute abend den ›Schwarzen Eber‹.«

Genau dies taten wir dann auch, obwohl den Knechten dabei nicht wohl war. Ich lachte Jem aus. »Du schaust ja dauernd über die Schulter nach hinten. Nur weil sich der alte Tom am Apfelwein beschwipst hat, sind wir auch nicht gefährdeter als zuvor. Würden wir angegriffen, so wäre er sowieso keine große Hilfe, und wir können ohne die Packpferde schneller fliehen. Außerdem gibt es nun auch weniger, was sich zu stehlen lohnt.«

»Es ist ein schlechtes Omen, Mistreß«, sagte Jem kopfschüttelnd. »Ich mag es gar nicht, wenn etwas schiefläuft.«

»Tom wird eine gehörige Strafpredigt zu hören kriegen, wenn er nach Eyot Abbas kommt, das kann ich dir versichern.«

»Oh, woher sollte er denn ahnen, daß der Apfelwein so stark war, Mistreß?«

»Das merkte man schon beim ersten Schluck«, widersprach ich nicht ganz wahrheitsgetreu.

Ohne Tom und die Packpferde kamen wir tatsächlich schneller voran, doch das Tageslicht verblaßte bereits, als wir den ›Schwarzen Eber‹ erreichten.

Im Hof der Herberge herrschte zu meiner Verwunderung emsige Geschäftigkeit. Mehrere Knechte liefen hin und her, um die Pferde zu versorgen.

Jem half mir beim Absitzen, und ich betrat das Gasthaus. Der Wirt eilte mir entgegen und rieb sich nervös die Hände.

»Mylady, o Mylady, hier herrscht ein schreckliches Durcheinander. Wir sind bis unters Dach voll.«

Ich war ganz entgeistert.

»Soll das etwa heißen, daß Ihr uns nicht unterbringen könnt?«

»Ich fürchte, so ist es, Mylady. Ich habe das ganze Stockwerk an eine Gesellschaft von sechs einflußreichen Gentlemen vergeben, von denen einer krank ist.«

Plötzlich fiel mir wieder Jems düstere Prophezeiung ein, daß eine Kette von Ereignissen ausgelöst werde, falls etwas schieflaufe. Wenn dieser Tölpel von einem Knecht nicht so viel Apfelwein getrunken hätte, wären wir vor den einflußreichen Gentlemen eingetroffen und hätten Zimmer bekommen. Sonst hatte es immer genug Raum im ›Schwarzen Eber‹ gegeben, denn dieses Gasthaus lag nicht etwa an der Hauptstraße, die zu einer großen Stadt führte.

»Was sollen wir denn tun?« erkundigte ich mich mit anklagender Stimme. »Es wird gleich dunkel.«

»In der Nähe gibt es nur die Herberge ›Zum Haupt der Königin‹, doch auch diese ist immerhin zehn Meilen entfernt.«

»Zehn Meilen! Das schaffen wir nicht. Die Pferde sind müde, und außerdem sind wir nur zu dritt, nämlich zwei Knechte und ich. Den dritten habe ich im Gasthaus ›Rose und Krone‹ zurücklassen müssen, damit er seinen Rausch ausschläft. Seinetwegen sind wir so spät dran.«

Plötzlich erhellte sich das Gesicht des Wirts. »Tja, vielleicht...«

»Sprecht weiter! Vielleicht...«

»Es gibt da noch einen kleinen Raum, der kaum diesen Namen verdient. Eher ist es ein großer Wandschrank... aber immerhin enthält er eine Pritsche, einen Tisch und einen Stuhl... leider nicht mehr. Er liegt auf dem gleichen Stockwerk, auf dem die Gentlemen ihre Zimmer bezogen haben. Ich habe diesen Raum ihnen gegenüber gar nicht erwähnt. Eine von unseren Mägden schläft dort manchmal.«

»Ich nehme ihn. Schließlich brechen wir ja morgen sowieso früh auf. Was ist mit meinen Knechten?«

»Für die ist mir auch schon etwas eingefallen. Eine Meile weiter die Straße entlang gibt es ein Bauerngehöft. Sicher können die beiden auf dem Heuboden über dem Stall schlafen, wenn sie etwas dafür bezahlen.«

»Das geht in Ordnung«, sagte ich. »Jetzt zeigt mir... diesen Schrank.«

»Ich biete ihn Euch nicht gern an, Mylady...«

»Es wird schon gehen«, beruhigte ich ihn. »Das soll mir eine Lehre sein, in Zukunft früher zu kommen.«

Er war sichtlich erleichtert und führte mich die Treppe hinauf.

Wir gelangten zu einem Korridor, an den ich mich von früher her erinnerte. Die erste Tür gehörte zu dem winzigen

Raum, in dem ich die Nacht verbringen würde. Es gab noch vier weitere Türen.

Der Wirt schloß auf, und ich war im ersten Moment entsetzt. Es war wirklich nicht viel mehr als ein Schrank. Die eine Seite wurde von der Pritsche eingenommen, an der anderen standen ein kleiner Tisch und ein Stuhl. Ein schmales Fenster machte das Ganze gerade noch erträglich.

Der Wirt musterte mich fragend. »Es bleibt mir wohl nichts anderes übrig«, meinte ich. Doch dann kam mir ein neuer Gedanke. »Auf diesem Stockwerk gibt es vier geräumige Zimmer. Ihr habt vorhin erwähnt, daß es nur sechs Gentlemen sind. Vielleicht wären sie bereit, die Zimmer jeweils zu zweit zu beziehen. Dann könnte ich einen Raum für mich haben.«

Der Wirt schüttelte den Kopf. »Die Gentlemen haben ausdrücklich betont, daß sie das ganze Stockwerk mieten wollen. Sie haben mich gut dafür entlohnt... auf die Hand. Es geht um diesen kranken Mann. Er darf nicht gestört werden. Am besten ist, Ihr laßt es auf sich beruhen, Mylady. Die Gentlemen wollten das ganze Stockwerk, sie waren geradezu erpicht darauf. Ich hatte diesen kleinen Raum hier in der Aufregung ganz vergessen.«

»Na schön. Ich werde meine Diener gleich zu dem Bauernhof schicken. Danach hätte ich gern heißes Wasser, um mir den Straßenstaub abzuwaschen.«

»Es wird sofort heraufgebracht, Mylady.«

Ich stieg hinter ihm die Treppe hinunter und befahl meinen Knechten, zum Bauernhaus hinüberzureiten. Im Morgengrauen würde ich sie dort abholen, da wir sowieso in diese Richtung reisen mußten.

Wenige Minuten nachdem ich wieder in meiner Kammer war, brachte mir eine Magd eine Schüssel mit heißem Wasser. Ich fühlte mich gleich ein bißchen besser, als ich mir Gesicht und Hände gewaschen und die Haare gekämmt hatte.

Der Gastwirt hatte zuvor erwähnt, daß es heute Spanferkel gäbe, eine Spezialität des Hauses.

Wie hilflos hatte ich mich gefühlt, als ich glaubte, kein Quartier für die Nacht zu bekommen. Doch nun stand mir eine kleine Kammer zur Verfügung, die für ein paar Stunden durchaus genügte. Ich würde mich nicht auskleiden, da erstens kaum Platz war und zweitens alles, was ich für die Nacht normalerweise benötigte, in den Satteltaschen der Packpferde verpackt war.

Den betrunkenen Knecht soll der Teufel holen! Der würde von Harriet und Gregory bei unserer Ankunft etwas zu hören bekommen! Gut, daß wir nicht nach Eversleigh zurückmußten, denn mein Großvater wäre imstande, den Trunkenbold auf der Stelle zu entlassen.

Nun ja, schon morgen würde ich an den unangenehmen Zwischenfall kaum noch denken.

Ich öffnete die Tür und trat auf den Korridor. Genau in diesem Moment kam ein Mann aus einem der anderen Zimmer und schaute mich entgeistert an. Aufregung erfaßte mich. Vermutlich deshalb, weil er mich irgendwie an Beau erinnerte. Dabei sah er ihm gar nicht ähnlich. Es lag lediglich an seiner Größe und einer gewissen modischen, aber dennoch diskreten Eleganz, mit der er sich kleidete. Sein Jackett hatte breite Schultern, die Weste darunter war kunstvoll bestickt. Die langen Beine steckten in feinen Kniehosen und blauen Strümpfen mit eingestickten silbernen Verzierungen. An den Hosen befanden sich seitlich unter dem Knie Verschlußschnallen aus Silber. Der Saum seines Jacketts war mit Draht verstärkt, und ich erhaschte einen flüchtigen Blick auf seinen Degen. Er trug elegante Schuhe mit ziemlich hohen blauen Absätzen. Die Silberschnallen an den Schuhen paßten perfekt zu den Hosenbandschnallen. Seine Perücke war lang und formvollendet gelockt, der Dreispitz hatte silberne Tressen.

Es war merkwürdig, wie genau ich registrierte, was dieser Fremde trug. Später erklärte ich es damit, daß es fast unhöflich gewesen wäre, nicht Notiz davon zu nehmen, da er sich offensichtlich solch große Mühe mit seiner Kleidung gab. Ich nahm einen zarten Duft wahr, was mich vermutlich am allermeisten an Beau erinnerte. Er war ein Dandy wie Beau und benutzte wie dieser Parfüm. Der Fremde gehörte zu der

Sorte von Gentlemen, denen man bei Hofe, aber kaum in einer Landschenke begegnete.

Mir blieb nicht lange Zeit, darüber nachzudenken. Ich wollte gerade die Tür hinter mir schließen, als er mich anfuhr: »Wer seid Ihr, und was tut Ihr hier oben?«

Ich zog nur indigniert die Augenbrauen hoch.

»Was habt Ihr hier oben zu suchen?« Sein Tonfall war noch unfreundlicher geworden. »Ich habe für dieses ganze Stockwerk bezahlt und ausdrücklich betont, daß ich keine Störung dulde.«

»Und ich habe für diese Kammer bezahlt, so unzureichend sie auch ist«, erwiderte ich hoheitsvoll. »Leider muß ich sagen, daß ich Euer Benehmen unmöglich finde, Sir.«

»Ihr habt für ein Zimmer auf dieser Etage bezahlt?«

»Man kann es wohl kaum ein Zimmer nennen. Ich mußte mit diesem Winkel für die Nacht vorliebnehmen, da mir gesagt wurde, daß Ihr die übrigen Zimmer belegt habt.«

»Wie lange seid Ihr schon hier?«

»Ich wüßte nicht, was Euch das angeht.«

Er lief an mir vorbei und stürmte die Treppe hinunter. Ich hörte ihn nach dem Wirt rufen.

Ruhig blieb ich stehen und lauschte.

»Du Gauner! Was soll ich davon halten? Habe ich für die Zimmer bezahlt oder nicht? Und war es nicht völlig klar, daß ich und meine Freunde nicht gestört werden wollen?« wetterte er los.

»Mylord... Mylord... die Lady hat doch nur diese kleine Kammer. Die wäre Euch von keinem Nutzen gewesen. Deshalb habe ich sie gar nicht erst erwähnt. Die Lady kommt oft hierher. Ich konnte sie doch nicht abweisen, Mylord.«

»Habe ich dir nicht erklärt, daß ich einen Schwerkranken bei mir habe?«

»Mylord... die Lady ist sehr verständnisvoll. Sie wird ganz ruhig sein.«

»Ich habe eindeutig angeordnet, daß...«

Kurz entschlossen stieg ich die Treppe hinunter und mußte mich an ihnen vorbeidrängen, da sie mir im Weg standen.

»Euer kranker Freund wird durch den Krach, den Ihr

schlagt, viel mehr gestört werden als durch meine Anwesenheit auf dem gleichen Stockwerk«, sagte ich spitz.

Ohne auf seine Erwiderung zu warten, betrat ich den Schankraum. Mir war bewußt, daß er mir nachschaute. Dann wandte er sich um und ging wieder in den ersten Stock.

Die Frau des Gastwirts hantierte in der Stube herum. Offenkundig war sie bestürzt über das ganze Durcheinander, tat aber ihr Bestes, sich nichts davon anmerken zu lassen.

Sie sagte nur, daß sie mir gleich das Spanferkel auftischen werde, worüber ich mich freute, da ich sehr hungrig war. Es war saftig und gut gewürzt, wie ich schon beim ersten Bissen feststellte. Außerdem ließ ich mir die hausgemachte Wildpastete schmecken. Dazu trank ich Glühwein. Hinterher gab es Äpfel, Birnen und ein Gebäck, das mit Gänsefingerkraut und anderen Kräutern gewürzt war, die ich nicht kannte.

Gerade als ich bei den Keksen angelangt war, kam der fremde Gentleman in die Gaststube.

Er trat an meinen Tisch. »Ich möchte mich für mein Benehmen entschuldigen.«

Ich nickte zustimmend, weil eine Entschuldigung ja wahrlich angebracht war.

»Ich machte mir solche Sorgen um meinen Freund.«

»Das dachte ich mir«, erwiderte ich.

»Er ist schwer krank und kann durch die kleinste Kleinigkeit gestört werden.«

»Ich verspreche, ihn nicht zu stören.«

Nun hatte ich die Möglichkeit, mir sein Gesicht näher zu betrachten, das ich recht interessant fand. Es war braungebrannt, die Perücke darüber schwarzlockig, doch ich vermutete, daß er blonde Haare hatte. Die Augen waren von einem ungewöhnlichen Goldbraun, die Brauen sehr dicht und dunkel. Es war ein sehr männliches Gesicht mit tief eingekerbtem Kinn und vollen Lippen, die sinnlich wirkten. Doch dieser Mund hatte auch etwas Brutales an sich, was gar nicht zu den lebhaften Augen paßte. Er hatte eine beunruhigende Ausstrahlung. Vielleicht lag das aber auch nur daran, daß ich ganz instinktiv auf das andere Geschlecht reagierte, wie Beau mir einmal sagte.

Wenn ich doch endlich aufhören könnte, mich an Beaus Worte zu erinnern und jeden mit ihm zu vergleichen! Auch an diesem Mann war ich nur deshalb interessiert, weil er Beau irgendwie ähnelte.

»Darf ich mich setzen?« fragte er.

»Soviel ich weiß, ist dies eine öffentliche Gaststube. Außerdem werde ich sowieso gleich gehen.«

»Ihr begreift hoffentlich meine Verwirrung, als ich feststellen mußte, daß sich Fremde in der Nähe meines Freundes aufhalten.«

»Fremde? Ihr könnt damit nur mich meinen.«

Er stützte die Ellbogen auf den Tisch und musterte mich eingehend. Ich sah die Bewunderung in seinen Augen und fühlte mich geschmeichelt, wie ich zugeben muß.

»Ihr seid eine sehr schöne junge Lady. Es wundert mich, daß man Euch allein reisen läßt.«

»Dies tut wohl kaum etwas zur Sache«, erwiderte ich abweisend. Dann dachte ich mir, wie unklug es wäre, ihn glauben zu lassen, ich sei ohne Begleitung. »Ich bin übrigens nicht allein, sondern habe meine Knechte bei mir. Sie mußten sich anderswo nach einem Nachtlager umsehen. Ich habe diese Reise schon wiederholt unternommen, doch noch nie ist etwas so Unangenehmes wie diesmal passiert.«

»Bitte, bezeichnet es doch nicht als unangenehm. Ich war zornig, das gebe ich zu. Doch jetzt freue ich mich, daß sich mir die Gelegenheit bietet, Eure Bekanntschaft zu machen. Darf ich Euren Namen erfahren?«

Ich zögerte. Offensichtlich war er von aufbrausendem Temperament und hatte sich tatsächlich sehr geärgert. Doch nun gab er sich alle Mühe, es wiedergutzumachen. Ich wollte nicht nachtragend erscheinen.

»Carlotta Main. Wie heißt Ihr?«

Ich merkte ihm seine Überraschung an. »Carlotta Main«, wiederholte er. »Ihr gehört zur Eversleigh-Sippe, nicht wahr?«

»Oh, Ihr kennt sie?«

»Einige Mitglieder davon. Lord Eversleigh ist Euer...«

»Er ist der Sohn meiner Großmutter aus erster Ehe.«

»Aha. Und Leigh...?«

»... ist mein Stiefvater. Bei uns ist alles sehr kompliziert.«

»Eine Familie mit vielen Militärs. Ich glaube, der berühmte General Tolworthy ist auch einer Eurer Verwandten, soweit ich weiß.«

»Stimmt. Anscheinend bin ich für Euch keine Fremde. Vielleicht kenne ich Eure Familie auch. Wie lautet Euer Name?«

»John... John Field.«

»Ich habe noch nie von irgendwelchen Fields gehört.«

»Unerforschtes Neuland also«, sagte er humorvoll. »Ich wünschte, wir hätten uns unter angenehmeren Umständen kennengelernt.«

»Und ich wünsche Euch, daß Ihr Euren Freund heil nach London schafft.«

»Vielen Dank. Er bedarf schleunigst ärztlicher Pflege. Ich sorge mich sehr um ihn...«

Dies war bereits die zweite Entschuldigung. Ich erhob mich, um nach oben zu gehen. Dieser John Field hatte etwas Herausforderndes. Er musterte mich zu intensiv. Da ich in diesen Dingen einige Erfahrung erworben hatte, war mir klar, in welche Richtung seine Gedanken gingen. Er ähnelte Beau wirklich sehr... Je länger ich mit ihm zusammen war, desto unruhiger wurde ich.

Er stand ebenfalls auf, verbeugte sich, und ich verließ die Gaststube. Vom Tisch in der Halle nahm ich eine Kerze und stieg in den ersten Stock hinauf.

Auf halber Treppe überholten mich die Wirtsfrau und ein Dienstmädchen, die Essen auf großen Tabletts trugen. Offenbar wurde in einem der vier Zimmer getafelt. John Field war also nur deshalb heruntergekommen, um sich bei mir zu entschuldigen.

Ich ging in die Kammer und stellte zu meiner Erleichterung fest, daß es einen Schlüssel gab. Nachdem ich abgesperrt hatte, fühlte ich mich sicher.

Da es erstickend heiß war, öffnete ich das Fenster, und

die einströmende frische Nachtluft machte den Aufenthalt in dem winzigen Raum erträglicher.

Ermattet setzte ich mich auf den Schemel und überlegte, wie spät es wohl sein mochte. Vermutlich war es schon zehn Uhr. Wie froh würde ich sein, wenn die Morgendämmerung anbrach und ich mich wieder auf den Weg machen konnte.

Ein jäher Luftzug löschte die Kerze aus. Ich zündete sie nicht gleich wieder an, da der Mond etwas Licht spendete. Meine Augen gewöhnten sich rasch an das Halbdunkel und nahmen plötzlich einen hellen Streifen an der Wand wahr. Verblüfft starrte ich ihn an und stand dann auf, um ihn mir etwas genauer anzusehen.

Offensichtlich hatte sich hier früher mal eine Tür befunden, die dann mit Brettern vernagelt worden war.

Diese Arbeit wurde nicht gerade fachmännisch durchgeführt, dachte ich kritisch. Vermutlich hatte dieser kleine Raum als eine Art Ankleidekammer gedient, die zu dem angrenzenden Zimmer gehörte. Später hatte man dann aus irgendwelchen Gründen beschlossen, hier eine Schlafstelle für eine Magd zu schaffen, wodurch die Verbindungstür überflüssig geworden war.

Die Ritze an der Seite wäre von mir sicher nicht bemerkt worden, wenn ich nicht im Dunkeln gesessen hätte und wenn im anderen Zimmer kein Licht gebrannt hätte. Im nächsten Augenblick hörte ich Stimmengemurmel. Zuerst nahm ich an, daß es aus dem Zimmer nebenan kam. John Field und seine Freunde schienen heftig über etwas zu diskutieren. Warum saßen sie nicht längst bei Tisch, um sich das Spanferkel schmecken zu lassen, das von der Wirtsfrau und der Magd heraufgebracht worden war?

Als ich unverhofft meinen Namen hörte, war meine Neugier geweckt. Ich preßte mein Ohr an den schmalen Spalt. Gerade sprach John Field. »Carlotta Main... die Erbin... eine der Eversleighs... daß sie ausgerechnet heute nacht hiersein muß...«

Erregtes Stimmengewirr.

»Ich könnte diesen Gastwirt glatt umbringen. Ausdrücklich habe ich angeordnet, daß wir nicht gestört werden wollen...«

»Es ist ja nur eine junge Frau...«

»Ja, aber eine der Eversleighs.«

»Hast du mit ihr gesprochen?«

»Eine echte Schönheit.« Ich hörte ihn leise lachen. »Eine junge Lady mit einer hohen Meinung von sich selbst.«

»Sie hat dir offensichtlich gefallen. Typisch für dich, Hessenfield.«

Hessenfield? Er hatte behauptet, John Field zu heißen, ich war also glatt angelogen worden. Es ging nicht nur um die Aufgabe, einen Kranken zum Arzt zu bringen, garantiert nicht. Wieso brauchte man für so etwas sechs Leute? Oder waren Dienstboten darunter? Aus den Bruchstücken der Unterhaltung, die ich belauscht hatte, folgerte ich eher, daß es nicht so war.

Dann ertönte wieder seine Stimme. »Ein heißblütiges Geschöpf, wenn mich nicht alles trügt. Eine echte Schönheit.«

»Dies ist wohl kaum der geeignete Moment für Tändeleien.«

»Daran mußt du mich nicht erinnern. Wir werden keine Schwierigkeiten mit der hoheitsvollen jungen Lady kriegen. Sie bricht schon bei Morgengrauen auf. Das weiß ich aus ihrem eigenen Munde.«

»Hältst du es für klug...«

»Für klug? Was meinst du damit...?«

»Dich ihr bekannt zu machen? Mit ihr zu sprechen...«

»Oh, ich mußte mich unbedingt entschuldigen.«

»Typisch für dich, den Kavalier zu spielen. Und wenn sie dich nun erkannt hat?«

»Wie sollte sie? Wir haben uns nie zuvor gesehen.«

»Falls sie Bericht über dich erstattet...«

»Dazu wird es nicht kommen. Schließlich werden wir schon in den nächsten Tagen fort sein... Hör mit dem Grübeln auf, Durell! Aber jetzt wollen wir endlich essen gehen...«

Eine Tür wurde geschlossen, dann war alles still. Sie setzten sich offenbar in einem anderen Raum zu Tisch.

Es ging hier etwas höchst Geheimnisvolles vor sich, mit dem ich auf irgendeine Weise auch zu tun hatte. Ich war beunruhigt, weil meine Anwesenheit sie so offensichtlich störte. Was hatte er damit gemeint, daß ich den Mann vielleicht erkannt haben könnte, der sich als John Field ausgab, dessen wahrer Name aber Hessenfield war? Warum hatte er mir überhaupt einen falschen Namen genannt? Es konnte nur einen Grund dafür geben. Er wollte nicht, daß sein Name bekannt würde, falls man ihn bei dieser Unternehmung überraschte.

Eine viel zu lange Nacht lag noch vor mir, in der ich vermutlich nicht viel Schlaf finden würde.

Ich zog meine Jacke aus und legte mich auf das Lager, von dem aus ich den Spalt in der Wand im Auge behalten konnte.

Erst nach Mitternacht bemerkte ich erneut einen Lichtschein. Leise erhob ich mich und preßte mein Ohr wieder an die Bretterverschalung. Ich hörte keine Unterhaltung. Offenbar war jemand allein im Zimmer. Kurz darauf verlöschte das Licht.

Ich schlummerte sehr unruhig und stand schon bei Tagesanbruch auf. Bereits am Vorabend hatte ich beim Wirt die Rechnung beglichen und dabei erwähnt, daß ich ganz früh aufbrechen wollte. Er hatte mir etwas Ale, kalten Schinken und Brot auf den kleinen Tisch stellen lassen. Außerdem gab es einen Krug mit Wasser und eine Schüssel. Ich wusch mich möglichst geräuschlos und aß dann mein Frühstück. Währenddessen hörte ich vom Korridor Geräusche. Meine Nachbarn waren also auch schon wach.

Ich beobachtete durchs Fenster, wie ein Mann zu den Ställen ging.

Gleich darauf vernahm ich ein Knarren auf der Treppe.

Als ich fertig war, öffnete ich die Tür und spähte hinaus. Zuerst war alles ruhig, doch dann hörte ich schweres Atmen und ein halb unterdrücktes Stöhnen, als ob jemand starke Schmerzen hätte.

Ich ging den Korridor entlang zu einer Tür, die nur angelehnt und aus der das Stöhnen noch deutlicher zu vernehmen war.

Kurz entschlossen stieß ich die Tür weiter auf und blickte hinein. »Kann ich irgendwie helfen?« fragte ich.

Später habe ich oft darüber nachgedacht, wie ein einziger Moment unser ganzes Leben beeinflussen kann. Wie anders hätte sich vermutlich alles für mich entwickelt, wenn ich in meiner Kammer geblieben wäre, bis die Männer, die so sehr auf Ungestörtheit Wert legten, das Gasthaus verlassen hatten.

Doch meine Neugier gewann die Oberhand, und ich machte den entscheidenden Schritt, als ich jene Tür aufstieß.

Ein Mann lag mit wachsbleichem Gesicht und blutbesudelter Kleidung auf dem Bett. Seine Augen wirkten unnatürlich vergrößert und glasig, und er sah überhaupt völlig anders aus als bei unserer letzten Begegnung.

Dennoch erkannte ich ihn sofort und rannte zum Bett.

»General Langdon! Was tut Ihr denn hier?« rief ich.

Nach mir trat nun ein Mann ins Zimmer. Es war nicht der elegante Dunkelhaarige, der sich John Field nannte, sondern ein Fremder.

Er starrte mich entsetzt an, zog sein Schwert, und einen Moment dachte ich, daß er mich damit durchbohren würde.

Da tauchte John Field auf.

»Halt!« schrie er. »Was fällt dir ein, du Dummkopf!«

Er schlug dem anderen die Waffe aus der Hand, die klirrend zu Boden fiel. Ich schaute sie wie gebannt an.

»Sie kennt ihn«, sagte der Mann. »Bei Gott, sie muß sterben.«

»Nicht so hastig«, widersprach John Field-Hessenfield, der anscheinend der Anführer war. »Sie töten ... hier? Du mußt von Sinnen sein. Was geschieht dann? Man würde uns verfolgen, und wir kämen nie über den Kanal.«

»Trotzdem müssen wir sie beseitigen«, sagte der andere, der mich beinahe getötet hatte. »Begreifst du denn nicht? Sie weiß ... sie weiß, wer er ist.«

Es ist ein unheimliches Gefühl, dem Tod ins Gesicht zu sehen, und genau das tat ich nun. Ich war ganz wirr im Kopf, und ich konnte nur daran denken, daß ich um ein Haar hier auf dem Boden gelegen hätte, mit einem Schwert im Körper.

»Wir müssen so rasch wie möglich weg«, sagte Hessenfield. »Das ist unsere einzige Rettung.«

Er trat zu mir und packte mich so grob am Arm, daß ich zusammenzuckte. »Sie kommt mit!«

Der andere schien sich etwas zu entspannen und nickte zustimmend.

»Hier können wir sie nicht umbringen, Dummkopf!« fügte Hessenfield hinzu.

Jetzt kamen noch andere Männer in den Raum.

»Was ist los?« fragte einer.

»Das ist unsere Zimmernachbarin«, erklärte Hessenfield. »Beeilt euch. Bringt den General runter, aber seid vorsichtig und vor allem leise. Leise, um Gottes willen!«

Er zog mich zur Seite, so daß zwei Männer ans Bett treten konnten. Sie hoben den General behutsam hoch, aber dennoch stöhnte er vor Schmerzen. Ich schaute stumm zu, als sie ihn forttrugen.

Hessenfield hielt immer noch meinen Arm umklammert. »Folgt mir«, forderte er mich auf.

Unsanft zerrte er mich den Korridor hinunter bis zu meiner Kammer, wo er die Tür aufriß. »Nichts darf zurückgelassen werden!«

»Da ist nichts. Was habt Ihr vor?«

»Still«, zischte er. »Tut, was ich sage, oder mit Euch ist es aus.«

Erst in der klaren Morgenluft begann ich wieder einigermaßen logisch zu denken. Was taten diese Männer eigentlich mit General Langdon? Angeblich saß er doch als Gefangener im Tower...

Mir blieb keine Zeit zum Grübeln, denn im Eiltempo wurde ich zu den Ställen gebracht.

Einer der Männer stieg aufs Pferd und nahm den General vor sich auf den Sattel.

Ich wurde auf einen großen Rappen gehoben. Hessenfield saß hinter mir auf.

»Laßt ihr Pferd nicht zurück«, ordnete er an. »Es muß mitkommen, Aufbruch!«

Dann ritten wir durch die Morgendämmerung.

Diesen Ritt werde ich niemals vergessen. Ich versuchte ein Gespräch mit Hessenfield anzufangen, doch er gab mir keine Antwort. Man ließ mein Pferd frei, als wir etwa fünf Meilen vom Gasthaus entfernt waren, denn es bedeutete nur eine Behinderung.

Es hätte keinerlei Sinn gehabt zu protestieren. Mein Entführer hielt mich fest an sich gepreßt, und mir war nur allzuklar, in welcher Todesgefahr ich schwebte. Diese Männer hatten sich zu Recht über meine Anwesenheit auf der selben Etage aufgeregt, denn sie hatten etwas überaus Wichtiges zu verbergen – den verwundeten General Langdon.

Ich versuchte etwas Ordnung in mein Gedankenchaos zu bringen. General Langdon war mit der Absicht nach Eversleigh gekommen, Männer anzuwerben, die wie er für die Jakobiten waren. Er wollte sie gegen den regierenden König aufwiegeln und James wieder auf den Thron zurückholen. Dann war sein Komplott aufgedeckt worden, und man hatte ihn in den Tower gebracht. Nun war er plötzlich hier, zwar schwer verletzt, aber immerhin frei...

Gegen Mittag erreichten wir einen Wald, in dem wir eine Weile Rast machten. Die Männer kannten sich in dieser Gegend offensichtlich aus, denn sie waren zielbewußt hierher geritten. An einem Fluß konnten die erschöpften Pferde trinken und grasen. Der General wurde auf eine Decke gelegt, einer der Männer holte aus der Satteltasche etwas Brot, Schinken und eine Reiseflasche mit Ale.

»So weit, so gut«, meinte Hessenfield und musterte mich lächelnd.

»Es tut mir leid, daß wir Euch solche Unannehmlichkeiten bereiten müssen, Mistreß Main. Aber es ist Euch ja sicher klar, daß wir Euch weit größere Unannehmlichkeiten zu verdanken haben, oder?«

»Was soll das alles überhaupt?« erkundigte ich mich und versuchte, meine Furcht zu überspielen.

»Werte Lady, an Euch ist es nicht, Fragen zu stellen. Wir erwarten blinden Gehorsam, falls Euch Euer Leben lieb ist.«

»Tändle nicht mit dem Mädchen rum«, sagte der Mann,

der mich hatte töten wollen. »Hier wäre eine gute Gelegenheit, sie loszuwerden.«

»Nicht so ungeduldig, mein lieber Freund. Wir haben eine bestimmte Aufgabe zu erfüllen. Nur das zählt.«

»Sie ist eine Gefahr.«

»Aber nur eine kleine Gefahr, die wir nicht in eine große verwandeln wollen, oder?«

»Ich merke schon, daß du bestimmte Pläne mit ihr hast. Von dir ist ja auch nichts anderes zu erwarten, Hessenfield.«

Hessenfield schlug blitzartig zu, und der Mann stürzte zu Boden.

»Nur ein kleiner Denkzettel, Jack, denn ich gebe hier die Anordnungen. Keine Angst, ich sorge schon dafür, daß wir nicht verraten werden. Mit der Lady rechne ich noch ab, aber erst dann, wenn uns daraus kein Schaden mehr entsteht. « Er drehte sich zu mir um. »Ihr seid sicher erschöpft. Wir sind schließlich weit geritten. Setzt euch hierhin.«

Ich wollte weggehen, doch er packte mich beim Arm.

»Hierhin, habe ich gesagt.« Seine Augen blitzten fröhlich, doch sein Mund wirkte brutal. Mein Blick fiel auf das Schwert an seiner Seite. Achselzuckend setzte ich mich.

Er ließ sich neben mir nieder. »Ich bin froh, daß Ihr so vernünftig seid«, sagte er. »Vernunft ist ein wichtiger Verbündeter, und Ihr benötigt alle Verbündeten, die Ihr irgendwie auftreiben könnt, Mistreß Main. Ihr seid in einer gefährlichen Lage.«

»Was habt Ihr mit General Langdon vor?«

»Wir retten ihm das Leben. Ein löbliches Vorhaben, nicht wahr?«

»Aber er... er ist ein Gefangener des Königs.«

»Das war er.«

»Heißt das...?«

»Ich erklärte Euch vorhin schon, daß Ihr keine Fragen stellen sollt. Tut, was ich Euch sage, dann könnt Ihr vielleicht Eure Haut retten.«

Ich schwieg. Er stand auf und kam gleich darauf mit etwas Brot und Schinken für mich zurück. Ich wandte den Kopf ab.

»Nehmt es«, fuhr er mich an. »Eßt!«

»Ich möchte nichts essen«, bemerkte ich.

»Trotzdem werdet Ihr's tun.«

Er stand mit leicht gespreizten Beinen vor mir und musterte mich drohend. Ich würgte einige Bissen hinunter. Hessenfield legte sich der Länge nach neben mich und reichte mir die Aleflasche. Gehorsam nahm ich einen Schluck. Er lächelte und führte die Flasche an seine Lippen. »Wir trinken aus demselben Gefäß«, sagte er. »Mit etwas Fantasie könnte man es einen Liebesbecher nennen.«

Meine Angst wurde stärker, da ich in seinen Augen zu lesen verstand. Was hatte einer der anderen Männer gesagt? »Du hast bestimmte Pläne mit ihr. Von dir ist ja auch nichts anderes zu erwarten, Hessenfield.«

Ich war vollständig in seiner Gewalt. Die anderen hätten mich längst umgebracht und meine Leiche in den Fluß geworfen oder unter den Bäumen verscharrt. Niemand hätte je erfahren, was aus mir geworden war. Ich wäre einfach verschwunden... wie Beau plötzlich verschwand.

Hessenfield ließ sich Brot und Schinken schmecken und trank das Ale in tiefen Zügen.

»Wie ich sehe, seid Ihr eine unerschrockene junge Lady«, sagte er. »Glaubt nicht, daß mir das Blitzen Eurer Augen entgeht. Aber ich bin Eure einzige Hoffnung, wie Ihr genau wißt. Ihr seid in etwas hineingeraten, bei dem es um Leben und Tod geht... um Euren Tod wie um den Tod anderer. Ihr wart zu neugierig, Mistreß. Warum seid Ihr nicht weitergeritten, als es keine Unterkunft für Euch gab? Warum seid Ihr in jenes Zimmer getreten, obwohl es Euch nichts anging?« Er lehnte sich näher zu mir. »Wißt Ihr was? Ich bin froh, daß Ihr es getan habt.«

Ich erwiderte nichts.

Was würde wohl geschehen? Ich wußte, daß er mich begehrte. Sicher war er ein Mann, der an jeder Ecke eine Geliebte hatte. Wie sehr er doch Beau glich! Er wollte mich nicht töten, wie es die anderen Männer gerne getan hätten, jedenfalls nicht, bevor er mein Liebhaber geworden war.

Obwohl mir der Tod sehr nahe war, fühlte ich mich lebendiger, als ich es seit Beaus Verschwinden je gewesen war.

Zwei Stunden blieben wir in dem Wald, bevor wir uns wieder auf den Weg machten. Ich war mir Hessenfields körperlicher Nähe sehr bewußt, und er merkte es genau. Seinen Augen war anzusehen, wie sehr ihn die Situation amüsierte. Ich wappnete mich innerlich gegen ihn, denn er war im Grunde genauso skrupellos wie seine Kameraden.

Wir ritten in südlicher Richtung, und ab und zu konnte ich den würzigen Geruch des Meeres wahrnehmen. Natürlich hielten wir uns abseits der Hauptstraßen. Endlich gelangten wir zu einem Haus am Meer, das ganz einsam lag. Weit und breit war keine andere Behausung zu erblicken.

Wir erreichten den Hof und saßen ab. Während des Ritts hatte ich mir eventuelle Fluchtmöglichkeiten überlegt. Es würde nicht einfach werden, das war mir klar. Dennoch beflügelte mich der Gedanke an eine Flucht. Ich stellte mir ihre Wut und Angst vor, wenn sie feststellten, daß ich geflohen war, und empfand dabei ein hämisches Vergnügen.

Inzwischen hatte ich herausgefunden, daß General Langdon nicht etwa unfreiwillig mit von der Partie war. Offensichtlich hatten ihn die anderen aus dem Tower befreit, was ein äußerst waghalsiges Unterfangen gewesen sein mußte. Aber dieser Hessenfield ließ sich garantiert durch nichts abhalten, wenn er sich einmal etwas in den Kopf gesetzt hatte. Soweit kannte ich ihn bereits.

Gehörten diese Männer tatsächlich zu jenen geheimnisumwitterten Jakobiten, die fest entschlossen waren, James wieder auf den Thron zu setzen? Ich wußte bereits, daß General Langdon zu den Anführern zählte ... Ahnungslos war ich in eine gefährliche Intrige geraten, obwohl ich mich für politische Dinge überhaupt nicht interessierte.

Wir betraten die Halle, die völlig leer und verlassen wirkte.

»Durchsucht alles ganz genau«, befahl Hessenfield. »Jeden Raum, jeden Winkel.«

Ich schaute mich um.

»Gemütlich, nicht wahr«, meinte Hessenfield im Plauderton. »Wir sind heilfroh darüber.«

»Woher wußtet Ihr, daß es leersteht?«

Er hob fast scherzhaft den Finger und drohte mir. »Also wirklich, meine Liebe, muß ich Euch noch mal daran erinnern, keine Fragen zu stellen!«

Ich warf ungeduldig den Kopf zurück und sah in seinen Augen Begierde aufblitzen. Mir lief ein Schauer über den Körper, der sogar etwas Lustvolles hatte, wie ich mir ehrlicherweise eingestehen mußte.

Einer der Männer namens Geoffrey kam in die Halle zurück.

»Alles in Ordnung.«

»Gut. Nachher müssen wir Kriegsrat abhalten, doch zuerst bringt den Kranken zu Bett.«

»Sein Bein blutet stark«, wandte ich ein. »Er braucht ärztliche Behandlung.«

Alle schauten mich an.

»Sie hat recht«, meinte Hessenfield. »Einer von euch muß unbedingt den Doktor holen. Ihr wißt ja, wo ihr ihn finden könnt.«

»Ich hole ihn«, sagte Durrell.

»Die Blutung muß sofort gestoppt werden«, sagte ich.

»Bringt ihn rauf, dann schauen wir uns sein Bein an«, befahl Hessenfield, worauf zwei Männer den General die Treppe hinauftrugen. Hessenfield ergriff mich beim Arm und ging mit mir hinterher.

Das Haus wirkte durchaus wohnlich, so daß ich nicht begriff, warum kein Mensch zu sehen war. Eine breite Treppe führte zum ersten Stock hinauf, wo der General in einem Zimmer auf ein Himmelbett gelegt wurde.

Erst entfernten sie den Strumpf, dann schnitten sie die Kniehose auf. Wie erwartet, sah die Wunde an seinem Schenkel sehr übel aus, und ich erklärte, daß sie gesäubert und verbunden werden müsse. Das könnte vielleicht eine weitere Blutung verhindern.

»Bringt ihr Wasser«, ordnete Hessenfield an.

»Ich brauche auch Bandagen.«

Es gab zwar keine Bandagen, doch einer der Männer fand in einem Schrank ein Herrenhemd, das wir zerrissen. Es erfüllte voll und ganz den Zweck.

»Wie ist dies passiert?« wollte ich wissen.

Hessenfield drückte meine Schulter und lachte mir ins Gesicht, um mich daran zu erinnern, daß von meiner Seite Fragen verboten waren.

»Wenn wir die Blutung nicht stillen können, wird er sterben. Aber ich glaube zu wissen, was zu tun ist«, sagte ich.

Ich erinnerte mich daran, daß Damaris einmal eine schlimme Schnittwunde am Arm hatte und Leigh die Blutung stoppen konnte. Fasziniert hatte ich ihm damals zugesehen. »Ich brauche einen festen Stock«, forderte ich.

Zunächst herrschte Schweigen. »Sucht etwas Passendes«, sagte Hessenfield dann. Sie fanden auf dem Ankleidetisch einen Rückenkratzer, der ziemlich lang und dünn aussah, aber aus hartem Ebenholz war und am Ende eine geschnitzte Klaue trug.

Ich fand die pulsierende Stelle am Bein des Generals, deckte sie mit einem Stoffbausch ab und band einen langen Stoffstreifen darüber. In den Knoten steckte ich den Rükkenkratzer und drehte ihn dann mehrmals, wodurch die Bandage immer fester einschnürte. Es dauerte nicht lange, und die starke Blutung hatte aufgehört.

Ich setzte mich ans Bett, während die Männer unschlüssig herumstanden. Wir alle beobachteten den General mit großer Besorgnis. Er war übel zugerichtet, und ich fragte mich, wie er seine Flucht aus dem Tower überhaupt bewerkstelligt hatte.

Es verging eine ganze Weile, ehe der Doktor kam, der sichtlich nervös war. Vermutlich gehörte auch er zu den Jakobiten, denn sonst wäre er nicht in diesen Schlupfwinkel gebracht worden.

Ich erklärte ihm, was ich bisher getan hatte. »Gut, sehr gut«, lobte er mich, und mir wurde gleich etwas wohler.

»Er hat viel Blut verloren«, fügte der Arzt hinzu. »Etwas

mehr hätte ihn erledigt. Eure Hilfeleistung hat ihm wahrscheinlich das Leben gerettet.«

Ich war sehr glücklich darüber. Es amüsierte mich zu beobachten, wie Hessenfield mich mit einer Art Besitzerstolz ansah.

Der Mann namens Durrell führte mich nun ins Nebenzimmer und blieb bei mir zur Bewachung. Ich war sicher, daß er mich auf der Stelle beseitigt hätte, wäre es nach seinem Kopf gegangen.

Er war sicher schon in den Fünfzigern und hatte einen fanatischen Zug im Gesicht. Wahrscheinlich gehörte er zu den Leuten, die bereit sind, für eine Sache alles zu opfern. Welch ein Unterschied zu Hessenfield, für den das Leben garantiert etwas war, das man genießen mußte, auch wenn dieser Genuß nicht immer leicht zu haben war. Er war wohl mindestens zwanzig Jahre jünger als Durrell, vermutlich erst Anfang Dreißig. Wie Beau sah er fast jungenhaft aus. Warum mußte ich ihn bloß immer mit Beau vergleichen?

Ich hörte den Arzt weggehen. Gleich darauf trat Hessenfield zu mir ins Zimmer. »Er wird sich erholen«, sagte er lächelnd. »Mehr Blut hätte er allerdings nicht verlieren dürfen. Du siehst, Durrell, daß sich unsere Lady hier als nützliches Mitglied der Gruppe erwies. Vielleicht wird sie uns sogar noch mehr nützen. Wer weiß! Normalerweise bietet weibliche Gesellschaft ja immer irgend etwas Gutes.«

Durrell flüsterte ihm ins Ohr. »Ist dir klar, daß man sie ständig bewachen muß?«

»Es wird mir ein besonderes Vergnügen sein.«

»Ständig! Hast du dir überlegt, was das bedeutet?«

»Ständig wird ja doch nur ein oder zwei Tage sein.«

»Es könnte sich auch um eine Woche handeln.«

»Nein! Höchstens drei Tage.«

»Falls das Wetter uns nicht im Stich läßt«, erwiderte Durrell.

Da ahnte ich, daß sie hier auf ein Schiff warten wollten, das sie nach Frankreich brachte.

Langsam konnte ich mir alles zusammenreimen.

Die beiden verließen das Zimmer, und James übernahm

meine Bewachung. James war noch sehr jung, ungefähr achtzehn Jahre nach meiner Schätzung. Er war ein ernsthafter Junge, der sich gewiß danach sehnte, für die gerechte Sache zu sterben.

Inzwischen kannte ich sie bereits alle mit Namen. Hessenfield, Durrell, James, Shaw und Carstairs. James war Carstairs' Sohn. Sie gehörten vermutlich zum Adel und verkehrten bei Hofe. Hessenfield wurde eindeutig als Anführer akzeptiert, was mein Glück war. Durrell hielt mich für eine enorm gefährliche Belastung, was ich ihm gar nicht verdenken konnte. Aber immerhin hatte ich nun dem General geholfen, und dessen Leben war für sie alle von höchster Wichtigkeit, denn sonst hätten sie ja wohl kaum ihr eigenes riskiert, um ihn zu retten.

Es kam mir vor, als ob ich in einem Traum lebte. Immer wieder ertappte ich mich bei dem Gedanken, sicher bald in einem Bett in Eyot Abbas aufzuwachen. Es war seltsam, sich in einem geheimnisvollen Haus zu befinden, das so aussah, als sei es noch fünf Minuten vor unserer Ankunft bewohnt gewesen, dann aber wie durch Zauberei verlassen worden. In der Küche fanden sich außer Schinken noch Ochsen- und Hammelkeulen und in der Speisekammer genug Pasteten, um eine Gruppe von Männern mindestens eine Woche lang zu verköstigen. Wir waren zweifellos erwartet worden. Und inmitten dieses fantastischen Abenteuers befand sich Carlotta Main mit dem Damoklesschwert über dem Haupt. Ein falscher Schritt, und es war aus mit mir! Man erlaubte mir nur deshalb weiterzuleben, weil Hessenfield noch irgend etwas mit mir vorhatte. Ich war in eine gefährliche Verschwörung geraten und Teil davon geworden.

Mir brauchte nun keiner mehr zu erklären, was vor sich ging, denn mir war alles klar. Es waren allesamt Jakobiten. General Langdon hatte versucht, eine Armee zusammenzustellen, um für James zu kämpfen, war aber entdeckt und eingesperrt worden. Sicher hätte man ihn zum Tode verurteilt. Eine Gruppe kühner Verschwörer unter Leitung von Hessenfield hatte ihn aus dem Tower befreit und versuchte ihn nun außer Landes zu schaffen. Hier warteten sie auf das

Schiff, das sie nach Frankreich bringen sollte, wo sie sich mit James in St. Germain-en-Laye treffen würden.

Daß ich ohne weiteres so viel herausfinden konnte, bewies, wie gefährdet sie alle waren. Falls ich ihnen entkam und Alarm schlug, bevor sie das Land verlassen hatten, würde das für sie den Strick oder den Richtblock bedeuten.

Es war also nicht verwunderlich, daß sie es für unumgänglich hielten, mich möglichst rasch zu beseitigen, mich irgendwo zu begraben und mein Verschwinden so mysteriös erscheinen zu lassen, wie es bei Beau der Fall gewesen war. Dies brachte mich auf den Gedanken, daß mit Beau vielleicht tatsächlich etwas Ähnliches passiert war.

Es wurde dunkel.

Wir gingen in die große Küche hinunter. Die Haustür war verschlossen und verbarrikadiert, so daß niemand eindringen konnte.

Wir saßen schweigend am Tisch, denn meine Anwesenheit machte ein Gespräch unmöglich. Vor allem Durrell wollte in meiner Gegenwart kein Wort zuviel sagen.

Die Männer langten kräftig zu, was ich von mir nicht behaupten konnte. Ganz offen tranken sie ›auf den wahren König‹. Hier gab es keinen heimlichen Trinkspruch ›auf den König jenseits des Meeres‹.

»Wir gehen alle zeitig schlafen«, schlug Hessenfield vor. »Möglicherweise werden unsere Retter schon in aller Frühe auftauchen.«

»Ich bete zu Gott, daß wir morgen um diese Zeit schon fort sind«, sagte Durrell.

»Und ich hoffe, daß Gott deine Gebete erhört«, meinte Hessenfield.

Durrell warf mir einen Blick zu.

»Du kannst sie mir überlassen«, sagte Hessenfield rasch und nahm mich beim Arm. Der andere Mann verzog säuerlich den Mund.

»Ich bleibe lieber hier«, sagte ich. »Bei meinem Wort versichere ich Euch, daß...«

»... daß Ihr nicht zu fliehen versucht«, vollendete Hessenfield meinen Satz. »Mir ist aber wohler, wenn ich Euch in meiner Obhut weiß.«

Wieder grinste Durrell auf eine anzügliche Weise.

Hessenfield nickte den anderen zu und führte mich aus dem Zimmer.

Wir gingen zu dem Raum, den er für sich ausgewählt hatte. Als erstes sah ich ein Himmelbett mit grünen Samtvorhängen.

Er verriegelte die Tür und wandte sich zu mir um.

»Tja, es tut mir leid, Mistreß Main, daß Ihr weiterhin unsere Gefangene bleiben müßt. Aber wir sollten das Beste aus dieser Situation machen, findet Ihr nicht auch?«

»Es ist immer klug, wenn man versucht, aus allem das Beste zu machen«, murmelte ich.

»Und Ihr benehmt Euch, wie ich bemerkt habe, fast immer klug. Nur heute morgen wart Ihr nicht so klug wie sonst, als Ihr Eure Nase in Angelegenheiten stecktet, die Euch nichts angingen.«

»Es geschah unbeabsichtigt. Ich versichere Euch, daß ich an Euren Verschwörungen und Gegenverschwörungen nicht interessiert bin.«

»Interessiert oder nicht, Ihr seid ein Teil davon geworden.« Er zog sein Jackett aus und begann die Weste aufzuknöpfen. »Ihr werdet dieses Bett sicher viel bequemer finden als Euer Ruhelager der letzten Nacht. Die reinste Zumutung war das doch. Wie unangenehm, daß Ihr gezwungen wart, damit vorliebzunehmen. Vermutlich habt Ihr kaum geschlafen.«

Ich trat zu ihm und legte ihm die Hand auf den Arm. »Laßt mich gehen«, bat ich. »Glaubt Ihr denn, daß meine Familie nichts unternimmt? Meint Ihr, sie ließe es zu, daß ich auf diese Weise entführt werde?«

»Meine liebe Carlotta! Ich darf Euch doch so nennen? Mistreß Main paßt nämlich überhaupt nicht zu Euch. Carlotta, meine Liebe! Man wird Euch nicht finden. Ihr habt frühmorgens, wie geplant, das Gasthaus zu Pferd verlassen. Ihr wolltet in einer Meile Entfernung Eure beiden Knechte treffen, die dort genächtigt hatten. Kein Mensch kam Euch zu

Hilfe, als Euch ein Straßenräuber überfiel und bestahl. Mutig, wie Ihr seid, habt Ihr Euch auf einen Kampf mit ihm eingelassen und wurdet dabei getötet. Er vergrub Eure Leiche im Wald oder warf sie in irgendeinen Fluß oder Teich. Dies ist jedenfalls eine weitaus vernünftigere Erklärung als die, daß Ihr einer Bande von Verschwörern in die Hände gefallen seid, von denen einer so ritterlich ist, Euch noch eine Weile am Leben zu lassen... falls Ihr es verdient.«

»Es gefällt Euch anscheinend, darüber Witze zu reißen.«

»Es gefällt mir, weil ich so froh bin, mit Euch hierzusein«, erwiderte er.

Dann umarmte er mich und preßte mich an sich.

»Jetzt wollt Ihr wohl Eure Stärke unter Beweis stellen«, sagte ich schnippisch.

»Was ganz unnötig ist, nicht wahr. Man sollte etwas Offenkundiges nie betonen. Ich finde Euch sehr verführerisch.«

»Leider kann ich dieses Kompliment nicht zurückgeben.«

»Ihr werdet Eure Meinung ändern.«

»Dafür habt Ihr also mein Leben gerettet...«

»Gibt es einen triftigeren Grund?«

»Ihr seid... niederträchtig.«

»Ich weiß. Aber Ihr seid selbst nicht gerade tugendhaft, Carlotta, oder?«

»Ich glaube kaum, daß Ihr irgend etwas über mich wißt.«

»Ihr würdet Euch wundern, wieviel ich weiß.«

»Ihr kennt meine Familie. Das allein müßte Euch eigentlich schon klarmachen, daß man mich nicht ungestraft so behandeln kann, wie Ihr es tut.«

»Ich könnte Euch jetzt mit Leichtigkeit nehmen, Carlotta. Vergeblich würdet Ihr Euch nach Hilfe umsehen. Ihr dürft ruhig laut schreien. Wen kümmert's? Aber vielleicht käme Durrell mit seinem Schwert herbeigestürzt... Ihr sitzt in der Falle, süße Carlotta, auf Gedeih und Verderb seid Ihr Eurem Entführer ausgeliefert. In solch einem Fall kann man nichts anderes tun als sich ergeben. Das spart viel Ärger.«

Ich riß mich von ihm los, rannte zur Tür und schlug mit beiden Fäusten dagegen.

»So ein Verhalten ist Eurer wirklich unwürdig«, rügte er mich. »Wer in diesem Haus sollte Euch helfen wollen? Spart Eure Kraft für einen besseren Zweck.«

Er legte mir den Arm um die Schultern und führte mich in die Mitte des Zimmers zurück.

»Ihr seid unwiderstehlich, und noch heute nacht werdet Ihr meine Geliebte sein. Vom ersten Moment an habe ich das ersehnt. Ihr seid solch ein attraktives Geschöpf, Carlotta. Ihr lockt, Ihr seid verheißungsvoll. Ihr seid für die Liebe gemacht... für unsere Art von Liebe.«

»Liebe!« rief ich empört. »Das ist etwas, wovon Ihr gar nichts wißt. Ihr meint ja doch nur körperliche Leidenschaft. Ich bin Euch ausgeliefert, und Ihr wollt mich vergewaltigen... wirklich der wahre Gentleman! Zweifellos habt Ihr darin viel Erfahrung. Nichts einfacher als das, sich hilflose Frauen auszusuchen, die nicht gegen Euch ankämpfen können. Sehr ritterlich, fürwahr! Ich verabscheue Euch, Field oder Hessenfield oder wie Ihr auch heißen mögt. Ihr habt ja nicht einmal den Mut, unter Eurem eigenen Namen aufzutreten, sondern versteckt Euch hinter einem falschen. Wenn ich je von hier heil wegkomme, dann werde ich Euch nicht vergessen, glaubt mir.«

»Das hoffe ich doch sehr«, erwiderte er ungerührt. »Ich möchte, daß Ihr Euch den Rest Eures Lebens an mich erinnert.«

»Ja, Ihr habt wahrscheinlich recht. Mit Schaudern und Abscheu werde ich an Euch zurückdenken.«

»Nein, vielleicht ganz anders.«

Sein Arm lag um meine Schultern, fast zärtlich, wie mir schien. Er drückte mich sanft auf einen Stuhl nieder, kniete sich vor mich hin und nahm meine Hände. Dann lächelte er strahlend zu mir hoch. Seine Augen waren goldbraun, und wieder erinnerte er mich an Beau. So hatte Beau mich immer angeschaut, bevor wir uns liebten.

Er küßte meine Hände auf die gleiche Weise wie Beau. »Carlotta, du warst sehr unglücklich. Aber ich werde das ändern.«

Ich versuchte meine Hände wegzuziehen. »Ihr wißt überhaupt nichts von mir!«

»Oh, ich weiß eine ganze Menge«, widersprach er. »Ich kannte Beaumont Granville ... gut.«

Erschöpft schloß ich die Augen. Die ganze Situation kam mir unwirklich vor. Wenn er mich mit Gewalt genommen hätte, grob und brutal, so wäre mir das irgendwie normal und der Situation entsprechend vorgekommen. Etwas anderes hatte ich jedenfalls nicht erwartet. Aber diese Unterhaltung über Beau brachte mich vollkommen aus der Fassung.

»Er war ein Freund meines Vaters«, erklärte er. »Oft hat er uns besucht. Er mochte mich recht gern und hat viel mit mir geredet.«

»Auch über mich?«

»Über alle seine Frauen.«

»Alle seine Frauen!«

»Unzählige Frauen. Es gab sie in seinem Leben, seit er vierzehn war. Er verhielt sich mir gegenüber sehr offen und bot an, meine Erziehung in die Hand zu nehmen. Welche Seite der Erziehung, brauche ich wohl kaum zu erklären.«

»Ich möchte nichts mehr hören.«

»Meine Liebe, ich bestimme, was gesprochen wird und was nicht. Du denkst immer noch an ihn, nicht wahr? Wann ist er so plötzlich verschwunden? Vor drei oder vier Jahren ... Was ist deiner Meinung nach mit ihm passiert?«

»Vielleicht wurde er getötet, wie Ihr mich töten wollt.«

Er runzelte die Stirn. »Beau hatte viele Feinde, das konnte bei einem Mann wie ihm nicht anders sein. Allgemein wird angenommen, daß er aufs Festland übersetzte ... auf der Jagd nach reicherer Beute. Es kam öfter vor, daß er zeitweise verschwand. Schuld daran waren meistens Gläubiger oder irgendeine schlimme Affäre, in die er verwickelt war.«

»Warum erzählt Ihr mir das alles?«

»Weil du ihn dir aus dem Kopf schlagen mußt. Du hast ihm ein großes Denkmal gesetzt, aber er ist es nicht wert, Carlotta.«

»Noch eine gute Eigenschaft, die ich bei Euch entdecke: Loyalität den Freunden gegenüber.«

»Ja, in gewisser Weise war er ein Freund, aber du bedeutest mir mehr.«

Ich lachte. »Gestern um diese Zeit sah ich Euch zum erstenmal... und ich wünschte bei Gott, ich hätte es nie getan.«

»Ich glaube nicht, daß du die Wahrheit sprichst.« Er legte mir zart die Fingerspitzen aufs Handgelenk. »Ich kann spüren, wie schnell dein Herz schlägt, Carlotta. Oh, es wird mit uns beiden ganz wunderbar werden, das weiß ich genau. Aber ich will, daß du damit aufhörst, mich mit Beaumont Granville zu vergleichen.«

»Ich habe nichts Derartiges getan...«

»Du solltest bei der Wahrheit bleiben, Carlotta. Sie ist viel interessanter als Lügen.«

»Laßt mich doch endlich frei, und ich verspreche Euch, kein Wort darüber zu verlieren, was ich hier gesehen habe. Gebt mir ein Pferd. Ich finde auch allein den Weg nach Eyot Abbas, und dort werde ich behaupten, mich verirrt zu haben. Irgendeine plausible Erklärung wird mir schon einfallen. Euch und Euren Kameraden wird durch mein Verschulden nichts geschehen, das verspreche ich.«

»Zu spät. Du bist hier in der Falle, Carlotta, allerdings in einer lustvollen Falle, das garantiere ich dir.«

»Und am Ende wartet der Tod...?«

»Das hängt ganz von dir ab. Du wirst meine Bettgefährtin sein, und nach jeder Nacht werde ich mich nach neuen aufregenden Erfahrungen mit dir sehnen. Hast du je von Scheherazade gehört? Sie erzählte viele wundervolle Geschichten und durfte deshalb weiterleben. Du bist auch eine Art Scheherazade, und ich bin dein Sultan.«

Ich bedeckte das Gesicht mit beiden Händen, denn ich wollte meine Empfindungen vor ihm verborgen halten. Seine Bemerkungen über Beau hatten viele Erinnerungen an das Zimmer in Enderby Hall in mir aufleben lassen. Immer stärker erschien mir Hessenfields Ähnlichkeit mit Beau. Ich hatte Angst vor mir selbst, denn ich fühlte, daß ich meine Fantasien nicht bekämpfen könnte, falls mich dieser Mann berührte. Ich würde mich in meinen Traum gleiten lassen.

»Hör auf damit, Beaumont Granville nachzutrauern«, fuhr Hessenfield fort. »Du wärst tiefunglücklich mit ihm geworden. Deine Familie hatte völlig recht, die Heirat zu verhindern, denn Beaumont konnte keiner Frau länger als eine Woche treu sein. Er war Frauen gegenüber voller Zynismus. Stets berichtete er mir von ihnen, und nicht nur mir, davon bin ich überzeugt. Auch bei dir machte er da keine Ausnahme, Carlotta.«

»Er sprach von mir?« flüsterte ich.

»Er wollte dich nur wegen deines Vermögens heiraten, Carlotta, nur deshalb. Was konnte ihm Besseres passieren? Ein hübsches Vermögen und eine liebende Frau... Er beschrieb mir jene Zusammenkünfte mit dir in... Enderby Hall, so hieß der Besitz doch? Gerne redete er über Naturtalente, wie er es nannte. Frauen, die für die Liebe geboren sind, sagte er. Leidenschaftliche Geschöpfe, die ebenso begierig lieben wie die Männer. ›Carlotta ist so‹, das waren seine Worte. Und er fügte hinzu, wie froh er darüber sei, denn er hätte die Zimperliesen satt, die sich nichts aus einem ordentlichen Liebesspiel machten.«

»Seid still!« rief ich. »Wie könnt Ihr es nur wagen! Ich hasse Euch! Wenn ich könnte, würde ich...«

»Ich weiß. Wenn Ihr ein Schwert hättet, würdet Ihr mich damit durchbohren, wie es Durrell heute morgen gern mit Euch getan hätte. Ihr verdankt mir Euer Leben, Carlotta.«

Ich begriff meine Gefühle nicht. Vor allem empfand ich Scham, Scham über das, was Beau von mir erzählt hatte. Niemals wollte ich das Zimmer in Enderby wiedersehen. Wie recht hatte meine Mutter damit gehabt, mich von ihm trennen zu wollen. Ich konnte den Gedanken an einen Beau nicht ertragen, der mich und meine Gefühle und Reaktionen seinem... Schüler genüßlich schilderte.

Er legte die Hand auf meinen Arm. »Vergiß ihn, Carlotta. Vielleicht modert er schon längst in einem Grab. Vielleicht liegt er aber genau in diesem Moment bei einer anderen, die ihm mehr geben kann als du. Vergiß ihn! Ich kenne dich und liebe dich... schon jetzt. Du bist keine Fremde mehr für mich.«

Er nahm mir erst die Jacke von den Schultern und begann mich dann mit unerwartet sanften Händen zu entkleiden.

Ich entriß mich ihm ein letztes Mal und sah mich verzweifelt nach einer Fluchtmöglichkeit um. Er streichelte mein Gesicht. »Gefangen wie ein kleiner Vogel im Netz. Süße Carlotta, das Leben vergeht so rasch. Wer weiß, vielleicht kommen schon heute nacht unsere Feinde und holen mich. In einer Woche, in einem Monat sitzt mein Kopf vielleicht nicht mehr auf seinem Rumpf. Das Leben ist kurz. Mein Motto hat immer gelautet, daß man es genießen soll, solange noch Zeit ist. Dies sollte auch dein Motto sein. Wer kann sagen, was der morgige Tag bringt? Aber diese Nacht gehört uns.«

Er hob mich hoch und trug mich zum Bett.

Nachdem er mich hingelegt hatte, schloß ich die Augen. Jeder Widerstand war zwecklos. Ich kannte diese Art von Männern wie ihn und... wie Beau. Er blies die Kerze aus und kam zu mir.

Ich wollte protestieren, wollte schreien. Doch er hatte mich ja schon darauf hingewiesen, wie sinnlos meine Hilferufe wären. Ich war in seiner Gewalt.

Er lachte in der Dunkelheit. Inzwischen glaube ich, daß er mich damals schon besser kannte als ich mich selbst.

Ich hatte Schwierigkeiten, mich selbst zu verstehen. Eigentlich hätte ich mich entehrt und gedemütigt fühlen müssen, und ein Teil von mir fühlte sich auch so. Doch andererseits... Es läßt sich nur damit erklären, daß ich eine Frau bin, die starke körperliche Leidenschaft empfinden kann und will. Vielleicht hatte ich gar nicht so sehr Beau selbst entbehrt als vielmehr die Möglichkeit, meine körperlichen Bedürfnisse mit einem Menschen zu befriedigen, der mir in dieser Hinsicht total entsprach. Hessenfield war solch ein Mann. Wir waren körperlich eins, und ich vergaß sogar meine desolate Situation. Obwohl ich all meinen Stolz zu Hilfe rief – und der ist beträchtlich –, konnte ich nicht verbergen, daß ich an unserem Beisammensein Vergnügen fand.

Hessenfield spürte dies. Er zeigte sich entzückt und verhielt sich keineswegs wie ein grober oder rücksichtsloser Verführer, was man den Umständen entsprechend hätte erwarten können. Er benahm sich vielmehr so, als ob es sein größter Wunsch wäre, mich zu beglücken, und machte auch kein Hehl daraus, welche Lust ich ihm bereitete. Er flüsterte mir zu, wie wundervoll ich sei und daß er die Liebe nie zuvor so genossen hätte wie mit mir.

»Nichts fiele mir leichter, als mich ernsthaft in dich zu verlieben«, murmelte er mir ins Ohr.

Ich machte keine spöttischen Bemerkungen mehr, sondern blieb stumm. Scham und Ekstase überwältigten mich gleichzeitig.

Wir waren als Bettgefährten so ideal füreinander, wie Beau und ich es gewesen waren. Eine starke Sinnlichkeit befähigte uns beide, mit außergewöhnlichem Gespür die Reaktionen wahrzunehmen, die wir beim anderen auslösten. Was auch mit mir noch geschehen würde, ich konnte dieses Abenteuer nun nicht mehr völlig verdammen.

Er wußte es und verhielt sich auch weiter wie ein Liebender, nachdem die erste Lust gestillt war. Fast schien es mir, als wollte er damit zeigen, wie leid es ihm tat, daß es auf diese Weise geschehen war.

Als das erste Tageslicht hereinsickerte, ging er zum Fenster und hielt Ausschau nach dem Schiff.

»Nichts zu sehen«, sagte er, und seiner Stimme war so etwas wie Erleichterung anzumerken.

Ein weiterer Tag verging, der mir sehr lang vorkam. Alle warteten auf die Ankunft des Schiffes. Ich verband die Wunde des Kranken, da ich ohne Zweifel mehr Begabung dafür hatte als die Männer. Der General war sich seiner Umgebung noch nicht voll bewußt und wunderte sich folglich auch nicht über meine Anwesenheit. Gegen Abend ging ich in die Küche und deckte den Tisch.

Es machte mich verlegen, Hessenfields Blicke auf mir zu spüren. Da er sehr erfahren war, wußte er gewiß, wie mir zumute war. Ich konnte nicht gut vorgeben, so empört zu sein, wie ich es eigentlich hätte sein müssen. Schließlich war ihm meine Leidenschaft, die seiner eigenen in nichts nachgestanden hatte, nicht verborgen geblieben. Einmal trat er dicht hinter mich und drückte mich an sich. Er küßte mich aufs Ohr und verhielt sich wieder wie ein wahrer Liebender. Das Ganze brachte mich sehr durcheinander.

Noch schwerer fiel es mir jedoch, den anderen Männern zu begegnen, die alle wußten, was geschehen war. Hessenfield war sicher bekannt für seine Erfolge bei Frauen. Wahrlich Beaus Schüler, dachte ich.

Die Nacht kam, und wir waren wieder allein. Er hielt mich eng an sich gepreßt und flüsterte mir ins Ohr: »Ich bin froh, daß uns das Schiff heute noch nicht geholt hat.«

»Du bist ein Dummkopf. Jeder Tag vergrößert die Gefahr.«

»Eine Nacht mit dir ist das wert«, erwiderte er.

Wir lagen zusammen in dem breiten Himmelbett, wie ich mit Beau in jenem anderen gelegen hatte.

»Ich glaube, daß auch du mich ein wenig liebst«, sagte er.

Als ich keine Antwort gab, sprach er weiter. »Jedenfalls haßt du mich nicht. Ach, Carlotta, wer hätte gedacht, daß alles so kommen würde! Seit ich dich in der Herberge sah, wollte ich dich besitzen. Welch ein Glück, daß ich dich getroffen habe!«

Er küßte mich, und ich versuchte die Lust zu bekämpfen, die er so geschickt zu wecken vermochte.

»Mach dir und mir nichts vor, Liebste. Was ist denn daran auszusetzen, wenn eine Frau leidenschaftlich und erregt ist? Oh, wie wünschte ich, daß unsere Situation anders wäre! Ich stelle mir vor, daß es diese Verschwörung nicht gäbe und daß wir uns auf irgendeiner Festivität bei Hof begegnet wären. Ich hätte dich erblickt, wäre in Liebe entbrannt und hätte um deine Hand angehalten. Stell dir das mal vor, Carlotta.«

»Wer weiß, ob ich dich nehmen würde.«

»Das würdest du, und es gäbe von seiten deiner Familie auch keine Einwände, das ist dir wohl klar. Falls du jedoch etwas gegen mich hättest, würde ich dich in ein Haus wie dieses entführen und dir beweisen, wie notwendig ich für dich bin. Dann würdest du mich akzeptieren, Carlotta, nicht wahr?«

»Wenn du mich verführt hättest, würde mir wohl kaum etwas anderes übrigbleiben«, gab ich zurück.

»Ich bete darum, daß unser Schiff auch morgen noch nicht kommt, süße Carlotta.«

Wohlweislich erwiderte ich nichts, denn ich fürchtete meine Gefühle auch noch mit Worten zu verraten, wie ich es ja schon auf andere Weise getan hatte.

Auf eine merkwürdige Art liebte ich ihn. Man darf nicht vergessen, daß ich ebenso emotional aufgeputscht war wie die Männer. Der Tod lauerte immer in der Nähe. Es war unwahrscheinlich, daß sie mich am Leben lassen würden, denn ich wußte zuviel. Da hatte Durrell völlig recht.

Ich dachte öfter über eine Fluchtmöglichkeit nach. Während Hessenfield neben mir schlief, könnte ich aufstehen, den Schlüssel suchen, die Haustür aufsperren und mir ein Pferd aus dem Stall holen. Er ging ein großes Risiko ein, indem er mich leben ließ. Aber die Verschwörer waren dem Tod fast ebenso nahe wie ich, und dieses Wissen übte auf alle seine Wirkung aus. Ich empfand eine so unbändige Lebenslust wie nie zuvor. In den letzten paar Tagen hatte ich die Vergangenheit hinter mir gelassen und mich verändert. Ich war nicht glücklicher als zuvor, aber auf jeden Fall vitaler.

Zwangsläufig lebte ich von einer Stunde zur nächsten, denn ich wollte nicht an den Moment denken, in dem das Schiff auftauchen würde. Gott weiß, was dann mit mir geschähe. Hessenfield würde mir Lebewohl sagen. Würde er es mit seinem Schwert tun? Nein, es war undenkbar, daß er mir ein Leid zufügte. Doch er hätte mich ohne Gewissensbisse vergewaltigt, wenn ich mich gegen ihn gewehrt hätte. Er hätte es getan und überaus genossen...

Andererseits war nicht zu leugnen, daß es zwischen uns eine merkwürdige Gefühlsbeziehung gab. In gewisser Weise gehörten wir zusammen. Er war ein machtvoller Mann, und vielleicht hatte ich gerade das immer bei Männern gesucht. Hessenfield war von Natur aus ein Pirat, ein Abenteurer, ein Anführer. Außerdem war er charmant, kultiviert und galant, ein Mann von Welt. In ihm verband sich Verwöhntheit mit einer Art primitiver Stärke. Er war sehr männlich und konnte gleichzeitig sehr zärtlich sein. Oft ließ er mich fühlen, daß ich für ihn wichtiger war als alle anderen Menschen. Das beeindruckte mich natürlich ungemein, auch wenn ich es nicht ganz glauben konnte. Beau hatte mir das gleiche Gefühl gegeben, und dabei war es ihm nur um mein Vermögen gegangen und um die Möglichkeit, sich mit mir eine Stunde zu vergnügen.

Meine Empfindungen befanden sich in totalem Aufruhr, meine Sinne waren hellwach. Ich lebte wieder und wünschte nichts so sehr, wie am Leben zu bleiben.

Der dritte Tag brach an. Eine verstärkte Ruhelosigkeit bemächtigte sich der Männer.

»Was hält sie auf?« hörte ich Durrell fragen. »Am Wetter hat's bisher nicht gelegen. Natürlich könnte jederzeit ein Sturm ausbrechen... Gott sei's geklagt... das wäre noch zu verstehen. Aber das Meer ist völlig ruhig.«

Es war warm geworden, die Sonnenstrahlen drangen durch die Fenster. Sehnsüchtig schaute ich hinaus.

Das Haus stand in einem kleinen Tal, so daß nur vom ersten und zweiten Stock aus das Meer zu sehen war.

Hessenfield überraschte mich dabei, wie ich hinausstarrte, und stellte sich neben mich. Er legte mir die Hand auf die Schulter, und ein Schauer durchrann mich.

»Es wirkt sehr verlockend, nicht wahr?«

»Wir sind hier schon so lange eingesperrt«, beklagte ich mich.

»Komm, wir machen einen Spaziergang«, schlug er vor.

Ich war entzückt und ließ mir meine Freude auch anmerken.

»Du wirst doch sicher nicht wegzulaufen versuchen«, meinte er lächelnd. »Na ja, du hättest sowieso keine Chance.«

Ich gab keine Antwort.

»Gehen wir!« Er schloß die Haustür auf, und wir traten nach draußen. Einen Moment blieb ich stehen und atmete tief die frische Luft ein.

»Schön ist es hier. Ah, es tut gut, endlich wieder im Freien zu sein«, sagte Hessenfield und nahm mich beim Arm.

Wir schlenderten schweigend die sanfte Anhöhe hinauf, von der aus wir einen weiten Blick übers Meer hatten. Es lag völlig ruhig und perlmuttfarben schimmernd vor uns.

»Manchmal glaube ich, daß unser Schiff nie auftauchen wird«, murmelte er. »Oder jedenfalls zu spät für uns.«

»Was wirst du tun, falls es nicht kommt?«

»Dann bleibt uns nur wenig Hoffnung«, erwiderte er. »Mit jedem Tag, der vergeht, wächst die Gefahr.« Er drehte sich zu mir um und schaute mich eindringlich an. »Und dennoch habe ich allmorgendlich gesagt: ›Nicht heute. Laß mir noch eine Nacht mit meiner Liebsten.‹«

»Du kannst mich nicht täuschen. Im Grunde wartest du genauso sehnsüchtig auf das Schiff wie die anderen.«

Er schüttelte den Kopf, und wir schwiegen eine Weile.

Wir waren auf einen Pfad gekommen, der am Klippenrand entlangführte. Eine enge Felsrinne zog sich zum Strand hinunter.

»Ich möchte gern ganz dicht ans Meer gehen, um es zu berühren«, sagte ich.

»Warum nicht?« Er nahm mich bei der Hand, und wir rannten zum Wasser hinunter. Ich kauerte mich nieder und ließ meine Hand mit den Wellen spielen.

»Wie friedlich es hier ist, wie ruhig«, sagte er. »Ich wünschte... seit ich dich traf, Carlotta, wünsche ich mir ständig, daß alles anders sein soll. Glaubst du mir?«

»Wir empfinden manchmal auf eine bestimmte Art und Weise und halten dies für das Wichtigste überhaupt. Dann ändert sich etwas im Leben, und plötzlich ist das vorher so Wichtige nur noch unbedeutend für uns«, erwiderte ich.

»Und du hältst unsere Begegnung für unbedeutend?« erkundigte er sich leise.

»Wenn du mich tötest, wird sie für mich unbedeutend sein, denn dann fühle ich nichts mehr.«

Er wandte sich vom Meer ab und nahm mich fest beim Arm, als hätte ich ihn daran erinnert, daß er mich bewachen mußte. Dann stiegen wir wieder zum Pfad hinauf.

Als wir oben ankamen, hörte ich ihn die Luft anhalten. Ich sah auch gleich, warum. Vier Reiter kamen uns entgegen.

Hessenfields Griff um meinen Arm verstärkte sich. Es war

schon zu spät, um sich zu verstecken oder umzukehren. Sicher hatten auch sie uns bereits gesehen.

Dies ist meine Chance, dachte ich, meine ganz große Chance! Oh, Hessenfield, du machtest einen großen Fehler, als du mit mir das Haus verlassen hast.

Nun hatte sich das Blatt gewendet. Sein Leben war in meiner Hand.

Mit heimlichem Triumph bemerkte ich, daß die Männer Soldaten des Königs waren. Es war nicht ausgeschlossen, daß sie die Verschwörer suchten, die General Langdon aus dem Tower befreit hatten.

Hessenfield drängte sich dicht an mich, als wollte er mich an all das erinnern, was wir füreinander gewesen waren. Es blieb keine Zeit für Worte.

Ich brauchte nur zu sagen: »Männer halten mich hier gefangen, weil ich weiß, was sie getan haben.« Dann wäre ich frei. Nun waren die Soldaten in Rufweite.

»Guten Tag«, begrüßten sie uns.

»Guten Tag«, rief Hessenfield zurück, und ich tat es ihm gleich.

Die Reiter hielten vor uns an und musterten uns scharf. Vor sich sahen sie einen eleganten Landedelmann und dessen Frau im gutgeschnittenen Reitkleid.

»Lebt Ihr in der Nähe?« fragte einer.

Hessenfield machte eine vage Handbewegung in Richtung des Hauses.

»Dann kennt Ihr also die Gegend?«

»Das läßt sich nicht bestreiten«, erwiderte Hessenfield. Sein ruhiger Tonfall verblüffte mich.

»Habt Ihr irgendwelche Fremde gesehen, die hier entlangkamen?«

»Fremde? Ich habe nichts bemerkt.«

»Und Ihr, Mylady?«

Es kam mir wie ein langes Schweigen vor, während ich dem schrillen und gleichzeitig melancholischen Schrei einer Möwe lauschte. Rache! Meine Chance! Alle werden sie ihren Kopf verlieren, jeder einzelne von ihnen.

»Ich habe keine Fremden gesehen«, hörte ich mich sagen.

»Leider können weder meine Frau noch ich Euch helfen«, sagte Hessenfield, und ich hörte aus seiner Stimme eine fast leichtsinnige Freude heraus, die meines Erachtens jedem auffallen mußte. »Seid Ihr auf der Suche nach bestimmten Leuten?«

Mit einer Handbewegung wehrte der Reiter diese Frage ab.

»Aber vielleicht seid Ihr so gut, uns zu sagen, wie weit es noch bis Lewes ist.«

»Fünf oder sechs Meilen die Straße entlang.«

Sie zogen den Hut und verbeugten sich leicht. Einen Augenblick schauten wir ihnen noch nach, bevor mein Begleiter sich zu mir umdrehte. Wortlos nahm er mich in die Arme und drückte mich an sich.

Ich hatte ihm meine wahren Gefühle offenbart, und mir war zumute, als sei ich eine Bürde losgeworden.

Es war nicht mehr nötig, etwas vor ihm zu verbergen.

In dieser Nacht war alles anders, denn nun waren wir wirklich Liebende.

»Ist dir klar, du törichtes Wesen, daß du dich für uns entschieden hast?«

»Mir sind eure Verschwörungen völlig egal.«

»Das macht es nur um so bedeutsamer. Carlotta, ich liebe dich. Ich hätte dich auch geliebt, wenn ich von dir verraten worden wäre, aber ich war noch nie so glücklich wie in dem Moment, als du vor den Reitern standest und dich zu uns bekannt hast.«

»Zu dir«, schränkte ich ein.

»Liebste! Vor einer Woche kannte ich dich noch gar nicht, und nun bist du hier und hast mein Leben verändert.«

»Du wirst mich vergessen.«

»Und du mich?«

»Ich vergesse nicht so leicht.«

Da küßte er mich, und wir liebten uns mit einer Heftigkeit, als ahnten wir, daß dies unsere letzte gemeinsame Nacht sein würde.

Keiner von uns dachte an Schlaf. Wir lagen wach und unterhielten uns in aller Offenheit. Ich hatte sein Schicksal in der Hand gehabt und dabei bewiesen, daß ich ihn retten wollte, auch wenn ich mich selbst dadurch gefährdete. Nichts hätte eindeutiger sein können.

Er erklärte mir, wie notwendig es sei, den General nach Frankreich zu bringen.

»Wir sind fest entschlossen, England von den Thronräubern zu befreien. Der Thron gehört James Stuart und nach ihm seinem Sohn, während William kein Recht auf ihn hat. Anne ist nicht die rechtmäßige Thronerbin, solange James lebt und einen Sohn hat.«

»Warum muß dies für uns so wichtig sein? William ist nach Ansicht der meisten Leute ein guter König. Warum sollen wir unser Leben riskieren, nur damit eine bestimmte Person statt einer anderen die Krone trägt?«

Er lachte. »Weibliche Logik«, murmelte er gleich darauf, »die nicht die schlechteste ist. Im Grunde ist sie sogar die einzig vernünftige.«

Er zerzauste meine Haare und küßte mich.

Dann berichtete er mir von der Enttäuschung über das mißglückte Komplott und vom Entsetzen in St. Germain-en-Laye, als dort bekannt wurde, daß General Langdon im Tower festsaß. »Wir arbeiteten einen sorgfältigen Fluchtplan aus, schmuggelten Wein in das Gefängnis, die Wächter betranken sich, und wir stahlen die Schlüssel. Leider mußte der General das letzte Stück in die Freiheit mit einem Seil bewältigen, das aber zu kurz war. Er stürzte tief und trug schwere Verletzungen davon. Wir schafften ihn mit einem Boot den Fluß hinunter bis zu einer Stelle, an der schon Pferde auf uns warteten. Schließlich gelangten wir zum Gasthaus ›Schwarzer Eber‹.«

»Wenn man euch nun gefaßt hätte?«

»Dann wären unsere Köpfe der Preis gewesen, das ist ja wohl klar.«

Ich strich ihm über das hellbraune Haar mit dem goldenen Schimmer, das ihm soviel besser stand als seine modische Perücke.

»Und heute hast du meinen Kopf gerettet, Liebste. Allerdings hätten wir einen guten Kampf geliefert, wenn wir von dir verraten worden wären. Oh, ich war so stolz auf dich und so glücklich, als du sagtest, daß du keine Fremden gesehen hättest. Du hast etwas gezögert, ja, einen Sekundenbruchteil, da du wußtest, daß du dich damit retten könntest. Du hättest es tun können... auf meine Kosten... vielleicht auf Kosten meines Lebens. Aber da wurde dir plötzlich klar, was du willst. Niemals werde ich dir das vergessen.«

Dann erzählte er mir vom Hof in St. Germain-en-Laye und von einem traurigen alten König, der dort seine Tage als Verbannter im fremden Land verbrachte. Sein Volk hatte ihn verlassen, seine Töchter, die er so sehr geliebt hatte, ihn verraten. Er war auf die Mildtätigkeit des französischen Königs angewiesen, statt zu Hause im eigenen Westminster-Palast zu residieren.

»Aber er wird zurückkommen«, sagte Hessenfield mit Nachdruck. »Es gibt viele in England, die für ihn sind und die Thronräuber hassen. Du siehst ja selbst, welche Unterstützung wir bekommen. Dieses Haus wurde uns zur Verfügung gestellt, denn seine Besitzer sind gute Jakobiten. Sie zogen mit allen Dienstboten aus, damit wir uns hier verbergen können. Der Eigentümer wird in einigen Tagen kommen und sich davon überzeugen, daß wir fort sind, bevor er mit seiner Familie zurückkehrt. Auch der Arzt, der sich um den General kümmerte, ist einer von uns. Wir sind überall in England verstreut und warten nur auf das Zeichen...«

»Ihr seid alle verrückt«, widersprach ich. »Aus einem Bürgerkrieg kann nichts Gutes entstehen. Das wurde schon vor Jahren bewiesen.«

»Wir kämpfen für den wahren König, den König jenseits des Meeres, und werden nicht eher aufhören, bis er wieder da ist, wo er hingehört.«

»Wirst du nach Frankreich fahren, wenn das Schiff kommt?«

»Ja, dann werde ich fahren, Carlotta.«

Ich seufzte, und wir lagen schweigend nebeneinander.

Beim ersten Morgenlicht lief er zum Fenster. Ich hörte seinen halberstickten Ausruf und sprang aus dem Bett, um auch hinauszuschauen.

Das Schiff war da.

Er nahm meine Hand. »Also doch noch... Zieh dich an. Wir haben keine Zeit zu verlieren.«

Ich war so schnell fertig wie er.

»Komm«, forderte er mich auf. »Rasch.«

Ich folgte ihm zum Stall, wo er ein Pferd für mich aussuchte.

»Du schickst mich fort?« fragte ich.

»Ja, bevor die anderen merken, daß das Schiff hier ist.«

»Durrell würde mich töten...«

»Er hält dies für die einzig sichere Möglichkeit. Du mußt so schnell wie möglich fort. Von hier bis Eyot Abbas sind es ungefähr zwanzig Meilen, die du in einem Tag schaffen kannst. Reite zuerst nach Lewes und frag dort nach dem Weg. Du behauptest einfach, daß du deine Begleiter verloren hast.«

»Und du segelst nach Frankreich?«

Er legte die Arme um mich und drückte mich an sich.

»Ich hatte zuerst vor, dich mitzunehmen, aber das ist zu gefährlich. Du mußt zurück nach Hause.«

»Also ist es ein Abschied.«

»Ich werde wiederkommen«, versprach er.

Mutlos schüttelte ich den Kopf und wandte mich ab.

»Es ist keine Zeit zu verlieren«, mahnte er mich. »Du mußt weg sein, wenn Durrell aufwacht. Sein erster Gedanke wäre, dich zu töten.«

»Du würdest es nicht zulassen, sondern mich retten wie schon einmal.«

»Es könnte ihm in einem unbeobachteten Moment dennoch gelingen. Das will ich auf keinen Fall riskieren. Aber glaube mir, Carlotta, ich komme wieder.«

Er führte mein Pferd aus dem Stall und schaute dabei besorgt zum Haus hinüber.

Leicht tätschelte er dem Tier die Flanken. Danach nahm er meine Hand, küßte sie und preßte sie an seine Wange.

»Leb wohl, meine süße Carlotta«, sagte er.

Dann ritt ich los.

Ich sah nicht, wohin mich der Weg führte. Ich sah nur sein Gesicht. Als ich mich nach einer Weile umdrehte, war er verschwunden.

Bald kam ich zu einem Hügel, ritt hinauf und band mein Pferd an einem Baum fest.

Das Schiff war noch zu sehen.

Während ich es beobachtete, wurde ein Boot zu Wasser gelassen und zum Strand gerudert. Man hob den General hinein.

Ich band mein Pferd los und ritt in Richtung Lewes davon. Diese Episode war vorbei.

## *Ein Kind wird geboren*

Es war schon dunkel, als ich Eyot Abbas erreichte. In Lewes hatte man mir die Richtung gewiesen, und schließlich war ich auf eine mir vertraute Straße gestoßen.

Ich ritt in den Hof, worauf einer von Harriets Knechten sofort herbeigeeilt kam.

»Hier bin ich endlich«, sagte ich voller Erleichterung, als er mir beim Absitzen half.

»Ich muß schnell reingehen und der Herrin Bescheid sagen. Alle haben sich große Sorgen gemacht«, erwiderte er.

»Ich komme gleich mit.«

Wir rannten ins Haus. »Harriet! Gregory! Benjie, ich bin wieder da«, rief ich.

Harriet kam als erste angelaufen. Sie starrte mich einen Moment nur stumm an, bevor sie mich in die Arme schloß.

»O Carlotta! Wo hast du bloß gesteckt? Wir haben uns halb zu Tode gegrämt. Gregory, Benjie! Carlotta ist zurück.«

Benjie kam in die Halle gestürmt und riß mich an sich. An seiner Freude über meine Rückkehr konnte kein Zweifel bestehen.

Dann tauchte Gregory auf, der liebe, ruhige Gregory, der nicht ganz so überschwenglich war, sich aber ebenso darüber freute, mich zu sehen.

»Du bist allein gekommen...«

»Harriet, ich habe ein unglaubliches Abenteuer erlebt...«

»Aber du siehst völlig erschöpft aus, mein Liebes. Du brauchst erst etwas zu essen... und mußt dich umziehen«, unterbrach mich Harriet.

»Die Knechte kamen ganz verstört hier an und meinten, daß du wahrscheinlich auf dem Weg vom Gasthaus zum Bauernhaus, in dem sie genächtigt hatten, überfallen worden bist«, sagte Benjie.

»Ich werde euch alles erzählen, weiß aber überhaupt nicht, mit was ich beginnen soll.«

»Aber ich«, erklärte Harriet. »Als erstes wirst du dich nämlich waschen, dann umziehen und etwas essen. Deine Satteltaschen sind ja längst hier. Mein Gott, alles war in hellster Aufregung! Laßt sie jetzt allein«, fügte sie, an ihren Mann und Sohn gewandt, hinzu. »Ach, Gregory, sag doch bitte Bescheid, daß heute das Abendessen früher serviert wird, und zuvor soll man Carlotta schon etwas Hühnerbrühe hinaufbringen.«

Harriet geleitete mich in das Zimmer, das ich immer in Eyot Abbas bewohnte. Kaum hatte sie ein Kleid aus meinem Gepäck genommen, als auch schon die Hühnerbrühe gebracht wurde. Ich aß sie heißhungrig auf, badete dann in dem duftenden Wasser, das bereitgestellt worden war, und schlüpfte in ein frisches Kleid.

Harriet kam kurz darauf zurück, um nach mir zu sehen.

»Du hast also ein Abenteuer erlebt«, sagte sie, »ein schönes?«

»Ich wäre um ein Haar ermordet worden.«

»Du siehst geradezu übermütig aus, Carlotta. Ich bin auf deinen Bericht sehr gespannt, werde dir aber jetzt noch keine Fragen stellen. Du kannst uns alles beim Essen erzählen.«

Also berichtete ich ihnen von meinen Erlebnissen, jedenfalls von einigen. Auf dem Herweg hatte ich entschieden, daß ich zum Teil die Wahrheit sagen mußte, denn sonst würde ich mich garantiert bald in Widersprüche verwickeln. Zuerst hatte ich vorgehabt, eine ganz andere Geschichte zu erfinden, weil ich Hessenfield nicht gefährden wollte. Aber er war ja nun in Sicherheit, vielleicht sogar schon in Frankreich.

Ich schilderte ihnen unsere späte Ankunft im Gasthaus ›Schwarzer Eber‹, in dem alle Zimmer von einer Gruppe von sechs Männern belegt worden waren und ich folglich nur eine winzige Kammer auf der gleichen Etage bekam, was den Reisenden aber auch nicht paßte.

Dann erzählte ich ihnen von meiner Entdeckung, daß der Kranke, den sie bei sich hatten, General Langdon gewesen war.

»Was, er ist also aus dem Tower geflüchtet?« rief Benjie.

»Ja, er wurde von ihnen befreit. Nun wollten sie mich töten, weil ich den General erkannt hatte. Aber einer von ihnen ließ es nicht zu.«

Ob meine Stimme wohl verräterisch sanft geworden war? Ich kam auf diese Idee, weil Harriet mich forschend zu mustern schien.

»Sie nahmen mich zu einem Haus an der Küste mit und hielten mich gefangen, bis ein Schiff kam und sie abholte.«

»Wieso haben sie dich freigelassen?« fragte Gregory.

»Weil sie sich wahrscheinlich in Sicherheit wähnten, die gemeinen Schufte«, stieß Benjie hervor.

»Sie glauben im Recht zu sein, wenn sie James wieder auf den Thron bringen«, gab ich zu bedenken.

»Haben sie aus dir eine Jakobitin gemacht?« erkundigte sich Harriet.

»Natürlich nicht. Mich interessieren ihre törichten politischen Ansichten nicht.«

»Was für ein schreckliches Erlebnis«, murmelte Harriet. »Wir waren außer uns vor Sorge.«

»Meine Mutter...«, begann ich.

»Ihr habe ich nichts verraten, denn ich hielt es für besser, noch etwas abzuwarten. Ich hatte so eine Ahnung, daß du in Sicherheit seist. Du weißt ja, daß sie sich immer gleich das Schlimmste ausmalt. Aber viel schlimmer hätte es eigentlich gar nicht sein können... du in den Händen von Männern, die nichts mehr zu verlieren haben.«

»Ich glaube, Hessenfield hätte es nicht zugelassen, daß mir etwas angetan wird. Gleich zu Anfang hat er mich schon gerettet, als...«

Ich war so müde, daß ich nicht auf meine Worte achtete. Außerdem hatte Harriet sowieso mehr Scharfblick als alle anderen Menschen, wenn es um Gefühle ging.

»Hessenfield!« schrien Gregory und Benjie wie aus einem Mund.

»Gütiger Himmel! Lord Hessenfield«, wiederholte Harriet. »Wir kennen ihn von früher. Er war ein guter Freund von James und ist einer der führenden Jakobiten. Alle Fields standen auf vertrautem Fuße mit James.«

»Fields?« wiederholte ich verblüfft.

»Der Familienname, mein Liebes. John ist der Älteste von ihnen. Ich kannte auch seinen Vater... Also war es Hessenfield, der General Langdon aus dem Tower befreite. Was für ein kühner Streich! Typisch für Hessenfield.«

John Field, dachte ich. Er hat mich also nicht angelogen, als er mir diesen Namen nannte.

Sie bombardierten mich mit Fragen, und ich erzählte ihnen den gesamten Hergang noch einmal.

»Meine liebe Carlotta, manche von uns erleben seltsame Abenteuer. Ja, sie scheinen sie geradezu anzuziehen, und bei dir war es diesmal ganz gewiß so. Nun brauchst du aber in erster Linie Schlaf, und ich bestehe darauf, daß du gleich zu Bett gehst. Morgen kannst du uns dann noch mehr berichten. In ein paar Minuten bringe ich dir etwas von meinem heißen Johannisbeermost aufs Zimmer.«

Ich kannte Harriet. Sie wollte mit mir reden, und zwar offener, als es in Gegenwart von Gregory und Benjie möglich war.

Als sie mit dem Trank zu mir kam, lag ich schon im Bett. Ich war zwar völlig erschöpft, wußte aber, daß ich dennoch nicht rasch einschlafen würde.

Letzte Nacht war ich noch mit ihm zusammen, dachte ich wehmütig und konnte vor allem die Erinnerung an sein Gesicht nicht loswerden, als er mich zum Abschied geküßt hatte.

Harriet reichte mir einen Becher und setzte sich neben mich.

»Es ist noch etwas anderes geschehen«, sagte sie ohne Umschweife.

Ich zog gespielt unschuldig die Augenbrauen hoch.

»Hessenfield... ich erinnere mich recht deutlich an ihn. Ein gutaussehender Gentleman.« Sie lächelte mir zu. »Er hat dir das Leben gerettet, und ihr wart drei Tage dort zusammen.«

Ich schwieg.

»Möchtest du es mir nicht erzählen, Carlotta?«

»Harriet, ich kann noch nicht darüber reden, selbst mit dir nicht.«

»Ich verstehe«, sagte sie. »Du wirst dich mir sicher zu gegebener Zeit anvertrauen. Mein liebes Kind, wie bin ich froh, daß du wieder hier bist. Ich hatte solche Angst. Aber irgendwie wußte ich doch, daß du allein auf dich aufpassen kannst. Du bist zum Überleben bestimmt, Carlotta. Ich erkenne diese Art von Menschen, wenn ich sie sehe, denn ich gehöre auch dazu.«

Sie beugte sich zu mir und küßte mich. Dann nahm sie mir den Becher mit Johannisbeermost ab.

Wahrscheinlich wußte sie bereits, daß ich Hessenfields Geliebte geworden war.

Ich hätte mir keinen besseren Ort aussuchen können, um mich seelisch wieder zu fangen. Gregory und Benjie waren reizende, unkomplizierte Menschen. Sie nahmen meine Erzählung widerspruchslos hin und waren dankbar dafür, daß ich lebend davongekommen war. Ihrer Meinung nach benötigte ich nur etwas Ruhe und liebevolle Pflege, um über diese schrecklichen Erfahrungen hinwegzukommen.

Bei Harriet lag die Sache anders. Sie wußte, daß etwas geschehen war, und vermutete mit ihrem feinen Gespür auch das Richtige. Ihr war klar, was mit zwei Menschen wie Hessenfield und mir geradezu passieren mußte, wenn sie drei Tage lang ununterbrochen zusammen waren, und zwar in einer Situation, über der die Schatten des Todes hingen.

Eine der wunderbarsten Eigenschaften Harriets war, daß sie nie jemanden aushorchte. Meine Mutter und ich wußten, daß Harriet uns im Notfall mit allem, was ihr zu Gebote stand – und das war beträchtlich viel –, zu Hilfe eilen würde. Aber sie verhielt sich immer so, als ob alle Geschehnisse, wie ungeheuerlich sie anderen Menschen auch erscheinen mochten, nur eine weitere Facette des Lebens wären. Nie sollte ihrer Meinung nach ein Mensch über die Handlungen eines anderen urteilen oder sie gar verdammen, da er sie nie in all ihrer Vielschichtigkeit kannte. Wenn etwas angenehm war, sollte man es genießen; war es negativ, mußte ein Weg gefunden werden, sich davon zu befreien. Harriet war gewiß nicht das, was man landläufig eine gute Frau nennt. Aber sie war ein höchst erfreuliches Wesen, das, mit seinem eigenen Leben vollauf beschäftigt, darauf aus war, das Beste aus allem zu machen. Kein Mensch konnte leugnen, daß ihr dies auch meistens gelang. Harriet hatte nicht allzu viele Skrupel, sondern freute sich an den schönen Dingen des Lebens und tat alles, um an ihnen teilhaben zu können. Es war sehr beruhigend zu wissen, daß Harriet fast all das, was man je tun würde, selbst auch schon mal getan hatte. Deshalb verstand sie die meisten Beweggründe und teilte Handlungsweisen nie in gut oder schlecht ein, sondern beurteilte sie differenzierter.

Fraglos würde sie begreifen, daß es völlig natürlich gewesen war, was zwischen Hessenfield und mir passierte. Irgendwann würde ich ihr davon erzählen, während ich das bei meiner Mutter nie fertigbrächte. Man könnte dagegen einwenden, daß meine Mutter mich immerhin unehelich zur Welt gebracht hatte und von daher ebenfalls Verständnis für ungewöhnliche Verhaltensweisen aufbringen würde. Aber das eben ist nicht der Fall. Denn es war damals nicht viel mehr geschehen, als daß sie es wagte, mit einem Mann schon vor der geplanten Hochzeit zu schlafen, die dann durch das Henkersbeil verhindert wurde. Doch im Grunde ihres Herzens war meine Mutter ganz und gar keine Abenteurerin, dazu hatte sie viel zuviel Respekt vor Konventionen. Bei mir war das nicht so und würde auch nie so sein. Für Harriet galt das gleiche.

In den ersten Tagen genoß ich den Frieden von Eyot Abbas, diesem wunderschönen alten Besitz, den Gregory beim Tod seines älteren Bruders zusammen mit dem Titel übernommen hatte. Ich hatte Eyot Abbas immer geliebt, und in gewisser Weise war es mehr mein Zuhause als Eversleigh, denn in meiner Kindheit hatte ich ja Harriet und Gregory für meine Eltern gehalten. Jeden kleinsten Winkel kannte ich genau. Oh, wie mir die Hügellandschaft ringsum gefiel, während um Eversleigh herum alles langweilig flach war. Alle Wege war ich mit meinem ersten Pony entlanggeritten, auf der Koppel war ich am Leitzügel von Gregory, Benjie oder einem Reitknecht immer im Kreis herumgetrabt. Das Gebäude lag ungefähr eine Meile vom Meer entfernt in einer Talmulde, wo es gegen den Südwind geschützt war, und nur von den obersten Fenstern aus konnte man die spiegelnde Wasseroberfläche sehen. Das Haus aus roten Tudor-Ziegeln war im elisabethanischen Stil errichtet, mit der Halle in der Mitte und einem West- und Ostflügel zu beiden Seiten. Auf dem Dach wimmelte es von Türmen und Türmchen. Der Garten war schön, allerdings auch recht verwildert, weil dies Harriets Geschmack entsprach, und ihr Wille war in Eyot Abbas Gesetz.

Von meinem Fenster aus konnte ich nach Eyot hinüberschauen, dem kleinen Inselchen in etwa einer Meile Entfernung von der Küste, auf dem früher einmal ein Kloster gestanden hatte.

Es hatte mir großen Spaß gemacht, an Sommertagen dort Verstecken zu spielen, wenn wir mit Picknickkörben hinüberruderten. Als ich die Wahrheit über meine Herkunft erfuhr, wurde mir diese Insel noch wichtiger, da ich dort gezeugt worden war. Nur wenige Menschen kennen mit Sicherheit den Ort ihrer Entstehung, aber bei mir stand dieser einwandfrei fest, weil meine Mutter mit meinem Vater nur ein einziges Mal geschlafen hatte – dort auf der Insel. Arme, unglückliche Liebende! Plötzlich kam mir ein Gedanke. Es war fast wie ein... Muster, denn Priscilla verlor ihren

Liebsten wegen irgendeiner dummen Verschwörung, in die er verwickelt war. Und ich...

Ich war mir nicht sicher, ob ich an Hessenfield wie an einen Liebsten dachte. Unsere Beziehung unterschied sich völlig von der meiner Eltern. Die beiden hatten sich getroffen und waren in romantischer Liebe zueinander entbrannt – ich war das Resultat. Ihre Liebe war ganz anders geartet als mein Abenteuer.

Ich mußte ihn vergessen wie Beau. War es mir bestimmt, stets so tragische Liebschaften zu haben?

Über eine Woche war ich schon in Eyot Abbas, als ich Harriet ins Vertrauen zog. Eigentlich hatte ich es auch dann gar nicht vor, aber als ich sie auf einer Bank im Garten sitzen sah, verspürte ich plötzlich Lust, mich auszusprechen.

Sie lächelte mich an, als ich mich neben sie setzte.

»Dir geht es inzwischen wieder besser«, konstatierte sie. »Aber du bist nur die halbe Zeit wirklich hier.«

Als ich sie fragend anschaute, redete sie weiter. »Du bist immer noch in jenem geheimnisvollen Haus am Meer.«

Harriet stellte keine Fragen, doch ich wußte, daß nun der richtige Zeitpunkt gekommen war, ihr alles zu erzählen. Ich konnte es nicht länger für mich behalten.

»Ja, in Gedanken bin ich noch dort«, gab ich zu.

»Man sieht es dir an, mein liebes Kind.«

»Harriet, du weißt sicher, was zwischen Hessenfield und mir vorgefallen ist, oder?«

»Ich habe es vermutet. Da ich ihn... und vor allem dich kenne. Hat er dich gezwungen?«

»Tja, in gewisser Weise...«, erwiderte ich zögernd.

Sie nickte. »Hessenfield ist ein äußerst charmanter Mann. Er gehört zur Sorte der Beaumont Granvilles. Hoffentlich ist er kein solcher Schurke, aber eine gewisse Ähnlichkeit besteht schon.«

»Du hältst Beau also für einen Schurken, hast aber nicht versucht, mich vor einer Heirat mit ihm zu bewahren. Alle anderen haben es getan.«

»Ich war der Meinung, daß du es selbst herausfinden mußt. Du hast schließlich lange genug über ihn nachgegrübelt. Doch nun hast du Hessenfield getroffen, der von Glück sagen kann, daß er mit seinem gewagten Entführungsversuch Erfolg hatte und mit dem Leben davonkam. Ich nehme an, daß die Zeit des Wartens für ihn sehr angenehm war...«

»Du bist also nicht schockiert, Harriet?«

»Mein liebes Kind, warum sollte mich das Leben schokkieren?«

»Du hattest viele Liebhaber, nicht wahr?«

Sie gab keine Antwort, hatte aber plötzlich ein verträumtes Gesicht, als sehe sie auf die lange Reihe der Männer zurück, die sie geliebt hatte und von denen einige bereits vergessen waren. Da drängten sich mir Worte auf die Zunge, die ich nicht mehr zurückhalten konnte. Ich berichtete ihr, wie er mir das Leben rettete, als mich Durrell töten wollte, wie er kein Hehl daraus machte, was er mit mir vorhatte, und wie ich selbst es schließlich ersehnte, als es dazu kam.

»Kannst du das verstehen?« schloß ich mit bebender Stimme.

»Und ob. Ich habe ihn gesehen und kann mir vorstellen, daß es für dich eine ebenso große Erfahrung war wie mit Beau.«

»Beau war auch mein Liebhaber, Harriet.«

»Natürlich. Beaumont Granville hätte sonst keinen Gedanken an dich verschwendet. Liebes Kind, du wirst dir immer Liebhaber nehmen, du bist keine gute, rechtschaffene Frau wie deine Mutter oder deine Großmutter. Du wirst Ekstasen der Leidenschaft erreichen, von denen sie nicht einmal träumen. Das ist kein Grund zum Schämen. Du bist lediglich sinnlicher veranlagt, das ist alles. Es ist eine Ironie des Schicksals, daß ich ausgerechnet bei dir die Rolle einer Mutter gespielt habe, denn du bist mir nicht nur im Wesen ähnlich, sondern auch im Aussehen. Stört dich das eigentlich?«

»Es gibt niemanden, dem ich lieber ähneln würde als dir, Harriet.«

»Aus dir spricht mehr Gefühl als Klugheit, aber ich danke dir. Nun etwas anderes, Carlotta. Du hast drei Nächte mit

Hessenfield verbracht, was vielleicht Folgen haben könnte. Hast du schon daran gedacht?«

»O ja! Wenn ich aus meinem Fenster zur Insel hinüberschaue und daran denke, daß ich dort gezeugt wurde, dann stelle ich mir immer wieder dieselbe Frage: ›Und wenn ich nun ein Kind von Hessenfield bekomme?‹«

»Was wirst du tun, falls du schwanger bist?«

»Der Gedanke macht mir etwas angst, und andererseits...«

»... bist du freudig erregt.«

»Es wäre doch wundervoll, ein Kind zu haben, das mich an ihn erinnert.«

»Kinder aus solchen Verbindungen machen ganz schön viel Wirbel, wenn sie auf die Welt kommen. Du selbst hattest einen dramatischen Auftritt.«

»Nur weil du dabei die Regie geführt hast.« Ich begann fast hysterisch zu lachen, denn mir jagte der Gedanke an ein Kind doch einen ziemlichen Schrecken ein.

Harriet tätschelte mir die Hand. »Falls es dazu kommt, werden wir uns die beste Lösung gründlich überlegen. Aber noch ist es nicht sicher. Übrigens ist es deiner Mutter ja ganz ähnlich ergangen, doch ich bezweifle, daß das Schicksal sich in gleicher Weise bei dir wiederholt.«

»Ach, Harriet, welch ein Glück, daß ich bei dir bin. Vermutlich hat meine Mutter damals genauso empfunden wie ich jetzt.«

Harriet hatte wieder jenen abwesenden Gesichtsausdruck, den sie immer bekam, wenn sie sich an die Vergangenheit erinnerte. Inzwischen war sie sicher schon an die Sechzig, hatte sich aber eine gewisse Jugendlichkeit bewahrt, die sie mit künstlichen Mitteln noch zu unterstützen verstand. Im Moment sah sie fast wie ein junges Mädchen aus.

Und doch wiederholte sich das Schicksal, denn es stellte sich bald heraus, daß ich schwanger war.

Ich war mir über meine Gefühle wieder einmal nicht im klaren. Einerseits war ich entsetzt, doch andererseits erfüllte mich prickelnde Erregung. Wie langweilig war mein Dasein nach Beaus Verschwinden gewesen, bis ich von den Jakobiten entführt wurde. Erst da begann ich wieder zu leben, gerne zu leben, selbst wenn es äußerste Gefahren zu ertragen galt.

Natürlich weihte ich Harriet ein, die dadurch in ziemliche Aufregung geriet. Sie liebte es, wenn etwas passierte, auch wenn dadurch Schwierigkeiten entstanden. Je größer die Schwierigkeiten, desto mehr genoß sie alles.

Bei ihr fühlte ich mich bestens aufgehoben. Sie sprach ganz offen mit mir über meine Situation. »Bei dir ist es anders als bei deiner Mutter, die ein völlig unschuldiges junges Ding war. Ihr kam es undenkbar vor, ein uneheliches Kind zur Welt zu bringen. Aber da warst du nun einmal, Carlotta, und wolltest geboren werden. Wir mußten viele Listen ersinnen.«

»Ich weiß. Jener prächtige Palazzo in Venedig, in dem ihr gewohnt habt... und dann hast du vorgegeben, meine Mutter zu sein.«

»Es ließe sich ein gutes Schauspiel darüber schreiben. Aber jetzt haben wir eine ganz andere Situation. Du wurdest von einem Abenteurer überwältigt. Wenn man bedenkt, welchen Umständen Kinder ihr Leben verdanken! Man könnte zum Beispiel später behaupten, daß dein Sprößling sein Dasein einem Becher mit starkem Apfelwein verdankt... Aber was ist zu tun, Carlotta? Du bist eine reiche Frau, kannst ihnen allen ins Gesicht lachen und sagen: ›Ich bekomme dieses Kind, und es ist mir egal, wenn ihr mich kritisiert.‹ Andererseits ist es für jedes Kind besser, auch einen Vater zu haben, und außerdem läßt sich die Gesellschaft nie ungestraft mißachten. Ich fände es besser, wenn das Baby nicht vaterlos wäre.«

»Sein Vater wird wohl kaum von seiner Existenz erfahren.«

»Woher willst du das wissen? Aber wir vergeuden nur unsere Zeit. Obwohl es nicht unmittelbar eilt, sollten wir doch anfangen zu planen.«

Ich dachte an meine Mutter und Großmutter und daran,

welche Aufregung es in unserer Familie geben würde. Mein Großvater würde Hessenfield töten wollen und vor Zorn außer sich geraten, weil dieser zu allem Übel auch noch Jakobit war. Leigh? Obwohl er meist mild und freundlich wirkte, hatte auch er ein hitziges Temperament. Mir war dies klargeworden, als er einmal Beau verprügelt hatte, weil dieser seiner Meinung nach meiner Mutter gegenüber zu galant gewesen war. Ich hatte an Beaus Körper die Narben gesehen, die von Leigh herrührten. Und all das wegen eines mutwilligen Streichs. Beau erzählte mir, daß Leigh in seine Wohnung eingedrungen war, ihn unvorbereitet erwischte und übel zurichtete.

Leighs Reaktion auf meine Schwangerschaft würde also wohl auch nicht harmlos ausfallen. Wahrscheinlich müßte ich ihnen erzählen, daß ich in die Verschwörung zur Rettung von General Langdon geraten war. Sie würden vor Wut schäumen, weil ich vergewaltigt worden war und nun ein Kind bekam.

Ja, ich konnte mir gut vorstellen, wie eine zornentbrannte Gruppe aus Eversleigh vielleicht sogar versuchte, nach St. Germain-en-Laye zu reisen, um dort Rache zu üben.

Als ich dies Harriet gegenüber erwähnte, nickte sie.

»Es gibt noch eine Möglichkeit, und ich möchte gern wissen, ob auch du schon daran gedacht hast«, sagte sie.

»Welche denn?«

»Benjie.«

Ich schaute sie verständnislos an.

»Heirate Benjie! Er wäre dem Kind ein sehr guter Vater.«

»Dein Sohn!«

»Tja, daran besteht kein Zweifel, und ebensowenig ist Gregorys Vaterschaft anzuzweifeln, obwohl ich eine lange Zeit behaupten mußte, daß Toby Eversleigh ihn zeugte. Solche Pannen passieren, und es ist am besten, sie auf eine Weise zu handhaben, die möglichst wenig Menschen Kummer macht. Hör zu! Wenn du Benjie heiratest, kannst du das Kind problemlos bekommen; vielleicht ein bißchen zu früh, aber das ist schnell vergessen. Dann hast du einen Ehemann, das Kind hat einen Vater – es wären für alle Beteiligten nur Pluspunkte zu verzeichnen.«

»Schlägst du vor, daß ich Benjie belügen soll, nur um mir diese... Pluspunkte zu sichern?«

»Du mußt ihn gar nicht belügen, Carlotta. Berichte ihm von deiner Entführung, von der Lebensgefahr, in der du schwebtest, und daß du dich ergeben mußtest. Das ist doch die Wahrheit, oder?«

»Nicht die ganze Wahrheit, Harriet. Wir...«

»Ich weiß, was geschehen ist. Mit Beau hast du körperliche Leidenschaft kennengelernt, nach der du dich später sehntest. Diese Gefühle hast du für Liebe gehalten. Dann tauchte der rasante Hessenfield auf, und mit ihm zusammen wurde dir einiges über dich klar. Es war ein tolles Abenteuer, in das du dich tief verstricktest. Aber es gibt noch andere Männer auf der Welt als Beaumont Granwille und John Hessenfield. Benjie zählt nicht zu den Draufgängern, was aber nur ein Vorteil ist. Als Ehemann ist er der Beste, und er liebt dich aufrichtig. Und aufrichtige Liebe hat vieles für sich. Du siehst ja, wie glücklich ich mit seinem Vater geworden bin.«

»Du willst mein Vermögen für Benjie, nicht wahr, Harriet?«

»Natürlich. Ich kann nicht leugnen, daß es deine vielen sonstigen Vorzüge noch unterstreicht.«

»So hat Beau es auch ausgedrückt. Aber ich würde Benjie nicht heiraten, ohne ihm die Wahrheit zu sagen.«

»Das habe ich auch nicht vorgeschlagen. Benjie wird dich eher noch mehr lieben, wenn er deinen Retter spielen kann. Diese Rolle wird ihm sogar sehr zusagen. Ja, Benjie ist die beste Lösung.«

Ich schüttelte den Kopf.

»Man darf Menschen nicht einfach benutzen, Harriet. So kann man nicht leben.«

»Ich sehe schon, daß du noch einiges dazulernen mußt«, erwiderte sie.

Harriet war bekannt dafür, die Dinge in die Hand zu nehmen. Das hatte sie bei meiner Mutter getan, und auch ihr eigenes Leben hatte sie mit großer Geschicklichkeit und Tatkraft gesteuert.

Sie sprach mit Benjie, ohne es mich wissen zu lassen. Seine spontane Reaktion war, sofort zu mir zu eilen.

Er war zartfühlend, voller Beschützerinstinkt, wie Harriet es vorausgesehen hatte.

»Meine liebe kleine Carlotta«, begann er, und mir fiel auf, daß er mich auf einmal seine kleine Carlotta nannte, obwohl ich fast so groß war wie er. »Harriet hat mir alles erzählt.«

»Was hat sie dir erzählt?«

»Wir wollen nicht darüber reden, denn es bringt mich in Zorn. Ich wünschte, er wäre hier, dann würde ich ihn töten... Aber ich kann etwas tun und werde es auch tun.«

Ich wandte mich ab, doch er faßte mich beim Arm. »Wir werden heiraten, und zwar bald und hier. Harriet und Gregory leiten alles für uns in die Wege. Du weißt ja, daß sie es immer gewollt haben, denn du bist ihr ganz besonderer Liebling, Carlotta. Und meiner auch...«

»Hör zu, Benjie. Du weißt nicht, was du tust.«

Er lachte. »Liebste Carlotta, du hast doch keine Schuld daran. Dieser Schurke hat die Situation ausgenutzt...«

»Ganz so war es nicht, Benjie.«

Aber er wollte mir nicht zuhören. Ohne Zweifel kannte er die Wahrheit. Harriet hatte ihm alles erklärt, und wie sein Vater vertraute er ihren Worten völlig.

Natürlich stünde ich unter Schock, meinte er. Völlig verständlich, denn ich hatte schließlich etwas Furchtbares erlebt. Mein Kind würde auch sein Kind sein, und niemand würde erfahren, daß er nicht der Vater war. Er würde von nun an für mich sorgen.

Benjie legte die Arme um mich, und ich fühlte mich wie immer gut aufgehoben bei ihm. Es wäre ein Ausweg. Ich stellte mir vor, wie es mir in Eversleigh ergehen würde, wenn ich ein Kind ohne Ehemann bekäme. Wie unabhängig man sich auch fühlte, wie gern man auch auf alle Konventionen pfiff – alles sah ganz anders aus, wenn eine direkte Konfrontation zu bestehen war.

Natürlich konnte ich mich für die Methode entscheiden, die so viele wählten: sich ohne jedes Aufsehen an einen fernen Ort begeben, das Baby zur Welt bringen und es jemandem anvertrauen. Aber nein, das wollte ich nicht.

Die einzige Alternative bestand darin, Benjie zu heiraten. Unsere Hochzeit käme für niemanden unerwartet, denn seit einiger Zeit hofften unsere beiden Familien insgeheim darauf.

Ich führte Benjie nicht hinters Licht. Wenn er zu einer Verbindung bereit war – und ich erkannte, daß ihn nichts umstimmen würde, was ich sagte –, dann mußte ich dankbar dafür sein, daß sich mir ein so leichter Ausweg aus meinem Dilemma bot.

Harriet stürzte sich mit großem Schwung in die Vorbereitungen. Meine Mutter würde sich zwar verletzt fühlen, weil ich in Eyot Abbas und nicht wie normalerweise üblich, in meinem Elternhaus heiratete. Aber sie würde sicher Verständnis zeigen, sobald sie erfuhr, daß ich schwanger war. Natürlich würde sie annehmen, daß Benjie und ich nicht bis zur Hochzeit hatten warten wollen und die Zeit folglich drängte.

Ich konnte mir gut vorstellen, wie mein Großvater ironisch lächelte und meine Großmutter die Bemerkung machte, daß es sie gar nicht wundern würde, wenn Harriet das Ganze eingefädelt hätte.

Wir wurden in der nahe gelegenen Kirche getraut. Es war nur eine schlichte Feier, die auf den Tag genau sechs Wochen nach meiner Begegnung mit Hessenfield stattfand.

Ich gelobte mir ernsthaft, Benjie eine gute Frau zu sein und ihn sehr glücklich zu machen.

Harriet erklärte freudestrahlend, daß nun ihr Herzenswunsch erfüllt sei. Ende gut, alles gut... Ich hoffte zwar, daß dies nicht das Ende war, verkniff mir aber jede Bemerkung dazu. Ich empfand eine überwältigende Dankbarkeit für sie alle, meinen Ehemann, Harriet und den lieben Gregory. Eyot Abbas würde von nun an mein Zuhause sein. Meine Mutter traf am Tag nach der Hochzeit ein, denn Harriet hatte ihr einen Brief überbringen lassen, in dem das große Ereignis angekündigt wurde.

Sie war indigniert, da sie annahm, daß ich schon mit dem

Gedanken an eine Heirat nach Eyot Abbas gereist war. Weiter vermutete sie, daß Harriet ein Komplott geschmiedet hatte, um die Hochzeit für mich ausrichten zu können.

Nie war sie den Verdacht losgeworden, daß Harriet, die eine so wichtige Rolle zum Zeitpunkt meiner Geburt spielte, mein Leben kontrollieren und sich als meine wahre Mutter gebärden könnte. Um sie zu besänftigen, erzählte ich ihr gleich, daß meine Schwangerschaft der Grund für diese überstürzte Trauung war.

Sie war zuerst schockiert und dann verwirrt, da wir ja alle wußten, daß auch ich ein Kind der Liebe war. Sie konnte folglich nichts anderes tun, als mir Glück zu wünschen.

»Benjie ist ein guter Mann. Sieh zu, daß du ihm auch eine gute Frau wirst«, ermahnte sie mich.

»Ich werde mein Bestes tun«, versprach ich.

Es war ihr anzusehen, daß sie sich schon die nötigen Erklärungen ausdachte. Wenn das Kind zur Welt kam, würde sie irgendeine Ausrede auftischen, die ihr kein Mensch glaubte, aber alle würden so tun, als ob... Am liebsten hätte ich mich darüber lustiggemacht. Doch wenn ich mir überlegte, wie bereitwillig auch ich mich den Konventionen gefügt hatte, dann bestand dazu wohl keine Veranlassung.

Kurz nach der Hochzeit ritten Benjie und ich in Begleitung von Harriet und Gregory zurück nach Eversleigh, wo eine Nachfeier abgehalten werden sollte.

»Es ist nun einmal üblich, daß die Braut vom Elternhaus zum Traualtar geführt wird«, sagte Harriet. »Du weißt, wieviel Wert deine Mutter darauf legt, alles korrekt zu machen... mit Ausnahme ganz besonderer Dinge.« Sie lachte verschmitzt.

Meine Mutter gab tatsächlich ein Fest und lud dazu viele Leute ein.

Damaris fand alles ganz wundervoll.

»Immer passieren dir aufregende Dinge«, sagte sie.

Ich betrachtete sie mit so etwas wie liebevoller Verachtung. Die nette kleine Damaris, das brave Ding! Männer wie Beau oder Hessenfield wären nichts für sie. Sie würde einen jungen Mann heiraten, den ihre Eltern für sie aussuchten, und höchst zufrieden damit sein.

Der Besuch in Eversleigh verlief angenehm und ohne besondere Überraschungen. Ich war froh, als wir uns auf den Rückweg machten.

Als Harriet vorschlug, im Gasthaus ›Schwarzer Eber‹ zu übernachten, protestierte Benjie. »Dort gibt es nur unerfreuliche Erinnerungen für Carlotta.«

»Meiner Meinung nach ist es am klügsten, die Geister zu bannen«, erwiderte sie.

Während sie sprach, erwachte in mir ein großes Bedürfnis, das Gasthaus wiederzusehen. Ich wollte mehr über meine wahren Gefühle herausfinden.

Benjie war begeistert über meine Leidenschaftlichkeit, denn er hatte sicher vermutet, daß ich nach meinen Erfahrungen gehemmt und verschreckt sein würde. Ich liebte Benjie, obwohl er nicht mit Beau oder Hessenfield zu vergleichen war, denn ihm fehlte völlig jeder abenteuerliche Zug. Aber er war männlich und liebevoll und bot mir den Trost, den ich so nötig hatte. Ich versprach mir selbst, glücklich zu werden. Hessenfield hatte Beaus Geist gebannt, und Benjie würde die Erinnerung an Hessenfield verwischen.

Als ich erklärte, daß ich gern eine Nacht im ›Schwarzen Eber‹ verbringen würde, war die Sache entschieden.

Es kam mir unwirklich vor, dort einzutreffen und vom Gastwirt und seiner Frau begrüßt zu werden.

Der Wirt erging sich Harriet gegenüber in vielen Entschuldigungen und berichtete ihr – was sie ja bereits wußte –, daß er untröstlich gewesen sei, das ganze Stockwerk an die Gruppe von Gentlemen vermietet zu haben. Ich versicherte ihm, daß alles in Ordnung sei. Schließlich hätte er mir ja freundlicherweise die kleine Kammer zugewiesen.

»Ich schäme mich in Grund und Boden, Euch so etwas zugemutet zu haben.«

»Ihr tatet, was Ihr konntet.«

Diesmal hatten wir die Etage für uns, und Benjie und ich bezogen das Zimmer, in dem der General gelegen hatte. Es wurde eine unruhige Nacht. Ich träumte von Hessenfield und stellte mir auch beim Erwachen noch vor, daß er neben mir liege und nicht Benjie.

Am nächsten Morgen waren Harriet und ich nach dem Aufstehen einen Moment allein.

»Nun, wie fühlst du dich jetzt?« erkundigte sie sich.

Als ich schwieg, sprach sie weiter: »Das Haus, in das sie dich brachten, muß eigentlich ganz in der Nähe sein.«

»Ich glaube auch, daß es nicht weit weg ist.«

»Weißt du die genaue Lage?«

»Ja. Ich fand sie heraus, als ich zu euch hinüberritt. Das Haus liegt fünf Meilen von Lewes entfernt.« Ich entsann mich genau jenes Augenblickes, als wir nebeneinander gestanden hatten und von den Reitern forschend gemustert wurden. Ja, ich glaubte sogar den Geruch des Meeres wahrzunehmen, und ich erinnerte mich, wie die Zeit stillzustehen schien, als Hessenfield auf meine Antwort wartete. Deutlich sah ich das Bild vor mir, wie er mich in die Arme nahm, nachdem ich mich zu ihm bekannt hatte.

»Ich könnte es finden«, fügte ich hinzu.

»Mir würde es Spaß machen, es anzuschauen«, meinte Harriet nach einer Weile.

»Das können wir unmöglich tun.«

»Laß mich nur machen. Ich habe einen Plan.«

Die Männer gesellten sich zu uns zum Frühstück in der Gaststube, und wir ließen uns geröstetes Brot und Schinken schmecken. »Eine Freundin lebt hier ganz in der Nähe«, erwähnte Harriet beiläufig. »Ich würde sie gerne besuchen.«

»Und warum tust du es nicht?« sagte Gregory, der ihr gegenüber immer nachsichtig war.

»Es kommt mir ein wenig unpassend vor, sie ohne Ankündigung zu überfallen. Trotzdem möchte ich sie gern... überraschen. Ich war vor langer Zeit einmal bei ihr, als sie heiratete.«

»Dann schauen wir einfach mal vorbei«, schlug Gregory vor. »Müssen wir einen großen Umweg machen?«

Harriet erwiderte zuerst, daß sie Gregorys Idee hervorragend fände. Doch dann überlegte sie es sich anders und meinte, daß es wohl zuviel des Guten wäre, wenn wir alle zusammen hinritten. Am besten wäre es doch, wenn sie nur mich und einen Reitknecht zum Schutz mitnähme.

»Wir bleiben einfach noch eine zweite Nacht im ›Schwarzen Eber‹, und ich mache tagsüber mit Carlotta den Besuch bei meiner alten Freundin. Du hast immer behauptet, diese Gegend zu lieben, Gregory. Nun kannst du sie in aller Ruhe erforschen.«

Harriet besaß die Gabe, anderen Leuten einzureden, daß sie genau das tun wollten, was Harriet ihnen vorschlug. Auch diesmal klappte es. Spät am Vormittag ritten wir mit einem Knecht denselben Weg entlang, auf dem man mich an jenem denkwürdigen Tag entführt hatte.

Die Brise vom Meer her kam mir heute besonders intensiv vor. Das leichte Lüftchen kräuselte die Wellen und verlieh ihnen einen weißfarbenen Spitzsaum, wenn sie sich ein letztes Mal hoben und den Sand hinaufrollten.

Ich erkannte das Dach des Hauses und wurde für einen Moment von der Gewalt meiner Empfindungen überwältigt.

Wir ritten den Abhang hinunter und sahen eine Frau im Garten stehen.

»Guten Tag«, begrüßte sie uns. An ihrem Arm hing ein Korb voller Rosen. Sie gehörte ganz eindeutig hierher, und doch hatte dieses Haus vor wenigen Wochen auf mysteriöse Weise leergestanden...

Vermutlich nahm sie an, daß wir uns verirrt hätten und uns nun nach dem richtigen Weg erkundigen wollten.

»Wir kommen vom Gasthaus ›Schwarzer Eber‹«, erklärte Harriet.

»Und findet Euch nun nicht mehr zurecht, stimmt's?« Sie lächelte uns an. »Wohin wollt Ihr denn?«

»Könnte ich kurz mit Euch sprechen«, bat ich sie.

Sie wurde um eine Spur blasser. »Kommt herein.«

Wir banden unsere Pferde fest und folgten ihr in die Halle, die ich so gut kannte.

»Ich werde Euch Erfrischungen bringen lassen«, sagte sie. »Bestimmt wollt Ihr doch ein Weilchen ausruhen, bevor Ihr weiterreitet.« Eine Magd tauchte auf. »Bring Wein und Kuchen ins Winterzimmer, Emily«, ordnete sie an.

Nach wenigen Minuten, in denen wir uns hauptsächlich über das Wetter und den Zustand der Straßen unterhielten, wurde das Gewünschte serviert. Als die Tür sich hinter der Magd schloß, schaute sie uns erwartungsvoll an.

»Bringt Ihr mir eine Nachricht?« fragte sie.

Harriet warf mir einen Blick zu, und ich schüttelte den Kopf. »Nein, keine Nachricht. Ob Ihr mir dagegen wohl einige Informationen geben könnt? Ich bin mit Lord Hessenfield gut bekannt.«

Sie fragte erschrocken: »Ist etwas schiefgelaufen?«

»Nein, das glaube ich nicht«, erwiderte ich.

»Was wir gerne wissen würden ...« Harriet mußte sich einmischen, denn sie konnte es nicht leiden, die zweite Geige zu spielen, wie sie es nannte. »Hat er sein Ziel heil und gesund erreicht?«

»Ihr meint ... nachdem er von hier wegfuhr?«

»Ja, genau das meinen wir«, sagte ich.

»Aber das liegt doch schon Wochen zurück. Sie hatten eine rauhe Überfahrt, schafften es aber wohlbehalten.«

»Und nun sind sie beim König?«

Sie nickte. »Verratet mir, wer Ihr seid«, bat sie dann.

»Freunde von Lord Hessenfield«, sagte Harriet in bestimmtem Ton. Es war klar, daß wir von dieser Frau als Bundesgenossen der Jakobiten eingeschätzt wurden.

»Ich war dabei, als der General hierhergebracht wurde«, sagte ich. »Was wir ohne Euer Haus getan hätten, wage ich mir nicht auszumalen.«

»Es war für uns eine Kleinigkeit«, wehrte sie ab. »Wir gingen kein Risiko ein, sondern entfernten uns lediglich samt Dienstboten für eine Woche. Das ist alles.«

»Es war unsere Rettung«, sagte ich. »Aber wir dürfen nicht länger bleiben. Ich wollte Euch nur kennenlernen.«

Sie füllte die Gläser, und wir tranken auf den König, in diesem Fall also auf James II. und nicht auf William III. Dann erwähnten wir noch, daß wir nun zum ›Schwarzen Eber‹ zurückkehren würden.

Nachdem sie uns zu den Pferden begleitet hatte, verabschiedeten wir uns und ritten davon. »Gut gemacht, meine kleine

Jakobitin«, sagte Harriet. »Sicher nimmt die gute Lady an, daß unserem Besuch eine bestimmte Bedeutung beizumessen ist, denn als gute Jakobiten müßten wir ja wissen, daß Hessenfield längst in St. Germain-en-Laye angelangt ist. Die Dame schien ein bißchen verwirrt zu sein.«

»Du denkst dir wirklich die wildesten Unternehmungen aus, Harriet. Du liebst das Ränkespiel, gib es zu.«

»Was muß ich da hören? Das war lediglich ein kleines Täuschungsmanöver, nichts weiter. Wie viele Jakobiten wohl in England drauf warten, daß der entscheidende Moment kommt? Immerhin wissen wir nun, daß Hessenfield und seine Gefährten in Sicherheit sind. Bestimmt planen sie in St. Germain bereits ihre nächsten Schritte. Darauf möchte ich wetten.«

Ich war ungemein erleichtert, daß ihm nichts passiert war.

Im September, vier Monate nach Beginn meiner Schwangerschaft, erfuhren wir, daß König James in St. Germain-en-Laye gestorben war. Es gab viel Gerede darüber, und ich erinnere mich an eine Bemerkung Gregorys, daß dies nicht das Ende der jakobitischen Bewegung bedeuten würde. James hatte einen Sohn, den die Jakobiten als den rechtmäßigen Erben ansahen.

»Armer James«, sagte Harriet. »Was für ein trauriges Leben! Selbst seine eigenen Töchter wandten sich gegen ihn. Darunter muß er besonders gelitten haben.«

»Er wollte gar nicht nach England auf den Thron zurückkehren«, behauptete Benjie. »Als er zum katholischen Glauben übertrat, hat er der Welt entsagt.«

Ich fragte mich, welche Wirkung der Tod des Königs wohl auf Hessenfield hatte. Wahrscheinlich würde er so weitermachen wie bisher, denn es gab schließlich einen Thronerben, der den alten König ablöste. Ob er wohl je wieder nach England kam? Was würde er fühlen, wenn er wüßte, daß ich ein Kind von ihm erwartete?

James wurde mit großem Gepränge begraben. Sein Körper fand im Benediktinerkloster in Paris eine letzte Ruhestätte, sein Herz wurde dem Nonnenkloster in Chaillot gesandt. Am wichtigsten aber war etwas, das der französische König Ludwig XIV. angeordnet hatte: Der junge Prinz wurde als James III. zum König von England, Schottland und Irland erklärt.

William rief seinen Botschafter vom französischen Hof zurück nach England und schickte den französischen Botschafter nach Paris zurück, um damit sein Mißfallen auszudrücken.

Als nächstes hörten wir, daß England ein Bündnis gegen Frankreich eingegangen war, das die Grande Alliance genannt wurde. Alles deutete auf einen bevorstehenden Krieg hin. Es ging dabei um die spanische Erbfolge und nicht etwa darum, James wieder auf den Thron zu setzen. Die Kriegsgefahr hing drohend über uns, doch ich fühlte mich wie eingehüllt in die Gedanken an mein Kind.

An Weihnachten kamen meine Mutter, Leigh und Damaris nach Eyot Abbas.

Priscilla war voller Anteilnahme für meinen Zustand, gab mir viele Ratschläge und hatte auch schon Kinderkleidung mitgebracht. Sie war fest entschlossen, bis zum Tag der Geburt zu bleiben, und nichts würde sie von diesem Entschluß abbringen können. Sie erklärte dies geradezu herausfordernd, und ich war sicher, daß es sich gegen Harriet richtete, was lächerlich war, da Harriet ihr die Mutterrolle gar nicht streitig machen wollte. Priscilla würde Harriet nie verstehen. Diese alberne Rivalität war vermutlich nur meinetwegen entstanden, denn vor meiner Geburt war Harriet für sie ebenso wichtig gewesen, wie sie es jetzt für mich war.

An einem kalten Februartag wurde mein Kind geboren – ein kräftiges, gesundes Mädchen.

Als ich das Baby in den Armen hielt, beglückte mich ganz besonders der Gedanke, daß aus einer Begegnung, die so eng mit dem Tod verknüpft war, neues Leben entstehen konnte.

»Wie willst du sie nennen?« fragte mich meine Mutter. Sie war voller Entzücken über die Kleine.

»Sie soll Clarissa heißen«, erwiderte ich.

# Damaris

## *Der Keller der guten Mrs. Brown*

Mein Leben lang habe ich im Schatten von Carlotta gestanden. Sie ist sieben Jahre älter als ich, was ihr sowieso schon einen gewissen Vorteil verschafft, doch das Alter hat eigentlich nichts damit zu tun. Carlotta ist der faszinierendste Mensch, den ich je kennengelernt habe.

Wenn sie einen Raum betritt, schauen alle nur sie an. Es ist fast so, als ob man diesem Drang nicht widerstehen könnte. Niemand weiß das besser als ich, denn mir geht es genauso. Sie ist mit ihren dunklen Locken und den tiefblauen Augen von exquisiter Schönheit. Als Schwester eines solchen Wesens verliert man schon durch den bloßen Vergleich und wirkt unscheinbar. Ohne Carlotta hätte man mich vermutlich für ein ganz hübsches, nettes Mädchen gehalten. Doch es gab Carlotta, und ich gewöhnte mich bald daran, daß viele sie nur die ›Schönheit‹ nannten. Mir machte das nicht so viel aus, wie meine Mutter vermutete, nein, auch ich zählte zu ihren glühenden Bewunderern. Ich beobachtete hingerissen, wie sie die Augen halb schloß, so daß sich die unglaublich langen dichten Wimpern wie ein zarter Fächer auf die blasse Haut senkten. Wenn sie zornig war, schienen ihre Augen blaue Blitze zu sprühen. Ihre Haut wirkte durchsichtig und schimmernd wie Blütenblätter. Ich hatte eine weiße Haut, rosa Wangen und braune Haare, die sich nicht leicht kräuseln ließen und nie zu einer Frisur taugten. Meine Augen schienen keine bestimmte Farbe zu haben, mir kamen sie wie Wasser vor. »Sie sind wie du«, sagte Carlotta einmal zu mir. »Sie haben keine eigene Farbe, sondern nehmen jeweils eine andere an. Du bist genauso, Damaris. Das brave Mädchen, das immer ja zu allem und jedem sagt. Du hast nie eine Meinung, die dir nicht ein anderer suggeriert hat.« Carlotta war manchmal recht grausam, meistens dann, wenn jemand oder etwas sie verärgert hatte. Sie nahm dann an jedem Rache, der zufällig in der Nähe war; folglich traf es häufig mich. »Du bist so ein gutes Mädchen«, lautete ihre ständige Klage, und aus ihrem Munde klang es so, als sei es abscheulich, gut zu sein.

Meine Mutter versuchte mir stets das Gefühl zu vermitteln, daß sie mich ebensosehr liebte wie Carlotta. Ich hatte da gewisse Zweifel, wußte aber wenigstens, daß ich ihr nicht so viele Sorgen bereitete wie meine Schwester.

Einmal hörte ich eine Bemerkung, die meine Großmutter meiner Mutter gegenüber machte. »Mit Damaris wirst du keine Schwierigkeiten haben, das steht fest.«

Es war klar, daß sie mich dabei mit Carlotta verglich.

Carlotta war ständig in irgendwelche Auseinandersetzungen verwickelt, erlebte aufregende Dinge und war meistens der Mittelpunkt von alledem.

Sie war nicht nur schön, sondern auch reich. Robert Frinton, der in Enderby Hall gelebt hatte, war so von ihr bezaubert gewesen, daß er ihr sein Vermögen hinterließ. Dann gab es einen großen Wirbel über ihre Flucht mit einem Mann namens Beaumont Granville, den ich zwar nie zu sehen bekam, über den aber alle redeten – selbst die Dienstboten.

All das war vor langer Zeit geschehen, und nun war sie mit Benjamin Stevens, dem lieben Benjie, verheiratet, den wir alle so gern hatten. Besonders meine Mutter war sehr froh darüber.

Wir hatten Weihnachten in Eyot Abbas verbracht, und alles drehte sich wie gewohnt um Carlotta.

Meine Mutter blieb dort, bis das Baby, die kleine Clarissa, geboren wurde. Mein Vater und ich waren nach Hause zurückgekehrt.

»Bald wird Carlotta sicher ein ruhiges Leben führen, wenn sie sich um das Baby kümmern muß«, sagte meine Mutter noch vor der Geburt.

»Ruhiges Leben!« rief mein Großvater lachend. »Dieses Mädchen wird nie ein ruhiges Leben führen, sondern immer für Aufregung sorgen, glaubt mir.«

Mein Großvater hatte eine besondere Schwäche für Carlotta, während er mich kaum beachtete. Meine Mutter erwähnte einmal, daß sein Verhalten ihr gegenüber genauso gleichgültig gewesen wäre, was seine Zuneigung für Carlotta noch bemerkenswerter machte.

Meine Mutter würde nun bald heimkommen, da es keinen Grund mehr für sie gab, noch länger in Eyot Abbas zu bleiben. Dort war nun durch ihre Heirat wieder Carlottas Zuhause, wie es das in ihrer Kindheit bereits gewesen war.

Gestern war einer der Knechte von Eyot Abbas gekommen und hatte Briefe überbracht. Meine Mutter wollte Ende der Woche zu der kurzen Rückreise aufbrechen.

Es war ein strahlender Morgen. Der März war gekommen, und Frühlingsahnung lag in der Luft. Der lange Winter war vorüber, die Nächte wurden kürzer, und ich machte ausgedehnte Reitausflüge in die Umgebung. Es war wie immer wundervoll, die Veränderungen in der Natur zu beobachten und nach den verschiedenartigsten Tieren Ausschau zu halten. Außer meinen Hunden und Pferden liebte ich Vögel und Waldtiere am allermeisten. Sie kamen immer zutraulich zu mir und schienen zu wissen, daß ich nicht im Traum daran denken würde, sie zu verletzen. Nein, ich wollte ihnen helfen, wollte mit ihnen sprechen und sie trösten. Mein Vater meinte, daß ich eine Naturbegabung dafür hätte. Kaninchen und Spatzen wurden von mir gesundgepflegt, und einmal habe ich sogar das gebrochene Bein eines Wasserläufers geschient. Es ist gut verheilt.

Ich liebte das Leben auf dem Land und fürchtete mich schon vor der Zeit, wenn meine Familie mit mir nach London ziehen würde, um dort auf Einladungen und Bällen nach dem richtigen Mann für mich Ausschau zu halten. Es gab nur einen Trost. Ich wußte, daß mich meine Eltern zu keiner unerwünschten Ehe zwingen würden, denn ihr einziges Ziel war es, mich glücklich zu sehen.

Da ich erst dreizehn war, lag all das noch in ferner Zukunft. Allerdings war Carlotta nicht älter gewesen, als sie sich in Beaumont Granville verliebte. Aber Carlotta war eben Carlotta.

»Sie kam schon mit all den Tricks versehen auf die Welt, die andere Frauen ein Leben lang einüben müssen«, behauptete mein Großvater. »Und die meisten lernen nur die Hälfte davon.«

Er sprach voller Anerkennung. Mir wurde bald klar, daß ich ohne all diese Tricks geboren worden war.

An diesem speziellen Märzmorgen war mir das aber völlig egal. Die Krähen waren eifrig mit Nestbau beschäftigt, und ich sah einige Wasserpieper, bei uns auch Wiesenpieper genannt. Man konnte sie fast mit den Lerchen verwechseln, wenn man sie nicht so gut kannte wie ich. Es sah zu lustig aus, wie sie über den Boden rannten, statt zu hüpfen. Ich hörte den Schrei des Wasserläufers, der fast einem Wimmern glich. Näher wollte ich nicht hinreiten, da er hier irgendwo vermutlich sein Nest hatte und bestimmt in Angst geriete.

Ich ritt an Enderby Hall vorbei, in dem niemand wohnte, was nach Ansicht meines Vaters völlig unsinnig war. Ein großes möbliertes Haus stand leer, weil Carlotta es aus irgendeiner Laune heraus so und nicht anders wollte. Das Gebäude war ihr ebenfalls von Robert Frinton vermacht worden, und sie hatte es schon einmal verkaufen wollen, dann jedoch aus rätselhaften Gründen ihre Meinung geändert.

Mir gefiel Enderby nicht sonderlich gut. Von Carlotta wußte ich, daß sie sich einmal als Kind dort versteckt hatte und allen schreckliche Angst einjagte, bis man sie endlich in tiefem Schlaf in einem Wandschrank fand. Robert Frinton war von dieser Geschichte so begeistert, daß es von da an in Enderby ›Carlottas Schrank‹ gab.

Als wir viel jünger waren, versuchte Carlotta mich dort einzusperren, aber ich ahnte schon, was sie im Sinn hatte, und war wenigstens einmal schneller als sie. »Dummchen!« sagte sie hinterher zu mir. »Ich hätte dich doch nicht länger darin festgehalten. Du solltest nur mal kennenlernen, was es heißt, allein in einem Spukhaus eingeschlossen zu sein.« Sie warf mir einen Blick zu, in dem eine gewisse Bosheit lag. »Manche Leute bekommen über Nacht weiße Haare, andere sterben vor Angst. Wie du wohl mit weißen Haaren aussehen würdest? Vielleicht wäre es besser, als überhaupt keine richtige Haarfarbe zu haben.«

Ja, es gab Zeiten, da zeigte Carlotta sich gnadenlos. Dennoch ließ meine Bewunderung für sie nicht nach. Ich bemühte mich stets, ihre Aufmerksamkeit zu erregen, und war selbst dann froh über einen Erfolg, wenn sie sich so abscheuliche Experimente mit mir ausdachte wie zum Beispiel damals in Enderby Hall.

Zuerst ritt ich an Enderby vorbei und dann an dem Stück Land entlang, das früher zu Enderby gehörte und inzwischen von meinem Vater aufgekauft wurde. Eine Mauer umgab es.

Ich gelangte zu Grasslands Manor, dem Besitz der Willerbys. Der junge Thomas Willerby sah mich und rief mich zu sich, denn er und sein Vater hatten gerne Gäste und waren mit meiner Familie sehr befreundet.

Also brachte ich mein Pferd in den Stall und ging dann mit Thomas ins Haus, wo mich der alte Thomas Willerby freundlich begrüßte. Ich berichtete ihm alle Neuigkeiten, und er ließ Wein und Kuchen bringen, die ich nicht zurückweisen durfte, weil ihn das gekränkt hätte. Es bereitete ihm großes Vergnügen, den Gastgeber zu spielen.

Als ich erwähnte, daß meine Mutter in Kürze zurückkommen würde, war er hocherfreut. Außerdem beglückwünschte er mich natürlich zum Familienzuwachs.

Ihm konnte ich offen eingestehen, wie sehr ich mich nach meiner Mutter sehnte und wie gespannt ich darauf war, was sie über Carlotta und das Baby zu erzählen wußte.

»Ich habe auch eine Neuigkeit für dich«, sagte er lächelnd. »In der Nähe von York habe ich ein Haus gekauft.«

»Oh, dann wollt Ihr also wirklich von hier fort?«

»Du weißt ja, mein Liebes, daß ich seit langem unentschlossen war. Doch nun habe ich mich endlich zu einer Entscheidung durchgerungen.«

»Und was wird aus Grasslands?«

»Das verkaufe ich.«

Ich mußte daran denken, daß merkwürdigerweise weder

Grasslands Manor noch Enderby Hall von Glück gesegnet waren. Ob wohl so etwas wie ein Fluch auf diesen Häusern lag? Auch die Willerbys sind davon nicht verschont geblieben, obwohl sie eine Zeitlang sehr glücklich dort waren. Doch dann war Thomas' Frau bei der Geburt der kleinen Christabel gestorben.

»Vielleicht können mir deine Eltern beim Verkauf behilflich sein«, sagte Thomas. »Ich will nicht mehr lange bleiben, sondern ins neue Haus übersiedeln.«

»Wir werden gern alle Leute hier herumführen, die an einem Kauf interessiert sind. Habt Ihr schon mit meinem Vater gesprochen?«

»Nein. Ich wollte erst die Rückkehr deiner Mutter abwarten. Welch gute Nachricht, daß sie bald kommt. Vom Hof hört man dagegen leider nicht viel Gutes.«

»Ach, wirklich?«

»Ja, der König hat sich das Schlüsselbein gebrochen.«

»Das ist doch nicht so schlimm, oder?«

»Er soll sich schon seit einiger Zeit nicht gut gefühlt haben«, mengte sich nun der junge Thomas ein. »Er ritt gerade von Kensington nach Hampton Court, als er abgeworfen wurde. Angeblich ist das Pferd über einen Maulwurfshügel gestolpert. Zuerst hielt man das Ganze nicht für besorgniserregend.«

»Angeblich trinken die Jakobiten nun auf den kleinen Gentleman im schwarzen Samtpelz, womit sie den Maulwurf meinen, der durch seinen Erdhügel dem Land einen Dienst erwiesen habe.«

»Schrecklich, daß sie sich so über einen Unfall freuen. Was ist mit dem Pferd passiert? War es schwer verletzt?«

»Darüber wurde nichts bekannt. Vermutlich hielt man es für unwichtig.«

Während wir ein Glas Wein tranken, traf ein anderer Besucher ein, mein Onkel Carl von Eversleigh. Er diente in der Armee und hatte gerade Urlaub.

»Hallo, Dammee«, begrüßte er mich. Onkel Carl war immer sehr vergnügt und hielt es für komisch, meinen Namen zu verballhornen, was meine Mutter ärgerte, wie er genau wußte. »Große Neuigkeiten! Der König ist tot.«

»Ich dachte, er hätte nur das Schlüsselbein gebrochen«, erwiderte Tom Willerby erstaunt.

»Offenbar hatte er schon mehrere Anfälle, versuchte aber über längere Zeit, seine Schwäche vor dem Volk geheimzuhalten. Er starb heute morgen um acht Uhr.«

»Jenseits des Meeres wird es nun große Aufregung geben«, meinte Thomas Willerby.

»Ja, unter den Jakobiten. Aber sie haben keine Chance, denn Anne ist bereits heute zur Königin ausgerufen worden. Wir sollten auf ihr Wohl trinken.«

Also füllten wir die Gläser und tranken auf unsere neue Königin, Queen Anne.

Die Eversleighs hatten früher gute Beziehungen zum Königshaus unterhalten. Mein Großvater Carleton Eversleigh war ein großer Freund von Charles II. gewesen. Da er sich in die Monmouth-Rebellion verwickeln ließ, hatte James ihm verständlicherweise seine Gunst entzogen. William und Mary empfingen ihn zwar nach wie vor bei Hof, doch er stand mit ihnen nicht auf so vertrautem Fuß wie mit Charles. Es gab jedoch keinerlei Zweifel, daß wir zur Krönung nach London reisen würden, und folglich begann man bei uns mit den Vorbereitungen.

Inzwischen war es April geworden, und Carlottas Baby war zwei Monate alt. Weder sie noch Harriet begleiteten uns nach London. Es war sicher nicht häufig vorgekommen, daß Harriet eine Zeremonie bei Hof versäumte, doch vielleicht begann sie nun allmählich ihr Alter zu spüren. Sie war einige Jahre älter als meine Großmutter.

Wir waren dennoch eine recht große Reisegesellschaft, als wir von Eversleigh aufbrachen: meine Großeltern, Eltern, Onkel Carl und ich.

»Dammee, es ist gut, daß du endlich ein bißchen was vom Leben zu sehen kriegst«, meinte Onkel Carl.

»Sie ist doch noch so jung, Carl. Außerdem heißt sie Damaris«, wandte meine Mutter ein.

»Na schön, Schwester. Sie ist also noch ein Wickelkind, und ich werde nicht vergessen, daß ich die kleine Dammee nicht Dammee nennen darf.«

Meine Mutter schnalzte mißbilligend mit der Zunge, war aber nicht wirklich böse mit Onkel Carl, denn er war ein sehr liebenswerter Mensch. Onkel Carl war um einiges jünger als sie und wurde schon als Junge von seinem Vater heiß geliebt. Von seiner Tochter nahm Großvater hingegen kaum Notiz, wie Priscilla mir einmal erzählte.

»Es kam allerdings eine Zeit, als sich das änderte«, fügte sie hinzu. Irgend etwas in ihrer Stimme machte mich neugierig, mehr darüber zu erfahren. Als ich sie jedoch fragte, preßte sie die Lippen aufeinander und ließ sich kein einziges Wort mehr zu diesem Thema entlocken. Geheimnisse, Familiengeheimnisse! Wahrscheinlich würde ich sie eines Tages doch erfahren.

Wir waren bei der Abreise alle in erwartungsvoller Stimmung. Wenn Edwin hätte mitkommen können, würde er als Mitglied des Oberhauses bei der Zeremonie sogar eine wichtige Rolle spielen. Besonders mein Großvater bedauerte es deshalb sehr, daß er gerade jetzt im Ausland stationiert war. Dessen ungeachtet waren wir fest entschlossen, uns bestens zu vergnügen.

»Wenn man sich nicht bei Krönungen amüsiert, wann dann?« argumentierte mein Großvater. »Es gibt einen neuen Monarchen, und man kann sich mit gutem Gewissen der Illusion hingeben, daß von nun an alle glücklich bis ans Ende ihrer Tage leben werden. Also laßt uns diese Krönung genießen.«

Wir brachen mit sechs Dienern und drei Packpferden auf, da man ja besondere Kleidung benötigte, wenn man bei Hof erscheinen wollte.

Ich hielt nach den Vögeln Ausschau: nach dem Weidenlaubsänger auf freiem Feld, nach dem Baumpieper und den Turteltauben in den Wäldern. Zu dieser Jahreszeit kam mir ihr Gesang besonders schön und jubilierend vor, weil sie sich über das Ende des Winters freuten.

Als ich meiner Mutter sagte, daß es mich glücklich mache, die vielen verschiedenen Vogelstimmen zu hören, lächelte sie mir liebevoll zu.

Später belauschte ich eine Unterhaltung zwischen ihr und

meiner Großmutter. »Damaris wird mir bestimmt niemals Kummer und Sorgen machen«, erklärte meine Mutter im Brustton der Überzeugung.

»Nicht aus eigenem Verschulden, da stimme ich dir bei, Priscilla. Aber manchmal schlägt das Unglück von unerwarteter Seite zu.«

»Du bist heute in seltsamer Stimmung, Mutter.«

»Ja, vermutlich weil wir alle nach London unterwegs sind. Das erinnert mich an die Zeit, als Carlotta auf und davon ging.«

»Wie bin ich froh, daß das alles hinter uns liegt.«

»Ja, bei Benjie ist sie gut aufgehoben.«

»Und beim Baby! Selbst Carlotta wird dadurch ruhiger werden.«

Ohne jeglichen Zwischenfall kamen wir zu den grauen Mauern des Tower von London und waren damit fast am Ziel unserer Reise angelangt.

Es war für mich immer aufregend, London wiederzusehen. In den Straßen herrschte geschäftiges Treiben, es gab viel Lärm und ein stetes Durcheinander. Nirgends hatte ich je so viele Menschen erblickt wie in dieser Stadt, die alle ganz unterschiedlich waren und vermutlich ein Leben führten, das wir vom Lande uns kaum vorstellen konnten. Man sah extravagant herausstaffierte Gentlemen, deren Kleidung mit Juwelen geschmückt war, die aber vielleicht auch nur Imitationen sein mochten. Die Ladies waren gepudert und trugen Schönheitspflästerchen, die Händler verkauften alle möglichen Waren, und halbwüchsige Lehrlinge standen vor den Ladentüren und forderten durch Zurufe die Fußgänger auf, bei ihnen zu kaufen. Auf dem Fluß wimmelte es wie immer von Fahrzeugen aller Art. Am liebsten hätte ich stundenlang beobachtet, wie die Bootsleute mit dem Ruf ›Next Oars‹ um Passagiere warben und sie dann von einem Ufer zum anderen übersetzten oder auf einer Vergnügungsfahrt am prachtvollen Westminster vorbei bis hinter den Tower ruderten. Mir gefielen ihre Lieder, doch wenn sie nicht sangen, schrien sie sich gegenseitig Beschimpfungen zu. Meine Mutter war dagegen, mich mit einem Boot fahren zu lassen. Sie pflegte zu sagen, daß die Leute alle Manieren und jede gute Erziehung vergaßen, wenn sie den Fuß auf ein Boot setzten. Selbst Adlige hatten dann einen rüden Ton an sich, der in gepflegter Gesellschaft auf dem Land undenkbar gewesen wäre.

Obgleich Carlotta mich etwas abschätzig ›Mädchen vom Lande‹ nannte, war ich dennoch fasziniert vom Londoner Leben. Es gab viel Neues und Aufregendes zu sehen. Die Kutschen, in denen elegant gekleidete Ladies und Gentlemen hoheitsvoll thronten, interessierten mich kaum weniger als die Straßentheater. Am Charing Cross gab es ein Kasperltheater, und entlang Cheapside führten Messerschlucker und Taschenspieler zum Vergnügen der Spaziergänger ihre Tricks vor. Es gab Riesen und Zwerge, die alle möglichen Kunststücke zelebrierten, Bänkelsänger gaben mit heiserer Stimme blutrünstige Balladen zum besten, und daneben versuchten Pastetenverkäufer ihre Ware an den Mann zu bringen.

Den größten Zulauf hatte eine Hinrichtung in Tyburn, doch dabei wollte ich nicht zusehen und hätte auch gar nicht die Erlaubnis dazu bekommen. Carlotta hatte einmal zugeschaut und mir alles genau beschrieben, obwohl ihr das Spektakel sicher auch nicht gefiel. Aber manchmal verlor sie die Geduld mit mir und liebte es dann, mich zu schockieren.

Ihr Liebster hatte sie dorthin mitgenommen, weil sie seiner Meinung nach erfahren mußte, wie die Welt beschaffen sei. Sie erzählte mir, wie gräßlich es gewesen war, als die Männer gehenkt wurden, die man auf einem Karren zum Richtplatz schaffte. Carlotta hatte allerdings nur so getan, als ob sie alles beobachtete, insgeheim aber hielt sie die Augen geschlossen. Es wurden Pfefferkuchen, Pasteten und allerlei andere Speisen feilgeboten. Außerdem konnte man Zettel mit den letzten Worten und Geständnissen derer kaufen, die erst kürzlich auf die gleiche Weise umgekommen waren.

»Sprich nicht weiter. Ich will nichts davon hören«, hatte ich Carlotta gebeten.

Doch sie hatte immer weiter erzählt und alles vermutlich

noch grauenvoller geschildert, als es in Wirklichkeit gewesen war.

Bei den bisherigen Besuchen in London war ich mit meinen Eltern die Mall entlangspaziert, was mir großen Spaß machte, da diese elegante Straße bei den Adligen sehr beliebt war. Dort flanierte man, verbeugte sich vor Freunden und Bekannten und blieb manchmal stehen, um sich zu unterhalten oder um eine Verabredung zu treffen. Ich war ganz begeistert von der Mall. Mein Großvater erzählte mir, daß er dort mehrmals mit King Charles Krocket gespielt habe. Nun boten hier junge Mädchen Blumen und Obst zum Verkauf an, und hie und da konnte man auch einer Frau begegnen, die ihre Kuh vor sich hertrieb und zwischendurch auch einmal anhielt, um sie zu melken und somit etwaige Kunden von der Frische der Milch zu überzeugen. Auch diesmal war es für mich wieder herrlich, hier entlangzuschlendern und die Leute zu betrachten.

»Du solltest dieses Schauspiel erst einmal am Abend sehen«, hatte Carlotta zu mir gesagt und dann die Galane beschrieben, die in der Menge auf der Suche nach einem hübschen jungen Ding waren, das ihr Interesse weckte. Nachts trugen die Ladies manchmal sogar Gesichtsmasken, und nachts war die richtige Zeit für einen Spaziergang auf der Mall. »Arme kleine Damaris! Das werden sie dir nie erlauben.« Als ich ihr erwiderte, daß unsere Eltern es ihr ebenfalls nicht erlauben würden, hatte sie mich nur ausgelacht. Ich mußte sehr oft an Carlotta denken, denn in dieser Stadt voller Abenteuer schien sie mir näher zu sein als je zuvor.

Wir wohnten alle im Stadthaus der Eversleighs, das in der Nähe des St. James-Palastes lag. Meine Mutter riet mir, zeitig zu Bett zu gehen und mich gut auszuschlafen, da wir am nächsten Morgen früh aufstehen mußten, um den Beginn der Krönungsfeierlichkeiten nicht zu versäumen.

Ich wachte beim Morgengrauen auf, lief zum Fenster und schaute zur Straße hinunter, auf der sich bereits Leute versammelten. An diesem Tag, dem 23. April, dem St. Georgs-Tag, strömte allerlei Volk vom Land in die Stadt. Ich überlegte, in welcher Stimmung sich wohl die Königin befand.

Wie fühlte man sich, wenn man eine Krone nahm, die einem rechtmäßig nicht zustand? Andererseits würden die Engländer nie einen Katholiken auf dem Thron dulden, das hatte mein Großvater bei vielen Gelegenheiten ausführlich erklärt. King James hätte sich seine Krone erhalten können, wenn er seinem Glauben abgeschworen hätte, doch er weigerte sich und verlor sie. Ihm folgten die Protestanten William und Mary, die inzwischen beide tot waren, und nun wurde Marys Schwester Anne unsere Königin.

Die Jakobiten würden darüber natürlich wütend sein, doch im Volk deutete alles darauf hin, daß man Anne auf dem Thron haben wollte. Vielleicht ging es den Leuten aber auch nur um die Krönungsfeierlichkeiten.

Um elf Uhr ritten wir aus und sahen die Königin auf ihrem Weg vom St. James-Palast zur Westminster Hall. Sie wurde in einer Sänfte getragen, da sie zu sehr unter Wassersucht und geschwollenen Füßen litt, um laufen zu können. Sie war erst siebenunddreißig und eigentlich zu jung für ein solches Leiden, doch sie hatte schon viele Schwangerschaften hinter sich, die sie arg mitgenommen hatten. Hinzu kam der Kummer, daß nun auch noch das letzte ihrer Kinder, der junge Duke of Gloucester, auf den sie große Hoffnungen setzte, gestorben war.

Ihr Mann, Prinz Georg von Dänemark, der ihr ebenso zugetan war wie sie ihm, schritt ihr voraus, und vor ihm ging der Erzbischof von Canterbury.

Es war ein erhebendes Schauspiel, den ersten Wappenherold Englands, den Lord Mayor, den ersten Zeremonienmeister und den Oberhaushofmeister versammelt zu sehen.

Die Königin wirkte ruhig und sah erstaunlich hübsch aus, obwohl sie sehr dick war. Sie war füllig geworden, weil sie sich nur wenig bewegte und gutes Essen außerordentlich schätzte. Auf dem Kopf trug sie einen Goldreif, der mit Diamanten besetzt war und ihr in seiner edlen Schlichtheit ausgezeichnet stand.

Wir hatten Sitzplätze in der Abtei und schlossen uns der Prozession an, die über einen Teppich aus duftenden Kräutern schritt.

Es kam ein spannungsvoller Augenblick, als die Königin von Thomas Tennison, dem Erzbischof von Canterbury, den versammelten geladenen Gästen präsentiert wurde.

»Sirs, ich präsentiere Euch Queen Anne, unangefochtene Königin dieses Reiches. Seid Ihr, die Ihr heute alle gekommen seid, um zu huldigen und zu dienen, seid Ihr bereit, dies zu tun?«

Es kam mir so vor, als dauerte die Pause, die auf diese Frage folgte, sehr lange, doch das war sicher nur Einbildung. Ich hatte einfach zuviel Gerede über die Jakobiten gehört.

Dann erfolgte der ohrenbetäubende Ruf ›God save Queen Anne‹.

Der Erzbischof mußte seine Frage insgesamt viermal stellen und sich dabei nach den vier Himmelsrichtungen wenden.

Was für ein erhebender Moment, als der Chor die Hymne zu singen begann: »Die Königin soll in Deiner Stärke frohlocken, o Herr. In Deinem Heil soll sie Erfüllung finden. Du wirst sie mit Güte segnen und ihr eine Krone aus purem Gold aufs Haupt setzen.«

Während diese mächtigen Stimmen sangen, war ich sicher, daß Anne die auserwählte Monarchin war und daß vom König jenseits des Meeres keine Gefahr für den Frieden im Land drohte.

Gleich darauf war es traurig, mit anzusehen, wie sich die Königin zum Altar helfen lassen mußte. Als sie dann jedoch ihre Erklärung abgab, klang ihre Stimme laut und klar.

»Wollt Ihr mit all Euren Kräften Gottes Gesetze, das wahre Evangelium und die reformierte protestantische Kirche, die durch Gesetz bestimmt wurde, aufrechterhalten?«

»Ich gelobe, dies zu tun«, antwortete die Königin würdevoll. Damit entsprach sie dem Wunsch des Volkes. Schließlich hatte ihr Vater seinen Thron deshalb verloren, weil er den protestantischen Glauben nicht unterstützte.

Danach fand die Zeremonie der Salbung statt, die nach altem Brauch durchgeführt wurde. Anne mußte aufrecht stehen, während sie mit dem Schwert Edwards umgürtet wurde. Sodann ging sie zum Altar und legte es dort nieder. Das gleiche tat sie mit den Sporen, die ihr überreicht wurden, und als letztes erhielt sie Ring und Stab.

Mein Vater hatte mir erklärt, daß man den Ring, in den das Georgskreuz graviert war, den Hochzeitsring von England nannte. Wer ihn am Finger trug, war verpflichtet, sein Land zu ehren und alle Kraft und Hingabe einzusetzen, deren er fähig war. »Es ist wie eine Ehe«, hatte mein Vater hinzugefügt.

Ich war tief bewegt von diesem Geschehen und stimmte aus vollem Herzen in den Ruf ›God save the Queen!‹ ein, als die Königin auf ihrem Sessel Platz nahm und der Dean von Westminster dem Erzbischof von Canterbury die Krone brachte, die dieser ihr aufsetzte. Es war ein bewegender Augenblick, als die Kanonen auf den Türmen der Westminster-Abtei losdonnerten und jene vom Tower antworteten.

Ich beobachtete hingerissen, wie die Angehörigen des Hochadels, vom Gemahl der Königin angeführt, der neuen Königin ihre Reverenz erwiesen, indem sie sich vor sie hinknieten und ihr dann die Wange küßten.

Wir nahmen auch am Festbankett teil. Meine Eltern zweifelten vorher daran, ob die Königin dabei sein würde, da sie aufgrund ihrer Krankheit sicher völlig erschöpft war, doch mein Großvater hatte davon nichts wissen wollen. Erschöpft oder nicht, sie mußte anwesend sein, denn sonst würden diese infamen Jakobiten ja doch nur behaupten, daß sie sich nicht der traditionellen Herausforderung durch den King's Champion Dymoke zu stellen wagte.

Für mich war alles ein Hochgenuß. Immer wieder betrachtete ich die Königin, die meiner Meinung nach prächtig aussah und ihre Müdigkeit gut kaschierte. Mir gefiel auch ihr Mann, der wohlwollend und gütig zu sein schien und sich ihretwegen offenkundig Sorgen machte.

Erst nach acht Uhr war das Bankett schließlich zu Ende. Da die Feierlichkeiten fast den ganzen Tag gedauert hatten, war die Königin sicher von Herzen froh, endlich zum St. James-Palast zurückkehren zu können. Die Menge jubelte ihr zu, als sie in der Sänfte vorbeigetragen wurde. Die Tafelfreuden in Westminster Hall waren zwar vorbei, doch das Volk würde die ganze Nacht hindurch weiter lärmen und zechen. Mein Großvater schlug vor, rasch nach Hause zu reiten, bevor auf den Straßen die Gewalttätigkeiten ausbrachen, mit denen zu späterer Stunde zu rechnen war. »Wenn ihr wollt, könnt ihr ja noch aus den Fenstern schauen«, fügte er hinzu. Und das taten wir auch.

Am nächsten Tag machte ich mit meiner Mutter und Großmutter in Covent Garden Einkäufe. Hier feierten einige unverbesserliche Nachtschwärmer immer noch die Krönung. Meine Mutter war drauf und dran, einen Strauß Veilchen zu kaufen, weil das ihre Lieblingsblumen waren, doch dann fesselte irgend etwas anderes unsere Aufmerksamkeit, und wir vergaßen die Blumen völlig.

Kurz darauf schlenderte eine hübsche Frau vorbei, die sehr auffallend gekleidet war, mich aber trotzdem irgendwie an Carlotta erinnerte. Natürlich nur flüchtig, denn bei näherem Hinsehen gab es keine große Ähnlichkeit mehr. Ein junger Mann, der ihr gefolgt war, holte sie ein und schien ihr irgendeinen Vorschlag zu machen. Offensichtlich hatte sie nur darauf gewartet.

Natürlich wußte selbst ich, daß solch ein Verhalten ganz und gar üblich war. Viele Frauen gingen in der Dämmerung oder bei Nacht mit dem Vorsatz aus, einen Mann kennenzulernen, doch nie zuvor hatte ich gesehen, daß es so offen und schamlos praktiziert wurde.

Die beiden spazierten gemeinsam weiter.

Dieser Vorfall verfehlte nicht seine Wirkung auf mich. In erster Linie lag es wohl daran, daß die Frau eine gewisse Ähnlichkeit mit Carlotta gehabt hatte. Ich mußte denken, daß Carlotta sicher nicht zu Hause am Fenster sitzen würde – noch dazu in Begleitung von Familienmitgliedern –, um sich die Volksmenge anzusehen. Was hatte sie einmal zu mir gesagt? »Damaris, du bist der geborene Zuschauer. Dir wird nichts passieren. Du wirst immer beobachten, wie anderen Leuten etwas passiert. Und weißt du auch, warum?

Weil du Angst hast. Du willst immer in Sicherheit leben, und deshalb bist du auch so langweilig.«

Grausame Carlotta, wie oft hat sie mich gekränkt! Manchmal wundere ich mich, warum sie mir eigentlich so viel bedeutet.

Plötzlich kam mir der Gedanke, welch hübsche Überraschung ich meiner Mutter bereiten könnte, wenn ich ihr einen Veilchenstrauß brächte. Warum sollte ich eigentlich nicht ausgehen und einen kaufen? Vermutlich müßte ich gar nicht weit laufen, denn es gab überall Blumenverkäufer, und jetzt sogar noch mehr als sonst, da sie bei den Krönungsfeierlichkeiten auf ein gutes Geschäft hofften.

Es war mir verboten, allein auszugehen, doch ich vermeinte Carlottas spöttisches Lachen zu hören. Außerdem mußte ich mich ja nur bis zum Ende der Straße vorwagen.

Wahrscheinlich bekäme ich Schelte, doch andererseits würde meine Mutter sich bestimmt freuen, daß ich ihren Wunsch nach Veilchen nicht vergessen hatte.

Sicher wäre ich weniger unternehmungslustig gewesen, wenn mich jene fremde junge Frau nicht an Carlotta erinnert hätte. Kurz entschlossen zog ich mir mein Samtcape über, steckte die Geldbörse in die Rocktasche und schlüpfte aus dem Haus.

Ich kam ans Ende der Straße, ohne eine einzige Blumenverkäuferin gesehen zu haben. Als ich um die Ecke bog, geriet ich in eine johlende Menschenmenge, die sich um einen Mann mit einem hohen schwarzen Hut scharte und ihn beschimpfte.

Jemand drängte sich an mich, doch ich war wachsam und hielt die Börse mit der Hand fest.

»Was ist denn los?« fragte ich eine Frau, die in der Nähe stand. »Was hat er getan?«

»Hat Quacksalberpillen verkauft«, erwiderte sie. »Der will uns einreden, daß sie uns wieder jung machen, wieder Farbe in unser Haar bringen und alle Leiden heilen. Der will uns wieder wie zwanzig machen. Ein Quacksalber is' er.«

»Was wird man mit ihm tun?« stammelte ich.

»Wahrscheinlich in den Fluß werfen.«

Ich schauderte. Die Menge begann mir Furcht einzuflößen, und mir fiel auf, daß mich einige verstohlen musterten. Es war wirklich töricht von mir gewesen, allein auf die Straße zu gehen. Jetzt mußte ich schleunigst die Veilchen kaufen und dann nach Hause eilen.

Ich versuchte mir einen Weg durch die Menge zu bahnen, was aber alles andere als leicht war.

»He, was stößt du hier so rum?« schrie mich eine Frau an, der das Haar strähnig ins Gesicht fiel.

»Ich habe nicht gestoßen«, stotterte ich. »Ich... ich habe nur ein bißchen zugeschaut.«

»Nur zugeschaut, he? Die Lady schaut dem gemeinen Volk zu, was?«

Ich wollte mich unauffällig verdrücken, doch sie ließ es nicht zu, sondern begann mich mit unflätigen Worten zu bombardieren.

Was sollte ich bloß tun? Plötzlich tauchte eine Frau neben mir auf, die zwar ärmlich, aber sauber gekleidet war, und ergriff mich beim Arm. »Laß diese Lady in Ruhe«, sagte sie energisch. »Die hat mit solchen wie dir nichts zu schaffen.« Die so Zurechtgewiesene war dermaßen verblüfft über diese Einmischung, daß sie uns mit offenem Mund anstarrte. Meine Retterin ergriff die Gelegenheit und zog mich beiseite.

Ich war ihr sehr dankbar, denn ich hatte keine Möglichkeit gesehen, mich aus meiner unangenehmen Lage zu befreien. Die Leute hatten sich inzwischen etwas verlaufen. Mir war jede Lust vergangen, Veilchen zu kaufen. Ich wollte nur so rasch wie möglich nach Hause. Wie recht hatte meine Mutter, daß sie mir nicht erlaubte, allein auf die Straße zu gehen. Die Frau lächelte mich an.

»Ihr dürft nich' so allein rumlaufen, meine Liebe«, sagte sie, als hätte sie meine Gedanken gelesen. »Was für 'n schöner Samtmantel! So was bringt die Leute auf dumme Gedanken, is' ja klar. Jetzt woll'n wir Euch aber schleunigst heimbringen. Wieso seid Ihr allein hier? Bei wem wohnt Ihr?«

Ich erzählte ihr, daß ich mit meiner Familie vom Land gekommen sei, um bei der Krönung dabeizusein, und daß ich aus dem Haus geschlüpft war, weil ich Veilchen für meine Mutter kaufen wollte.

»Veilchen! Ich kenn' die Frau, die die schönsten Veilchen in London verkauft und gar nich' weit weg von hier. Wenn Ihr Veilchen wollt, überlaßt alles der guten Mrs. Brown. Ihr habt Glück, daß ich da war. Ich kenn' die Frau, die hinter Euch her war. Die hätt' Eure Börse geschnappt, bevor Ihr piep sagt.«

»Eine schreckliche Frau! Ich hatte ihr doch nichts getan.«

»'türlich nich'. Habt Ihr noch Euren Geldbeutel?«

»Ja, ich habe ihn immer festgehalten, weil ich so viele Geschichten über die Londoner Diebe gehört habe.«

»Was für'n Segen. Wir holen die Veilchen, und dann husch, husch zurück, Herzchen, bevor man Euch vermißt.«

»Oh, vielen Dank! Ihr seid so nett.«

»Tja, ich tu gern was Gutes, wenn's geht. Drum heiß' ich auch die gute Mrs. Brown. Es kostet nix, oder, und hilft 'ne Menge.«

»Danke. Kennt Ihr das Haus der Eversleighs?«

»Ja, Gott befohlen, Herzchen, aber sicher. Hier in der Gegend gibt's nix, was die gute Mrs. Brown nich' kennt. Keine Bange! Ich schaff' Euch nach Haus, eh Ihr Queen Anne sagen könnt. Das tu ich und mit den besten Veilchen von ganz London.«

»Ich bin Euch so dankbar. Meine Familie möchte nämlich nicht, daß ich allein ausgehe.«

»Jaja, das is' auch recht so. Denkt nur, vor was ich Euch grade gerettet hab'. Diebe und Halunken überall in dieser schlimmen Stadt, Herzchen. Und solche sind besonders hinter so unschuldigen Dingelchen wie Euch her.«

»Wenn ich doch nur auf meine Mutter gehört hätte!«

»Das sagen alle Mädchen, wenn's in der Patsche sitzen, stimmt's oder hab' ich recht? Es kann nie schaden, auf seine Mama zu hören.«

Während des Redens hatte sie mich von der Menge fortgeführt. Ich wußte nicht, wo wir uns befanden, und sah keine Spur von irgendeiner Blumenverkäuferin. Die Straße war eng, die Häuser wirkten schäbig und heruntergekommen.

»Es scheint ziemlich weit weg zu sein«, sagte ich ängstlich.

»Gleich da, gleich da, Herzchen. Vertraut nur der guten Mrs. Brown.«

Wir bogen in eine andere Gasse ein, in der einige Kinder auf dem Kopfsteinpflaster spielten. Eine Alte schaute aus dem Fenster und rief so etwas wie: »Gute Arbeit, Mrs. Brown.«

»Gott segne Euch, meine Liebe«, erwiderte Mrs. Brown. »Hier lang, Kindchen.«

Sie schob mich durch eine Tür, die krachend hinter uns zuschlug. »Was hat das zu bedeuten?« rief ich.

»Vertraut der guten Mrs. Brown.«

Sie packte mich grob am Arm und zerrte mich eine steile Stiege hinunter zu einem Raum, der wie ein Keller aussah. Dort befanden sich drei Mädchen, von denen eines etwa so alt war wie ich, während die beiden anderen etwas älter schienen. Die Jüngste trug einen braunen Wollmantel und stolzierte damit auf und ab. Alle drei lachten, hörten aber bei unserem Eintreten auf und starrten uns entgegen.

Jetzt wußte ich, daß ich zu Recht Angst empfunden hatte, als wir in das Labyrinth der Gassen einbogen. Nun befand ich mich in einer weit übleren Lage als in der Menge.

»Keine Angst, Liebchen«, sagte Mrs. Brown. »Dir passiert nix, wenn du schön brav bist. Ich bin keine, die andern was tut.« Sie drehte sich zu den Mädchen um. »Schaut sie euch an! Eine kleine Schönheit, hm? Wollte Veilchen für die Frau Mama kaufen. Fühlt mal das Cape an. Bester Samt. Das gibt 'nen hübschen Batzen. Und das Händchen hat sie auf dem Geldbeutel gehabt. Is' das nich' nett von ihr? Beinah' wär's verlorengegangen.«

»Warum habt Ihr mich hierhergebracht? Was hat das zu bedeuten?« fragte ich.

»Hört euch das an«, sagte Mrs. Brown. »Die redet doch hübsch, hehe? Ihr Mädchen sperrt die Ohren auf und lernt, wie's geht. Schätze, das würde euch bei der Arbeit helfen.« Sie lachte. Es war erschreckend, wie rasch aus der guten Mrs. Brown eine böse Mrs. Brown geworden war.

»Was wollt Ihr von mir? Nehmt meine Geldbörse und laßt mich gehen.«

»Zuerst woll'n wir mal das hübsche Cape haben«, antwortete Mrs. Brown. »Runter damit!«

Ich hielt das Cape mit beiden Händen fest und rührte mich nicht.

»Aber, aber. Wir woll'n doch keinen Ärger nich'! Ärger hab' ich noch nie leiden mögen.« Sie packte meine Hände, und im Nu hatte sie mir das Cape von den Schultern gerissen. Eines der Mädchen hüllte sich darin ein.

»Hübsch vorsichtig«, mahnte Mrs. Brown. »Mach's ja nich' schmutzig. Du weißt ja, wie Davey ist. Er will's genauso, wie's von der Lady kommt.«

»Ihr habt mich also hierhergelockt, um mein Cape zu stehelen. Schön, nun habt Ihr es und könnt mich laufenlassen«, sagte ich.

Mrs. Brown und die Mädchen lachten schallend. »Sie is' ganz hübsch, hm? Und so was von zutraulich! Jaja, sie hat die gute Mrs. Brown direkt ins Herzchen geschlossen, sag' ich euch. Die is' ihr bereitwillig gefolgt, wohin sie auch ging.«

Ich wollte zur Tür, doch sofort lag Mrs. Browns Hand auf meinem Arm.

»Das is nich' alles, Herzchen.«

»Ihr wollt also auch noch meine Geldbörse«, rief ich empört.

»Ihr habt sie treu und brav für uns aufgehoben. Es wär' doch'n Jammer, wenn wir sie nach all der Mühe nich' kriegten.«

Sie lachten auf eine schrille Weise, die mir Angst einjagte. Ich warf die Geldbörse auf den Fußboden.

»Gut. Ihr seht schon, die will auch kein' Ärger haben.«

»Jetzt habt Ihr Cape und Geldbörse. Laßt mich nun endlich fort!«

Mrs. Brown befingerte den Stoff meines Kleides.

»Das Beste vom Besten«, sagte sie. »So was trägt nur der Adel. Los, los, Herzchen, runter damit!«

»Ich kann doch mein Kleid nicht ausziehen!«

»Die Dienstboten haben das immer für sie getan«, spottete eines der Mädchen.

»Heut' spielen wir mal ihre Dienstboten«, schlug Mrs. Brown vor. »Ich finde immer, Freunde muß man so behandeln, wie sie's gewohnt sind.«

Das Ganze artete mehr und mehr zu einem Alptraum aus. Sie zogen mir das Kleid über die Schultern.

»Was soll ich denn tun?« protestierte ich verzweifelt.

»Ihr nehmt mir alle meine Kleidungsstücke. Ich kann doch nicht... nackt herumlaufen!«

»Was für'n bescheidenes, braves Mädchen. Hör zu, Liebchen, wir lassen dich schon nich' nackt auf die Gasse rausgehen, oder, Mädels? Das würd' ne hübsche Keilerei geben, was?«

Wieder lachten alle auf eine besonders niederträchtige Weise.

Ich war wie betäubt vor Entsetzen. Oh, wenn ich doch nur die Zeit hätte zurückdrehen können. Wie sehnte ich mich danach, am Fenster zu sitzen und klug genug zu sein, um das nicht zu tun, was mir verboten war – nämlich allein auszugehen.

Es mußte ein böser Traum sein, denn so etwas konnte in Wirklichkeit doch nicht passieren!

Sie hatten mich bis auf mein Hemd ausgezogen. Es war ekelhaft zu sehen, wie sie mit ihren schmutzigen Fingern den Stoff meiner Kleidung abtasteten und sich diebisch darüber freuten, wieviel Geld damit zu machen sei.

Ich fröstelte, als mir klar wurde, daß an Flucht gar nicht zu denken war. Halbnackt konnte ich unmöglich auf die Straße laufen.

Andererseits war es unerträglich für mich, noch länger in diesem gräßlichen Verschlag zu bleiben, in dem große Haufen von Kleidungsstücken auf dem Boden lagen. Frauen wie Mrs. Brown machten es sich offenbar zum Beruf, arglose Leute, vor allem wohl auch Kinder in ihre Höhle zu locken und dort auszurauben.

»Tja, Herzchen, du warst 'n hübscher kleiner Fang. Aber hör mal her! Ich will keinen Ärger! Kapiert? Ärger und Mrs. Brown passen nich' zusammen.«

»Ihr seid eine Diebin«, fuhr ich sie an. »Eines Tages werdet Ihr gefaßt und müßt für Eure Vergehen nach Tyburn.«

»Doch nich' so'n Unschuldslämmchen, wie wir meinen, hm?« Sie blinzelte den Mädchen zu, die hämisch kicherten. »Wir sind achtsam und gut. Jedenfalls ich bin's. Man nennt mich nich' die gute Mrs. Brown für nix und wieder nix. Gib mal den Mantel her, Schätzchen«, befahl sie einem der Mädchen, das ihr einen halbzerfetzten Umhang reichte.

»So, wickle dich darin ein!«

Ich betrachtete das widerliche Kleidungsstück voller Abscheu.

»Jaja, das is nich' gerade das, was du gewöhnt bist, was? Is' ja klar. Aber es is' besser, als nackt rumzulaufen. Anständiger.«

Ich schlang das Cape um meinen Körper, und für einen Moment war mein Ekel sogar größer als meine Furcht.

»Hör gut zu, Herzchen. Wir gehn raus, ich bring dich zu deiner Straße. Ich will keinen Ärger. Ich will nich', daß mich einer findet. Die gute Mrs. Brown mag keinen Ärger. Sie will nur die hübschen Sachen, die reiche kleine Ladies und Gentlemen tragen. Für die macht das gar nix, weil sie noch andre haben. Aber für die gute Mrs. Brown is' es leben oder verhungern. Ich nehm' dich jetzt mit raus. Wenn du rumschrein willst, daß ich dir die Sachen weggenommen hab', wird keiner auf dich hören. Dann laß ich dich allein, damit du selber heimgehn kannst. Ja, wenn du dich auskennst, laß ich dich allein. Verstanden?«

Ich nickte. Mein einziger Wunsch war, so rasch und unbehelligt wie möglich aus diesem finsteren Loch zu kommen. Sie packte mich beim Arm und stieg mit mir die Treppe hinauf. Was für eine Erlösung, wieder frische Luft zu atmen!

Während sie mit mir durch die Gassen ging, redete sie unaufhörlich vor sich hin. Keiner beachtete uns. Da sie mir auch meine Schuhe weggenommen hatte, mußte ich barfuß laufen, was auf dem Kopfsteinpflaster gar nicht so einfach für mich war.

Sie lachte mich aus, weil ich stolperte.

»Hübsche Schuhe haste gehabt«, murmelte sie. »Hör mal

gut zu, Herzchen. Du hast Glück gehabt. Du hast nur'n paar Anziehsachen verloren, aber es hätt' viel schlimmer kommen können. Mrs. Brown hat dir was beigebracht. Was fällt 'nem reichen kleinen Mädchen ein, in Samt und Seide auf die Straße zu gehen? Heute gibt's mehr Diebe und Landstreicher in der Stadt als früher, und dabei gibt's schon genug von unsrer Sorte auch ohne diese neuen Ganoven. Die kommen von überall... an Krönungstagen, königlichen Hochzeiten und so was. Da is' die beste Gelegenheit, was zu klauen. Tja, du bist gerupft worden, kleines Täubchen, und sei froh, daß es nur die gute Mrs. Brown war. Ich will kein' Ärger. Dir is' nix getan worden, oder? Ich hab' dir sogar 'nen Mantel gegeben, damit du nich' nackt rumläufst. Die werden dir Fragen stellen. Du sagst ihnen, daß es die gute Mrs. Brown war... aber hast keine Ahnung, wo ich dich hingebracht hab'.

Du wirst schon drüber wegkommen. Du liebe Güte, was wirste geschimpft werden! Dummes kleines Täubchen! Aber sie werd'n froh sein, wenn sie dich wiederkriegen. Wahrscheinlich werden sie dich noch mehr verpimpeln. Nur wegen der guten Mrs. Brown. Und du wirst ihr keinen Ärger machen, oder? Denk dran, wie gut sie zu dir war. Schau, es hätt' dich auch so 'ne alte Kupplerin auflesen können. Die hätt' dich glatt an 'nen lüsternen alten Macker verkauft. Siehste. Nächstesmal weißte schon besser Bescheid. Aber sicher gibt's kein Nächstesmal. Du hast von der guten Mrs. Brown viel gelernt.«

Endlich gelangten wir aus dem Gassengewirr heraus.

»So, jetzt laß ich dich allein. Um die Ecke rum is' die Stelle, wo sie den alten Quacksalber ins Wasser werfen wollten. Da weißte Bescheid. Lauf heim... schnell!«

Sie gab mir einen kleinen Schubs. Als ich mich umsah, verschwand sie gerade hinter einem Haus. Ich fühlte mich unendlich erleichtert und begann loszulaufen.

Es stimmte. Ich erkannte die Straße wieder, in der alles begonnen hatte. Wenn ich rechts einbog und mich dann immer geradeaus hielt, würde ich auf schnellstem Weg zum Eversleigh-Haus gelangen.

Ich rannte um die Ecke und prallte mit einer Dame zusammen, die in Begleitung eines jungen Mannes war.

Sie stieß einen Laut des Abscheus aus und wehrte mich instinktiv mit einer Armbewegung ab. Ich fiel zu Boden.

»Bei Gott, unter dem Mantel hat sie kaum etwas an«, sagte der junge Mann.

»Sie hatte es auf meine Geldbörse abgesehen.«

»Nein, das stimmt nicht«, protestierte ich. »Man hat mich gerade bestohlen und mich meiner Kleider beraubt.«

Die beiden zeigten sich über meine Sprache erstaunt, was ich nur zu gut begriff, nachdem ich bei Mrs. Brown und ihresgleichen gewesen war. Meine Ausdrucksweise paßte nicht zu meiner Erscheinung.

Der junge Mann half mir auf. Wir gaben sicher ein seltsames Bild ab, denn er war mit exquisiter Eleganz gekleidet und duftete nach einem dezenten Parfüm.

Auch die Dame war eine vornehme Erscheinung. »Was ist Euch denn passiert?« fragte sie.

»Ich wollte Veilchen für meine Mutter kaufen. Eine Frau aus der Menge begann mich zu beschimpfen, und eine andere kam mir vermeintlich zu Hilfe. Sie erklärte, daß sie mit mir die Veilchen kaufen wolle, doch statt dessen schleppte sie mich in einen schrecklichen Keller und entkleidete mich bis aufs Hemd.«

»Dies wächst sich mehr und mehr zu einem blühenden Gewerbe aus«, meinte darauf der junge Mann. »Normalerweise sind Kinder die bevorzugten Opfer. Seid Ihr verletzt?«

»Nein, zum Glück nicht. Aber ich möchte jetzt sofort nach Hause.«

»Wo wohnt Ihr?«

»Im Haus Eversleigh.«

»Eversleigh! Dann seid Ihr also eine Eversleigh«, rief die Dame erstaunt. »Begleiten wir sie rasch heim. Sicher macht sich ihre Familie schon die größten Sorgen.«

Sie gingen rechts und links von mir, und ich stellte mir vor, was sich die Passanten wohl beim Anblick dieses eleganten Paares in Begleitung eines so zerlumpten, barfüßigen Wesens dachten. Doch niemand nahm viel Notiz von uns. In London gab es so viel Merkwürdiges zu sehen, daß die Leute sich inzwischen daran gewöhnt hatten.

Am liebsten wäre ich vor Erleichterung in Tränen ausgebrochen, als wir zu Hause ankamen. Job, einer unserer Dienstboten, meldete lautstark meine Ankunft. »Sie ist hier. Mistreß Damaris ist wieder da.« Also hatte man meine Abwesenheit schon bemerkt.

Meine Mutter kam in die Halle gelaufen und blieb wie angewurzelt stehen, als sie mich in dem schauderhaften Mantel erblickte. Dann erkannte sie, daß ich es wirklich war, und schloß mich in die Arme. »Mein liebstes Kind. Was ist bloß geschehen? Wir kamen schier um vor Sorge.«

Ich klammerte mich stumm an sie, denn ich war viel zu glücklich, um ein Wort herauszubringen.

Die fremde Dame mischte sich ein. »Sie wurde das Opfer eines Tricks, der jetzt oft praktiziert wird. Man hat sie ihrer Kleidung beraubt.«

»Ihrer Kleidung beraubt...«, wiederholte meine Mutter.

Dann musterte sie meine beiden Begleiter. Als ihr Blick auf den jungen Mann fiel, veränderte sich ihr Gesichtsausdruck und nahm eine seltsame Mischung aus Erstaunen, Zweifel, Angst und Entsetzen an.

»Sie rannte förmlich in uns hinein«, erklärte die Dame. »Als wir erfuhren, wer sie ist, hielten wir es für besser, sie nach Hause zu begleiten.«

»Vielen Dank«, murmelte meine Mutter, drehte sich zu mir um und drückte mich wieder eng an sich.

Mein Vater kam ins Zimmer.

»Sie ist zurück. Gott sei Dank!« rief er impulsiv. »Wie... ach, du liebe Güte«, fügte er dann bei meinem Anblick hinzu.

Meine Mutter erwiderte nichts, sondern überließ es den zwei Fremden, die näheren Umstände zu erklären.

»Das war sehr freundlich von Euch«, bedankte sich daraufhin mein Vater höflich. »Aber jetzt wollen wir unser armes Kind von diesem scheußlichen Fetzen befreien. Und dann nimmt sie am besten gleich ein Bad.« Ich rannte zu ihm und fühlte mich herrlich geborgen in seiner Umarmung. Nie hatte ich meine Eltern so sehr geliebt wie in diesem Moment.

Meine Mutter machte einen etwas benommenen Eindruck, so daß mein Vater die Sache in die Hand nahm.

»Ich lasse Euch gleich eine Erfrischung bringen«, bot er als erstes an.

»Oh, das ist nicht nötig«, wehrte die Dame ab. »Ihr wollt jetzt sicher allein sein.«

»Nein, nein, Ihr müßt ein Weilchen bleiben«, widersprach mein Vater. »Wir möchten Euch unseren Dank ausdrücken.«

»Die Londoner Straßen waren noch nie ein sicheres Pflaster, aber es wird von Tag zu Tag schlimmer«, meinte der junge Mann stirnrunzelnd.

»Priscilla, bring Damaris nach oben, sei so gut«, bat mein Vater. »Ich kümmere mich inzwischen um unsere Gäste.«

Hand in Hand ging ich mit meiner Mutter in mein Zimmer. Sie nahm mir den zerlumpten Mantel ab und gab ihn einer Dienerin mit dem Befehl, ihn gleich zu verbrennen. Ich wusch mich gründlich mit warmem Wasser und zog frische Sachen an, während ich über mein Erlebnis berichtete.

»Mein Liebes, du hättest nicht allein weggehen dürfen!«

»Ich weiß, aber ich wollte ja nur bis zum Ende der Straße laufen, um dir Veilchen zu besorgen.«

»Wenn ich mir ausmale, was hätte passieren können! Diese abscheuliche Frau ...«

»So abscheulich war sie eigentlich gar nicht, Mutter. Sie nannte sich selbst die gute Mrs. Brown. Und ich muß zugeben, daß sie mir nicht weh getan hat. Sie wollte nur mein Geld und meine Kleider.«

»Ungeheuerlich!«

»Aber sie war arm und verschaffte sich auf diese Weise etwas zu essen. Das hat sie mir selbst erklärt.«

»Damaris, du bist noch ein solches Kind. Am besten ruhst du dich jetzt aus.«

»Ich möchte mich nicht ausruhen, Mutter. Soll ich nicht hinuntergehen und den Leuten danken, die mich hierherbrachten?«

Meine Mutter schien eine ablehnende Haltung einzunehmen.

»Was sind das für Leute?« wollte sie wissen.

»Keine Ahnung. Ich bin mit ihnen zusammengestoßen, fiel hin, und sie hoben mich wieder auf. Sie kannten Haus Eversleigh und bestanden darauf, mich heimzubegleiten.«

»Na schön. Gehen wir hinunter.«

Mein Vater saß mit ihnen im Wohnraum beim Wein. Die Unterhaltung drehte sich immer noch um die Verbrecher, die London vor allem bei besonderen Festlichkeiten heimsuchten. Meine Großeltern, die noch nicht gewußt hatten, was mir widerfahren war, hatte man soeben in mein Abenteuer eingeweiht.

Als ich hereinkam, stand meine Großmutter auf und umarmte mich mit großer Herzlichkeit. Meinem Großvater konnte man anmerken, daß er nun noch weniger von meiner Intelligenz hielt als zuvor.

»Welch seltsamer Zufall«, sagte mein Vater im Lauf des Gesprächs. »Dies ist Mistreß Elizabeth Pilkington, die einmal kurz davorstand, Enderby Hall zu kaufen. Und das ist ihr Sohn Matthew.«

»Ich war tief enttäuscht, als ich erfuhr, daß es nicht länger zum Kauf angeboten wurde«, fügte die Dame hinzu.

»Dahinter steckt die Launenhaftigkeit meiner Enkelin«, sagte mein Großvater und verzog dabei den Mund. »Das Anwesen gehört ihr. Ich war immer schon der Ansicht, daß es ein Fehler ist, Frauen über Besitztümer verfügen zu lassen.«

»Jaja, du hast stets in Fehde mit dem anderen Geschlecht gelegen«, neckte ihn meine Großmutter lächelnd.

»Was mich nicht daran hinderte, dich in die Ehe zu lokken«, gab er zurück.

»Ich habe dich geheiratet, um dir zu beweisen, wie sehr du uns unterschätzt.«

»Tja, meine Ansichten scheinen sich seither nicht viel geändert zu haben, nach... wie lang ist es her?«

Es war ihre Art, sich ein ständiges Wortgeplänkel zu liefern, bei dem man aber ihre gegenseitige Zuneigung deutlich merkte. Sie waren ebenso gut verheiratet wie meine Eltern, zeigten es nur auf eine völlig andere Weise.

»Da wir gerade von Häusern reden«, sagte meine Großmutter. »Enderby Hall steht immer noch nicht zum Verkauf, doch ein anderer Besitz in der Gegend soll veräußert werden. Nachbarn von uns, sehr liebe Nachbarn, ziehen fort.«

»Ja, Grasslands Manor«, fügte mein Großvater hinzu.

»Seid Ihr noch auf der Suche nach einem Landsitz?« erkundigte sich nun mein Vater.

»Meine Mutter ist ganz besonders an dieser Gegend interessiert«, erklärte Matthew Pilkington.

Elizabeth Pilkingtons Wangen röteten sich leicht. »Vielleicht schaue ich mir Grasslands Manor mal näher an.«

»Ihr seid uns in Eversleigh willkommen, wann immer es Euch beliebt, uns einen Besuch abzustatten«, erwiderte meine Großmutter.

»Die Luft ist dort besonders erfrischend, wie ich hörte.«

Diese Bemerkung kam von Matthew Pilkington.

»Falls Ihr damit meint, daß uns der Ostwind häufig plagt, dann habt Ihr recht.«

»Ich finde auch das ganze Gebiet äußerst reizvoll«, sagte Elizabeth.

»Es war bereits von den Römern besiedelt, nicht wahr?« fragte Matthew.

»Ja, es gibt noch einige prachtvolle Überreste römischer Kultur«, bestätigte mein Großvater. »Wir sind auch nicht weit entfernt von Dover, wo der alte Leuchtturm steht, der älteste von ganz England.«

»Du mußt dir dieses Grasslands Manor unbedingt ansehen«, schlug Matthew seiner Mutter vor.

»Ja, das werde ich auch«, stimmte sie zu.

Kurz darauf verabschiedeten sie sich. Ihr Londoner Haus lag ganz in der Nähe, und Mistreß Pilkington gab der Hoffnung Ausdruck, uns vor unserer Abreise noch einmal zu sehen.

»Leider verlassen wir London schon übermorgen«, erklärte meine Mutter.

Ich warf ihr einen erstaunten Seitenblick zu, da wir bis dahin noch keinen bestimmten Termin ausgemacht hatten. Als meine Großmutter etwas dazu bemerken wollte, machte mein Großvater eine kaum wahrnehmbare Kopfbewegung, worauf sie schwieg. Offensichtlich gab es da etwas, das für mich noch ein Geheimnis war.

»Bestimmt werde ich aber kommen und Grasslands Manor begutachten«, erklärte Elizabeth Pilkington beim Gehen noch einmal.

Als die beiden fort waren, wurde ich mit Fragen bestürmt. Was war in mich gefahren, daß ich mich allein auf die Straße wagte? Schließlich hatte man mich doch oft genug davor gewarnt. Ich dürfte es nie, nie wieder tun!

»Keine Angst, da könnt ihr ganz sicher sein«, versprach ich ihnen.

»Wenn ich mir überlege, was daraus hätte werden können«, jammerte meine Mutter. »Auch so ist es schon schlimm genug. Das schöne neue Cape und Kleid...«

»Es tut mir leid«, stammelte ich. »Ich war so dumm...«

Meine Mutter legte mir den Arm um die Schultern. »Wenn dir dieses Erlebnis eine Lektion erteilt hat, mein liebes Kind, dann war es nicht ganz umsonst. Gott sei Dank, daß du heil und gesund zurück bist.«

»Es war nett von den Pilkingtons, Damaris zu begleiten«, lobte meine Großmutter.

»Als ich sie traf, war ich nicht mehr weit von zu Hause weg.«

»Trotzdem war es freundlich von ihnen. Sie schienen sehr besorgt zu sein. Es wäre nett, wenn sie Grasslands übernähmen.«

»Es ist etwas an ihnen, das mir nicht gefällt.« Als meine Mutter dies sagte, hatte sie einen eigenartigen Gesichtsausdruck. Es kam mir fast so vor, als verhülle ein Schleier ihre wahren Empfindungen.

»Es scheinen doch ganz angenehme Leute zu sein«, widersprach meine Großmutter.

»Anscheinend verfügen sie auch über die nötigen Geldmittel«, fügte mein Großvater hinzu.

»Carlotta führte Mistreß Pilkington in Enderby Hall herum, wollte dann aber doch nicht verkaufen. Vielleicht hat sie ihr ebenso mißfallen wie mir.«

»Ach, das war nur so eine Grille von Carlotta. Bestimmt hat das nichts mit Elizabeth Pilkington zu tun«, wandte mein Großvater ein.

»Vielleicht hast du auf diese Weise ganz zufällig einen Käufer für Grasslands Manor gefunden, Damaris.«

Ich hoffte, daß es so wäre, denn ich wollte die Pilkingtons gerne als Nachbarn haben.

Am nächsten Tag machte uns Matthew Pilkington seine Aufwartung.

Da ich gerade in der Halle stand, als er hereinkam, begrüßte ich ihn auch als erste. Er trug einen großen Veilchenstrauß. Strahlend lächelte er mich an. Er sah sehr gut aus, ja, er war sogar der bestaussehende Mann, den ich je gesehen hatte. Vielleicht wurde dies noch durch seine elegante Aufmachung unterstrichen. Er trug ein maulbeerfarbenes Samtjackett und eine schöne Weste. Aus der Tasche seines Mantels lugte ein weißes Spitzentaschentuch, und sein Stock hing an einem Band vom Handgelenk. Er trug hochhackige Schuhe, wodurch er ganz besonders groß wirkte, obwohl er sowieso schon von imponierender Statur war. Die Schuhlaschen ragten weit über den Spann hinauf – der allerneuesten Mode entsprechend, wie ich seit meinem Aufenthalt in London wußte. In der einen Hand hielt er seinen Hut, der von einem tiefen Blau war, das fast ins Violette spielte. Seine Kleidung war so perfekt auf die Blumen abgestimmt, daß man fast vermuten konnte, er habe sie eigens dafür angezogen. Aber das ginge ja wohl ein bißchen zu weit.

Ich errötete vor Freude.

Er machte eine tiefe Verbeugung, ergriff meine Hand und küßte sie.

»Ihr habt Euch gut von Eurem Abenteuer erholt, wie ich sehe. Ich wollte mich nach Eurem Befinden erkundigen und habe diese Veilchen hier mitgebracht, damit Eure Mutter endlich das bekommt, wofür Ihr so viel gewagt habt.«

»Oh, wie reizend von Euch.« Ich nahm die Blumen entgegen und sog tief ihren Duft ein.

»Vom besten Blumenverkäufer Londons«, erklärte er. »Ich besorgte sie heute morgen in Covent Garden.«

»Meine Mutter wird entzückt sein. Bitte kommt herein.«

Ich geleitete ihn in das kleine Winterzimmer, das von der Halle abging. Zuvor legte er seinen Hut auf einen Tisch.

»Setzt Euch doch«, forderte ich ihn auf.

»Ihr kehrt also schon morgen aufs Land zurück«, nahm er die Unterhaltung auf. »Wie schade! Meine Mutter hätte sich sehr über Euren Besuch gefreut. Außerdem würde sie natürlich gern etwas mehr über das Haus erfahren, das zum Verkauf steht.«

»Es ist sehr schön und komfortabel.«

»Warum trennt sich der Eigentümer davon?«

»Seine Frau starb bei der Geburt eines Babys, und er glaubt nun, in Grasslands nicht mehr leben zu können, da ihn zu vieles an sie erinnert. Er stammt aus dem Norden und ist inzwischen dorthin zurückgekehrt. Da er ein sehr guter Freund von uns ist, haben wir ihm angeboten, Interessenten herumzuführen. Meine Großmutter hat die Schlüssel.«

»Und was ist mit diesem anderen Besitztum?«

»Ihr meint sicher Enderby. Es ist ebenfalls ein schönes Haus, gilt aber als verhext.«

»Meine Mutter war davon sehr beeindruckt.«

»Ich weiß, aber meine Schwester Carlotta hat beschlossen, es nicht zu verkaufen. Es wurde ihr vom vorherigen Besitzer vererbt, der ein Verwandter von ihr war.«

»Aha. Und nun steht Enderby also leer.«

»Ja, eine Laune von Carlotta. So bezeichnet es jedenfalls mein Großvater.«

»Wo ist Eure Schwester?«

»Sie ist inzwischen verheiratet und wohnt in Sussex... mit dem hübschesten Baby, das man sich nur vorstellen kann. Aber sagt, lebt Ihr immer in London?«

»Nein, ich habe noch einen kleinen Besitz in Dorset, um den ich mich kümmern muß. Manchmal bin ich dort, manchmal bei meiner Mutter in London. Da jetzt Krieg ist, werde ich wohl in die Armee eintreten müssen.«

Ich runzelte die Stirn. Meine Mutter haßte Kriege mit einer solchen Inbrunst, daß sie mich damit angesteckt hatte.

»Es kommt mir lächerlich vor, daß wir uns derart mit den Problemen anderer Länder beschäftigen. Was gehen uns Ereignisse in Europa an?«

Im Grunde wiederholte ich nur, was ich von meiner Mutter gehört hatte.

»So einfach ist es nicht«, widersprach er. »Ludwig XIV. hatte mit unserem verstorbenen König ein Übereinkommen getroffen, das er nun gebrochen hat. Sein Enkel, Philipp von Anjou, wurde zum spanischen König deklariert. Folglich wird Frankreich in Europa eine Vormachtstellung erhalten. Bereits jetzt befinden sich französische Garnisonen in den Städten der spanischen Niederlande. Doch am schlimmsten ist, daß Ludwig XIV. den Sohn von James II. als James III. von England anerkannt hat. Daraufhin ist Krieg erklärt worden. Wir haben starke Verbündete in Holland und Österreich. Es ist absolut notwendig, in den Krieg zu ziehen, versteht Ihr?«

»Also werdet Ihr tatsächlich Soldat... Mein Vater war es früher auch, gab das Soldatentum aber meiner Mutter zuliebe auf. Er kaufte das Dower House in Eversleigh, bewirtschaftet dort das Land und kümmert sich um seine Pächter. Außerdem hilft er meinem Großvater, der allmählich alt wird. Ihr habt ihn ja gestern kennengelernt. Meine beiden Onkel Carl und Edwin sind in der Armee. Edwin ist der derzeitige Lord Eversleigh und lebt auf Eversleigh Court, wenn er gerade beurlaubt ist.«

»Ich weiß, daß es in Eurer Familie eine große militärische Tradition gibt.«

Wir waren in unsere Unterhaltung vertieft, als meine Mutter das Zimmer betrat. Sie wirkte ausgesprochen befremdet.

»Sieh mal, wir haben einen Besucher, der dir Veilchen mitgebracht hat«, sprudelte ich heraus.

»Das ist sehr freundlich von Euch. Danke.« Sie nahm den Strauß und vergrub ihr Gesicht darin.

»Meine Mutter hofft, daß ich Euch überreden kann, doch noch einige Tage länger zu bleiben, damit wir Euch zu uns einladen können«, sagte Matthew Pilkington.

»Das ist ganz reizend, doch wir haben schon alles vorgeplant.«

Sie ließ Wein bringen, und unser Gast plauderte noch etwa eine Stunde mit uns. Ich spürte, daß er sich nur ungern von uns trennte, während meine Mutter ganz offenkundig keinen Wert darauf legte, ihn noch länger bei uns zu haben. Hoffentlich fiel ihm das nicht ebenso auf wie mir.

»Ich denke, wir werden uns bald wiedersehen«, sagte er zum Abschied.

»Hoffentlich«, erwiderte ich mit Nachdruck.

Meine Mutter erwähnte später am Tag meinen Großeltern gegenüber, daß Matthew Pilkington zu Besuch gekommen war.

»Also hat Damaris bereits einen Verehrer«, sagte meine Großmutter.

»Ach, Unsinn. Sie ist doch noch viel zu jung. Außerdem kam er, um mir Veilchen zu bringen.«

»Natürlich nur ein Vorwand, Priscilla.«

Es machte mich nachdenklich, daß Matthew Pilkington als mein Verehrer bezeichnet worden war. Er schien mich gemocht zu haben, das hatte auch ich bemerkt. Plötzlich fiel mir auf, daß dies eine der ersten Gelegenheiten gewesen war, bei der Carlotta nicht da war und folglich auch nicht alle Aufmerksamkeit auf sich zog.

Die Idee, Matthew Pilkington könne ein Verehrer von mir sein, behagte mir außerordentlich.

Bereits am nächsten Tag verließen wir London. Über Temple Bar kamen wir nach Cheapside, wo die Budenbesitzer und ihre Kunden uns ständig den Weg versperrten, und dann weiter nach Bucklersbury, wo verlockende Düfte aus den Gewürzläden die Luft erfüllten. Während ich die grauen Mauern des Tower betrachtete, die über dem Fluß aufragten, überlegte ich, was mir alles hätte widerfahren können, als ich mich in dieses geheimnisvolle und zugleich schreckliche Gassengewirr wagte. Ich konnte wirklich von Glück sagen, daß ich keiner übleren Person als der ›guten Mrs. Brown‹ begegnet war. Ich begann ihr allmählich die Güte zuzugestehen, deren sie sich rühmte. Außerdem hatte sie in gewisser Weise die Pilkingtons in mein Leben gebracht, und ich dachte reichlich viel an Matthew, seit er mit dem Veilchenstrauß bei uns aufgetaucht war.

Meine Mutter hatte sich über seine geckenhafte Aufmachung, wie sie es nannte, lustig gemacht, doch mein Großvater meinte dazu, daß heutzutage sich fast alle jungen Männer nach der neuesten Mode kleideten. Er fand sogar, daß die Mode weniger übertrieben war als in seiner Jugend. »Wir waren mit Bändern förmlich gespickt. Ja, weiß Gott! Bänder an jeder möglichen und unmöglichen Stelle!«

Meine Großmutter war recht angetan davon, daß Matthew seine Aufwartung gemacht hatte; ihrer Meinung nach nur meinetwegen. Sie behauptete, daß ich immer im Schatten Carlottas gestanden hätte und erst jetzt voll zur Geltung käme.

Wenn ich ehrlich war, mußte ich zugeben, daß ich froh über Carlottas Abwesenheit war. Ob ich Matthew wohl jemals wiedersehen würde?

Wir kehrten für eine Nacht in einem Gasthaus in der Nähe von Seven Oaks ein und erreichten schon am nächsten Tag unser Zuhause.

Sobald ich mich vergewissert hatte, daß meine Hunde und mein Pferd in der Zwischenzeit gut versorgt worden waren, hätte ich eigentlich die tägliche Routine wiederaufnehmen können, doch irgendwie war alles anders. Wir hatten nicht nur eine neue Königin, sondern mir war ein Abenteuer widerfahren, das mich noch lange verfolgen würde. In Alpträumen befand ich mich wieder in jenem schrecklichen Kellerverschlag, und die drei Mädchen wurden von der guten Mrs. Brown auf mich gehetzt. Schreiend wachte ich auf und umklammerte mit beiden Händen die Bettdecke. Einmal hörte mich meine Mutter und setzte sich zu mir.

»Ich wünschte, wir wären nicht nach London gereist«, sagte sie besorgt.

Nach einer Weile vergingen zum Glück diese Alpträume, doch dafür gab es eine ganz andere Aufregung: Elizabeth Pilkington kam nach Grasslands Manor.

Auf Anhieb erklärte sie, daß ihr das Haus gefalle, und diesmal wurde der Kauf auch abgeschlossen. Gegen Ende des Sommers war sie bereits eingezogen.

Matthew diente inzwischen bei der Armee, so daß ich ihn nicht zu Gesicht bekam. Doch ich freundete mich mit seiner Mutter an, und wir besuchten uns häufig.

Ich war ihr bei der Einrichtung und beim Ankauf von neuen Möbeln behilflich, denn sie wollte ihr Londoner Stadthaus beibehalten.

»Ich bin ans Stadtleben so gewöhnt, daß ich es einfach nicht aufgeben kann«, erklärte sie mir.

Mistreß Pilkington war lebhaft und amüsant. Sie erzählte mir viel über das Theater und die verschiedenen Rollen, die sie schon gespielt hatte. Irgendwie erinnerte sie mich an Harriet, mit der sie einmal gemeinsam auf der Bühne gestanden hatte, als William Wycherleys Stück ›Die Bauersfrau‹ aufgeführt wurde. Da Elizabeth meinem Großvater gut gefiel, wurde sie häufig nach Eversleigh Court eingeladen. Auch meine Mutter freundete sich mit ihr an. Offenbar hatte ihre Abneigung nur Matthew gegolten.

An Weihnachten ritten wir nach Eyot Abbas hinüber. Wir konnten feststellen, daß Clarissa sich schon zu einer kleinen Persönlichkeit entwickelte. Sie war nun zehn Monate alt und begann sich für alles zu interessieren. Mit ihren blonden Haaren und den blauen Augen sah sie ganz entzückend aus, und ich schloß sie sofort ins Herz.

»Damaris wird einmal hingebungsvoll für ihre Kinder sorgen«, sagte meine Mutter, und ich dachte, daß ich mir nichts sehnlicher wünschte als ein Baby.

Carlotta war wunderschön wie eh und je und wurde von Benjie förmlich angebetet. Er war überglücklich, sie zur Frau zu haben. Carlottas Gefühle waren viel schwerer zu durchschauen. In ihr war eine gewisse Rastlosigkeit, die mir unbegreiflich schien. Sie war auf jeder Gesellschaft die Schönste, hatte einen Mann, der ihr alle Wünsche von den Augen ablas, hatte ein reizendes Töchterchen, ein schönes Zuhause. Harriet und Gregory liebten sie wie eine Tochter. Was fehlte Carlotta denn noch zu ihrem Glück?

Ich konnte mich nicht zurückhalten und fragte sie einmal direkt danach. Als ich vier Tage nach Weihnachten einen Spaziergang mit Gregorys Apportierhund machte, entdeckte ich Carlotta im Windschatten einer Klippe, von der aus sie zu der vorgelagerten Insel hinüberstarrte.

Kurz entschlossen schnitt ich das Thema an, nachdem ich mich neben sie gesetzt hatte. »Du kannst dich wirklich glücklich schätzen, Carlotta. Du hast einfach alles...«

Sie warf mir einen erstaunten Blick zu. »Was ist denn mit unserer kleinen Damaris los? Früher war sie doch immer ein zufriedenes braves Hühnchen. Sie war glücklich, wenn sie die Kranken pflegen konnte, hauptsächlich irgendwelche siechenden Tiere, doch auch die Leidenden in der Nachbarschaft beschenkte sie mit einem Korb voller Eßwaren. Güte und Zufriedenheit leuchteten aus ihrem bescheidenen Gesichtchen...«

»Du hast dich schon immer über mich lustig gemacht, Carlotta.«

»Vielleicht deshalb, weil ich nie so wie du sein konnte.«

»Du... wie ich! Das würdest du ja nie wollen.«

»Nein, da hast du recht. Was für ein Abenteuer du in diesem verruchten London erlebt hast! Der Kleider beraubt und nackt auf die Straße geschickt. Meine arme Damaris.«

»Ja, es war wirklich gräßlich. Aber andererseits lernte ich damals die Pilkingtons kennen, und nur deshalb lebt Elizabeth Pilkington jetzt in Grasslands Manor. Es ist schon merkwürdig, wie ein Geschehnis zu einem anderen führt, das ohne das erste nie eingetroffen wäre.«

Sie nickte nachdenklich.

»Weißt du, wenn ich nicht weggegangen wäre, um die Veilchen zu kaufen...«

»Ich hab's schon begriffen«, wehrte sie ab. »Du mußt es nicht noch ausführlicher schildern.«

»Gut, aber es fiel mir gerade eben besonders auf.«

»Du magst diese Frau, nicht wahr?« erkundigte sie sich.

»Mir gefiel sie auch, als ich ihr Enderby zeigte.«

»Warum hast du dich damals so überraschend entschlossen, nicht zu verkaufen?«

»Oh, es gab gewichtige Gründe. Sie hat doch einen Sohn?«

»Ja... Matthew.«

»Du magst ihn.«

»Woher... weißt du das?«

Sie lachte und stieß mich auf freundschaftliche Weise in die Seite. »Das ist ja das Dumme, Damaris. Ich weiß immer, was du tun wirst. Du bist leicht zu durchschauen. Das macht dich so...«

»Ich weiß«, sagte ich, »so langweilig.«

»Tja, ich finde es hübsch, ab und zu ein kleines Geheimnis zu wittern. Dieser Matthew war also recht galant, hm?«

»Er brachte unserer Mutter Veilchen.«

Sie brach erneut in Gelächter aus.

»Warum lachst du so?«

»Schon gut«, wehrte sie ab und schaute wieder aufs Meer hinaus. »Man weiß nie, was noch passieren wird«, sagte sie dann. »Dort drüben, jenseits des Meeres, liegt Frankreich.«

»Na und?« erwiderte ich, ein wenig verletzt durch ihr Lachen.

»Stell dir nur mal das Leben drüben vor. Es muß dort viel Aufregung geben, seitdem der alte König tot ist und ein neuer proklamiert wurde.«

»Es gibt keinen neuen König. Wir haben eine Königin.«

»Dort drüben sind sie nicht dieser Meinung.«

Sie schlang die Arme um die Knie und lächelte geheimnisvoll.

Ich wollte schon sagen, daß sie sich in einer reichlich merkwürdigen Stimmung befände, ließ es dann aber bleiben, denn Carlotta war schließlich oft in merkwürdiger Stimmung.

Einige Tage später kam ich auf einem Ausritt an derselben Stelle vorbei, und wieder saß Carlotta auf dem Felsen und starrte nach Frankreich hinüber.

Ein Jahr war vergangen, und mein vierzehnter Geburtstag war schon gefeiert worden. Immer noch tobte der Krieg. Meine Onkel Edwin und Carl standen mit Marlborough an der Front, der inzwischen Herzog geworden war. Wenn diese beiden nicht im Feld gestanden hätten, wären wir kaum an den Krieg erinnert worden, denn er beeinflußte unser Leben ansonsten überhaupt nicht.

Es war Mai, einer der schönsten Monate des Jahres. Sobald der Unterricht bei meiner Erzieherin, Mistreß Leveret, beendet war, ritt ich mit meinem Pferd Tomtit aus. Manchmal galoppierten wir am Meer entlang, was er besonders gern mochte. Es war wundervoll, tief Atem zu holen, denn die Luft an dieser Küste war nach unser aller Meinung frischer als sonst irgendwo. Der würzige Meergeruch war uns allen lieb und vertraut.

Ab und zu wagte ich mich auch weiter ins Landesinnere. Dann konnte Tomtit am Fluß trinken, während ich der Länge nach im Gras lag und die Kaninchen dabei beobachtete, wie sie herumhüpften. Hin und wieder ließen sich auch Wühlmäuse und winzige Feldmäuse blicken. Stundenlang schaute ich den Fröschen, Kröten und Wasserkäfern zu und lauschte dabei den Geräuschen des Waldes und dem Vogelgesang.

Eines Tages verlor Tomtit ein Hufeisen, und ich brachte ihn zum Schmied. Während er neu beschlagen wurde, machte ich einen Spaziergang, bei dem ich an Enderby Hall vorbeikam.

Das Besitztum übte auf mich wie auf viele andere eine seltsame Faszination aus. Allerdings setzte ich fast nie einen Fuß hinein. Meine Mutter klagte ständig darüber, wie absurd es sei, das Haus zu putzen und zu lüften, wenn niemand darin wohne. Carlotta mußte ihrer Meinung nach endlich zur Vernunft gebracht werden und Enderby verkaufen.

Nahebei lag das Stück Land, das mein Vater gemeinsam mit dem Dower House erworben hatte. Nichts war bisher damit gemacht worden, obwohl er immer wieder alle möglichen Pläne faßte, aus denen dann aber doch nichts wurde. Es war eingezäunt, und mein Vater hatte unmißverständlich klargestellt, daß er es nicht zur allgemeinen Benutzung freigeben wollte.

Ich lehnte mich an den Zaun und schaute zum Haus hinüber, das finster und bedrohlich wirkte. Aber vielleicht lag das nur an seinem schlechten Ruf. Plötzlich vernahm ich einen Laut. Ich lauschte angestrengt, um die Richtung festzustellen, aus der er kam. Nein, nicht vom Haus her, sondern von irgendwo hinter dem Zaun. Nun hörte ich es wieder – ein jämmerliches Wimmern. Sicher ein Tier in Not – vielleicht irgendein Hund.

Mein Vater hatte einen so hohen Zaun errichten lassen, daß es kaum möglich war hinüberzusteigen. Doch es gab ein Tor, das zwar verschlossen war, über das ich aber mit einiger Geschicklichkeit klettern konnte.

Das Stück Land war völlig verwildert und zugewachsen. Ich nannte es bei mir ›den verbotenen Garten‹, weil mein Vater immer wieder betont hatte, daß niemand es betreten solle. Wie schon so oft wunderte ich mich, wieso er es überhaupt gekauft hatte, wenn er dann doch nichts damit anfing. Im nächsten Moment erklang erneut das Wehklagen. Es war ganz eindeutig ein leidendes Tier.

Ich ging dem Geräusch nach und sah schon bald, daß ich recht gehabt hatte. Eine prachtvolle Bulldogge mit braungelbem Fell, etwas dunkleren Ohren und einer fast schwarzen Schnauze war mit dem Hinterlauf in eine Falle geraten. Sie schaute mich flehend an, da sie offensichtlich starke Schmerzen hatte.

Mit Tieren kam ich immer gut zurecht. Vielleicht lag es daran, daß ich ganz ruhig mit ihnen sprach, voller Liebe und Verständnis, was sie zu spüren schienen.

Ich kniete mich hin. Irgend jemand hatte eine Falle für Hasen und Kaninchen aufgestellt, doch nun war sie dieser schönen Hündin zum Verhängnis geworden.

Es war ziemlich riskant, sich ihr zu nähern, denn der großen Schmerzen wegen war es leicht möglich, daß sie nach mir schnappte. Deshalb redete ich ständig begütigend auf sie ein. Zum Glück schien sie ebensowenig Angst vor mir zu haben wie ich vor ihr.

Nach einigen Minuten hatte ich herausgefunden, wie man die Falle öffnen konnte, und gleich darauf war die Bulldogge frei.

»Armes altes Mädchen«, murmelte ich und tätschelte ihr den Kopf. »Es ist ziemlich schlimm, ich weiß.«

Es war tatsächlich schlimm, denn sie konnte nur unter großer Pein aufstehen.

Unter weiterem guten Zureden lockte ich sie hinter mir her, und sie folgte mir vertrauensvoll. Da ich schon bei mehreren Tieren Knochenbrüche geschient hatte, war ich ganz zuversichtlich, daß ich auch diesmal helfen könnte.

Das Tier war in prächtiger körperlicher Verfassung und offensichtlich gut gepflegt. In ein paar Tagen würde ich mich dann auf die Suche nach dem Besitzer machen müssen.

Gerade als ich die Hündin zu Hause in mein Zimmer bringen wollte, begegnete mir auf der Treppe Mistreß Leveret.

»Schon wieder ein armes Opfer! Damaris, nein wirklich«, protestierte sie.

»Dieses schöne Tier geriet in eine Falle. Das Fallenlegen sollte verboten werden.«

»Sicher werdet Ihr dem bedauernswerten Geschöpf helfen können.«

»Inzwischen glaube ich, daß das Bein gar nicht gebrochen ist, wie ich zuerst befürchtete.«

Mistreß Leveret seufzte. Sie war, wie die anderen auch, der Meinung, daß ich mich nicht gar soviel um alle möglichen Tiere kümmern sollte.

Ich ließ heißes Wasser kommen und säuberte die Wunde. Dann bettete ich die Bulldogge in einen großen Korb, in dem eine meiner Hündinnen ihre Jungen gesäugt hatte. Einer der Bauern hatte mir vor kurzem eine spezielle Salbe gegeben, die er selbst herstellte und auf deren Heilwirkung er schwor. Die Hündin hatte aufgehört zu wimmern und sah mich mit ihren goldenen Augen an, als wolle sie mir für die Linderung ihrer Qualen danken.

Aus der Küche holte ich ihr einen großen Knochen, an dem noch ziemlich viel Fleisch hing. Auch einen Wassernapf stellte ich ihr hin. Sie schien sich ganz wohl zu fühlen, und ich ging zum Abendessen ins Erdgeschoß hinunter.

Mistreß Leveret, die mit uns ihre Mahlzeiten einnahm, berichtete meinen Eltern, daß ich einen weiteren verwundeten Streuner ins Haus gebracht hätte.

Meine Mutter lächelte. »Das ist schon in Ordnung.« Während des Essens sprach mein Vater hauptsächlich über einige Hütten auf unserem Grund und Boden und über deren nötige Reparatur. Erst kurz vor Beendigung der Mahlzeit kam das Gespräch wieder auf die Hündin, die ich gerettet hatte.

»Was ist ihr denn zugestoßen?« erkundigte sich mein Vater.

»Sie geriet mit dem Hinterlauf in eine Falle.«

»Ich verabscheue Fallen«, mischte sich meine Mutter ein. »Sie sind so grausam.«

»Sie sollen eigentlich auf der Stelle töten«, erklärte mein Vater. »Es ist schlimm für ein Tier, wenn es nur mit einem Bein hineingerät. Aber die Leute haben nun einmal gern einen Hasen oder ein Kaninchen für ihren Kochtopf; für sie gehört das zu ihrem Lohn. Wo war die Falle eigentlich aufgestellt?«

»Auf dem umzäunten Stück Land bei Enderby.«

Die Veränderung, die mit meinem Vater vor sich ging, war höchst erstaunlich. Er lief zuerst rot an und wurde dann bleich.

»Wo?« fragte er schroff.

»Du weißt schon... auf dem Grundstück, mit dem du immer große Dinge vorhast, die du dann doch sein läßt.«

»Wer hat dort eine Falle aufgestellt?«

Ich zuckte die Achseln. »Vermutlich jemand, der sich einen Braten fürs Essen holen wollte, wie du vorhin gesagt hast.«

Mein Vater geriet selten in Zorn, doch wenn es geschah, dann um so heftiger.

»Ich möchte wissen, wer es war.« Er sprach ganz ruhig, doch es kam mir wie die Ruhe vor dem Sturm vor.

»Du sagtest doch, daß sie die Beute aus Fallen als eine Art Zusatzlohn ansehen«, wandte ich ein.

»Aber nicht dort. Ich habe ausdrücklich Anordnung gegeben, daß niemand das Grundstück betreten darf.«

Meine Mutter machte einen fast verängstigten Eindruck.

»Es ist ja nichts Schlimmes passiert, Leigh«, versuchte sie ihn zu beruhigen.

Mein Vater schlug krachend mit der Faust auf den Tisch. »Wer diese Falle aufstellte, hat meinem Befehl nicht gehorcht. Ich werde schon herausfinden, wer der Betreffende ist.«

Er stand abrupt auf.

»Aber doch nicht jetzt gleich, oder?« widersprach meine Mutter.

Leigh hatte aber schon den Raum verlassen, und kurz darauf hörten wir ihn wegreiten.

»Er ist furchtbar zornig«, sagte ich. Meine Mutter schwieg.

»Ich hasse diese Fallen und würde sie lieber heute als morgen abschaffen. Aber ich verstehe trotzdem nicht, wieso er so wütend wurde.«

Sie gab mir keine Antwort, aber ich sah ihr an, wie sehr der Zwischenfall sie mitgenommen hatte.

Bereits am nächsten Tag war der Fallensteller gefunden. Es war Jacob Rook. Mein Vater entließ ihn sofort. Mit Sack und Pack sollte er sich davonmachen, weil er einem Befehl seines Herrn zuwidergehandelt hatte.

Eine Entlassung war für Leute auf dem Lande besonders schlimm, da sie nicht nur die Arbeit, sondern auch ihr Zuhause verloren. Jacob und Mary Rook hatten seit fünfzehn Jahren in einer Hütte auf dem Grund und Boden von Eversleigh gehaust, der nun Leigh gehörte. Bis zur befohlenen Abreise hatten sie einen Monat Zeit.

Wir waren alle traurig, denn Jacob war ein fleißiger Mann, und Mary hatte oft im Haus ausgeholfen. Wie schrecklich, daß mein Vater so grausam sein konnte!

Es war kaum mit anzusehen, als Mary zu uns kam, sich weinend an meine Mutter klammerte und sie um die Erlaubnis anflehte, doch bleiben zu dürfen. Meine Mutter versprach mit kummervollem Gesicht, noch einmal mit Leigh darüber sprechen zu wollen.

Auch ich versuchte ihn umzustimmen. »Bitte, drück diesmal ein Auge zu. Jacob wird es bestimmt nie wieder tun.«

»Ich verlange Gehorsam«, erwiderte mein Vater. »Jacob Rook hat bewußt einen Befehl von mir mißachtet.«

Er blieb unerbittlich, und wir konnten nichts mehr für die beiden tun.

Ich machte mir Vorwürfe wegen meiner Bemerkung, ich hätte die Bulldogge auf dem umzäunten Stück Land bei Enderby gefunden. Aber woher sollte ich wissen, daß dies solche Folgen haben würde.

Nach zwei Tagen war die Hündin soweit wieder hergestellt, daß sie herumhinken konnte. Ich fütterte sie mit besonders leckeren Sachen, und sie hing ganz offensichtlich an mir. Doch meine Freude an diesem Abenteuer war mir wegen der Rooks vergangen.

Kurze Zeit später ritt ich an Grasslands Manor vorbei, wo Elizabeth Pilkington gerade im Garten saß. Sie rief mich zu sich. »Ich wollte schon einen Boten zu Euch schicken, damit Ihr herkommt. Es ist jemand hier, der Euch gern wiedersehen möchte.«

Während sie noch sprach, kam Matthew Pilkington aus dem Haus. Er eilte auf mich zu und küßte mir die Hand.

Matthew sah auch diesmal sehr elegant aus, war aber nicht so stutzerhaft gekleidet wie in London. Er trug hohe Lederstiefel und ein knielanges dunkelblaues Jackett mit schwarzer Borte. Ich fand ihn darin sogar noch attraktiver als bei unserer letzten Begegnung.

»Wie schön, Euch zu sehen! Kommt doch herein zu uns. Meine Mutter schließt sich meinem Wunsch sicher an.«

Elizabeth Pilkington nickte lächelnd.

Ich ließ mir aus dem Sattel helfen und folgte ihnen ins Haus. Mich erfüllte bei Matthews Anblick große Freude. Er wirkte ganz anders als die jungen Männer aus der Nachbarschaft, die ich gelegentlich traf. Vermutlich war es jene verfeinerte Kultiviertheit, die mir bei anderen noch nie so stark aufgefallen war. Vielleicht rührte sie daher, daß er so viel Zeit in London verbrachte.

Er war für eine Weile mit der Armee auf dem Festland gewesen und dann zurückgekehrt, um auf seinem Besitz in Dorset nach dem Rechten zu sehen. »Man darf seinen Landbesitz nicht zu lange vernachlässigen«, sagte er.

Ich nickte, und er sprach weiter. »Ihr seid recht erwachsen geworden, seit wir uns das letzte Mal sahen.«

Bevor ich antworten konnte, warf seine Mutter ein: »Matthew hat großen Kummer, da er einen seiner Lieblingshunde verloren hat.«

Ich sprang vor Aufregung auf. »Etwa eine weibliche Bulldogge?«

»Ja. Aber woher wißt Ihr das?« erkundigte sich Matthew.

»Weil ich sie gefunden habe«, erwiderte ich lachend.

»Ihr fandet sie? Wo ist sie jetzt?«

»Sie erholt sich in einem Korb in meinem Schlafzimmer. Ich fand sie, nachdem sie in eine Falle geraten war, brachte sie heim und verarztete ihre Wunde. Sie erholt sich prächtig.«

Matts Augen leuchteten.

»Oh, das ist ja wundervoll. Ich bin Euch so dankbar, denn Belle ist mein Lieblingshund.«

»Sie ist auch ein wunderschönes Tier«, stimmte ich zu. »Die Ärmste tat sich sicher selbst sehr leid.«

»... und war Euch dankbar. Wie ich es bin.« Er nahm meine Hand und küßte sie wieder.

Ich errötete. »Ach, das ist doch nicht der Rede wert. Einem Tier in Not würde ich immer helfen.«

Elizabeth Pilkington lächelte mir wohlwollend zu. »Das sind ja prächtige Neuigkeiten. Ihr seid unser guter Engel, Damaris.«

»Belle wird vor Freude außer sich geraten. Ich ahnte gleich, daß sie keine Streunerin sein konnte, denn sonst wäre sie nicht so gut gepflegt gewesen.«

»Sie ist ein besonders treues Tier. Zwar nicht mehr jung, aber es gibt keinen besseren Wachhund als sie.«

»O ja, ich kenne ihre Qualitäten bereits.«

»Wenn Ihr sie nicht entdeckt hättet...«

»Im Grunde war es ein großer Zufall, denn kaum ein Mensch geht je dorthin. Im Augenblick gibt es bei uns großen Ärger, weil Jacob Rook ausgerechnet an dieser Stelle die Falle aufgebaut hatte.«

»Wo habt Ihr Belle denn gefunden?« fragte Elizabeth.

»Ganz in der Nähe von Enderby, auf einem Stück Land, das mein Vater gekauft hat. Er hat gewisse Pläne damit, doch bis jetzt darf man es nicht einmal betreten. Ich nenne es immer den verbotenen Garten.« Dann wandte ich mich an Matt.

»Euer Hund wird vermutlich schon morgen wieder gut laufen können. Dann bringe ich Euch Belle herüber, wenn's recht ist.«

»Wunderbar. Wie können wir es ihr je danken?« sagte Matt zu seiner Mutter.

»Damaris muß man nicht ausdrücklich erklären, wie sehr wir es zu würdigen wissen, was sie für uns getan hat. Sie weiß es. Übrigens hätte sie für jeden kleinen Vogel dasselbe getan.«

Ich ritt in bester Laune nach Hause, was nicht nur daher rührte, daß ich den Besitzer der Hündin gefunden hatte, der ausgerechnet Matthew Pilkington hieß. Nein, am meisten freute ich mich, daß Matt zurück war.

Meine Freude bekam einen Dämpfer, als ich Mary Rook mit verweintem Gesicht in der Küche vorfand. Sie warf mir einen vorwurfsvollen Blick zu, denn ich war ja diejenige, die von der unseligen Falle berichtet hatte. Natürlich wäre mir kein Wort über die Lippen gekommen, wenn ich die heftige Reaktion meines Vaters vorausgeahnt hätte. Aber es war zwecklos, Mary dies zu sagen.

Ich erwähnte beim Abendessen nicht, daß ich den Eigentümer der Hündin gefunden hatte, denn es war nicht ratsam, dieses Thema in Gegenwart meines Vaters anzuschneiden. Er war immer noch in zorniger, unnachgiebiger Laune und litt vermutlich selbst am meisten darunter.

Meiner Mutter aber erzählte ich es, als wir nach oben in unsere Schlafzimmer gingen. »Matthew Pilkington ist gerade auf Besuch bei seiner Mutter, und stell dir vor, die Hündin gehört ausgerechnet ihm.«

»Welch merkwürdiges Zusammentreffen!«

Sie schien nicht gerade begeistert darüber zu sein.

Am nächsten Tag brachte ich Belle nach Grasslands. Sie gebärdete sich wie toll vor Freude, als sie Matthew erblickte. Mit lautem Gebell rieb sie den Kopf an seiner Hand, als er sich hinkniete und sie streichelte. Ich beobachtete die beiden, und wahrscheinlich habe ich mich genau in diesem Moment in ihn verliebt.

Man kann sich auch mit vierzehn schon heftig verlieben. Mistreß Leveret hatte meiner Mutter einmal gesagt, ich sei in gewisser Weise reifer, als mein Alter vermuten lasse. Ich war sehr ernsthaft und empfand das tiefe Bedürfnis, geliebt zu werden. Natürlich ist das bei allen Menschen so, doch ich hatte so lange in Carlottas Schatten gestanden, war mir ihrer Überlegenheit so sehr bewußt gewesen, daß ich mich wohl noch mehr danach sehnte als die meisten.

Es war für mich etwas ganz Besonderes, daß jemand mir seine Aufmerksamkeit schenkte, und ich genoß es über die Maßen.

Matthew und ich hatten vieles gemeinsam; die Liebe zu Pferden und Hunden brachte uns dazu, stundenlang über sie zu reden. Wir waren beide passionierte Reiter, und ich merkte, daß ich mich sogar für modische Kleidung zu interessieren vermochte, an der ihm so viel zu liegen schien. Bisher hatte ich kaum einen Gedanken daran verschwendet. Schließlich hatte ich immer gewußt, daß ich selbst im prächtigsten Gewand nicht mit Carlotta konkurrieren könne, auch wenn sie nur ganz bescheiden gekleidet gewesen wäre.

All das war nun anders, seit Carlotta fortgezogen war. Ich vermißte sie und sehnte mich manchmal nach ihr. Doch andererseits hätte ich in ihrer Anwesenheit nie dieses berauschende Gefühl gehabt, ganz selbständig ein aufregendes Leben führen zu können. Matt vermittelte mir das Bewußtsein, auf meine Art interessant zu sein. Er war mir ungeheuer dankbar, daß ich seine Hündin gerettet hatte, die sicher in der Falle elend umgekommen wäre. Immer wieder sprach er mit mir darüber.

Elizabeth gesellte sich häufig zu uns, und Belle legte sich Matt zu Füßen und schaute mich mit einem seelenvollen Ausdruck in den Augen an.

Bei einer unserer Unterhaltungen erwähnte ich, wie zornig mein Vater über den Mann war, der die Falle auf jenem Grundstück aufgestellt hatte, dessen Betreten verboten war.

»Es ist völlig zugewachsen und verwildert, nicht wahr«, sagte Elizabeth. »Warum schließt er es so hermetisch ab?«

»Wahrscheinlich hat er ganz bestimmte Pläne damit. Er ist so empört über die Unbotmäßigkeit von Jacob Rook, daß er ihn entlassen hat.«

»Wo wird dieser Rook wohl hinziehen?« meinte Elizabeth nachdenklich.

»Der arme Mann! Er hat zwar einen Befehl seines Herrn mißachtet, und mir sind diese tückischen Fallen zuwider... aber dennoch ist es kein so großes Vergehen, oder?« sagte Elizabeth.

»Ein solches Verhalten sieht meinem Vater gar nicht ähnlich. Er ist immer sehr gütig zu allen Leuten, die für ihn arbeiten, ja, er hat den Ruf, ein gerechter und guter Herr zu sein. Er war und ist beliebter als mein Großvater, der oft recht unwirsch sein konnte. Aber in diesem Fall bleibt er hart.«

»Armer Rook.«

Einige Tage später sah ich Mary Rook an der Pumpe im Garten stehen. Sie war wie verwandelt und strahlte über das ganze Gesicht.

Ich freute mich sehr, da ich annahm, mein Vater habe zu guter Letzt doch noch nachgegeben. Wahrscheinlich hatte er ihnen nur einen kräftigen Denkzettel verpassen wollen.

»Du siehst so zufrieden aus, Mary«, sprach ich sie an. »Anscheinend ist alles wieder in Ordnung.«

»Das stimmt, Mistreß.«

»Ich wußte, daß mein Vater euch verzeihen würde.«

»Der Herr ist ein harter Mann«, sagte sie böse.

»Aber es ist doch wieder in Ordnung, denke ich.«

»Wir hauen ab. Es gibt ja noch andere Häuser auf der Welt als das Dower House hier, Mistreß.«

Ich war verblüfft. »Was meinst du denn damit?«

»Da ist Grasslands, Mistreß, und da gehn wir auch hin. Die Mistreß dort hat für uns beide Platz.«

Mary warf mit einer triumphierenden Bewegung den Kopf zurück, und ich machte mir so meine Gedanken.

Es war sicher gut gemeint von Elizabeth, doch durch ihre Handlungsweise würde eine angespannte Situation zwischen unseren beiden Familien entstehen. Schließlich lebten wir in allernächster Nachbarschaft.

In den folgenden Monaten traf ich mich häufig mit Matt. Ich fühlte mich wie verzaubert. Im Laufe der Zeit entdeckten wir so viele Gemeinsamkeiten. Er wußte gut Bescheid über alle möglichen Vogelarten, und wir lagen oft stundenlang in den Wiesen und beobachteten sie. Die Vögel sangen nun nicht mehr so jubilierend, da sie sich um ihre Jungen kümmern mußten. Allerdings ließen sich immer noch der Zaunkönig, der Weidenlaubsänger und auch der Kuckuck hören. Matt brachte mir viel Neues bei, und mir machte es großen Spaß, von ihm zu lernen. Wir nahmen Belle auf lange Spaziergänge mit, und auch bei manchen Ausritten folgte sie uns. Es gefiel ihr, neben den Pferden herzulaufen, bis sie müde wurde. Matt erinnerte sie manchmal spaßhaft daran, daß sie keine junge Dame mehr sei. Oft ritten wir auch zum Meer hinunter und wanderten den Strand entlang. In den Prielen suchten wir nach Seeanemonen. Dann zogen wir die Schuhe aus und planschten im Wasser herum oder bewunderten die seltsamen kleinen Wesen, die dort hausten. Dabei mußten wir aber vor Spinnen- und Drachenfischen auf der Hut sein. Matt zeigte mir, daß der Drachenfisch zu beiden Seiten des Kopfes Auswüchse hat, die einem dreischneidigen Messer gleichen. Der Spinnenfisch ist mit seinen Rückenstacheln sogar noch gefährlicher, denn sie können giftig sein.

Es waren sehr glückliche Tage für mich.

Einmal hörte ich zufällig, wie meine Großmutter zu meiner Mutter sagte: »Für ihn ist sie nur ein Kind. Er ist schließlich mindestens sieben oder acht Jahre älter.«

»Damaris ist ja auch wirklich noch ein Kind, aber ich finde trotzdem, daß sie sich zu häufig sehen.«

Zuerst fürchtete ich, daß sie den Versuch machen würden, meine Verabredungen mit Matt zu verhindern, doch dazu kam es nicht. Vermutlich hofften sie, daß er bald wieder abreisen würde. Und ich war ihrer Meinung nach sowieso noch zu jung für eine Liebe. Unsere Beziehung würde folglich ganz von selbst ein natürliches Ende finden.

Als wir eines Tages wieder einmal an Enderby Hall vorbeikamen, hielten wir an, um es ausgiebig zu betrachten. Irgend etwas an dem Haus zwang die Menschen förmlich dazu, dies zu tun.

»Was für ein herrlicher Besitz«, sagte Matt. »Ich war traurig, daß meine Mutter Enderby nicht bekam.«

»Seid Ihr immer noch traurig darüber?«

»Nein, nun hat sie ja Grasslands, und das liegt auch nicht weiter vom Dower House entfernt als Enderby.«

Ich glühte vor Stolz, wenn er so etwas sagte.

»Wie gern würde ich mir noch einmal das Innere ansehen, wie damals, als meine Mutter erwog, es zu kaufen.«

»Nichts leichter als das. Die Schlüssel liegen in Eversleigh Court. Ich hole sie morgen und zeige Euch das Haus.«

»Das wäre wunderbar.«

»Am besten gehen wir am Nachmittag, aber nicht zu spät, denn wir wollen ja nicht in die Dunkelheit geraten.«

»Oh, Ihr meint, bevor die Geister auftauchen. Habt Ihr Angst vor Geistern, Damaris?«

»Nicht, wenn Ihr bei mir seid.«

Er drehte sich zu mir um und gab mir einen zarten Kuß auf die Schläfe. »Das ist recht. Ich beschütze Euch vor allen Übeln und Gefahren, bei Tag und bei Nacht.«

So benahm er sich öfter, und immer mit großem Charme. Bei ihm klang alles so leichthin und natürlich, daß ich mich manchmal fragte, ob er es überhaupt ernst meinte.

Ich holte die Schlüssel aus dem Schreibtisch, in dem sie in

Eversleigh aufbewahrt wurden, und traf mich mit Matt am nächsten Nachmittag vor dem Tor von Enderby Hall.

Belle begleitete ihn.

»Sie wollte unbedingt mitkommen«, erklärte er mir. »Ich brachte es nicht übers Herz, sie zurückzulassen. Wahrscheinlich ahnte sie, daß ich Euch treffe«, fügte er galant hinzu.

Belle sprang um mich herum, und ich tätschelte sie liebevoll.

Wir schlenderten durch die Gartenanlagen zum Hauptportal. Das Anwesen war nie vernachlässigt worden, und ausgerechnet Rook gehörte zu den Leuten, die hier Gärtnerdienste verrichtet hatten. Enderby war aus rotem Tudorbackstein mit einer Haupthalle und zwei Seitenflügeln erbaut worden, wie so viele Häuser in dieser Gegend. Kletterpflanzen bedeckten weite Mauerflächen. Es sah sehr hübsch aus, wie die roten Ziegel zwischen den glänzenden grünen Blättern hervorschauten, doch am prachtvollsten war dieser Anblick im Herbst.

»Wenn wir die Kletterpflanzen zurückschneiden würden, wäre es drinnen viel lichter«, sagte ich nachdenklich.

»Das würde nur die geisterhafte Atmosphäre beeinträchtigen«, widersprach Matt.

»Das wäre nur gut.«

»Nein, damit ginge auch Enderbys geheimnisvolle Aura verloren.«

Wir betraten die Halle, und Matt schaute zu der zauberhaften gewölbten Decke hinauf.

»Wunderschön.«

»Dort oben ist die Spukgalerie«, sagte ich.

»Da spielten früher die Musikanten...«

»Ja, und da geschah auch die Tragödie. Eine Besitzerin erhängte sich dort... oder versuchte es zumindest. Der Strick war zu lang, so daß sie sich schwer verletzte und viel leiden mußte, bevor sie schließlich starb.«

»Spukt sie nun hier herum?«

»Es gibt wahrscheinlich auch noch andere. Das wird jedenfalls immer behauptet.«

Belle rannte in jeden Winkel und schnupperte überall herum. Sie fand das Haus wohl ebenso aufregend wie Matt.

»Gehen wir hinauf«, schlug ich vor.

»Es sieht immer noch bewohnt aus«, meinte Matt verwundert.

»Das liegt daran, daß es möbliert ist. Carlotta ließ nicht zu, daß etwas weggeschafft wurde.«

»Carlotta scheint eine höchst energische junge Dame zu sein.«

»Ja, das ist sie wahrhaftig.«

»Ich würde sie gern kennenlernen. Wahrscheinlich wird es wohl eines Tages auch möglich sein.«

»Wenn Ihr lang genug hierbleibt, bestimmt. Wir besuchen uns immer gegenseitig. Ich sehne mich sehr danach, Clarissa wiederzusehen.«

»Ich dachte, sie hieße Carlotta.«

»Clarissa ist Carlottas Baby, und zwar das hübscheste von der ganzen Welt.«

»Jedes Baby ist angeblich das hübscheste von der ganzen Welt.«

»Ich weiß, aber dieses ganz besonders«, widersprach ich. »Carlotta ist so glücklich dran.«

»Weil sie dieses unvergleichliche Kind hat oder warum?«

»Ja, deshalb. Aber auch, weil sie Carlotta ist.«

»Ist sie denn so vom Glück begünstigt?«

»Carlotta hat alles, was man sich nur wünschen kann: Schönheit, Reichtum, einen Ehemann, der sie liebt ...«

»Und ...«

Ich unterbrach ihn. »Und Clarissa. Das wolltet Ihr eben sicher sagen, oder?«

»Nein, Damaris. Etwas ganz anderes. Und ... sie hat eine charmante Schwester, die sie tief bewundert.«

»Wie alle ...«

Wir waren inzwischen auf der Musikantengalerie angelangt, und Matt wagte sich dort hinein.

»Reichlich dunkel hier«, rief er mir zu. »Und kalt. Das liegt sicher an den Vorhängen, die zwar schön sind, aber alles sehr düster machen.«

Belle war ihm gefolgt und schnüffelte auf dem Boden herum.

»Kommt! Wir wollen uns die Zimmer ansehen.«

Wir schlenderten durch alle Räume, bis wir zu jenem kamen, in dem das große Himmelbett mit den roten Vorhängen stand. Sofort fiel mir wieder der Tag ein, als ich Carlotta hier überraschte. Sie lag auf dem Bett und führte Selbstgespräche. Ich würde es nie vergessen.

»Ein interessantes Zimmer«, sagte Matt.

»Es ist der größte Schlafraum im ganzen Haus.«

Genau in diesem Moment begann Belle aufgeregt irgendwo weiter unten zu bellen.

Wir fanden sie in der Galerie, wo sie an den Bodenbrettern herumkratzte, als hätte sie irgend etwas entdeckt. Bei näherem Hinsehen entdeckten wir dort einen Spalt.

Matt kniete sich hin und spähte angestrengt hinein.

»Dort scheint etwas Glänzendes zu liegen, das Belle aufgefallen ist.« Er legte der Hündin die Hand auf den Kopf und schüttelte sie spielerisch. »Na, komm schon, dummes altes Mädchen. Da ist nichts Besonderes.«

Sie reagierte auf seine Zuwendung, ließ sich aber dennoch nicht beirren. Ganz im Gegenteil, es sah fast so aus, als versuche sie, das Dielenbrett hochzustemmen.

Matt stand auf.

»Wirklich ein außergewöhnliches Haus«, sagte er. »Es besitzt etwas, das Grasslands fehlt, aber dort ist es dafür weitaus wohnlicher. Komm, Belle.«

Wir stiegen die Treppe hinunter, und Belle folgte uns zögernd. In der Halle blieben wir stehen, um einen letzten Blick auf die großartige Decke zu werfen, und schon war Belle wieder verschwunden.

»Sie ist nochmals zur Empore hinaufgelaufen«, sagte Matt. »Ein sehr eigensinniges Wesen, unsere Belle. Früher gehörte sie meinem Vater, und der behauptete, daß sie nicht nachgibt, wenn sie sich einmal etwas in den Kopf gesetzt hat.«

Das Tier machte einen solchen Krach, daß wir kaum unser eigenes Wort verstehen konnten. Notgedrungen stiegen auch wir ein zweites Mal hinauf.

Belle kratzte immer noch wie eine Verrückte an der Bodendiele herum.

»In Kürze wird sie es geschafft haben«, meinte Matt kopfschüttelnd und kniete sich wieder neben sie. »Was ist denn los, mein Mädchen? Was hast du denn da unten entdeckt?«

Ihr Bellen wurde noch lauter, da sie endlich seine Aufmerksamkeit gefesselt hatte.

Matt warf mir einen fragenden Blick zu.

»Ich könnte das Brett hochheben. Da die Ritze so breit ist, müßte der Boden hier sowieso mal repariert werden.«

»Einverstanden. Wir können einen unserer Dienstboten herbeordern, um den Schaden wieder zu beheben. Die Mägde werden allerdings keinen Fuß hier reinsetzen, wenn sie es vermeiden können, denn sie haben alle Angst.«

»Merkwürdig, daß sich Belle ausgerechnet den Raum im Haus ausgesucht hat, wo es angeblich spukt. Aber es heißt ja auch, daß Hunde eine Art sechsten Sinn haben.«

»Matt, glaubt Ihr, daß wir etwas Aufregendes entdecken werden?«

»Nein, im Grunde geht es hier nur um Belles Eigensinn. Sie hat irgend etwas bemerkt und gibt keine Ruhe, bis sie es bekommt. Aber ich muß zugeben, Damaris, daß ich inzwischen selbst recht neugierig bin.«

»Ich auch.«

»Gut, mal sehen, was sich mit diesem Brett machen läßt.« Belle geriet fast außer sich vor Erregung, als Matt das Brett hochzustemmen begann.

Es knarrte und ächzte, und ein wahrer Regen aus Holzstaub rieselte an der Verbindungsstelle mit der Wandtäfelung herab.

Endlich konnten wir inmitten des Staubs von Jahrhunderten sehen, was Belles Aufmerksamkeit geweckt hatte. Es war eine Schnalle, die von einem Männerschuh stammen mochte.

Belle gebärdete sich auch weiterhin reichlich seltsam. Sie winselte und wimmerte und bellte dazwischen laut.

»Kein Grund, sich so aufzuführen, Belle«, sagte Matt gespielt böse.

»Wahrscheinlich ist diese Schnalle aus Silber«, meinte ich. »Sicher liegt sie schon seit Jahren hier drin.«

»Sie könnte aus Versehen in den Spalt gerutscht sein, ohne daß es jemand bemerkte.«

»Ja, so war es wohl.«

Matt hielt das Fundstück in der offenen Hand, und Belle wandte die Augen nicht davon ab. Sie wedelte mit dem Schwanz und ließ immer wieder jenes merkwürdige Winseln hören. Endlich hatte sie bekommen, was sie wollte.

»Bestimmt gehörte die Schnalle zu einem Schuh, und der Besitzer wunderte sich, wo um alles in der Welt er sie wohl verloren hätte. Auf die Idee, unter Dielenbrettern nachzusehen, kommt man ja nicht so leicht. Ich werde das Brett jetzt an seinen alten Platz legen, aber Ihr müßt es reparieren lassen, denn sonst könnte jemand darüber stolpern und hinfallen.«

»Ja, ich sage zu Hause Bescheid.«

Matt legte die Schnalle auf den Boden, und im nächsten Augenblick hatte Belle sie auch schon geschnappt.

»Verschluck sie nicht«, sagte ich.

»Dazu ist sie viel zu schlau, nicht wahr, Belle!«

Matt fügte das Brett wieder ein. »Jetzt sieht es nicht mehr ganz so schlimm aus«, meinte er zufrieden.

Belle hielt die Schnalle im Maul, betrachtete uns und wedelte zufrieden mit dem Schwanz.

»Du bist viel zu verwöhnt, mein Schatz«, sagte Matt. »Du brauchst nur nach etwas zu verlangen, und schon kriegst du es. Selbst wenn man dafür den Boden aufbrechen muß.«

Wir verließen das Haus und schlossen hinter uns ab.

»Kommt noch für ein Weilchen mit. Meine Mutter freut sich immer sehr, Euch zu sehen«, schlug Matt vor.

Also ritten wir nach Grasslands, und Elizabeth begrüßte mich mit gewohnter Herzlichkeit.

»Was hat Belle denn nun wieder gefunden?« erkundigte sie sich.

Wie zur Antwort ließ Belle die Schnalle fallen, setzte sich davor und schaute sie mit schiefgelegtem Kopf an.

»Was ist denn das?«

Wir erzählten von unserem Abenteuer.

Elizabeth hob Belles Trophäe auf und untersuchte sie von allen Seiten. »Eine Schnalle von einem Männerschuh, und zwar eine sehr schöne«, konstatierte sie.

Belle begann zu winseln.

»Schon gut, schon gut. Ich nehme sie dir ja nicht weg.«

Elizabeth überließ die Silberschnalle Belle, die sich damit in eine Ecke verzog.

Wir mußten alle lachen.

»Es würde mich interessieren, wem sie wohl einmal gehört hat«, meinte Matts Mutter nachdenklich.

Kurz darauf hörte man von Spukerscheinungen auf Enderby. Es war nicht das erste Mal.

Das Ganze begann, wie es meistens der Fall war, mit irgendeiner nebensächlichen Begebenheit. Jemand sah oder glaubte zumindest zu sehen, daß in Enderby Hall ein Licht brannte. Er erwähnte dies, und von da an sahen plötzlich alle dort Lichter.

Meine Mutter behauptete, daß sich lediglich die untergehende Sonne in einem der Fenster spiegelte, was von abergläubischen Naturen als Licht im Hausinneren interpretiert wurde.

Jedenfalls gab es wieder massenhaft Gerüchte.

Ich hatte daheim das beschädigte Bodenbrett gemeldet, und es war repariert worden. Mit keinem Wort aber erwähnte ich die Schuhschnalle, da sie mit Belle zusammenhing. Belle wiederum würde meine Eltern vermutlich an jenen unglücklichen Zwischenfall erinnern, der zur Entlassung der Rooks führte.

Wenn ich den Rooks begegnete, verhielten sie sich immer ein wenig trotzig. Als ich mich bei Mary erkundigte, ob sie sich in Grasslands gut eingewöhnt hätte, nickte sie eifrig.

»O ja, Mistreß Damaris, mir und Jacob ist es noch nie so gut gegangen wie hier. Es ist wie im Paradies.« Auf diese Weise ließ sie mich wissen, daß sich die Lage für sie verbessert hätte und was für ein Glückstag es war, an dem mein Vater sie vor die Tür setzte.

Elizabeth bestätigte mir, daß die Rooks alles täten, um sich beliebt zu machen, und ausgezeichnete Dienstboten seien. Mir fiel auf, daß das Gesinde in Grasslands mich stets mit ganz besonderem Interesse musterte, und ich fragte mich, was für Geschichten die Rooks wohl über unseren Haushalt verbreiteten.

Carlotta hatte Dienstboten immer mit Spionen verglichen, da sie so viel über das Privatleben ihrer Herrschaft wissen.

»Man darf sie nie unterschätzen«, meinte meine Schwester. »Ständig beobachten sie, hocken zusammen und tratschen. Oft erfinden sie auch Dinge, die gar nicht passiert sind.«

Wenn ich doch nur niemandem erzählt hätte, wo ich Belle fand!

Seit die Hündin die Schuhschnalle aufgestöbert hatte, war sie ganz versessen darauf, weitere Schätze zu suchen. Einmal glaubten wir schon, daß sie ihren heißgeliebten Besitz verloren hätte, doch dann entdeckten wir, daß sie ihn mitsamt einem Knochen im Garten verbuddelt hatte.

Sie interessierte sich nun ganz besonders für das Stück Land, wo sie in die Falle geraten war, während sie sich bis dahin nicht einmal in die Nähe gewagt hatte. Wenn wir früher daran vorbeiritten, zog sie den Schwanz ein und hielt sich ganz dicht bei uns. Sie erinnerte sich wohl an ihr unangenehmes Erlebnis.

Doch eines Tages war sie plötzlich verschwunden, als wir dort einen Spaziergang machten. Wir riefen immer wieder nach ihr, aber sie tauchte einfach nicht mehr auf.

Wir wußten, daß Enderby sie jetzt ausgesprochen faszinierte, denn sie versuchte immer wieder hineinzugelangen. Manchmal setzte sie sich vor die Haustür und schaute uns bittend an.

»Na, komm schon, Belle«, pflegte Matt dann zu sagen. »Hier gibt es keine Silberschnallen mehr.«

Doch niemals hatte sie Lust gezeigt, direkt auf das Grundstück hinter dem Zaun zu gelangen.

Als wir sie an jenem Tag aus den Augen verloren hatten

und all unser Rufen vergeblich blieb, meinte Matt schließlich:

»Ob sie wohl irgendwie ins Haus geschlüpft ist? Vielleicht hat jemand eine Tür offengelassen.«

Genau diesen Moment suchte sich Belle aus, um unter dem Zaungatter hervorzukriechen.

Wir waren beide sehr verblüfft, denn dort hätten wir sie am allerwenigsten vermutet.

Sie sprang auf Matt zu und wedelte mit dem Schwanz, schuldbewußt, wie mir schien.

»Was hast du nun wieder angestellt? Du bist ja mit Schmutz bedeckt.«

Am nächsten Tag konnten wir sie nach einer Weile wieder nicht finden, als wir nach Enderby spaziert waren, was eigentlich merkwürdig war. Vermutlich folgten wir Belle ganz automatisch, die uns stets aufs neue dort hinlockte. Es hatte fast den Anschein, als wären wir, wie alle anderen auch, von Enderby besessen.

Da Belle auch nach wiederholtem Rufen nicht auftauchte, kam mir plötzlich ein schrecklicher Gedanke. Ich wurde blaß. »Womöglich mißachtet Jacob Rook absichtlich den Befehl meines Vaters und hat eine neue Falle aufgestellt.«

Matt schüttelte den Kopf. »Fürchtet Ihr, daß Belle wieder in eine hineingeraten ist? O nein! Einmal gefangen und nie wieder. Sie ist intelligent genug, um diese Art von Falle wiederzuerkennen. Außerdem hat Jacob es gar nicht nötig, sich mit Fallen abzugeben. Er lebt jetzt bei uns im Haus und braucht kein Kaninchen als Extramahlzeit.«

»Das stimmt. Trotzdem habe ich so eine Vermutung, daß Belle dort drin zu suchen ist. Sie hat sich in letzter Zeit reichlich merkwürdig aufgeführt.«

Mit Matts Hilfe kletterte ich über das Gatter, dann folgte er mir nach.

»Belle! Belle!«

Aus einiger Entfernung hörten wir ihr Gebell, aber sie kam nicht zu uns gerannt, was sie normalerweise immer tat.

»Hier entlang«, sagte Matt, und wir arbeiteten uns tiefer in das Buschwerk vor.

»Ich begreife nicht, warum Euer Vater dieses Grundstück so verwildern läßt.«

»Er hat gerade besonders viel zu tun, wird sich aber bestimmt bald darum kümmern.«

Dann stießen wir endlich auf Belle, die dabei war, ein tiefes Loch zu graben.

»Was tust du denn da?« rief Matt.

»Wir müssen sie hinausschaffen. Mein Vater gerät in Zorn, wenn jemand dies Stück Land betritt.«

»Gut. Komm mit, Belle. Na los.«

Sie hörte mit dem Buddeln auf und schaute uns flehend an.

»Was ist denn mit dir los?« wollte Matt wissen.

Sie hob einen schmutzigen Gegenstand auf und legte ihn Matt zu Füßen. Wir musterten das grünliche Etwas.

»Ich glaube, das war einmal ein Schuh. Was meint Ihr?«

»Ja, es sieht ganz so aus«, stimmte ich zu.

»Noch ein Fund, Belle. Aber dieser kommt mir nicht ins Haus, das garantiere ich dir.«

Er warf das zerfledderte Ding weit weg ins Gestrüpp, doch Belle stürzte hinterher und holte es zurück.

»Du bist schon ein seltsamer Sammler, Belle«, sagte ich.

»Matt, jetzt sollten wir aber wirklich gehen. Wenn jemand uns sieht und meinem Vater davon erzählt, bekommen wir Ärger. Er ist strikt dagegen, daß irgend jemand seinen Fuß auf dieses Stück Land setzt.«

»Hast du das gehört, Belle? Sei brav und laß dieses Scheusal fallen.«

Belle gehorchte augenblicklich.

»Marsch, nach Hause.«

Als wir zum Gatter kamen, holte uns Belle ein, die hinter uns zurückgeblieben war.

»Nun schaut Euch das an«, sagte Matt zu mir.

Belle hatte den alten Schuh im Maul.

Matt nahm ihn ihr weg und schleuderte ihn noch einmal in hohem Bogen hinter sich. Belle gab ein protestierendes Winseln von sich, kam aber dennoch folgsam mit.

Kurze Zeit darauf machte Elizabeth einen Vorschlag. »Ich möchte ein kleines Fest mit Scharaden und sonstigen Spielen veranstalten. Dazu lade ich Eure Familie und einige andere Nachbarn ein. Es ist höchste Zeit, daß Grasslands zu einem gastlichen Haus wird. Ihr müßt mir bitte bei den Vorbereitungen helfen, Damaris.«

Ich erklärte, daß ich dies gern täte, aber wohl keine besondere Hilfe sein würde, denn Feste hatten für mich nie etwas Verlockendes gehabt. Da ich scheu war, hatte mich nur selten jemand zum Tanzen aufgefordert. Allerdings war in der Zwischenzeit eine ziemliche Veränderung mit mir eingetreten, was ich der Freundschaft mit Matt verdankte. Er hatte mir deutlich zu verstehen gegeben, wie gern er mit mir zusammen war.

In London hatte er mich etwas eingeschüchtert, da er mir wie der vollkommene Dandy vorgekommen war. Doch hier auf dem Land schien er ein ganz anderer Mensch zu sein. Natürlich wußte ich, daß diese schöne Zeit bald ein Ende fand, weil er wieder abreisen würde. Einige Male schon hatte er davon gesprochen, daß er sich um seine Besitzungen in Dorset kümmern müßte und außerdem auch Verpflichtungen bei der Armee hätte. Ich konnte mir nicht vorstellen, worin diese bestanden, und ihm fehlte offenbar jede Lust, Näheres darüber zu erläutern. Es bestand eine tiefe Harmonie zwischen uns, was vielleicht daran lag, daß ich seine Stimmungen verstand und respektierte.

Am deutlichsten merkte ich den Wandel in mir, als ich feststellte, daß Elizabeths Ankündigung eines Fests mich in Aufregung versetzte, statt mich ängstlich zu stimmen.

Meine Großmutter zeigte sich besonders interessiert an den geplanten Scharaden, da sie sich dadurch an jene Zeiten erinnert fühlte, als sie und Harriet jung waren.

»Harriet war ausgesprochen begabt dafür«, erzählte sie mir. »Natürlich hing das mit ihrem Auftreten als Schauspielerin zusammen, und bei Elizabeth Pilkington wird es vermutlich ganz ähnlich sein. Vielleicht will sie gerade deshalb Scharaden aufführen. Schließlich tun wir alle am liebsten das, was wir perfekt beherrschen.«

Noch häufiger als bisher ritt ich nach Grasslands, dachte mir mit Elizabeth die Scharaden aus und wühlte mit ihr in den großen Kisten voller Kostüme, die sie fürs Theater gebraucht hatte. Es machte mir ungeheuren Spaß, mich zu verkleiden und die verschiedenen Perücken aufzusetzen.

Als sie mir wieder einmal beim Anprobieren half, legte sie mir beide Hände auf die Schultern und küßte mich. »Ich habe Euch sehr liebgewonnen, Damaris. Und Matt ergeht es nicht anders.«

Ich errötete, da ich aus ihren Worten eine bestimmte Bedeutung heraushörte. Konnte sie wirklich meinen, was ich vermutete?

Warum eigentlich nicht? Ich war sehr verliebt und schwankte wie alle Liebenden zwischen Ekstase und schlimmen Vorahnungen.

Eigentlich konnte ich nicht glauben, daß er mich liebte. Er war so welterfahren, so gewandt, um so vieles älter als ich. Doch ich hatte Carlottas Spötteleien schon ein wenig vergessen und begann eine andere Meinung von mir zu haben und an mich zu glauben. Folglich war ich doch sehr glücklich über Elizabeths Worte.

Meine Mutter mochte Matt nicht, sie hatte sogar eine starke Abneigung gegen ihn, die ich nicht begreifen konnte. Aber meine Großeltern schätzten ihn, was vor allem bei meinem Großvater erstaunlich war, denn ihm gefielen nur wenige Menschen.

Eines Tages kam meine Großmutter nach Grasslands und erklärte vergnügt, daß all dieses Gerede über Scharaden in ihr viele Erinnerungen wachgerufen hätte. Sie schilderte uns, wie Harriet vor vielen Jahren in einem Schloß aufgetreten war, natürlich noch vor der Restauration, fügte sie hinzu. »Ihr könnt Euch doch noch an Harriet erinnern, Mistreß Pilkington?«

»Nur flüchtig. Ich spielte erst Kinderrollen, als sie bereits daran dachte, die Bühne zu verlassen. Das war kurz vor ihrer Hochzeit.«

»Ja, Harriet hat in unsere Familie eingeheiratet. Sie ist um viele Jahre älter als Ihr, aber es ist erstaunlich, wie sie auch heute noch den Eindruck erwecken kann, eine junge Frau zu sein.«

»Ist sie immer noch schön?«

»O ja. Sie besitzt jene seltene Schönheit, die ein besonderes Geschenk guter Feen zu sein scheint. Bei deiner Schwester Carlotta ist es ebenso, nicht wahr, Damaris?«

Ich nickte.

»Wir spielten damals ›Romeo und Julia‹«, fügte meine Großmutter mit einem so abwesenden Gesichtsausdruck hinzu, als weile sie wieder ganz und gar in der Vergangenheit.

»Wir begnügen uns diesmal mit Scharaden«, meinte Elizabeth.

Täglich war ich nun in Grasslands und studierte unter Elizabeths Anleitung meine Rolle ein. Matt war kein besonders talentierter Darsteller, wofür ich ihn nur um so mehr liebte. Er gehörte in die gleiche Kategorie wie ich.

Ein Zwischenfall in Elizabeths Nähzimmer bereitete mir Kummer. Da es ein warmer Tag war, stand das Fenster weit offen, und ich saß auf dem Fensterbrett, während Elizabeth gerade ein Kleid begutachtete und es vor sich hin hielt.

Zwei Stimmen waren aus dem Garten zu vernehmen, die eine gehörte Mary Rook.

»Es war schon recht komisch. Er wurde fuchsteufelswild. Warum will er alle von dort weghaben... wenn er nicht weiß, daß da was ist, was niemand sehen soll?«

Mein Herz begann schneller zu schlagen. Ich bemerkte, daß auch Elizabeth lauschte, obwohl sie scheinbar ganz vertieft in die Betrachtung der Seide war.

»Ich wette, da ist irgend etwas.«

»Was kann es denn sein, Mary?«

»Tja, das weiß ich nicht so recht. Jacob denkt, daß da vielleicht ein Schatz versteckt ist.«

Ich saß ganz still da, obwohl ich den starken Impuls verspürte, wegzulaufen. Aber irgend etwas zwang mich, weiter zuzuhören.

»Weißt du, die Leute, die da lebten... kamen ganz plötzlich weg. Es war irgendeine Verschwörung. Jacob meint, sie haben vielleicht etwas an der Stelle vergraben... einen Schatz oder so was, und er weiß es und will ihn selber haben.«

»Einen Schatz, Mary?«

»Tja, da muß doch was sein, oder? Muß einfach. Warum wird er sonst so fuchsteufelswild, bloß weil Jacob eine Falle stellt? Alle haben überall in den Wäldern Fallen, und da macht es nichts. Da sind es bloß Fallen...«

»Aber da ist noch dieser Geist in dem Haus...«

»Wenn du mich fragst, ist da was auf dem Land, was er nicht will, daß die Leute es wissen.«

Die beiden entfernten sich, und Elizabeth lachte.

»Dienstbotengeschwätz«, sagte sie achselzuckend. »Ich glaube, daß Euch dieses Kleid gut stehen würde, mein Liebes. In einer meiner Jungmädchenrollen habe ich es früher auf der Bühne getragen.«

Wir waren alle ganz aufgeregt wegen der Scharaden. Es sollten Szenen dargestellt werden, die jeweils zwei Wörter versinnbildlichten. Alles mußte sehr kunstvoll zelebriert werden. Wir wurden in zwei Gruppen eingeteilt, die miteinander wetteiferten.

Elizabeth übernahm selbstverständlich die Leitung. Als sie die einzelnen Gruppenmitglieder auswählte, steckte sie Matt und mich zusammen. Unsere Wörter lauteten Mantel und Degen. Der Mantel wurde durch eine Szene aus Elizabeths Regentschaft dargestellt, als Raleigh seinen Umhang ausbreitete, damit seine Königin darüberschreiten konnte. Ich übernahm Elizabeths Rolle, Matt war natürlich Raleigh. Für mich gab es ein prachtvolles elisabethanisches Kostüm, und auch Matt wurde historisch eingekleidet.

»Ich mußte die Rollen nach meinem Kostümfundus auswählen«, erklärte uns Elizabeth.

Nach der Szene mit dem Mantel mußte ich einige Veränderungen an meinem Aussehen vornehmen und mich in die schottische Königin Mary verwandeln. Matt spielte den Rizzio. Wir wollten eine Pantomime jenes Soupers im Holyrood House aufführen, bei dem Rizzio ermordet wurde. Damit wurde der Degen dargestellt.

Das andere Team sollte beginnen, und wir wollten dabei zusehen und mitraten, was für Begriffe dargestellt wurden. Als Auftakt wurde ein kaltes Büfett geplant.

Es war einer jener wunderschönen goldenen Septembertage. Allerdings erschienen mir damals wohl alle Tage golden, denn ich wurde mir immer sicherer, daß Matt mich liebte. Sonst wäre er doch nicht so lange geblieben, hätte mich nicht so häufig gesehen und schon gar nicht behauptet, meine Gesellschaft zu genießen. Nein, nein, da mußte etwas dahinterstecken! Vielleicht hätte er mir seine Absichten schon längst offenbart, wenn ich nicht so extrem jung gewesen wäre. Ich zweifelte auch keinen Moment daran, daß Elizabeth mich gerne mochte, denn sie behandelte mich inzwischen fast wie eine Tochter.

Als ich an jenem Morgen aufwachte, galt mein erster Gedanke dem Fest und dem Kleid, das ich tragen würde und das mir sehr gut stand. Elizabeths Schneiderin hatte es umgenäht, so daß es mir jetzt perfekt paßte. Ich konnte es kaum erwarten, hineinschlüpfen und meine Rolle spielen zu dürfen.

»Du hast dich in den letzten Monaten verändert, Damaris«, sagte meine Mutter. »Du wirst erwachsen.«

»Nun, es ist ja auch höchse Zeit, oder? Übrigens klingst du nicht gerade so, als ob dir das gefiele.«

»Die meisten Mütter wollen, daß ihre Kinder möglichst lange Babys bleiben.«

»Was unmöglich ist.«

»Ja, diese traurige Tatsache müssen wir alle eines Tages akzeptieren.« Sie schlang die Arme um mich. »Damaris, ich möchte, daß du glücklich bist.«

»Das bin ich, o ja, das bin ich«, beteuerte ich emphatisch.

»Ich weiß.«

Dann erzählte ich ihr wohl zum zwanzigstenmal von meinem Kostüm, und sie hörte netterweise so aufmerksam zu, als sei es das erste Mal. Sie schien in versöhnlicher Stimmung zu sein, und ich hoffte inständig, daß sie ihre ursprüngliche Abneigung gegen Matt überwunden hatte.

Es wurde warm, als die Sonne die Morgennebel vertrieb, doch es war unübersehbar, daß der Sommer fast vorüber war. »Im Herbst muß ich fort«, hatte Matt schon mehrmals angekündigt.

Der Gedanke, daß diese glückliche Zeit nicht andauern konnte, bedeutete für mich den einzigen Wermutstropfen. Bevor Matt abreist, wird er sicher mit mir sprechen, beruhigte ich mich. Er muß es einfach tun!

Ich war noch nicht einmal ganz fünfzehn, aber doch alt genug, um zu lieben.

Am Nachmittag ritt ich nach Grasslands hinüber, um dort sogleich das elisabethanische Kostüm anzuziehen, das ich dann den ganzen Abend über tragen würde.

»Es wäre unmöglich, Euch in Windeseile derart kunstvoll zu verkleiden und zurechtzumachen«, hatte Elizabeth zu mir gesagt. »Übrigens tragen alle Scharadenspieler ihre Kostüme die ganze Zeit über.«

»Dadurch wird unser Fest beinahe ein Maskenball«, meinte ich fröhlich.

»Ja, so kann man es nennen.«

Es machte ihr großes Vergnügen, mich anzukleiden, und wir mußten furchtbar lachen, als sie mir in das Korsett hineinhalf, das dafür sorgen sollte, daß der Reifrock unter der Wespentaille weit abstand. Darüber zog ich mit Elizabeths Hilfe das Gewand, das auf seine Art prächtig war, obwohl es bei Tageslicht sicher etwas schäbig gewirkt hätte.

»Es lag viele Jahre im Koffer, aber bei Kerzenlicht wird es immer noch sehr schön aussehen. Kein Mensch wird merken, daß der Samt abgestoßen ist und die Juwelen nichts als Glassplitter sind. Wie schlank Ihr seid! Das ist sehr vorteilhaft, denn dann wirkt ein solches Gewand viel besser.«

Der Rock war gerüscht, mit Bändern geschmückt und mit falschen Brillanten förmlich übersät, die man bei schummerigem Licht durchaus für echt halten konnte.

»Ihr eignet Euch gut für die Rolle der Königin«, sagte Elizabeth.

Dann kräuselte sie mir die Haare, kämmte sie hoch und befestigte falsche Haarteile dazwischen, bis eine üppige Frisur entstand. »Schade, daß Ihr nicht rothaarig seid«, meinte Elizabeth. »Dann würde jeder in Euch sofort die Königin erkennen. Macht nichts. Ich glaube, sie trug Perücken in allen Farben, und in dieser Nacht hat sie eben eine brünette ausgewählt.«

Zum Schluß drückte sie mir ein Diadem auf die Locken, legte mir die Halskrause aus Spitze um und trat dann einige Schritte zurück, um ihr Werk zu bewundern. Sie klatschte begeistert in die Hände. »Also wirklich! Ihr seid nicht wiederzuerkennen, Damaris.«

Es stimmte. Fassungslos starrte ich mein Spiegelbild an.

»Nie hätte ich gedacht, daß man jemanden so verwandeln kann.«

»Ach, so etwas schafft man mit ein paar geschickten Tricks hier und da, mein Liebes. Das lernen wir beim Theater.«

Als ich Matt sah, traute ich meinen Augen kaum, und gleich darauf brachen wir beide in unbändiges Lachen aus.

Er stand mit einer gelben Halskrause und dick wattierten Kniehosen vor mir, die so ausladend waren, daß er nur mühsam laufen konnte. Sein Wams war bestickt, die Hose an den Knien mit Bändern zugebunden, wodurch seine wohlgeformten Waden gut zur Geltung kamen. Auf dem Kopf trug er einen kleinen Samthut mit einer zarten Feder, die sich über den Rand kräuselte. Am wichtigsten aber war der Mantel, ein pompöses Kleidungsstück, das der besonderen Gelegenheit Rechnung trug. Er war ebenfalls aus Samt und mit glänzenden roten Steinen und blitzenden falschen Diamanten besetzt.

Matt kam mir ganz fremd vor, doch es freute mich, ihn ohne Perücke zu sehen. Ich fand es immer schon schade, daß sich die Perückenmode bis in unsere Tage gehalten hatte. Trotz des aufwendigen Kostüms, dessen Pumphosen ihn dazu zwangen, äußerst gemessen zu schreiten, wirkte mein Freund ausgesprochen jung.

Er machte vor mir eine feierliche Verbeugung.

»Ich muß sagen, daß Eure Majestät äußerst beeindrukkend aussehen«, erklärte er.

»Zum erstenmal in meinem Leben«, erwiderte ich lachend. Vor dem Souper wurde getanzt. Elizabeth Pilkington war ein wahres Organisationstalent und verfügte über große Erfahrung bei der Gestaltung solcher Festivitäten. Sie hatte genau die richtige Anzahl von Gästen geladen; außer meiner Familie waren zahlreiche Herrschaften aus der Nachbarschaft anwesend.

Matt und ich waren den ganzen Abend über unzertrennlich.

»Kein Mensch sonst könnte mit uns tanzen«, sagte er lachend. »Ich fühle mich reichlich schwerfällig. Wie ergeht es Euch?«

»Genauso.«

Alle bewunderten unsere Kostüme und fügten hinzu, wie gespannt sie schon auf die Scharaden seien, die sicher den Höhepunkt des Abends bilden würden.

Niemals hatte mir eine Veranstaltung so viel Freude gemacht. Ich wünschte mir, der Abend möge niemals enden. Etwas Sorgen bereitete mir allerdings mein schauspielerisches Debüt.

»Ihr werdet es sicher schaffen«, beruhigte mich Matt. »Und außerdem ist es ja nur ein Spiel.«

Später am Abend machte er mir ein Geständnis. »Ich habe Euch sehr liebgewonnen, Damaris.«

Ich schwieg mit klopfendem Herzen. Meine Vorahnung hatte mich nicht getrogen. Matt würde bei einer Gelegenheit wie dieser über unsere Zukunft reden wollen.

»O Damaris, wenn Ihr doch nur nicht so jung wärt.«

»Ich fühle mich gar nicht so jung. Es ist nur eine Frage von Jahren...«

Er lachte. »Ja, so ist das nun einmal, nicht wahr?«

Er drückte meine Hand und wechselte das Thema.

»Dem Himmel sei Dank, daß wir nicht in Reimen sprechen müssen, denn da würde mich mein Gedächtnis im Stich lassen. Leider habe ich das Talent meiner Mutter wohl nicht geerbt.«

»Eure Mutter hätte die Elizabeth spielen sollen. Das wäre ein fantastisches Schauspiel geworden.«

»Nein, sie wollte ausdrücklich, daß Ihr die Rolle übernehmt. Außerdem hat sie schon genug damit zu tun, die Gastgeberin zu sein.«

Ich war sicher, daß er kurz davor gestanden hatte, mir einen Antrag zu machen. Oh, wie ich mir wünschte, er hätte es getan!

Natürlich würden wir noch eine Weile warten müssen, vermutlich bis kurz vor meinem sechzehnten Geburtstag. Es war noch mehr als ein Jahr, aber mir kam das gar nicht so furchtbar lange vor. Dann würde ich Matts Verlobte sein! Mit dem Bewußtsein, daß wir zur gegebenen Zeit heirateten, könnte ich geduldig warten und dabei durchaus glücklich sein.

Er führte mich zum Büfett, doch ich merkte gar nicht, was ich aß, weil ich viel zu aufgeregt war. Voller Nervosität wartete ich auf den Beginn der Vorführung.

Schließlich war es soweit.

Elizabeth kündigte an, daß nun Scharaden aufgeführt würden und die Gäste die Wörter erraten müßten, die dahintersteckten.

Die Vorführungen fanden in der Halle statt. An deren einem Ende gab es ein Podium, vor das man einen Vorhang gezogen hatte.

Die erste Scharade ging glatt über die Bühne, und dann waren wir an der Reihe. Matt und ich warteten hinter dem Vorhang. Als er zurückgezogen wurde, stand ich in königlicher Pracht auf der einen Seite der Bühne, Matt auf der anderen. Jeder von uns hatte noch zwei Diener bei sich, die ebenfalls elisabethanisch kostümiert waren.

Es gab den ersten Applaus, und wir begannen unsere Pantomime. Ich bemühte mich um königliche Würde, und Matt spielte mit viel Grandezza den ritterlichen Walter Raleigh. Diese Szene war nur kurz, die nächste würde länger dauern. Ich schaute Matt an, der mir zulächelte, seinen Hut abnahm und eine tiefe Verbeugung machte. Dann trat ich einige Schritte vor, schaute zu Boden und versuchte so angeekelt auszusehen, wie Elizabeth es mir vorgemacht hatte. Ich wich etwas zurück, worauf Matt seinen Umhang schwungvoll auf dem Boden ausbreitete und mich darüber hinwegschreiten ließ. Gnädig nickte ich ihm zu, und er verbeugte sich wieder. Der Mantel blieb liegen, wo er war. Ich hängte mich bei ihm ein, und der Vorhang fiel.

Lauter Applaus brach los.

Als der Vorhang sich aufs neue hob, zischte uns Elizabeth vom Hintergrund der Bühne zu: »Verbeugt euch... zusammen!«

Und so standen wir in einer halben Umarmung da, während unsere Zuschauer klatschten.

Für das neue Bild stellte jemand einen kleinen Tisch auf das Podium. Ich setzte einen schwarzen Kopfputz mit Perlen auf, dessen Spitze weit in meine Stirn reichte. Ein schwarzes Cape bedeckte mein Gewand. So nahm ich an dem Tischchen Platz. Matt hatte den Hut beiseite gelegt und trug nun eine dunkle Lockenperücke. Es war ganz erstaunlich, wie sehr sie ihn verwandelte.

Er saß mir zu Füßen, während sich die anderen Darsteller, die in der ersten Szene meine Diener gewesen waren, neben mich plazierten.

Matt hatte eine Laute bei sich, der er einige Akkorde entlockte. Dabei schaute er mit einer Bewunderung zu mir empor, die mich tief berührte.

So blieben wir eine Weile sitzen. Dann tauchten die Schauspieler, die zuvor Raleighs Bedienstete gewesen waren und nun Rizzios Feinde mimten, über der Rampe auf und stürzten sich auf Matt. Einer von ihnen schwang seinen Degen und tat so, als wolle er ihn Matt ins Herz stoßen. Er wirkte so furchteinflößend, daß mir einen Moment ganz bang wurde.

Dann wälzte sich Matt höchst realistisch auf dem Boden, und die Scharade war zu Ende.

Die Gäste klatschten noch mehr als zuvor, was mich reichlich verlegen machte. Matt stand auf und trat zu mir.

»Verbeugt euch«, rief Elizabeth wieder halblaut herüber.

Hand in Hand standen wir auf dem Podium, als plötzlich

lautes Gebell ertönte. Alle schauten sich um. Belle kam herbeigerannt.

Mit einem Stz sprang sie auf das Podium und wedelte hochzufrieden mit dem Schwanz. Da sahen wir erst, daß sie etwas im Maul trug. Fast verehrungsvoll legte sie es Matt zu Füßen.

»Was ist denn das?« fragte Elizabeth und trat näher. Sie war im Begriff, den Gegenstand aufzuheben, zuckte dann jedoch zurück.

Mein Vater war ebenfalls auf die Bühne gestiegen und kniete sich hin. Belle beobachtete ihn mit schiefgelegtem Kopf.

»Es sieht wie ein alter Schuh aus«, sagte mein Vater, und mir fiel auf, wie blaß er plötzlich geworden war.

»... und ist auch ein alter Schuh«, stimmte Elizabeth bei. »Wo hast du den wohl aufgetrieben, Belle?«

Ich lag im Bett und dachte über den Abend nach, der mir solchen Spaß gemacht hatte. Matt wollte mir sicher in jenem Moment etwas sagen... über eine gemeinsame Zukunft. Aber aus irgendeinem Grund tat er es nicht, und nach Belles Auftauchen war die Atmosphäre verändert.

Elizabeth befahl einem Dienstboten, den Schuh zu entfernen, weil er gar zu ekelhaft und schmutzig war. Was für ein Pech, daß es ausgerechnet Mary Rook sein mußte, die mit Eimer und Besen hereinkam, knickste und den ›Stein des Anstoßes‹ entfernte. Als sie die Halle verließ, folgte ihr Belle auf dem Fuße.

Die Scharaden waren beendet. Unsere Begriffe Mantel und Degen waren erraten worden, und wir fanden das gesuchte Wort des anderen Teams heraus, das Pulververschwörung lautete.

Hinterher gab es wieder Tanz, doch mein Vater trat zu mir, als ich mit Matt die Bühne verließ, und erklärte, daß meine Mutter sich nicht wohl fühle. »Wir reiten gleich heim. Zieh dir bitte dein Kostüm aus und komm mit.«

So fand der Abend ein überstürztes Ende. Ich zog mich in Elizabeths Schlafzimmer um und verließ mit meinen Eltern das Haus. Die liebe, gute Belle war so glücklich über ihren Fund gewesen, daß sie ihn unbedingt Matt zeigen wollte.

Merkwürdigerweise hatte dieser Zwischenfall ebenso dramatisch gewirkt wie unsere amateurhaften Scharaden.

Matt und ich waren den Abend über äußerst vergnügt gewesen, und ich hatte mich so sehr auf weitere Tänze mit ihm gefreut. Er tanzte vorzüglich, wenn er nicht durch solch schwere, pompöse Kleidung behindert wurde, die ihm noch dazu nicht perfekt paßte. Ich war ihm keine ebenbürtige Partnerin, hatte aber das Gefühl, mich noch nie so leicht und anmutig bewegt zu haben. So ging es mir eigentlich immer mit ihm. In seiner Gesellschaft war ich wie verwandelt, kam mir interessanter und attraktiver vor.

All dies hatte Matt bei mir bewirkt, und ich hoffte, daß es immer so bliebe.

Es war ein wundervoller Abend gewesen, und dennoch war ich irgendwie enttäuscht. Vor dem Einschlafen redete ich mir ein, daß Matt mich liebte...

Während der folgenden Woche fanden merkliche Veränderungen statt. Meine Mutter blieb einige Tage im Bett und sah ausgesprochen geschwächt aus, wie ich besorgt feststellte. Eine schreckliche Müdigkeit habe sie überfallen, erklärte sie mir auf meine ängstlichen Fragen. Sie sah so bleich und krank aus, daß ich sie bat, einen Arzt kommen zu lassen, doch davon wollte sie nichts hören.

Mein Vater machte sich große Sorgen um sie. Die ganze Sache wurde natürlich nicht besser, als das Gerücht aufkam, Irrlichter geisterten in den Wäldern und auch in dem bewußten eingezäunten Stück Land herum. Irrlichter waren angeblich die Seelen von Verstorbenen, die keine Ruhe finden konnten und auf die Erde zurückkamen, um sich an denen zu rächen, die ihnen zu Lebzeiten Unrecht angetan hatten.

Mein Vater erklärte alles für baren Unsinn und war fest entschlossen, dem Ganzen ein Ende zu machen. Als ich ihn fragte, wie er das bewerkstelligen wolle, konnte er mir jedoch keine überzeugende Antwort geben.

»Alles kommt nur daher, weil sich dieser verflixte Hund in der Falle verfangen hat. Du weißt vielleicht noch nicht, daß die Rooks diese Gerüchte verbreiten.« Er schaute so grimmig, daß ich es nicht dabei belassen wollte.

»Im Grunde ist es nur viel Lärm um nichts«, versuchte ich ihn zu beruhigen. »Aber du mußt etwas mit diesem Grundstück tun, Vater. Wenn du es zu Weideland machst oder dort etwas anpflanzt oder wenigstens den Zaun niederreißt, wird keiner mehr ein Wort darüber verlieren.«

»Alles zu seiner Zeit«, wehrte er ab.

Er machte auf mich einen unausgeglichenen Eindruck, was sicher von seiner Sorge um meine Mutter herrührte. Sie wollte niemanden bei sich haben außer ihm. Als ich einmal überraschend ihr Zimmer betrat, saß er am Bett und hielt ihre Hand. »Es wird alles wieder gut, Priscilla. Ich sorge schon dafür«, sagte er eindringlich.

Einige Tage später stand meine Mutter wieder auf und ging ihren gewohnten Pflichten nach, doch sie sah immer noch angegriffen aus.

Auch ich war reichlich unruhig, denn Matt kam am Tag nach dem Fest nicht vorbei, wie ich das erwartet hatte. Vielleicht war er sich seiner Gefühle für mich doch nicht sicher. Wenn ich nur ein paar Jahre älter wäre!

Seltsamerweise zog es mich immer nach Enderby. Ich war wie besessen von dem Gedanken an das alte Haus und das eingezäunte Grundstück, was vermutlich an dem vielen Gerede über die Irrlichter und den angeblich dort vergrabenen Schatz lag. Mein Vater hatte wohl recht damit, daß die Rooks die Urheber davon waren.

O Belle, warum mußtest du ausgerechnet in diese Falle geraten, dachte ich manchmal. Ab und zu grübelte ich auch darüber nach, wieso mein Vater derart außer sich geriet über ein Stück Land, das keinem etwas nützte.

Als ich am Zaun ankam, lehnte ich mich dagegen und betrachtete wohl zum hundertstenmal das Haus. Falls eine nette, durchschnittliche Familie dort einzöge, würde der Klatsch und Tratsch über Enderby sicher ganz von selbst aufhören. Carlotta mußte dies einsehen und es vermieten oder verkaufen.

Während ich dies überlegte, hörte ich plötzlich Hundegebell, und mir sank das Herz. Belle, bist du etwa schon wieder da drin, dachte ich. Du bist davon verhext wie alle anderen auch. Worin liegt bloß diese fast magische Anziehungskraft?

Wenn mein Vater Belle hier entdeckte, würde er von neuem zornig werden, und das mußte unbedingt verhindert werden. Es blieb mir nichts anders übrig, als über das Gatter zu klettern, um Belle zu suchen und herauszuholen.

Es lag wirklich etwas Unheimliches auf diesem verwilderten Stück Land, und ich ertappte mich dabei, wie ich mich ängstlich umschaute. Hatten die Leute hier tatsächlich geheimnisvolle Lichter gesehen? Gab es überhaupt so etwas wie Seelen, die nicht zur Ruhe kommen konnten, Menschen, die auf Erden gesündigt hatten und vielleicht eines gewaltsamen Todes gestorben waren, bevor sie bereuen konnten? Gab es Irrlichter, die zwischen Bäumen aufleuchteten? Ich fröstelte.

Dann ertönte wieder das Gebell, und ich reagierte sofort darauf. »Belle! Belle! Wo steckst du denn?«

Ich lauschte, aber nichts rührte sich.

Also arbeitete ich mich weiter durch das Dickicht voran. Zum Glück war das eingezäunte Land nicht groß, etwa einen halben Morgen, soweit ich mich erinnerte.

Ich rief so lange Belles Namen, bis sie endlich mit lautem Bellen antwortete. Hoffentlich war sie nicht wieder in eine Falle geraten! Aber das war unwahrscheinlich, denn nach dem Zwischenfall mit den Rooks würde wohl keiner es wagen, ausgerechnet hier Fallen aufzustellen.

Dann sah ich sie und hielt vor Erstaunen die Luft an, denn Elizabeth führte die Hündin an der Leine.

»Welch ein Zufall! Was führt Euch denn gerade jetzt hierher?«

»Als ich am Zaun vorbeiging und Belle hörte, befürchtete ich schon, es wäre ihr wieder etwas zugestoßen«, erwiderte ich.

»Ja, Belle hat eine ausgesprochene Vorliebe für diese Wildnis hier.« Elizabeth lachte, aber sie kam mir verändert vor, nervös und befangen. Sie, deren Haar immer perfekt frisiert war, sah völlig zerzaust aus. Außerdem trug sie dunkle Kleidung und dicke, wollene Handschuhe. An ihrem Rock bemerkte ich sogar Erdspuren.

Sie sprach hastig weiter: »Als ich merkte, daß Belle hier reingeschlüpft war, folgte ich ihr, weil ich keinen Ärger haben will.«

»Wieso habt Ihr die Leine mitgebracht, an die Belle doch gar nicht gewöhnt ist?«

»Ich sah Belle das Haus verlassen und ahnte gleich, wohin sie laufen würde. Da ich nichts riskieren wollte, brachte ich vorsorglich die Leine mit.«

Ich nahm an, daß Elizabeth Handschuhe angezogen hatte, weil sie fürchtete, die Leine könnte ihr die Hände aufschnürfen, falls Belle sich recht ungebärdig aufführte.

»Ich habe davor gerade im Garten gearbeitet«, fügte sie hinzu, als ob sie mir eine Erklärung schuldete.

»Arme Belle. Sie mag es gar nicht, an die Leine gelegt zu werden.«

»Jetzt kann ich sie ja gleich wieder frei laufen lassen. Geht Ihr in Richtung Grasslands, Damaris?«

»Dem steht jedenfalls nichts im Wege«, erwiderte ich lächelnd. »Ich mache einen Spaziergang ohne bestimmtes Ziel.«

Also gingen wir nebeneinander weiter und unterhielten uns hauptsächlich über den Erfolg ihres kleinen Festes. Wir lachten über die Scharaden, und als wir Grasslands erreichten, wirkte Elizabeth wieder so entspannt und heiter wie sonst. Doch sie bat mich nicht hinein.

Mein Unbehagen wurde nicht geringer. Am nächsten Tag machte ich nach dem Unterricht am Vormittag einen Ausflug und landete wieder einmal in Enderby Hall.

Als ich zum Zaun kam, fühlte ich den unwiderstehlichen Drang, das verbotene Gelände zu betreten und mir noch einmal die Stelle anzuschauen, an der Belle den alten Schuh gefunden hatte. Inzwischen machte es mir keine Mühe mehr, über das Gatter zu klettern.

Bei vollem Tageslicht wirkte alles weniger unheimlich. Das Sonnenlicht sickerte durch die Bäume, die kaum noch Blätter trugen. Ich sah zwei Elstern, die sich schwarz-weiß gegen den Himmel abhoben, und einige Schritte vor mir stolzierte ein freches kleines Rotkehlchen, wippte mit dem Schwanz und nickte mit dem Köpfchen. Es war ein trauriger Gedanke, daß viele hübsche Vögel unsere Gegend schon verlassen hatten, um in wärmere Klimazonen zu fliegen – die Schwalben, die Mauersegler und meine geliebten Schnepfen.

Die Eichen leuchteten nun bronzefarben, ihre trockenen Blätter waren kurz vor dem Abfallen.

Ehe ich mich versah, kam ich zu der gesuchten Stelle. Der Boden war aufgewühlt. Neugierig ging ich noch ein Stückchen näher. Es sah ganz so aus, als ob die Erde hier erst kürzlich umgegraben worden wäre. Das hatte Belle doch unmöglich allein geschafft.

Ich kniete mich hin und berührte die feuchte Stelle mit den Händen. Alles war so still ringsum, daß ich am liebsten sofort wieder weggelaufen wäre. Hier verbirgt sich irgend etwas Böses, dachte ich. Geh weg! Vergiß das Ganze und komm nie wieder her!

Stolpernd kehrte ich um. Mir war nicht danach zumute, im Buschwerk herumzusuchen, denn ich könnte dort ja etwas finden, das ich gar nicht sehen wollte und das meine Beklommenheit nur noch steigern würde.

Warum war mein Vater so zornig gewesen? Warum hatte Elizabeth Pilkington Belle an einer Leine hierhergebracht? Warum hatte sie so nervös gewirkt, warum hatte sie sich entschuldigt, warum war sie so bemüht gewesen, mir einzureden, daß sie nichts Ungewöhnliches getan hatte?

Am gleichen Nachmittag kam Elizabeth zu uns zu Besuch.

»Ich muß nach London fahren«, verkündete sie. »Wahrscheinlich bleibe ich ungefähr eine Woche weg.«

»Begleitet Matt Euch?« fragte ich rasch. Es war mir einfach so herausgerutscht.

»Nein, er bleibt hier. Allerdings wird er schon bald seine Zelte hier abbrechen müssen.«

Wir sprachen erneut über das Fest, das sie gegeben hatte, und welch ein Erfolg die Scharaden gewesen seien. Die ganze Zeit über spürte ich in Elizabeth eine gewisse Spannung, und meine Mutter war mit ihren Nerven offensichtlich am Ende.

Elizabeth reiste am nächsten Tag ab.

Eigentlich ist es schon merkwürdig, daß wir keine Vorwarnung erhalten, wenn Ereignisse über uns hereinbrechen, die unsere Illusionen zerstören und unser Leben verändern. Wie glücklich war ich nach Elizabeths Fest gewesen, wie überzeugt davon, daß Matt mich liebte, auch wenn seine Liebe vielleicht nicht so stark war wie meine für ihn. Das hätte ich sowieso nie erwartet. Carlotta hatte so oft ihre Meinung über mich kundgetan, daß ich ein gesundes Selbstvertrauen erst gar nicht entwickeln konnte. Ich sah mich als ein durchschnittliches, langweiliges und wenig attraktives Mädchen, das über das kleinste Zeichen von Zuneigung schon glücklich sein mußte, das vom Tisch der unwiderstehlichen Schönheiten fiel, wie sie eine war.

Ich war mir überdeutlich einer zunehmenden Spannung, einer gewissen Unruhe in unserem Haus bewußt, die durch den unglücklichen Zwischenfall mit der Falle und der Entlassung der Rooks ausgelöst worden war. So unangenehm all dies auch war, es schien mich persönlich nicht zu betreffen.

Am Tag nach Elizabeths Abreise hielten meine Mutter und ich uns in den Wirtschaftsräumen auf. Sie hatte ihre vielen Kenntnisse an mich weitergegeben, und ich war eine gelehrige Schülerin, was sie sehr freute. »Wenigstens aus einer meiner Töchter werde ich eine gute Hausfrau machen«, sagte sie oft, und ich schloß daraus, daß sie bei Carlotta in dieser Hinsicht längst jede Hoffnung aufgegeben hatte.

Vom Hof drangen Hufgetrampel und Stimmengewirr herauf. Wir verständigten uns mit einem Blick, daß wohl Besucher gekommen waren, was immer eine gewisse Aufregung mit sich brachte. Manchmal kamen welche aus Westminster, und wir waren immer sehr gespannt auf die dortigen Neuigkeiten. Meistens ritten solche Besucher aber nach Eversleigh Court weiter, wo meine Großeltern und Jane sie viel leichter unterbringen konnten, da sie über mehr Platz verfügten.

Doch diesmal klang es so, als kämen die Besucher zu uns. Eilig liefen wir in die Halle, und meine Mutter stieß einen Freudenschrei aus, als sie Carlotta erkannte.

Wenn ich Carlotta nach längerer Trennung wiedersah, war ich jedesmal überwältigt von ihrer Schönheit. Sie sah im taubenblauen Reitkleid und einem dunkelblauen Hut mit etwas blasserer Feder einfach zauberhaft aus. Ihre Augen leuchteten in der Farbe von Glockenblumen, ihr Gesicht war zart gerötet, und die erstaunlich dichten schwarzen Brauen und Wimpern gaben ihr fast etwas Verwegenes. Dunkle Locken ringelten sich unter dem Hut hervor. Sie wirkte unglaublich jung. Das Baby hatte ihrer Schönheit keinen Abbruch getan.

»Mein liebstes Kind!« rief meine Mutter bewegt.

Carlotta umarmte sie.

»Ist Benjie mitgekommen?«

»Nein.«

Meine Mutter wirkte erstaunt. Für sie war es undenkbar, daß Benjie seine junge Frau nicht begleitete.

»Ich möchte einige Tage allein bei euch verbringen«, sagte Carlotta.

»Allein?« wiederholte meine Mutter ungläubig.

»Natürlich habe ich einige Diener bei mir. Ah, da ist ja Schwesterchen Damaris.« Carlotta legte flüchtig ihre Wange an meine. »Immer noch ein halbes Kind«, fügte sie hinzu, und sofort schwand das bißchen Selbstvertrauen, das ich in den vergangenen Wochen mühsam erworben hatte.

»Wie geht es Harriet und Gregory?«

»Ausgezeichnet. Sie lassen euch alle herzlich grüßen.«

»Du bist also ganz allein gekommen, Carlotta? Was ist mit Clarissa?« fragte meine Mutter besorgt.

»Clarissa fehlt es an nichts. Hab keine Angst. Sie ist schon ein richtig verwöhntes kleines Fräulein.«

»Nun, wenigstens du bist hier. Ich freue mich so, dich zu sehen.«

Carlotta ließ ihr melodiöses, heiteres Lachen hören. Alles an ihr war noch schöner, als ich es in Erinnerung hatte. Ich begann mich bereits wieder unbeholfen und langweilig zu fühlen.

»Komm mit in dein früheres Zimmer. Leigh wird glücklich sein, daß du gekommen bist. Das gleiche gilt selbstverständlich für deine Großeltern in Eversleigh.«

»Und was ist mit der kleinen Damaris? Freut sie sich auch, mich wiederzusehen?«

»Aber natürlich«, erwiderte ich.

»Am liebsten möchte ich mich jetzt gleich waschen und umziehen«, sagte Carlotta. »Ich habe angeordnet, daß mein Gepäck hinaufgebracht wird.«

»Wie wundervoll, daß du da bist!«

Ich blieb bei meiner Schwester, um ihr beim Auspacken zu helfen.

Es waren einige wunderschöne Kleider dabei. Stets hatte Carlotta ganz genau gewußt, was ihr am besten stand. Mit Sally Nullens und der alten Emily Philpots hatte es deshalb oft hitzige Streiterein gegeben. Einmal riß Carlotta eine rote Schärpe ab und warf sie aus dem Fenster, weil sie unbedingt eine blaue haben wollte. »Was für ein störrisches Wesen«, sagten sie von Carlotta und fügten hinzu: »Wir mögen ein nettes Kind wie die kleine Damaris lieber.«

Ich verstaute ihre Kleider im Schrank, während sie sich auf dem Bett ausstreckte und mir zusah.

»Komisch. Du bist irgendwie verändert«, sagte sie. »Ist etwas geschehen?«

»N ... nein.«

»Du scheinst dir nicht sicher zu sein, ob nun etwas geschehen ist oder nicht.«

»Ach, nichts Besonderes. Elizabeth Pilkington veranstaltete ein kleines Fest, auf dem wir Scharaden aufführten. Ich spielte die Königin Elizabeth.«

Carlotta brach in Gelächter aus.

»Meine liebe Damaris! Du! Oh, was hätte es mir für Spaß gemacht, dich zu sehen.«

»Alle sagten, daß ich sehr gut war«, erwiderte ich ein wenig verletzt.

»Was habt ihr dargestellt?«

»Raleigh und die Mantelaffäre.«

»Aha. Ich wette, du bist königlich darüber hinweggeschritten.«

»Elizabeth hat mich kostümiert und mein Haar zurechtgemacht. Sie war früher Schauspielerin wie Harriet und kann wahre Wunder an ganz durchschnittlichen Leuten vollbringen.«

»Sie muß ein Zauberkunststück vollbracht haben, wenn sie aus dir eine Königin Elizabeth machen konnte. Wer war Raleigh? Ich versuche mir jemanden aus der Nachbarschaft vorzustellen, denn vermutlich kamen doch alle aus der Gegend, oder?«

»Ja, es war Elizabeths Sohn... Matt.«

»Wie aufregend«, sagte sie desinteressiert. »Ich hätte schon früher herkommen sollen.«

»Ist alles in Ordnung?« fragte ich.

»In Ordnung? Was meinst du damit?«

»Mit dir und... Benjie?«

»Natürlich. Er ist mein Mann, ich bin seine Frau.«

»Das muß noch lange nicht heißen, daß...«

»Benjie ist ein nachsichtiger Ehemann, was eigentlich alle Ehemänner sein sollten.«

»Ich bin sicher, daß er sehr glücklich ist, dich und die kleine Clarissa zu haben. Wie bringst du es nur fertig, sie allein zu lassen?«

»Ich trage es mit erstaunlicher Tapferkeit«, erwiderte sie spöttisch. »Wirklich! Du bist immer noch die gleiche sentimentale Damaris. Immer noch nicht erwachsen. Es ist nicht alles so, wie es scheint, liebe Schwester. Ich wollte lediglich ein paar Tage von dort weg. So geht es mir manchmal, und ich wußte nicht, wohin ich sonst hätte fahren können.«

»Das klingt nicht so, als seist du sehr glücklich, Carlotta.«

»Du bist solch ein Unschuldslamm, Damaris. Wer ist schon glücklich? Manchmal dauert es eine Stunde oder vielleicht sogar einen Tag... wenn es sich gut trifft. Ab und zu kann man sich sagen: ›Jetzt bin ich glücklich, jetzt!‹ Natürlich will man sich daran klammern, will, daß es für immer so bleibt. Aber aus dem ›jetzt‹ wird in sehr kurzer Zeit ein ›damals‹. So ist das Glück. Du kannst es nicht immer haben, und wenn du an die Zeiten zurückdenkst, in denen du glücklich warst, dann wirst du nur traurig dabei. Und dann hat dich das Glücksgefühl wirklich verlassen.«

»Wie eigenartig du redest.«

»Ich hatte ganz vergessen, daß du die Dinge nie so sehen kannst wie ich, liebe Damaris. Du verlangst nicht viel. Ich hoffe sehr, daß du bekommst, was du willst. Manchmal denke ich, daß solche Menschen wie du die wahrhaft glücklichen sind. Für dich ist es leicht, das Gewünschte zu bekommen, weil du nie das Unmögliche haben willst. Wenn du es dann hast, wirst du ewig weiter glauben, daß du die Glückseligkeit gepachtet hast. Glückliche Damaris!«

Carlotta war in seltsamer Stimmung. Plötzlich fiel mir wieder ein, wie sie auf den Klippen gesessen hatte und aufs Meer hinausstarrte, als träume sie von der Vergangeheit und sehne sie wieder herbei.

Meine Mutter hatte zu Matt einmal gesagt, daß er jederzeit zu uns kommen könne, wenn es ihm in Grasslands zu einsam sei. Sie hatte hinzugefügt, daß sie keine formellen Einladungen liebe. Er solle sich als zur Familie gehörig betrachten.

»Nichts leichter als das«, hatte er erwidert. »Ich glaube, daß ich schon jetzt so empfinde.«

Diese Worte hatten bei mir natürlich wieder alle möglichen Gedanken ausgelöst.

An Carlottas Ankunftstag gab meine Mutter in der Küche Anweisung, alle Lieblingsgerichte ihrer älteren Tochter zuzubereiten. Sie sah besser als seit langem aus, was sicher an ihrer Freude über das Wiedersehen mit Carlotta lag.

Ungefähr eine halbe Stunde vor dem Dinner erschien Matt. Ich war allein in der Halle, als er hereinkam. Er ergriff meine Hände und küßte sie. Dann verbeugte er sich tief wie immer, seit wir Elizabeth und Raleigh dargestellt hatten. Ein harmloser kleiner Spaß.

»Wie gern bin ich hier!« sagte er. »Grasslands kommt mir ohne meine Mutter so leer vor.«

»Hoffentlich kümmert man sich gut um Euch.«

Er berührte zärtlich meine Wange. »Glaubt mir, ich werde richtig verhätschelt, aber dennoch komme ich lieber her.«

In diesem Moment tauchte Carlotta oben auf der Treppe auf.

Matt schaute hoch und konnte den Blick nicht mehr von ihr abwenden. Ich hörte, wie er den Atem anhielt. Es wunderte mich nicht im geringsten, daß er von Carlottas Schönheit überwältigt war, denn so erging es vielen Leuten. Ich war in solchen Augenblicken sehr stolz auf sie.

Sie trug ein schlichtes blaues Kleid mit einem spitz zulaufenden Mieder und Ärmeln bis zum Ellbogen. Es war ziemlich tief ausgeschnitten und eng anliegend, so daß ihre schmale Taille gut zur Geltung kam. An der Vorderseite war der Rock durchbrochen, und man sah das Unterkleid in etwas hellerem Blau. Das Kleid war nicht besonders prächtig, doch ich habe immer gefunden, daß schlichte Gewänder Carlottas Schönheit am meisten betonten.

Ich trug an diesem Tag Grün, eine Farbe, die mir ebenso gut oder schlecht stand wie jede andere, aber meine Augen bekamen dadurch etwas mehr Glanz. Seit ich Matt kannte, gab ich mir mehr Mühe mit meinem Aussehen. Mein Kleid war sehr hübsch mit den rosa Rüschen an den Ärmeln und dem Spitzenmieder, durch das ein zartrosa Untergewand schimmerte. Aber schon immer hatte alles, was ich trug, hausbacken neben Carlottas schlichtester Garderobe ausgesehen.

Es kam mir wie ein unendlich langes Schweigen vor, als die beiden sich musterten. Ich hatte den Eindruck, daß Carlotta von Matts Anblick ebenso überwältigt war wie er von ihrem. Dann stieg sie graziös die Treppe herunter.

»Meine Schwester Carlotta«, sagte ich.

Ihre Augen wirkten groß und strahlend. Sie sah ihn auf eine Weise an, als könne sie nicht glauben, daß er wirklich vor ihr stand.

Schließlich trat sie auf uns zu – mir kam es sehr langsam

vor, aber vielleicht war das nur Einbildung, da alles nur zögernd abzulaufen schien. Selbst die Uhr in der Halle schien zwischen dem Ticken eine Pause zu machen.

Carlotta streckte lächelnd die Hand aus. Matt küßte sie.

Sie lachte leicht auf. »Damaris, du hast deinen Freund noch nicht vorgestellt.«

»Oh, dies ist Matt... Matt Pilkington, dessen Mutter Grasslands Manor bezogen hat.«

»Matt Pilkington«, wiederholte sie und ließ ihn nicht aus den Augen. »Ja, natürlich. Ich habe von Euch gehört. Was haltet Ihr von Grasslands?«

Er berichtete rasch über seine Eindrücke und davon, wie sehr sich seine Mutter von Anfang an dafür begeistert hätte. Sie sei nun in London, und er wisse nicht, wie lang sie dort bleiben würde. Hoffentlich könne Carlotta eine Weile hierbleiben. Er hätte von Damaris schon so viel über sie erfahren.

»Ihr habt meine Eltern offenbar häufig zu Gesicht bekommen... und natürlich auch meine kleine Schwester«, sagte Carlotta. Dieser Satz genügte, mich in das Versteck zurückweichen zu lassen, aus dem mich meine Freundschaft mit Matt herausgelockt hatte.

»Alle waren sehr freundlich zu mir«, sagte er.

Meine Mutter kam in die Halle. »Guten Tag, Matt. Wie schön, daß Ihr hier seid.«

»Ich habe Eure Bemerkung ernst genommen, Euch besuchen zu dürfen, wenn ich mich einsam fühle.«

»Darüber bin ich sehr froh. Wie Ihr seht, habe ich nun auch meine zweite Tochter hier bei mir.« Sie trat zu Carlotta und hängte sich bei ihr ein. Dann ergriff sie mich bei der Hand, als wolle sie mir zeigen, daß ich mich nicht ausgeschlossen fühlen dürfe. Aber genau das empfand ich. Und daran änderte sich auch in den folgenden Tagen nichts.

Ich hatte mich an die faszinierende Wirkung gewöhnt, die Carlotta auf Männer ausübte. Seit ich mich zurückerinnern kann, war es so gewesen, ganz egal, um welchen Mann es sich handelte. Immer wieder hatte ich die Geschichte gehört, wie sie Robert Frinton bezaubert hatte, der ihr sein Vermögen hinterließ. Selbst mein Großvater war nicht unempfänglich für ihren Charme.

Das Erstaunlichste daran war, daß sie es völlig mühelos schaffte. Sie sagte, was ihr in den Sinn kam, und strengte sich nie besonders an, um jemanden zu beeindrucken oder in ihren Bann zu ziehen. Es ging einfach eine Art Zauber von ihr aus.

Emily Philpots hatte einmal gesagt, Carlotta sei eine Hexe. Es gab Zeiten, da ich dies durchaus für möglich hielt.

Während jenes Abendessens beherrschte sie die Tischrunde. Da sie kurz zuvor in London gewesen war, kannte sie alle Neuigkeiten vom Hof. Sie wußte auch, was der Herzog von Marlborough auf dem Kontinent tat und wie es um den Krieg stand. Dann brachte sie das neueste Buch von Daniel Defoe mit dem Titel ›Die beste Art im Umgang mit Nonkonformisten oder Vorschläge zur staatskirchlichen Verfassung zur Sprache. »Was für eine geistreiche Satire über die Intoleranz der kirchlichen Seite«, meinte sie dazu. Als nächstes plauderte sie munter über die Whigs und Tories, wobei sie anklingen ließ, daß sie mit einigen der führenden Politiker offensichtlich recht gut bekannt war.

Ihre Unterhaltung wirkte ungemein lebendig und amüsant. Sie sprühte förmlich vor guter Laune und wurde mit jeder Minute schöner.

»Aber wie findest du für all dies bloß die Zeit?« fragte meine Mutter. »Schließlich bist du nun verheiratet und hast einen eigenen Haushalt. Was ist mit Benjie und Clarissa?«

»Ach, in Eyot Abbas ging es nie so zu wie hier, das weißt du doch«, erwiderte Carlotta leichthin und stellte damit unterschwellig unserem Zuhause das Zeugnis aus, öde und langweilig zu sein. »Harriet hat sich nie sonderlich um häusliche Angelegenheiten gekümmert, und die männlichen Familienmitglieder haben gelernt, dies zu verstehen und sogar zu schätzen. Benjie reist jederzeit mit mir nach London, wenn ich dorthin will. Für Clarissa haben wir eine vortreffliche Amme und ein liebes, braves Kindermädchen. Mehr braucht Clarissa nun wirklich nicht.«

»Wieso hat Benjie dich nicht herbegleitet?«

»Ich wollte allein herkommen und wie früher mit euch zusammensein. In euren Briefen habt ihr mir so viel davon erzählt, wie Damaris heranwächst und einem Küken gleich aus dem Ei geschlüpft ist. Natürlich war ich gespannt darauf, meine kleine Schwester wiederzusehen, die bald eine erwachsene Frau sein wird.«

Und so ging die Unterhaltung weiter, bei der alles sich um Carlotta drehte.

Wie froh war ich, als der Abend endlich vorüber war. Matt ritt nach Grasslands, und ich zog mich in mein Zimmer zurück.

Ich bürstete mir gerade die Haare, als es an der Tür klopfte. Carlotta.

Lächelnd kam sie herein.

»Es ist schön, wieder daheim zu sein, Damaris.«

»Findest du es nicht ziemlich langweilig?«

»Ruhig finde ich es. Aber genau das habe ich gewollt... jedenfalls für eine gewisse Zeit.«

»Du wirst aller Dinge rasch überdrüssig, Carlotta«, sagte ich, ohne mit dem Haarebürsten aufzuhören.

»Es wäre bestimmt nicht so, wenn...«

»Wenn was?«

»Ach, schon gut. Dieser Matt Pilkington ist ein interessanter junger Mann, findest du nicht?«

»O ja, das finde ich auch.«

»Der Sohn jener Schauspielerin. Ich kann mich nicht mehr genau daran erinnern, wie sie aussah, obwohl ich ihr ja mal Enderby zeigte. Hat sie eine üppige rote Mähne?«

»Ja.«

»Sehr elegant?«

Ich nickte.

»Du bist heute abend nicht besonders gesprächig, Damaris.«

»Du hast mich und andere doch immer darauf hingewiesen, wie wenig ich zu sagen weiß.«

Sie lachte. »Du warst früher so ein bescheidenes Kind. Aber inzwischen müßtest du eigentlich erwachsen sein. Bist du schon sechzehn?«

»Nein, noch nicht.«

»Aber bald wirst du es sein. Wenn ich mir überlege, wie ich in deinem Alter gelebt habe, dann merke ich besonders deutlich den Unterschied zwischen uns.«

Völlig überraschend trat sie zu mir und küßte mich.

»Du bist gut, Damaris. Ich weiß genau, daß ich nie so gut sein könnte wie du.«

»Aus deinem Mund klingt das so, als wäre es etwas Schmachvolles, gut zu sein.«

»So habe ich es nicht gemeint. Manchmal möchte ich so sein wie du.«

»Das glaube ich nicht«, rief ich erstaunt.

»O doch! Ich wünschte, ich könnte zur Ruhe kommen und gut und dabei glücklich sein. Schließlich besitze ich ja so vieles, wie ihr mir immer wieder unter die Nase reibt.«

»Ach, Carlotta, du spielst mir etwas vor. Natürlich bist du glücklich. Wie fröhlich warst du heute bei Tisch!«

»Fröhlichkeit und Glück gehen nicht immer Hand in Hand. Aber, wie dem auch sei... ich mag deinen Matt.«

»Wie wir alle«, stimmte ich zu.

Sie beugte sich zu mir und gab mir noch einen Kuß.

»Gute Nacht, Damaris.«

Ich sah im Spiegel nicht mich, sondern ihr wunderschönes Gesicht. Was hatte sie mir wohl sagen wollen? Warum war sie überhaupt in mein Zimmer gekommen? Ich war mir sicher, daß sie etwas Bestimmtes zur Sprache bringen wollte, ihren Entschluß dann aber nicht in die Tat umsetzte.

Am nächsten Tag kam Matt zu einem Ausritt herüber. Ich war gerade im Garten, als er auftauchte.

»Welch wundervoller Morgen«, rief er mir zu. »Es wird nicht mehr viele dieser Art geben, denn bald ist Winter.«

Während wir uns noch unterhielten, kam Carlotta aus dem Haus. Sie trug ihr taubenblaues Reitkleid und den Hut mit der kleinen koketten Feder. Ganz offensichtlich hatte sie Matt erwartet. Es gab mir einen Stich, als mir klar wurde, daß sie sich schon am vergangenen Abend verabredet haben mußten.

Ich schaute von ihr zu ihm und bildete mir ein, meine Enttäuschung bewundernswert zu verbergen.

»Ach, ihr wollt ausreiten?«

»Möchtet Ihr mitkommen, Damaris?« fragte Matt.

Die beiden hatten bestimmt einen Reitausflug zu zweit geplant, und Matt fragte mich nur, weil ich zufällig anwesend war.

Nach einem kurzen Zögern lehnte ich ab. »Ich muß zuerst zum Unterricht und mich später um die Kräuter kümmern, die ich in der Vorratskammer getrocknet habe.«

Lag es an meiner übersteigerten Fantasie, oder war er wirklich erleichtert?

Mit betonter Munterkeit – oder vielleicht spielte mir wieder meine Einbildung einen Streich? – wandte er sich an Carlotta. »Gut, dann reiten wir am besten gleich los. Die Tage sind jetzt schon sehr kurz.«

Sie nickten mir zu, und ich ging tief deprimiert ins Haus zurück.

Der Vormittag kam mir endlos lang vor, und ich überlegte ständig, ob die beiden wohl schon zurück waren. Zweimal schaute ich in den Stallungen nach, doch Carlottas Pferd fehlte.

Gegen vier Uhr nachmittags waren sie immer noch fort. Ich hielt es vor Ruhelosigkeit nicht mehr aus. Also beschloß ich, ebenfalls auszureiten. Mein Pferd Tomtit schien meine verschiedenen Stimmungen immer genau zu fühlen. Mir kam der unsinnige Gedanke, daß ich zwar nicht so attraktiv wie Carlotta war, die Tiere mich aber weit mehr liebten als sie. Sie ritt mit anmutiger Grazie, doch es bestand keine Beziehung zwischen ihr und den Pferden. Wie würde sie mich wieder spöttisch auslachen, wenn sie meine Gedanken lesen könnte! Matt hätte mich verstanden, denn er liebte nicht nur seine Pferde, sondern auch andere Tiere und natürlich ganz besonders Belle.

Als ich tief in Gedanken dahinritt, glaubte ich einen Schuß zu hören. Ich hielt an und lauschte. Wahrscheinlich knallte jemand im Wald einen Hasen oder ein Kaninchen ab. Bei der Landbevölkerung war das ganz üblich.

Ich überließ es Tomtit, eine Richtung einzuschlagen, und er trabte den vertrauten Weg nach Enderby.

Bei einer Baumgruppe blieb ich stehen und schaute zum Haus hinüber, wobei ich mich zwang, an praktische Dinge zu denken. Während Carlotta hier ist, müssen wir mit ihr über Enderby reden...

Ich betrachtete die mit Weinlaub überwucherten Mauern, die im blassen Schein der Herbstsonne rot aufflammten. Dann wanderte mein Blick zu dem eingezäunten Stück Land. Alles war ganz still. Der Sommer war vorüber, die Blumenpracht vergangen. Vereinzelte Feuernelken und Hirtentäschelkraut leuchteten noch zwischen dem Gestrüpp aus Stechginster, stachligen Disteln und üppig wucherndem Unkraut.

Viele der Vögel waren schon fortgeflogen, aber ich sah wenigstens noch einen Sperber, der, in der Luft kreisend, auf Beute lauerte, und hörte den heiseren Schrei einer Möwe. Das bedeutete schlechtes Wetter, denn die Möwen flogen landeinwärts, wenn Sturmwind und Regen drohten. Merkwürdig, daß sie Wetterveränderungen so lange vor uns erspüren konnten. Das Dower House lag ungefähr drei Meilen von der Küste entfernt, und die Leute nickten sich zu, wenn sie Möwenschreie hörten: »Schlechtes Wetter im Anmarsch.«

Für einen Novembertag war es ziemlich warm. Wie hieß das alte Sprichwort? Ein kalter November, ein warmes Weihnachten. Vielleicht galt es auch umgekehrt.

Während ich bewegungslos dasaß und aus der Betrachtung der Natur Kraft zog, wie ich das seit frühester Kindheit getan hatte, fiel mir plötzlich eine Bewegung in dem eingezäunten Grundstück auf. Da ich nicht weit vom Gatter entfernt war, konnte ich durch die Stäbe sehen. Wer hatte sich wohl diesmal dort hineingewagt?

Ein Mann. Er kam zum Tor und entriegelte es. Ich erkannte meinen Vater, der ein Gewehr unter dem Arm trug.

Mein erster Impuls war, ihn anzurufen, doch dann entschied ich mich dagegen. Seit Belle in die Falle geraten war, zeigte er keinerlei Neigung, über das verwilderte Stück

Land zu sprechen. Daher sollte er lieber nicht wissen, daß ich hier war. Bestimmt würde er sich wundern und mich vielleicht sogar ausfragen.

Ich schaute ihm nach, während er in Richtung Dower House ging, und ritt dann weiter.

Als ich heimkehrte, war auch Carlotta von ihrem Ausflug zurück. Matt war schon nach Grasslands hinübergeritten, und wir bekamen ihn an diesem Abend nicht mehr zu Gesicht.

Am nächsten Tag tauchte er mit besorgtem Gesicht auf.

»Belle ist die ganze Nacht nicht heimgekommen«, sagte er. »Das sieht ihr gar nicht ähnlich. Sie streunt zwar gern überall herum, aber bei Dunkelheit ist sie immer zu Hause.«

»Glaubt Ihr etwa, daß sie wieder in eine Falle geraten ist?«

»Nein, nein. Euer Vater hat deutlich gezeigt, wie wenig er von Fallen hält. Ich glaube kaum, daß jemand es wagen würde, neue aufzustellen, der miterlebt hat, wie es den Rooks erging.«

»Am besten machen wir uns gleich auf die Suche nach ihr«, schlug ich vor.

Wir grasten alle möglichen und unmöglichen Stellen nach ihr ab, ja, wir betraten sogar den ›verbotenen Garten‹. Ich holte die Schlüssel von Enderby, und auch dort forschten wir in jedem Winkel nach Belle.

Doch nirgends war eine Spur von ihr zu entdecken.

Während wir noch suchten, begann es zu regnen.

»Das treibt sie garantiert nach Hause«, meinte Matt. »Sie haßt Regen.«

Als wir in Grasslands eintrafen, lief Matt sofort überall herum und rief nach Belle, doch sie blieb verschwunden.

Damit komme ich zu dem Tag, an dem meine ganze Welt einstürzte, ein Tag, an den ich auch heute noch nicht denken mag.

Der Himmel war bewölkt und reichlich dunkel, als ich erwachte. Die ganze Nacht hatte es in Strömen geregnet, nun klarte es ein wenig auf, doch sicher würde es schon bald wieder schütten. Die drohenden Wolken sahen ganz danach aus.

Matt kam schon am Morgen.

»Gibt es etwas Neues von Belle?« rief ich ihm zu.

Er schüttelte stumm den Kopf.

Carlotta trat im Reitkleid zu ihm. »Suchen wir gemeinsam nach dem Hund«, schlug sie vor.

Ich hätte sie natürlich begleiten können, lehnte aber wie beim erstenmal ab, und sie unternahmen keinen Versuch, mich zum Mitkommen zu überreden.

Es war mir unmöglich, mich auf den Unterricht zu konzentrieren. Mistreß Leveret schüttelte den Kopf und meinte: »Am besten geben wir die Stunden auf, bis der Hund gefunden ist.«

Wieder kam mir der Tag endlos lang vor. Was war nur mit der Zeit geschehen? Die Wolken hingen immer noch tief, doch vom Regen waren wir bisher verschont geblieben. Ich kam zu der Überzeugung, daß nur Tomtit mich etwas aufheitern könnte. Wer weiß, vielleicht stieß ich sogar zufällig auf Belle – womöglich war sie verletzt oder irgendwo eingeschlossen. Unmöglich war das nicht, denn sie mußte immer alles erschnüffeln und kroch liebend gern in fremde Behausungen. Es war gut möglich, daß ein Besitzer sie eingesperrt hatte, weil er ihre Anwesenheit nicht bemerkte.

Wie üblich ritt ich in Richtung Enderby, und plötzlich fiel mir etwas ein. Ungefähr an dieser Stelle hatte ich einen Schuß gehört und meinen Vater mit einem Gewehr gesehen, als er aus dem Gatter trat.

Nein, es war ganz ausgeschlossen. Ich versuchte meine Gedanken zu ordnen. Oder war es doch denkbar?

Belle war von diesem Grundstück und von Enderby fasziniert gewesen.

Vielleicht hatte mein Vater sie dort entdeckt, war in Zorn geraten und hatte sie erschossen.

Belle töten? Dieses schöne, freundliche Geschöpf, das ich so sehr liebte? Und ausgerechnet mein Vater soll sie umgebracht haben, den ich auch liebte?

So etwas wollte ich einfach nicht glauben.

Doch je mehr ich darüber nachgrübelte, desto plausibler erschien es mir.

Ich rutschte aus dem Sattel und band Tomtit an einem Baum fest.

»Es dauert nicht lange«, sagte ich zu ihm. »Warte auf mich. Sei ein braver Junge. Ich muß dort hinein und mich vergewissern, daß meine Gedanken absurd sind.«

Tomtit schlug als Antwort auf mein Tätscheln zweimal mit dem Vorderhuf auf den Boden. Er hatte begriffen und würde auf mich warten.

Rasch kletterte ich übers Gatter. Ich glaubte wieder, Böses spüren zu können, was sicher nur an den vielen Gerüchten lag, die ich gehört hatte. Es kam mir vor, als ob mich Augen beobachteten und als ob die Bäume die Gestalt von Ungeheuern annehmen würden, sobald ich ihnen den Rücken kehrte. Typische Ängste kleiner Mädchen! Überbleibsel aus meinen Kindertagen, als ich Emily Philpots gedrängt hatte, mir bei Tag gruselige Geschichten zu erzählen, was ich dann bei Nacht bitter bereute.

Inzwischen wünschte ich, nicht hergekommen zu sein. Was hoffte ich herauszufinden? Falls er Belle erschossen hatte... nein, das wollte ich einfach nicht glauben. Mir war der Gedanke gräßlich, daß Belle irgendwo mit einem Loch im Kopf herumlag.

Wie töricht ich doch war. Mein Vater nahm häufig ein Gewehr mit, wenn er das Haus verließ. Wahrscheinlich war er nur deshalb auf das eingezäunte Grundstück gegangen, weil er an Ort und Stelle überlegen wollte, was damit zu tun sei. Schließlich war in letzter Zeit reichlich viel darüber spekuliert worden.

Trotzdem streifte ich weiter umher. Der Boden war wie mit einem modrigen Teppich bedeckt, da der Sturm auch die letzten Blätter von den Bäumen geweht hatte. Das schleifende Geräusch meiner Schritte durchbrach die Stille.

»Belle! Du versteckst dich doch nicht etwa irgendwo?« rief ich halblaut.

Ich sah sie immer noch vor mir, wie sie bei der Scharade auf die Bühne gesprungen war und den schmutzigen alten Schuh Matt zu Füßen legte – als Zeichen ihrer Liebe und Treue. Sie hatte mit schiefgelegtem Kopf dagesessen, mit dem Schwanz auf den Boden geklopft und ihr Fundstück so verzückt angestarrt, als sei es das Goldene Vlies oder der Heilige Gral.

»Belle, wo bist du? Komm her, Belle!«

Inzwischen war ich bei der Stelle angelangt, wo sie den Schuh gefunden hatte, und dort fiel mir etwas auf. Die Erde war offensichtlich umgegraben und dann glattgeklopft worden. Eine schreckliche Gewißheit überkam mich. Belle lag hier verscharrt.

Ich schaute den Boden unverwandt an und konnte mich nicht wegrühren, da eine Flut von Empfindungen auf mich einstürmte.

Ich mußte mit zwei schmerzlichen Tatsachen fertig werden. Belle war erschossen worden, und zwar von meinem Vater, der sie hier begraben hatte.

»Wie konntest du nur, Vater?« murmelte ich geistesabwesend. »Was hat sie denn schon getan? Sie kam hierher und fand den Schuh. Für sie war das völlig natürlich, und sie war entzückt über ihren Fund. Warum warst du so zornig, als sie in die Falle geriet? Warum ist das alles überhaupt so wichtig?«

Ja, warum? Das war die Frage.

Es war wieder ziemlich düster geworden, und mein Gesicht benetzten schwere Tropfen. Der gefürchtete Regen begann von neuem...

Ich empfand so stark wie nie zuvor, daß hier etwas Böses lauerte, etwas ungemein Böses. Wahrscheinlich stimmte das Gerücht über die Irrlichter. Sie spukten hier auf diesem Land herum, auf dem gute Männer wie mein Vater zu Mördern wurden. Ich nannte es Mord, auch wenn es sich nur um ein Tier handelte, denn Belle war mir sehr ans Herz gewachsen. Wie konnte mein geliebter Vater bloß so etwas tun? Was war an diesem Stück Land, das die Menschen verwandelte?

Fort, ich mußte fort und in aller Ruhe nachdenken! Matt sollte wissen, was ich entdeckt hatte. Aber nein! Ich konnte keinem verraten, daß ich meinen Vater hier mit einem Gewehr sah...

Als ob das alles nicht schon genug war, kam mir nun ein noch gräßlicherer Gedanke. Was lag hier versteckt, das eine solche Wirkung auf meinen Vater hatte?

Angst packte mich. Weg, nichts wie weg! Ich wollte dem Bösen entfliehen, das hier überall lauerte.

Während ich davonrannte, kam es mir so vor, als ob die Bäume nach mir griffen. Es war mühsam, auf dem glitschigen, mit Blättern bedeckten Boden vorwärts zu kommen. Ich kam ins Stolpern. Wenn ich nun fallen würde und die Nacht an diesem unheimlichen Ort verbringen müßte!

Hilfesuchend klammerte ich mich an einen Baumstamm, riß mir dabei die Handfläche an der rauhen Rinde auf, aber stürzte wenigstens nicht der Länge nach hin. Weiter, weiter! Irgend etwas packte mich. Ich wurde schier ohnmächtig, doch es war nur eine Brombeerranke gewesen, die sich in meinem Ärmel verfing. Endlich erreichte ich keuchend das Gatter.

Es regnete nun in Strömen. Bis ich das Dower House erreichte, würde ich völlig durchnäßt sein. Außerdem war der Regenschleier so dicht, daß ich kaum etwas sehen konnte. Da fiel mir plötzlich Enderby ein. Oh, wie wünschte ich später, daß mir nicht ausgerechnet dieser Gedanke gekommen wäre! Aber wahrscheinlich war es unvermeidlich und auch ganz richtig, daß ich meine Illusionen verlor.

Ich band Tomtit los, der bei meinem Anblick vor Freude wieherte.

»So heftig wird es nicht lange regnen«, sagte ich zu ihm. »Wir warten ein bißchen unter dem Vordach.«

Wir stolperten miteinander den Weg entlang, der gar nicht leicht zu finden war. Ich tätschelte Tomtit immer wieder den Kopf, den er vertrauensvoll an meine Schulter drückte. Als wir beim Haus angekommen waren, band ich Tomtit an und murmelte, daß ich nicht lange wegbleiben würde. Dann stieg ich zum überdachten Portal hinauf und lehnte mich dagegen. Zu meinem Erstaunen ging die Tür auf.

Erleichtert trat ich ein, denn ich hatte genug von Wind und Regen. Mein erster Blick fiel auf die Musikantenempore.

Wie düster sie aussah, und welch bedrohliche Atmosphäre dieses Haus ausstrahlte! Ich hatte selbst bei Sonnenschein immer so empfunden, aber bei grauem Regenwetter war es geradezu verheerend.

Doch wenigstens bot es Schutz vor dem Unwetter.

Ich habe keine Ahnung, ob man die Anwesenheit eines anderen menschlichen Wesens tatsächlich spüren kann, doch ich war mir plötzlich ganz sicher, nicht allein in Enderby zu sein.

»Ist jemand da?« sagte ich, doch meine Stimme ging im Rauschen des Regens völlig unter. Ein jäher Blitz beleuchtete die Halle, und ich schnappte hörbar nach Luft, weil er mich so erschreckt hatte. Wenige Sekunden später krachte der Donner.

Am liebsten wäre ich einem starken Impuls gefolgt und ins Freie gerannt. Fast glaubte ich eine warnende Stimme zu hören, doch unentschlossen blieb ich stehen. Draußen war es beinahe so dunkel geworden wie bei Nacht.

Ein zweiter Blitz erhellte meine Umgebung, und ich schaute zur Musikantenempore hinauf, halb in der Erwartung, dort jemanden zu sehen. Nichts. Ich wappnete mich gegen den unvermeidlichen Donnerschlag. Das Gewitter war direkt über mir.

Erschöpft lehnte ich mich gegen die Wand. Mein Herz klopfte so rasend schnell, daß ich Angst hatte zu ersticken. Bang wartete ich auf den nächsten Donner, der jedoch nicht kam. Nach einigen Minuten wurde es unverhofft heller, und ich konnte die Vorhänge auf der Empore erkennen, die sich zu bewegen schienen, doch das war sicher nur Einbildung. Und dennoch war ich überzeugt davon, daß jemand im Haus war.

›Geh weg‹, befahl mir die Stimme der Vernunft.

Aber ich brachte es nicht über mich. Irgend etwas zwang mich zu bleiben.

Wahrscheinlich stand ich unter Schock. Die Gewißheit verfolgte mich, daß mein Vater Belle getötet und auf dem verwilderten Land verscharrt hatte. Außerdem mußte es da noch irgendein dunkles Geheimnis geben, an das ich nicht zu rühren wagte, weil sonst mein ganzes Leben in Mitleidenschaft gezogen würde.

Ich glaubte Stimmen zu hören, flüsternde Stimmen, die Stimmen der Rooks, die Geschichten über meinen Vater zusammenreimten, Klatsch, Gerüchte. Normalerweise fürchtete ich mich davor, allein in diesem Haus zu bleiben. Nun hatte ich keine Angst mehr, obwohl ich stärker als zuvor die unheilvolle Atmosphäre wahrnahm. Vielleicht graute mir aber auch so sehr vor der Wirklichkeit, vor dem, was auf dem eingezäunten Grundstück unter der Erde lag, daß mich das Übernatürliche nicht mehr in Schrecken versetzen konnte. Viele unheimliche Dinge, die geschahen, ließen sich ohne Zweifel mit der Vernunft erklären; man mußte sich nur an die Tatsachen halten.

Der nächste Blitz war nicht mehr so grell wie die vorhergehenden, und der Donner ließ einige Sekunden auf sich warten. Es wurde heller, das Gewitter war weitergezogen.

Warum war die Haustür wohl nicht verschlossen gewesen? Eigentlich verriegelten wir immer die Tür beim Verlassen des Hauses, da es ja voll möbliert war. Nach Robert Frintons Tod war das gesamte Mobiliar in Enderby geblieben, da Carlotta es so wollte.

Ich schaute zur Treppe hinüber und fühlte mich wie von magischer Kraft dort hingezogen.

Langsam stieg ich hinauf. Der Regen prasselte immer noch gegen die Scheiben. Als ich mir die Empore genauer ansah, war nichts Ungewöhnliches zu entdecken.

Jemand hatte vergessen, die Tür abzusperren – das war alles. Warum ging ich nicht weg? Warum tröstete ich nicht den armen Tomtit, der so geduldig auf mich wartete?

Aber ich stieg weiter die Treppe hinauf, denn ich hatte mir in den Kopf gesetzt, in allen Räumen nachzusehen, ob jemand da war.

Mir kam der verrückte Einfall, daß Enderby mich anlockte und sich gleichzeitig über mich lustig machte.

»Törichte kleine Damaris, immer noch das reinste Kind.«

Es klang ganz nach Carlottas Stimme.

Immer wieder hatte sie mir früher ihre Lieblingsgeschichte erzählt. »Als ganz kleines Mädchen erforschte ich das Spukhaus und versteckte mich in einem Schrank, der dann später nach mir benannt wurde. Robert Frinton sagte, daß er jedesmal an mich denken mußte, wenn er ihn benutzte.«

Obwohl mir das Haus nie düsterer erschienen war als jetzt, verspürte ich keine Angst. Das lag wohl daran, daß ich in Wirklichkeit gar nicht hier war, sondern im verbotenen Garten, wo ich die Erde anstarrte, die vermutlich Belles Grab bedeckte.

Als ich die erste Etage erreicht hatte, glaubte ich wieder flüsternde Stimmen zu hören. Ich blieb stehen und lauschte. Stille, nichts als tiefe Stille.

Es war alles nur Einbildung. Leicht konnte man sich einreden, Stimmen zu hören, da der Regen gegen die Scheiben trommelte und der Wind in den Zweigen seufzte.

Ich öffnete die Tür zu Carlottas Lieblingszimmer, in dem das Himmelbett mit den Samtdraperien stand. Dort hatte ich sie einmal überrascht, als sie Selbstgespräche führte.

Nachdem ich mich einige Schritte in den Raum hineingewagt hatte, stolperte ich über etwas. Ich schaute zu Boden. Es war gerade noch hell genug, um ein Reitkleid erkennen zu können... taubenblau. Und daneben lag ein Hut mit einer kleinen bläulichen Feder.

Vor Überraschung stieß ich einen Laut aus. Genau diesen Augenblick suchte sich ein verspäteter Blitz aus, um das Zimmer hell zu erleuchten, und ich sah die beiden deutlich. Carlotta und Matt... nackt auf den Kissen... ineinander verschlungen.

Ein Blick genügte, und ich wandte mich ab. Mir war übel, ich wußte nicht, was tun oder was denken. In mir war völlige Leere. Als ich die Tür schloß, brach der Donner los.

Ich rannte weg, ohne zu wissen wohin. Fort, ich wollte nur fort. Es war unerträglich für mich, an das zu denken, was ich gesehen hatte und was es bedeutete. Alles in mir empörte sich dagegen, ich fühlte mich angeekelt.

Mir wurde überhaupt nicht bewußt, daß der Regen auf mich herunterströmte. Ich kam zum Gatter des verbotenen

Gartens. Wo konnte ich mich verstecken? Wo war ich allein mit meinen wirren Gedanken? Dort... neben Belles Grab.

Unbeholfen kletterte ich hinüber und tastete mich durch das Buschwerk. Dann warf ich mich neben der frisch umgegrabenen Stelle zu Boden und versuchte, jeden Gedanken an die Szene im Schlafzimmer zu verdrängen.

Es war dunkel und regnete nicht mehr ganz so stark wie zuvor. Ich fühlte mich benommen und orientierungslos. Erst allmählich erinnerte ich mich wieder, daß ich auf dem verwilderten Land lag, daß Belle tot war und ich etwas in Enderby gesehen hatte, was ich nie vergessen würde. Nicht nur mein kindlicher Traum war dadurch zerstört worden, nein, es war mehr. Ich wollte nichts mehr wissen, wollte nur vergessen. Mein Vater... meine Mutter... meine Schwester... es war für mich unerträglich, zu ihnen zu gehen. Allein... ganz allein war es mir am liebsten, hier im verbotenen Garten.

Vermutlich war ich nicht mehr bei Sinnen, denn ich glaubte zu sehen, wie die Irrlichter einen Reigen um mich tanzten, als wollten sie mich für sich gewinnen. Wieso sollte ich Angst vor ihnen haben? Nun verstand ich ein wenig von menschlichem Leid. Ich wollte nur noch vom Nichts umhüllt sein. »Nichts, nichts«, flüsterte ich. »So soll es immer bleiben.«

Erst lange Zeit nach dieser Nacht begann ich wieder mein Tagebuch zu führen. Man hatte mich erst am Morgen gefunden. Es war mein Vater, der auf die Idee kam, in dem eingezäunten Grundstück nach mir zu suchen. Er trug mich auf seinen Armen nach Hause. Tomtit hatte gespürt, daß irgend etwas nicht stimmte, und war spät in der Nacht zum Dower House zurückgaloppiert. Zu dem Zeitpunkt machten sich schon alle große Sorgen um mich, doch als er allein auftauchte, kannte ihre Angst keine Grenzen. Die ganze regnerische Nacht hindurch wurde nach mir gesucht.

Ich hatte hohes Fieber und war dem Tode nahe. Ein volles Jahr blieb ich bettlägerig und wurde von meiner Mutter liebevoll gepflegt.

Sie stellten mir keine Fragen, denn ich war viel zu krank. Mehr als drei Monate vergingen, bis ich erfuhr, daß die Pilkingtons weggezogen waren. Elizabeth hatte das Landleben satt bekommen, wie es hieß, war nach London übersiedelt und bot Grasslands zum Verkauf an. Matt war ungefähr eine Woche nach jener schrecklichen Nacht abgereist.

Meine Glieder blieben steif, auch nachdem ich mich einigermaßen erholt hatte, und sehr lange bereitete es mir unaussprechliche Pein, meine Hände zu bewegen. Meine Mutter kümmerte sich hingebungsvoll um mich, mein Vater war die Zärtlichkeit selbst. Ich liebte ihn ebensosehr wie früher, und wir erwähnten Belle mit keinem Wort. Vermutlich wußte er, daß ich auf der Suche nach Belle gewesen war und wessen ich ihn verdächtigte, denn er hatte mich ja an der bewußten Stelle gefunden.

Carlotta kam mich nicht besuchen. »Zu Anfang blieb sie viele Wochen hier«, erzählte mir meine Mutter. »Sie hatte große Angst um dich und wollte nicht fort, ehe du die ersten Anzeichen einer Genesung zeigtest. Ich habe Carlotta noch nie so fassungslos erlebt. Schließlich mußte sie natürlich nach Eyot Abbas zurückkehren, denn sie war sowieso viel zu lange weggeblieben. Wenn du wieder ganz gesund bist, besuchen wir sie.«

Manchmal glaubte ich, daß ich nie wieder ganz wohlauf sein würde. Die Gliederschmerzen waren oft fast unerträglich und meine Gehversuche so mühsam, daß ich schnell ermattete.

Meine Mutter las mir viel vor, mein Vater spielte mit mir Schach. Beide überboten sich darin, mir ihre Liebe zu beweisen.

Und so verging die Zeit.

# Carlotta

## *Eine Entführung ohne Gegenwehr*

Lange Zeit glaubte ich, daß ich den Augenblick an jenem Nachmittag niemals vergessen würde, als meine Schwester Damaris die Tür zum Roten Zimmer öffnete und mich mit Matt Pilkington entdeckte. Welch bizarre Szenerie, als uns ein jäher Blitz ihren Blicken preisgab – in flagranti ertappt, so daß die Wahrheit sich nicht mehr vertuschen ließ.

Bestimmt bin ich ihr wie eine ruchlose Sünderin vorgekommen. Sie hatte die Ehebrecherin auf frischer Tat ertappt. Es wäre völlig zwecklos, Damaris etwas erklären zu wollen, denn sie ist so gut, und ich bin so schlecht. Allerdings bezweifle ich, daß irgendein menschliches Wesen durch und durch gut oder ganz schlecht ist. Selbst ich muß wohl einige gute Züge in mir haben, denn ich litt unter schrecklichen Schuldgefühlen, als Damaris in jener Nacht spurlos verschwunden blieb. Als ihr Pferd ohne sie nach Hause kam, geriet ich fast in Panik vor Angst. In jenen Stunden war ich mir selbst geradezu widerwärtig, wie es nie zuvor der Fall gewesen war. Ja, ich betete sogar. »Alles... alles will ich tun, wenn Du sie nur wieder heimbringst«, wiederholte ich immer wieder. Dann wurde sie endlich gefunden. Erleichterung erfüllte mich, als Vater sie auf den Armen ins Haus trug.

Sie gab kein Lebenszeichen von sich. Wir zogen ihr die klatschnassen Sachen aus und rieben ihren Körper trocken, der vor Fieber glühte. Mehrere Ärzte wurden konsultiert, und wochenlang wußten wir nicht, ob Damaris am Leben bleiben würde. Ich hielt mich so lange im Dower House auf, bis ich davon überzeugt war, daß sie sich auf dem Weg der Besserung befand.

Es blieb mir viel Zeit zum Nachdenken, wenn ich an ihrem Bett Wache hielt, während meine Mutter sich ausruhte.

Sie bestand darauf, daß Damaris weder bei Tag noch bei Nacht auch nur eine Stunde allein gelassen wurde. Obwohl ich sehnlichst hoffte, daß Damaris sich bald erholen würde, graute mir andererseits vor dem Moment, in dem sie die Augen öffnen, mich sehen und sich erinnern würde.

Zum erstenmal in meinem Leben verabscheute ich mich. Bis dahin hatte ich immer Entschuldigungen für mein Verhalten gefunden, doch das gelang mir nun nicht mehr. Ich hatte schließlich gewußt, welche Gefühle sie für Matt Pilkington hegte. Die liebe Damaris war so unschuldig und so leicht zu durchschauen. Meine kleine Schwester ist verliebt, hatte ich mir gedacht und über ihre romantischen Fantasien gelächelt, die so weit von der Wirklichkeit entfernt waren.

Während ich neben ihrem Bett saß, malte ich mir aus, wie ich ihr alles erklären würde, damit auch sie verstand, wieso es zu jener Szene im Roten Zimmer hatte kommen können. Aber sie würde mich nie verstehen, denn wir waren so verschieden, wie zwei Menschen es nur sein können.

Trotzdem redete ich in Gedanken mit ihr: »Damaris, ich bin eine leidenschaftliche, sinnliche Frau. In mir gibt es starke Bedürfnisse, die danach verlangen, befriedigt zu werden. Zu gewissen Zeiten überkommt mich in Gesellschaft bestimmter Männer ein Drang, den ich nicht unter Kontrolle halten kann. Ich bin darin nicht die einzige. Du hast Glück, Damaris, denn du wirst deine Gefühle immer im Zaum halten können und wohl auch nie solch starke Begierde empfinden. ›Animalische Triebe‹ würdest du sie vermutlich nennen. Sie gleichen einem Feuer, das plötzlich auflodert und gelöscht werden muß. Nein, das kannst du nicht verstehen. Ich lerne mich mehr und mehr kennen, Damaris. In meinem Leben wird es immer Liebhaber geben, meine Ehe ändert daran nichts. Ich bin Männern begegnet, die so sind wie ich... Beau war der eine, und ein Jakobit, der mich entführte, war auch so. Und natürlich Matt, ja, auch der, aber mit Matt hatte es noch etwas anderes auf sich...«

So könnte ich niemals wirklich mit Damaris reden, und selbst wenn ich es täte, was nützte es? Sie würde mich nicht begreifen.

Ich erinnere mich an jenen Tag, als ich nach meiner Ankunft im Dower House, die Treppe hinunterstieg. Damaris stand mit Matt in der Halle, und einen Moment lang hielt ich ihn für Beau... Wahrscheinlich lag es in erster Linie an seiner Kleidung und auch an dem leichten Moschusduft, den ich bemerkte, als ich näher kam. Er erzählte mir später, daß er seine Wäsche in Truhen aufbewahre, die mit Moschus parfümiert sind.

Im ersten Augenblick hielt ich ihn also für Beau.

Wir starrten uns an. »Ich konnte nicht aufhören, Euch anzusehen«, gestand er mir den Tag darauf. »Ihr kamt mir ganz unwirklich vor. Noch nie war mir eine solche Schönheit begegnet.«

Obwohl ich unzählige Komplimente bekomme, werde ich ihrer nie überdrüssig.

Als ich dann auf die beiden zuging, merkte ich, daß seine Ähnlichkeit mit Beau nur gering war. Doch nichts erinnerte mich so stark an einen Menschen wie ein ganz unverkennbarer Duft. Wie dem auch sei, wir waren sofort aneinander interessiert.

Ich spürte schon an diesem ersten Abend, daß ich ihm völlig den Kopf verdrehte. Es war etwas Unschuldiges an Matt, das ihn von den Männern unterschied, die ich vor ihm kannte. Beau und Hessenfield waren Abenteurer, Freibeuter des Lebens, die gehörten zu der Art von Männern, die mir mehr als alle anderen zusagte. Benjie war charaktervoll und verläßlich – der ideale Ehemann für eine gute Frau, die ich leider nicht bin. Matt Pilkington war zweifellos großer Leidenschaft fähig, doch andererseits auch unschuldig und unerfahren. Bei Beau und Hessenfield hatte ich keine Chance, schlauer zu sein als sie, doch es hatte mich geradezu fasziniert, sie immer aufs neue herauszufordern. Auch deshalb vermißte ich sie so schmerzlich. Matt Pilkington konnte ich führen und leiten, ihm dies oder das befehlen. Wenn ich es wollte, würde er nur mir gehören.

Ich schwelgte in seiner Bewunderung, oder besser gesagt, Anbetung. Als wir unseren ersten Reitausflug machten, trat Damaris kurz vor unserem Aufbruch zu uns. Matt schlug ihr vor, uns zu begleiten, war jedoch über ihre Absage so erleichtert, daß ich lachen mußte. Die arme Damaris glaubt ihn zu lieben, dachte ich. Was für ein Kind sie doch ist. Jugendliche Schwärmerei, nichts weiter. Es wird eine lehrreiche Erfahrung für sie sein.

Bei einem weiteren Ausritt am Tag darauf machten wir in einem Gasthaus Rast, tranken Ale und ließen uns frisch gebackenes, ofenwarmes Roggenbrot und kalten Schinken schmecken.

Ich spürte, daß er mich immer mehr begehrte. Als er mir beim Aufsitzen half, wollte er mich gar nicht mehr loslassen, und ich beugte mich hinunter, um ihm einen flüchtigen Kuß auf die Stirn zu geben. Dieser Kuß wirkte auf uns beide wie ein zündender Funke. Erinnerungen an Beau überfielen mich mit Macht. Dabei hatte ich angenommen, sie seien durch Hessenfield ein für allemal verbannt worden. Doch die Zeit mit Beau war nicht so leicht zu verdrängen. Immer wenn ich Enderby aufsuchte, mußte ich an unsere Zusammenkünfte denken.

Ich hatte die fixe Idee, daß zwischen Matt und Beau eine Ähnlichkeit bestand, wodurch er für mich nur um so interessanter wurde.

Nachdem wir eine ganze Weile durch die Wiesen geritten waren, machte ich den Vorschlag, ein wenig am Flußufer auszuruhen. Matt war einverstanden.

Ich wollte von ihm in die Arme genommen werden, schwankte aber noch, wie weit ich gehen sollte. Auf gewisse Weise liebte ich Benjie, doch er stillte nicht mein Verlangen nach wilder, ungezügelter Leidenschaft, wie ich sie mit Beau und Hessenfield erlebt hatte.

Bis dahin war ich Benjie noch nicht untreu geworden. Nun wurde mir klar, daß es mir lediglich am Anreiz gefehlt hatte, denn ich wünschte mir plötzlich nichts anderes, als Matts Geliebte zu werden. Ich sehnte mich nach der Art von verbotenem Abenteuer, in das mich Beau und Hessenfield gestürzt hatten. Beau hatte sich von Anfang an über meine Jungfräulichkeit lustig gemacht und war fest entschlossen gewesen, mich zu verführen. Hessenfield wiederum gab mir unmißverständlich zu verstehen, daß ich nichts zu entscheiden hatte. Derartige Situationen würden einem Mädchen wie meiner braven kleinen Schwester Damaris Entsetzen einjagen, doch mich versetzten sie in prickelnde Erregung.

Wir saßen nebeneinander im Gras, und ich berührte seine Hand. »Es ist merkwürdig, Matt, aber ich glaubte im Moment unserer ersten Begegnung, Euch schon früher einmal gesehen zu haben«, sagte ich nachdenklich.

»Und ich konnte es kaum glauben, daß Ihr keine Erscheinung seid«, erwiderte er.

»Eure Mutter habe ich vor einiger Zeit auch kennengelernt, kann mich aber nicht mehr gut an sie erinnern. Ich weiß nur noch, daß sie eine elegante, schöne Frau mit herrlichen roten Haaren ist.«

»Ja, auf ihr Haar ist sie auch sehr stolz. Ich werde ihr erzählen, daß Ihr sie für schön und elegant hieltet. Das wird sie freuen.«

»Hoffentlich hat sie es mir nicht übelgenommen, daß ich Enderby nun doch behalte.«

»Ich glaube, daß sie Verständnis dafür hatte. Außerdem fühlt sie sich in Grasslands sehr wohl, das ja viel heller und freundlicher ist als Enderby.«

»Habt Ihr Euch Enderby mal angesehen?«

Er nickte. »Als meine Mutter es kaufen wollte, hatte sie den Hausschlüssel und führte mich durch alle Zimmer.«

Das also ist des Rätsels Lösung, dachte ich. Damals hatte ich den Moschusduft in Enderby wahrgenommen und den Knopf gefunden, von dem ich annahm, daß er Beau gehörte. Doch in Wirklichkeit war Matt der Eigentümer jenes kunstvoll ziselierten kleinen Schmuckstücks gewesen. Anscheinend hatte der Goldschmied Knöpfe dieser Art doch für mehrere Gentlemen angefertigt.

Ein Geheimnis war aufgeklärt. Ich war drauf und dran, Matt zu verraten, daß es letztlich sein Besuch in Enderby war, der mich dazu bewogen hatte, das Haus doch nicht zu verkaufen.

Aber für eine solche Erklärung blieb noch viel Zeit.

Ich gab mir erdenkliche Mühe, Matt an mich zu fesseln. Obwohl er, wie gesagt, Beau gar nicht so besonders ähnlich sah und außerdem einen ganz anderen Charakter hatte, war mir Beau in seiner Gegenwart viel näher als seit langem.

Während ich so neben ihm saß, konnte ich mir fast einbilden, Beau sei zurückgekommen. In jenen aufregenden Tagen mit Hessenfield hatte ich Beau vergessen und wollte ihn auch vergessen. Das gleiche galt nun für Hessenfield. Sicher klingt meine Behauptung unglaubwürdig, daß ich Benjie eine gute Frau sein wollte, wenn ich doch gleichzeitig mit dem Gedanken spielen konnte, die Ehe zu brechen.

Ich dachte an Harriets Worte. »Es gibt Menschen, die sich nicht an die Regeln halten, die ein gutes, ehrenhaftes Benehmen vorschreiben. Sie glauben aufgrund irgendwelcher Eigenschaften über diesen Regeln zu stehen, die für andere gelten. Du und ich, wir gehören zu diesem Menschentyp. Manchmal benutzen wir andere sogar. Das Ganze ist sehr unfair, weil wir am Ende immer die Sieger bleiben.« Dann hatte sie auf seltsame Weise gelächelt. »Aber wer kann schon sagen, was ein Sieg ist.«

Natürlich hätte ich Matt dort am Flußufer verführen können. Doch mir kam der Gedanke, daß es weit wirkungsvoller wäre, wenn es in dem Himmelbett in Enderby geschähe, auf dem mich Beau in die Liebe eingewiesen hatte.

Diese Vorstellung versetzte mich in Erregung. Ich spürte Matts Verlangen, obwohl er sich große Mühe gab, sich nichts anmerken zu lassen. Ihm war noch nicht klar, daß Schwierigkeiten jede Liebesaffäre nur um so reizvoller machen. Ich war eine verheiratete Frau, und er stand im Begriff, sich mit meiner Schwester zu verloben. Außerdem kannten wir uns erst seit zwei Tagen. Ich konnte seine Gedanken lesen, und ich wußte auch, daß er mit seinem Gewissen in Konflikt lag.

Für mich gab es weder gut noch böse, wenn die Leidenschaft von mir Besitz nahm. Ich wollte mit Matt Pilkington im Bett liegen und mich der Illusion hingeben, daß Beau zurück war.

Alles war ganz einfach zu arrangieren. Ein drohendes Gewitter lag in der Luft, das zur Rückkehr mahnte. »Reiten wir nach Enderby«, schlug ich leichthin vor. »Ich habe wie immer den Hausschlüssel bei mir. Übrigens wollte ich dort sowieso heute nachmittag nach dem Rechten sehen.«

Wir betraten die Halle, und ich vergaß, hinter mir die Haustür abzusperren. Langsam schlenderten wir durch alle Räume, bis wir zu dem Schlafzimmer mit dem Himmelbett kamen.

Einen Moment schauten wir beide das Bett an. Dann schlang ich die Arme um Matts Hals und küßte ihn. Die Leidenschaft überwältigte uns.

Später lagen wir in enger Umarmung auf dem Bett und lauschten dem Regen. Blitz und Donner schienen unser Abenteuer dramatisch zu untermalen. Wir beide ganz allein in einem leeren Spukhaus, wo uns vielleicht Geister beobachteten... vielleicht sogar Beaus Geist...

Doch plötzlich waren wir nicht mehr allein. Damaris öffnete die Tür, und ein blendender Blitz zeigte uns in aller Deutlichkeit. Sekunden später rannte sie wie gehetzt aus dem Zimmer.

So ist es gewesen. Wie soll ich es Damaris je erklären?

Unser Schäferstündchen fand dadurch ein abruptes Ende. Matt geriet schier außer sich vor Entsetzen. Erst da erkannte ich, daß er starke und zärtliche Gefühle für Damaris gehegt hatte.

»Sie hat uns gesehen. Damaris sah uns«, wiederholte er immer wieder fassungslos.

»Es ist sehr bedauerlich«, stimmte ich zu.

»Bedauerlich!« schrie er. »Es ist grauenvoll!«

Schweigend kleideten wir uns an, verließen das Haus und ritten durch das Unwetter. Ich sagte ihm, er solle nach Grasslands zurückkehren, und übte in Gedanken ein, wie ich es Damaris bei ihrer Heimkehr erklären würde.

Doch sie kam nicht heim. Als Vater sie gegen Morgen hereintrug, dachten wir alle, daß sie sterben müßte.

Man mag mich für scheinheilig halten, wenn ich behaupte, daß mich Gewissensbisse peinigten, aber es war tatsächlich so. Wir hatten Damaris einen schrecklichen Schock versetzt. Sie würde nie begreifen, wie es zu so etwas kommen konnte. Nein, sie würde es wohl nie begreifen.

Am nächsten Tag ritt ich spätnachmittags nach Grasslands, um Matt mitzuteilen, wie krank Damaris sei. Er war zutiefst betrübt und schaute mich an, als halte er mich für eine böse Hexe. Gute Menschen sind immer so. Wenn sie einen Fehltritt machen, suchen sie sofort einen Sündenbock. »Es ist nicht meine Schuld, o Herr, sondern das Böse hat mich in Versuchung geführt.« Menschen wie Harriet und ich sehen sich wenigstens so, wie sie wirklich sind. Unser Spruch lautet ganz anders. »Ich wollte dies oder das und nahm es mir. Nein, ich dachte nicht an etwaige Konsequenzen. Erst jetzt, da es schiefgegangen ist, verschwende ich überhaupt einen Gedanken daran.«

So verfügen wir wenigstens über eine gewisse Ehrlichkeit uns selbst gegenüber. Ja, auch im Schlechtesten steckt etwas Gutes, und in den besten Menschen ist nicht alles gut. Matt kam so lange zu uns, bis er erfuhr, daß Damaris sich mit der Zeit erholen würde. Dann reiste er ab. Vermutlich wird er es nicht wagen, ihr je wieder unter die Augen zu treten.

Dieser Entschluß wird ihm dadurch erleichtert, daß seine Mutter bei ihrem Aufenthalt in London feststellte, um wieviel mehr ihr das Stadtleben trotz allem behagt. Sie beschloß daraufhin, Grasslands wieder zu verkaufen.

Mistreß Pilkington kam nicht mehr in unsere Gegend, solange ich da war, und auch von Matt sah ich so gut wie nichts. Unsere kurze Romanze, die so schreckliche Auswirkungen hatte, war vorbei.

Auch ich mußte mich allmählich auf die Heimreise machen, denn ich hatte Mann und Kind sehr lange allein gelassen.

Also kehrte ich nach Eyot Abbas zurück und versuchte das Unheil zu vergessen, das ich angerichtet hatte.

Ein Jahr verging, in dem ich weder meine Mutter noch Damaris wiedersah. Die Tage verstrichen wie im Fluge. Ich schrieb meiner Mutter als Entschuldigung, daß ich bei meiner kleinen Tochter bleiben wolle, und sie berichtete mir, wie schwach Damaris immer noch sei, obwohl ihre Gesundung Fortschritte mache. An eine Reise war vorläufig nicht zu denken. Also mußten wir uns mit Briefen begnügen.

Ich war darüber sehr erleichtert. Selbst nach dieser verhältnismäßig langen Zeitspanne würde es mir schwerfallen, mit Damaris zu reden. Zweifellos würde es eine reichlich peinliche Begegnung werden.

Übrigens war ich mir wirklich meiner Schuld bewußt. Ich hatte den besten aller Ehemänner aus einer flüchtigen Laune heraus betrogen, und es gab nicht einmal die Entschuldigung, daß mich die große Liebe überwältigt hätte. Ohne zu zögern, hatte ich den Mann verführt, der mit meiner Schwester so gut wie verlobt war, und meine eigene Ehe gebrochen. Für mein Verhalten gab es kein Pardon. Aber ich bemühte mich wenigstens, mein Vergehen an Benjie wiedergutzumachen.

Er war beglückt darüber, denn er hatte mich nie zuvor so erlebt. Ich war liebevoll, anschmiegsam und besorgt um sein Wohlergehen. Es bedurfte nicht viel, um ihn glücklich zu machen.

Außerdem gab es natürlich noch Clarissa. Obwohl ich weiß Gott kein mütterlicher Typ bin, begannn mich die Kleine zu bezaubern. Sie war nun zwei Jahre alt, sprach schon ein wenig und stellte bereits jetzt – nach den Worten ihrer Kinderfrau – dauernd etwas an, so als ob in ihr ein frecher kleiner Kobold steckte.

Eine gewisse Ähnlichkeit mit Hessenfield ließ sich nicht leugnen. Clarissa hatte leicht gewelltes blondes Haar, hellbraune Augen mit goldenen Pünktchen und war kräftig und gesund. Benjie behandelte sie wie sein eigenes Kind. Niemals erwähnte er die Begebenheit, die zu Clarissas Geburt und unserer Hochzeit geführt hatte.

Harriet entging es natürlich nicht, daß ich irgendwie verändert war, und sie musterte mich oft forschend. Ich überlegte mir manchmal, wie alt sie inzwischen wohl war, denn daraus hatte sie immer ein Geheimnis gemacht. Meine Großmutter behauptete, daß Harriet sich schon mit zwanzig für jünger ausgegeben hätte. Auf jeden Fall muß sie zur Zeit der Restauration Anfang Dreißig gewesen sein, und das lag nun über vierzig Jahre zurück. Ihre Haare waren immer noch dunkel, die Augen immer noch von jenem faszinierenden Veilchenblau. Sie war ziemlich dick geworden, aber ihr Lachen klang so jung wie eh und je.

Natürlich wollte sie zu Anfang gleich wissen, was eigentlich geschehen war. Ich berichtete ihr, daß Damaris während eines Gewitters im Freien geblieben sei und sich dadurch hohes Fieber geholt habe.

»Was hat sie bloß dazu getrieben?«

Ich schüttelte den Kopf, doch Harriet war wie üblich scharfsichtig.

»Vielleicht hing es irgendwie mit Matt Pilkington zusammen. Ich glaube, Damaris war in ihn verliebt.« Als ich schwieg, sprach Harriet weiter. »Die Angelegenheit ging schief, als du dort warst, nicht wahr?«

»Wahrscheinlich war vorher auch nicht alles glatt gelaufen.«

»Aber nach deiner Ankunft spitzte sich alles zu.«

»Sie war in einer Sturmnacht draußen, wie ich schon sagte. So ist es zu ihrer Erkrankung gekommen.«

»Wie ist denn dieser Matt Pilkington?«

»Sehr... unerfahren.«

»Der Richtige für Damaris?«

»Ach, Damaris ist doch noch viel zu jung!«

»Ich wette, daß er sich in Damaris' Schwester verguckt hat.«

Ich zuckte die Achseln.

»Na ja, wenn er sich so schnell für eine andere interessieren konnte, ist es vielleicht ganz gut, daß es so geendet hat«, fuhr Harriet fort.

»Damaris ist fast noch ein Kind«, wandte ich ein.

»In ihrem Alter hast du mit einer Entführung geliebäugelt, wenn ich mich recht entsinne.«

»Damaris ist ein ganz anderer Typ als ich.«

»Irgend etwas ist bestimmt passiert«, meinte Harriet. »Aber es ist das beste, nicht zu viele Fragen zu stellen, wenn man einem Geheimnis auf die Spur kommen will.« Sie lächelte mich verschwörerisch an.

»Eine kluge Einstellung«, stimmte ich zu.

Natürlich war es Harriet klar, daß mein Besuch im Dower House etwas mit Damaris' Erkrankung zu tun hatte. Im Lauf der Zeit würde sie sicher noch dahinterkommen, wie sie soeben selbst angedeutet hatte.

Als ich dann später keinerlei Neigung zeigte, eine Reise zum Dower House zu machen, und mich um Benjie besonders liebevoll kümmerte, erriet Harriet bestimmt, was vorgefallen war.

In gewisser Weise belustigte es sie, denn diese Art von Abenteuer hatte sie in ihrer Jugend nie verschmäht.

Es freute sie immer ganz besonders, Ähnlichkeiten zwischen uns zu entdecken, da sie ja bei meiner Geburt vorgegeben hatte, meine Mutter zu sein.

Es kam aber unvermeidlich der Tag heran, an dem ich Damaris gegenübertreten mußte. Über ein Jahr war seit meinem letzten Besuch vergangen, als Harriet im Sommer des Jahres 1704 beschloß, meiner Mutter und Damaris einmal wieder einen Besuch abzustatten.

Benjie hatte eine Kutsche gekauft, wodurch das Reisen viel angenehmer und bequemer wurde. Es war ein prachtvoller Vierspänner, in dem mehrere Personen aufs behaglichste untergebracht werden konnten. Das Gepäck wurde wie bisher auf Packpferden befördert, doch wir konnten im Wageninneren Erfrischungen mitnehmen.

Harriet, Clarissa und ich würden ohne Benjie reisen, denn er mußte sich um den Besitz kümmern. Zwei Reitknechte sollten uns begleiten, die sich auf dem Kutschbock abwechseln konnten. Der jeweils andere würde mit den Packpferden hinterherreiten.

Außerdem wollten wir eine Donnerbüchse und ein Säckchen voller Kugeln sowie ein Schwert mitnehmen, um uns vor etwaigen Wegelagerern zu schützen. Viele von ihnen machten sich nämlich sofort aus dem Staub, wenn sie merkten, daß Reisende bewaffnet waren.

Clarissa geriet wegen der Reise in helle Aufregung. Sie war ein vitales Persönchen und erinnerte mich immer mehr an Hessenfield. Wie nicht anders zu erwarten, war sie keineswegs ein folgsames Kind. Doch sie verfügte über so viel Charme, daß sie jeden versöhnlich stimmte, auch wenn er sie gerade ausschimpfen wollte. Sie wickelte uns schon jetzt alle um den Finger, behauptete ihre Kinderfrau.

In ihrem roten Mäntelchen, den passenden Schuhen und Fäustlingen sah sie ganz entzückend aus. Ihre goldbraunen Augen funkelten vor Lebenslust. Für ihr Alter war sie sehr intelligent und stellte endlose Fragen über die Reise, ihre Großmutter, Tante Damaris und Großvater Leigh. Auch über die Urgroßeltern und alle sonstigen Verwandten, die wir in Eversleigh Court besuchen würden, wollte sie alles mögliche wissen.

An einem Julitag brachen wir endlich auf. Zu unseren Füßen wurde in der Kutsche ein Deckelkorb mit Käse, Brot, kaltem Braten, Plumpudding, holländischen Pfefferkuchen und verschiedenen Getränken wie Wein, Kirschlikör und Ale verstaut.

Sobald Clarissa den Korb entdeckte, erklärte sie, daß sie schon jetzt hungrig sei.

»Du mußt noch ein Weilchen warten«, sagte ich.

»Warum?«

Alles, was man in dieser Entwicklungsphase zu Clarissa sagte, forderte unweigerlich ein Warum, Wann oder Wo heraus.

»Das Essen ist für unterwegs gedacht, nicht schon für jetzt.«

»Nicht dafür, wenn man hungrig ist?« wollte sie wissen.

»Natürlich dafür, mein kleiner Liebling.«

»Ich bin aber jetzt hungrig.«

Im nächsten Moment wurde ihre Aufmerksamkeit vom Anschirren der Pferde abgelenkt, und sie vergaß das Essen.

Nachdem wir uns von Benjie, Clarissas Kinderfrau, Kindermädchen und einigen anderen Dienstboten, die nichts versäumen wollten, verabschiedet hatten, fuhren wir los.

Die Strecke führte an der Küste entlang, und wir kamen auch an dem Haus vorbei, in dem ich mich mit Hessenfield und den anderen Verschwörern versteckt hatte. Es war inzwischen unbewohnt und wirkte entsprechend trostlos.

Harriet musterte mich von der Seite, doch ich gab vor, es nicht zu bemerken. Statt dessen legte ich den Arm um Clarissa und machte sie auf die vielen Möwen aufmerksam, die auf der Suche nach Futter ab und zu steil zum Meer herunterstießen.

Endlich erreichten wir das Gasthaus ›Schwarzer Eber‹, mit dem mich so viele Erinnerungen verbanden. Wir wurden aufs wärmste vom Wirt begrüßt, der uns nicht vergessen hatte. Da wir in einer Kutsche reisten, wurden wir diesmal mit besonderem Respekt behandelt.

Es war ein seltsames Gefühl, wieder in diesem Gasthaus zu sein, und ich ertappte mich dabei, wie ich mir jede Minute meines letzten Aufenthaltes vergegenwärtigte. Inzwischen war ich überzeugt davon, daß Hessenfield tatsächlich fähig gewesen war, Beau aus meinen Gedanken zu verdrängen. Nur ab und zu tauchte dessen Bild wieder vor mir auf. Da mein Erlebnis mit Matt Pilkington wie ein Alptraum geendet hatte, war mir die Erinnerung an Beau noch mehr vergrault.

Doch ich konnte all das nicht verdrängen, denn schon bald würde ich Damaris gegenüberstehen.

Noch einmal hielt es der Wirt für nötig, sich dafür zu entschuldigen, daß er mich vor so langer Zeit in einer armseligen Kammer unterbrachte.

»Der Gentleman war vor kurzem wieder hier, Mylady.«

»Welcher Gentleman?«

»Einer von denen, die den ganzen ersten Stock mieteten, kurz bevor Ihr kamt. Wißt Ihr noch?«

»Oh, er war also hier?«

»Es war der hochgewachsene Gentleman, Mylady. Der Anführer der Gruppe, ja, so könnte man ihn nennen.«

Erregung erfaßte mich. »Er war also hier?« wiederholte ich.

»Ja, und er entsann sich Eurer, Mylady. Er fragte, ob Ihr einmal wiedergekommen wärt. Ich sagte ihm, daß ich Euch nur ein einziges Mal zu Gesicht bekommen hätte, als Ihr mit der Mylady hier und zwei Gentlemen herkamt. Ich sagte also zu ihm... ›Nur einmal, Sir, und seither nicht mehr.‹ Damit gab er sich dann zufrieden.«

»Wie lange liegt das zurück?« erkundigte ich mich.

»Höchstens ein paar Wochen, länger nicht.«

Ich wechselte abrupt das Thema, indem ich ihm mitteilte, daß wir abends gern Rebhuhnpastete essen würden.

Harriet und ich teilten uns den Raum, in dem der verwundete General gelegen hatte. Clarissa schlief auf einer Decke neben dem Bett. Mitten in der Nacht kuschelte sie sich plötzlich neben mich und weckte mich dadurch aus einem Traum von ihrem Vater.

Ich hielt sie fest an mich gedrückt. Nie hätte ich es früher für möglich gehalten, solch selbstlose Liebe empfinden zu können wie für dieses Kind.

Ich trennte mich leicht vom Gasthaus ›Schwarzer Eber‹, als wir ganz früh am nächsten Morgen weiterreisten. Clarissa und ich schauten fast ständig aus den Kutschenfenstern und machten uns gegenseitig auf alles Sehenswerte aufmerksam.

Clarissa zeigte mir am liebsten alle möglichen Schmetterlinge, darunter auch ein Prachtexemplar von einem Admiral. Nun hätte ich gern soviel über Tiere und Pflanzen gewußt wie Damaris, um Clarissa darin unterrichten zu können.

Ich fühlte mich immer unbehaglicher, je mehr wir uns dem Dower House näherten. Am liebsten wäre ich umgekehrt. Aber natürlich war das ganz ausgeschlossen, denn ich konnte Damaris ja nicht ewig aus dem Weg gehen. Wie würde sie sich wohl verhalten? Vielleicht weigerte sie sich gar, mit mir zu reden; oder aber sie machte mir bittere Vorwürfe. Ob sie irgend jemandem verraten hatte, was sie in Enderby sah? Meiner Mutter...?

Man schien unsere Kutsche schon von weitem bemerkt zu haben, denn meine Eltern standen vor der Haustür, um uns willkommen zu heißen.

Ich öffnete den Kutschschlag und lag gleich darauf in den Armen meiner Mutter. Sie war immer sehr gefühlvoll, wenn wir uns wiedersahen.

»Liebste Carlotta! Wie schön, daß du hier bist.« Sie lächelte mit Tränen in den Augen.

»Guten Tag, Priscilla«, begrüßte Harriet sie. »Hier ist deine Enkelin. Clarissa, gib deiner Großmutter einen Kuß!«

Meine Mutter kniete sich hin, und Clarissa legte ihr die Ärmchen um den Hals und küßte sie.

»In unserem Korb waren holländische Pfefferkuchen«, teilte ihr Clarissa sofort mit, als ob dies die allerwichtigste Neuigkeit wäre.

»Ach, wirklich?«

»Ja, und Kuchen mit Früchten und Käse und Braten und... und...«

»Carlotta, du bist so schön wie eh und je«, sagte Leigh. »Du übrigens auch, Harriet.«

»Was haltet ihr von unserer Kutsche?« erkundigte sich Harriet. »Sie hat unterwegs viel Aufsehen erregt, also schaut sie euch bitte auch an.«

»Wir sind so froh, euch endlich bei uns zu haben, daß wir an gar nichts anderes denken können«, antwortete Priscilla. »Aber wenn du mich schon so aufforderst, dann muß ich gestehen, daß ihr in einem prachtvollen Gefährt gekommen seid.«

»Benjies ganzer Stolz«, erklärte Harriet lächelnd. »Außer Carlotta und Clarissa...«

»Die Kutsche kann in den Stallungen untergebracht werden. Es ist ausreichend Platz vorhanden«, sagte Leigh. »Ich werde mich selbst darum kümmern.«

»Kommt herein«, forderte meine Mutter uns nun auf. »Selbst in einer so bequemen Kutsche ist die lange Fahrt doch recht anstrengend.«

»Wo steckt denn Damaris?« fragte ich.

Das Gesicht meiner Mutter umschattete sich etwas. »Sie ist in ihrem Zimmer, da sie sich heute nicht wohl genug fühlt, um aufzustehen. Ich beruhigte sie, daß ihr sicher Verständnis dafür haben werdet.«

Ich nickte. »Ist sie noch häufig... bettlägerig?«

»Ja, leider. Allerdings geht es ihr natürlich viel besser als am Anfang. Aber dieses schreckliche Fieber hat seine Spuren hinterlassen. Sie kann ihre Gliedmaßen oft kaum bewegen und hat starke Schmerzen. Manchmal vermag sie nicht einmal die Hand zu heben, um sich die Haare zu bürsten.«

»Arme Damaris. Wie ist ihre... Stimmung?«

»Manchmal ist sie ganz frohgemut, dann wieder sehr in sich gekehrt. Du kennst ja Damaris. Sie versucht vor uns zu verbergen, daß sie leidet. Wie immer denkt sie zuerst an uns, an ihren Vater und mich, und versucht ein fröhliches Gesicht zu machen. Eure Ankunft wird sie sicher aufheitern, und natürlich ist sie besonders gespannt auf Clarissa.«

»Soll ich sie gleich zu ihr hinaufbringen?« fragte ich.

»Ja, tu das. Dann weiß sie, daß du als erstes an sie gedacht hast. Harriet, ich zeige dir inzwischen dein Zimmer.«

Ich nahm Clarissa bei der Hand.

»Komm, wir gehen jetzt zu deiner Tante Damaris.«

»Warum?«

»Weil sie dich gern sehen möchte. Sie ist deine Tante.«

»Warum ist sie meine Tante?«

»Weil sie meine Schwester ist. Jetzt frag bloß nicht, warum sie meine Schwester ist. Sie ist es nun einmal, und damit basta.«

Wir stiegen die Treppe hinauf, und ich klammerte mich förmlich an Clarissa. Durch sie würde die gefürchtete Begegnung etwas leichter werden. Das hoffte ich jedenfalls.

Ich klopfte an die Tür. »Wer ist da?« hörte ich Damaris fragen.

»Carlotta.«

Sie zögerte einen winzigen Moment, bevor sie mich aufforderte einzutreten.

Vorsichtig öffnete ich die Tür, und Clarissa rannte zu der Chaiselongue, auf der Damaris lag.

»Oh, Damaris. Wie geht es dir?« stammelte ich.

Sie schaute mich gerade und offen an. »Ach, ganz gut, Carlotta. An manchen Tagen besser, an manchen schlechter.«

Sie war verändert, war erwachsen geworden. Beinahe hätte ich sie nicht erkannt. Ihre früher etwas pummelige Figur hatte sich gestreckt, war sehr schlank geworden, und sie war durchscheinend blaß. Auf ihrem Gesicht lag ein seltsam verlorener Ausdruck. Ich merkte sofort, daß die Bewunderung, ja fast Anbetung, die sie ehemals für mich empfunden hatte, verschwunden war.

»Hattet ihr eine angenehme Reise?«

»Ja, denn wir kamen in einer Kutsche, was natürlich viel bequemer ist.«

»Es gab holländische Pfefferkuchen...«, begann Clarissa.

»Nein, wirklich, Clarissa«, unterbrach ich sie. »Nicht schon wieder. Kein Mensch interessiert sich dafür.«

Damaris musterte Clarissas enttäuschtes Gesichtchen.

»Doch, ich interessiere mich dafür«, sagte sie, und ihre Miene erhellte sich. Es sah fast so aus, als sei plötzlich Leben in sie zurückgekehrt.

Clarissa zählte alles auf, was in dem Korb gewesen war, und Damaris lauschte mit einem so aufmerksamen Gesicht, als würde ihr ein tolles Abenteuer erzählt.

»Du bist meine Tante«, erklärte Clarissa dann unvermittelt.

»Ja, ich weiß«, stimmte Damaris zu.

»Das ist so, weil du die Schwester meiner Mutter bist. Kann ich zu dir raufkommen?«

Sie kletterte auf die Chaiselongue und streckte sich neben Damaris aus. Dabei lachte sie, als ob alles ein großer Spaß wäre.

»Bist du krank?« wollte sie wissen.

»In gewisser Weise. An manchen Tagen muß ich mich ausruhen«, erwiderte Damaris.

»Warum?«

Irgendwie brachten sie es fertig, mich auszuschließen. Die beiden hatten spontan Freundschaft geschlossen. Mir fiel dabei ein, wie sich Damaris früher um streunende Katzen und Hunde oder Vögel mit gebrochenen Schwingen gekümmert hatte.

Ich war sehr erleichtert, denn Clarissa hatte mich vor einer unangenehmen Situation bewahrt. Der erste entscheidende Moment war vorüber. Nun war klar, daß wir uns so verhalten würden, als sei Damaris nie nach Enderby gekommen und hätte mich nie mit Matt Pilkington überrascht.

Vermutlich haßte Damaris mich insgeheim, aber sie war so erzogen worden, daß man selbst unter größter seelischer Belastung nie seine guten Manieren vergaß. Folglich würde sie so tun, als hätte sich in unserer Beziehung nichts geändert.

Clarissa verbrachte viele Stunden mit Damaris, die ihr vorlas oder Märchen erzählte.

»Ich bin sehr froh, daß Clarissa und Damaris sich gern mögen«, sagte meine Mutter. »Außerdem glaube ich, daß es Damaris schon etwas besser geht, seit sie sich so viel mit der Kleinen beschäftigt.«

Ich wollte mich mit meiner Mutter über Damaris unterhalten, weil ich ihretwegen permanent ein schlechtes Gewissen hatte.

»Was fehlt Damaris eigentlich?« fragte ich.

»Wir haben die verschiedensten Ärzte konsultiert. Dein Vater ließ sogar den Hofarzt kommen. Ihre Krankheit begann mit dem Fieber, das sie sich in jener schrecklichen Nacht holte, als sie stundenlang im Regen auf der Erde lag.«

»Hat sie je erwähnt, wieso sie ausgerechnet bei einem Gewitter draußen herumlief?«

Meine Mutter schwieg, und ich bekam Herzklopfen.

»Sie ließ Tomtit allein«, stammelte ich. »Das sieht ihr doch gar nicht ähnlich, denn du weißt ja, wie sehr ihr Pferde und Hund am Herzen liegen. An sie hat sie immer zuerst gedacht.«

Meine Mutter runzelte nachdenklich die Stirn. »Sie schien sich damals schon Tage zuvor nicht wohl zu fühlen. Vermutlich bekam sie ganz plötzlich Fieber und wußte nicht mehr, wo sie sich befand. Aus irgendeinem Grund schleppte sie sich ausgerechnet auf jenes Stück Land und brach dort zusammen. Was auch geschah, es hat ihr jedenfalls diese geheimnisvolle Krankheit beschert.«

»Hat sie Schmerzen?«

»Im Moment nicht allzusehr. Aber manchmal kann sie kaum laufen. Vor allem muß sie sich häufig ausruhen, darin sind sich alle Ärzte einig. Wir verbringen viel Zeit gemeinsam; Leigh spielt Schach mit ihr und liest ihr vor, was ihr besonders gut gefällt. Wenn ich bei ihr bin, nähen wir manchmal ein wenig zusammen. Aber Clarissa hat geradezu ein kleines Wunder bei ihr bewirkt. Was für ein Schatz sie doch ist! Benjie muß sehr stolz auf sie sein.«

Manchmal lasteten die Geheimnisse meines Lebens fast zu schwer auf mir.

»Was ist mit den... Pilkingtons?« erkundigte ich mich.

Meine Mutter preßte die Lippen aufeinander. »Oh, sie sind wieder weggezogen.«

»Seltsam...«

»Wahrscheinlich fand Elizabeth Pilkington das Landleben zu langweilig.«

»Aber... der Sohn? Er war doch sehr an Damaris interessiert, nicht wahr?«

»Das hörte auf, als sie erkrankte. Er kam noch ein- oder zweimal her, um sich nach ihrem Befinden zu erkundigen, als es ihr sehr schlecht ging. Doch dann reiste er ab. Irgendwelche Verpflichtungen bei der Armee... das hat er jedenfalls behauptet. Es war alles reichlich merkwürdig. Wir hatten von Besitzungen in Dorset und einer militärischen Laufbahn schon durch seine Mutter erfahren, doch er verbrachte den ganzen Sommer hier. Dann verließ er überstürzt diese Gegend, und seine Mutter folgte ihm kurz darauf nach. Ihre Gründe kann ich ja noch verstehen, aber ich hätte doch angenommen, daß er...«

»Glaubst du, daß er Damaris irgendwie... verstört hat?«

»Das halte ich nicht für ausgeschlossen. Vielleicht grübelte sie dauernd über irgend etwas nach und bekam Fieber. Unglücklicherweise brach sie ausgerechnet dann zusammen, als sie draußen im strömenden Regen war. Dadurch wurde alles so furchtbar.«

»Sie wird sich wieder erholen.«

»Manchmal scheint sie überhaupt kein Leben mehr in sich zu haben. Am liebsten ist sie allein oder höchstens mit Leigh und mir zusammen. Deshalb finde ich es ja so wundervoll, wie glücklich sie mit Clarissa ist. Oh, welche Freude für mich, daß du gekommen bist, Carlotta. Du warst viel zu lange weg.«

»Das darf nicht wieder geschehen«, sagte ich.

Sie nickte. »Vielleicht werden wir ebenfalls eine dieser neuen Kutschen kaufen, damit Damaris mit uns reisen kann. Leigh hat es schon erwogen.«

»Eine gute Idee. Auch Clarissa hätten wir ohne die Kutsche wohl kaum mitnehmen können. Übrigens bekommt sie schon bald ihr erstes Pony, denn Benjie findet, daß man gar nicht früh genug mit dem Reiten anfangen kann.«

Priscilla ergriff meine Hände. »Wie schön, daß du mit Benjie glücklich bist. Er ist so ein guter und anständiger Mann. Nie werde ich die gräßliche Zeit vergessen, als du und...« Sie brach ab.

»Beaumont Granville«, kam ich ihr zu Hilfe.

Sie schauderte, als ob schon die bloße Erwähnung seines Namens ihr angst machte.

»Wir haben es überstanden«, sagte sie in einem seltsamen Tonfall. »All das ist längst Vergangenheit.«

Ich war mir da keineswegs sicher, wollte aber nichts davon erwähnen, denn sie hatte schon genug Sorgen mit Damaris.

»Da fällt mir etwas ein, Carlotta«, sagte meine Mutter gleich darauf. »Hast du nicht endlich deine Meinung über Enderby geändert? Jahr für Jahr steht es leer und verlassen da. Hältst du das wirklich für vernünftig?«

»Nein, selbst ich halte das jetzt für unvernünftig«, gab ich zu.

Bei unserer Unterhaltung wurde mir jäh bewußt, daß ich jenes Haus nicht mehr besitzen wollte. Der Anblick von Damaris, als sie in das Schlafzimmer trat, hatte alle anderen Erinnerungen verdrängt.

»Mutter, ich habe mich gerade endgültig dazu durchgerungen, Enderby Hall zu verkaufen«, sagte ich spontan.

An einem der nächsten Tage machten wir einen Besuch in Eversleigh Court.

Bei dieser Gelegenheit fand eine große Familienfeier statt,

die erste seit längerer Zeit. Mein Onkel Edwin, derzeitiger Lord Eversleigh, war kurzfristig aus dem Krieg heimgekehrt, und auch Onkel Carl war anwesend. Dazu kamen Jane samt Sohn, Großvater Carleton, Großmutter Arabella, Harriet, meine Mutter, Leigh und Clarissa. Sogar Damaris fehlte nicht in unserer Runde. Zum erstenmal wagte sie sich hinaus, und Harriet schlug vor, daß sie die kurze Strecke mit der Kutsche zurücklegen sollte. Falls sie zu schwach auf den Beinen sei, könnte jemand sie ins Haus tragen.

»Das tue ich«, erklärte Clarissa und brachte damit alle zum Lachen.

Damaris wollte zunächst lieber daheim bleiben, doch Clarissa baute sich fast kriegerisch vor ihr auf. »Du mußt mitkommen, Tante Damaris, sonst glaube ich, daß du mich auch auslachst wie alle anderen.«

Dies gab bei Damaris den Ausschlag. »Nun ja, ich könnte es auf einen Versuch ankommen lassen«, meinte sie.

Meine Mutter war begeistert. »Immerzu habe ich darüber nachgegrübelt, wie wir ihr diese Lustlosigkeit austreiben könnten«, sagte sie.

»Sie muß eine Veränderung schon von selbst wollen«, erwiderte Harriet. »Aber diesmal hat Clarissa ihr eine Absage glatt unmöglich gemacht.«

Also begleitete uns Damaris. Clarissa setze sich neben sie und erzählte ihrer aufmerksamen Zuhörerin zum hundertstenmal alles über die Kutsche.

Meine Großmutter begrüßte uns herzlich und gab ihrer Freude Ausdruck, weil Damaris mitgekommen war.

»Das ist schon ein großer Fortschritt«, sagte sie leise zu mir. Ich fühlte mich in dieser Familienrunde sehr wohl und geborgen. Das Gespräch wurde natürlich wie immer von meinem Großvater beherrscht, der seine Ansichten lauthals zum besten gab.

Er forderte mich auf, an seiner Seite zu sitzen.

»Einer schönen Frau konnte ich noch nie widerstehen«, sagte er schmunzelnd. »Und du bist wahrhaftig eine der ansehnlichsten, die ich je traf.«

»Pst«, flüsterte ich ihm verschwörerisch zu. »Großmutter könnte dich hören.«

Darüber amüsierte er sich königlich und wurde noch besserer Laune.

Schon bald wandte sich die allgemeine Unterhaltung dem Krieg und insbesondere Marlboroughs Erfolgen zu.

»Ein guter Führer ist alles, was wir brauchen, und in ihm haben wir ihn gefunden«, meinte Edwin.

Er und Onkel Carl hatten den Herzog von Marlborough immer tatkräftig unterstützt. Beide konnten seine Vorzüge beurteilen, da sie mit ihm in die Schlacht gezogen waren.

Mein Großvater begann darüber zu lamentieren, welch großen Einfluß Marlboroughs Frau auf die Königin habe.

»Es heißt schon, Herzogin Sarah regiere dieses Land. Frauen sollten sich aus Staatsangelegenheiten raushalten.«

»Unser Land kann nur hoffen, daß die Frauen mehr und mehr Einfluß bekommen«, widersprach meine Großmutter. »Ich garantiere dir, daß es dann mit den sinnlosen Kriegen ein Ende hätte.«

Dies war ein alter Streitpunkt zwischen den beiden. Meinem Großvater machte es Spaß, in düsteren Farben zu schildern, welches Unheil Frauen in der Welt angerichtet hatten, worauf meine Großmutter das zarte Geschlecht mit viel Temperament verteidigte.

»Mich wundert es immer, daß all jene Männer, die sich so gern in weiblicher Gesellschaft aufhalten, nichts Besseres wissen, als uns anzuschwärzen und auf unsere Plätze zu verweisen«, argumentierte ich.

»Das kommt daher, daß wir euch ganz besonders gern mögen, wenn ihr euch so benehmt, wie es sich gehört«, konterte mein Großvater.

»Es gibt Zeiten, in denen kann eine Frau sich nur so verhalten, wie sie es für richtig hält«, sagte meine Mutter ruhig.

Mein Großvater war für einen Moment aus dem Konzept gebracht, und meine Großmutter wechselte rasch das Thema. Es dauerte jedoch nicht lange, und das Gespräch kreiste wieder um den Krieg.

»Ein sinnloser Krieg«, lautete die Ansicht meiner Großmutter. »Wen interessiert es denn, wer auf dem spanischen Thron hockt und wer nicht.«

»Diese Frage ist von äußerster Wichtigkeit für England!«

»Ich hoffe nur, daß wir nicht noch zusätzliche Schwierigkeiten durch die Jakobiten bekommen«, meinte Onkel Carl.

»Sie haben keine Chance mehr«, sagte ich. »Anne sitzt fest auf Englands Thron.«

»Das nahmen wir von James auch mal an«, wandte Edwin ein.

»Er und wir mußten feststellen, daß dem nicht so war.«

»Glaubt ihr, daß sie drüben in Frankreich immer noch Pläne schmieden?« fragte ich und hoffte, daß niemand heraushörte, wie wichtig dieses Thema für mich war. Nur Harriet wußte über mich Bescheid, was nicht immer angenehm war. Sie kannte mich leider viel zu gut.

»Ich bin überzeugt davon«, rief Edwin.

»Ludwig XIV. ermutigt sie auch noch dazu«, meinte Carl.

»Völlig klar. Je mehr er unser Land zerrütten kann, desto besser für ihn«, sagte Großvater grimmig.

»Ich hätte gedacht, daß mit James' Tod...«, begann meine Mutter, wurde aber von Leigh unterbrochen.

»Du vergißt, meine Liebe, daß es einen neuen James gibt.«

»Ein Knabe, pah«, schnaubte mein Großvater.

»Ungefähr in deinem Alter, Damaris.«

»Vielleicht ist er nicht einmal der rechtmäßige Prinz«, fuhr Großvater dazwischen. »Die Umstände bei seiner Geburt waren recht geheimnisvoll.«

»Du denkst doch nicht etwa an den Wärmflaschen-Skandal«, meinte Großmutter.

»Was war das für ein Skandal?« wollte Damaris wissen.

»Bevor dieser Knabe zur Welt kam, hatte das Königspaar schon andere Kinder geboren, von denen jedoch keines überlebte. Es gab ein Gerücht, daß die Königin wieder eine Totgeburt hatte und das Baby James in einer Wärmepfanne ins Schlafzimmer geschmuggelt worden sei. Absoluter Unsinn!« lautete der energische Kommentar meiner Mutter.

»Dieses Gerücht ließ immerhin vermuten, daß James

schon damals unpopulär war«, gab mein Großvater zu bedenken. »Er hätte ahnen müssen, was passiert, wenn er seinen katholischen Glauben nicht aufgibt. Ich hätte ihm gleich prophezeit, daß er dann die Krone verliert.«

»Das Dumme ist bloß, daß wir nie genau wissen, was die Zukunft bringt«, wandte meine Mutter ein. »Sonst könnten wir ja mit Leichtigkeit alles Unangenehme vermeiden. Es ist schon viel verlangt, wenn man einen Mann auffordert, seinem Glauben abzuschwören.«

»Wir haben auch eine Wärmepfanne«, teilte Clarissa mit erhobener Stimme Damaris mit. »Wer weiß, vielleicht haben wir auch irgendwelche Babys drin.«

»Jetzt geht's los«, sagte ich gespielt entsetzt.

»Ich möchte gern ein kleines Baby in einer Wärmepfanne haben«, sagte Clarissa träumerisch.

»Clarissa, Wärmepfannen sind dazu da, Betten anzuwärmen, mit Babys haben sie nichts zu tun«, klärte ich sie auf. Clarissa öffnete den Mund, um zu protestieren, doch meine Mutter nahm sie bei der Hand und legte einen Finger auf die Lippen.

Clarissa ließ sich nicht so leicht von etwas abbringen. Also machte sie wieder den Mund auf, doch im nächsten Moment ließ mein Großvater die Faust auf den Tisch krachen.

»Kleine Kinder soll man nur sehen, aber nicht hören!«

Sie schaute ihn so furchtlos an, wie ich es vermutlich in ihrem Alter auch getan hatte.

»Warum?« fragte sie.

»Weil das, was sie zu sagen haben, von keinem Interesse für die älteren und klügeren Leute ist.«

Clarissa war zwar nicht darüber erstaunt, daß es ältere Leute als sie auf der Welt gab. Doch sie war für einen Moment durch die Überlegung verdutzt, daß es klügere geben könnte.

»Irgendwann werden uns die Jakobiten garantiert Scherereien machen. So leicht geben die nicht auf«, konstatierte Onkel Carl.

»Aber sie können keinen Erfolg haben, denn hier in England wird es keinen katholischen König mehr geben, glaub mir«, sagte mein Großvater. Er zog finster die Brauen zusammen, die im Alter besonders buschig geworden waren und Clarissa ausgesprochen faszinierten.

»Manche von den Jakobiten kämpfen sogar für Ludwig«, sagte Onkel Carl.

»Schändlich! Engländer gegen Engländer.«

»Und das alles nur wegen eines törichten Krieges um Spanien«, warf meine Großmutter in die Debatte.

»Da Ludwig XIV. James samt Gemahlin und Sohn im Exil gastfreundlich aufgenommen hat, haben die Jakobiten wohl das Bedürfnis, ihm seine Wohltat irgendwie zu vergelten«, gab Carl zu bedenken.

»Als James starb, verkündete ein Herold vor den Toren von St. Germain-en-Laye auf lateinisch, französisch und englisch, daß der Prinz von nun an James III. von England und James VIII. von Schottland sei«, fügte Edwin hinzu.

»Ich wünschte, ich wäre jung genug, um gegen ihn ins Feld zu ziehen«, rief mein Großvater. »Wie viele Jakobiten gibt es wohl insgesamt? Was meinst du, Carl?«

»In Frankreich leben eine ganze Menge. Sie kommen häufig nach England, um hier... herumzuspionieren.«

»Und wir gestatten es ihnen?«

»Sie kommen natürlich nur heimlich, was nicht schwer zu bewerkstelligen ist. Ein Schiff bringt sie her und setzt sie an irgendeinem Küstenstrich ab.«

»Was tun sie dann?« fragte ich.

»Sie versuchen zu sondieren, ob ein Sieg möglich wäre und auf wie viele Mitstreiter sie notfalls zählen könnten. Bisher fehlt ihnen vermutlich noch eine geeignete Stelle, um mit einer Armee an Land zu gehen.«

»Unternehmen wir gar nichts dagegen?« fragte Harriet.

»Wir haben natürlich ebenfalls Spione, wahrscheinlich sogar am Hof von St. Germain. Am wichtigsten wäre für uns, die Anführer zu fassen, Männer wie Hessenfield zum Beispiel.«

»Die Hessenfields aus dem Norden zählten schon immer zu den Katholiken«, polterte mein Großvater los. »Sie waren unter der Regentschaft von Königin Elizabeth Verschwörer und wollten Maria Stuart auf den Thron setzen.«

»Tja, dann ist es wohl kaum verwunderlich, daß er einer der führenden Männer bei den Jakobiten ist«, sagte ich und hoffte, daß meine Stimme ganz normal klang.

»Inzwischen ist es gar nicht mehr so sehr ein religiöser Konflikt«, sagte Edwin. »Es war zwar die falsche Religion, die James den Thron kostete, aber jetzt ist es mehr eine Frage von Recht oder Unrecht. Viele sind der Ansicht, daß James unser rechtmäßiger König war und sein Sohn folglich auch zu Recht James III. ist. Man kann diese Argumentation nicht völlig von der Hand weisen. Falls William und Mary ihren Vater nicht abgesetzt und an seiner Stelle den Thron bestiegen hätten, wäre dieser Knabe, der sich James III. nennt, tatsächlich unser neuer König.«

»Du redest schon wie ein Jakobit«, brummte mein Großvater.

»Nein, das stimmt nicht. Ich zähle lediglich Tatsachen auf und sehe eine gewisse Logik in der Einstellung Hessenfields und seiner Gefährten. Sie glauben, für das Recht zu kämpfen, und es wird wahrlich nicht leicht sein, sie daran zu hindern.«

»Dieser Hessenfield hat es sogar gewagt, General Langdon aus dem Tower zu befreien und nach Frankreich zu schaffen.«

Ich befand mich in einem derartigen inneren Aufruhr, daß ich es nicht wagte, auch nur ein Wort zu äußern. Mir fiel auf, daß Harriet mich beobachtete.

»Ein sehr waghalsiges Unterfangen«, meinte Carl. »Vor einem solchen Burschen muß man auf der Hut sein. Bei dem hat man mit dem Schlimmsten zu rechnen.«

»Und seinesgleichen gibt es viele«, sagte Edwin. »Es sind alles Männer, die aus tiefer Überzeugung handeln. Sonst hätten sie nicht so viel aufgegeben, um für eine möglicherweise verlorene Sache zu kämpfen.«

»Aber sie schätzen sie nicht als verlorene Sache ein«, widersprach Harriet.

»Es ist aber so. Anne sitzt fest auf dem Thron und hat so erfahrene Leute wie Marlborough, die für sie kämpfen.«

Nach einem kurzen Schweigen wandte sich die Unterhaltung dann Angelegenheiten aus der Gegend zu.

Beiläufig erwähnte ich, daß ich Enderby Hall nun doch verkaufen wollte. Alle beglückwünschten mich zu dieser Entscheidung.

»Also bist du endlich zur Vernunft gekommen«, kommentierte mein Großvater trocken.

»Ich bin gespannt, wer Enderby kaufen wird«, sagte meine Mutter nachdenklich.

»Es handelt sich leider nicht um ein fantastisches Angebot«, fügte meine Großmutter hinzu. »Enderby ist ein düsteres altes Gemäuer und hat viel zu lange leer gestanden.«

Ich warf Damaris einen Blick zu. Sie lächelte gerade Clarissa an, die einmal mehr eine Frage an sie stellte. »Was ist ein düsteres Gemäuer?«

»Wirst du etwaigen Kaufwilligen das Haus zeigen?« fragte ich meine Mutter.

»Oh, das wird schon einer von uns übernehmen«, erwiderte sie ausweichend.

»Wir haben ja auch die Schlüssel von Enderby«, sagte meine Großmutter. »Die meisten Interessenten werden vermutlich sowieso hier in Eversleigh Court nachfragen.«

Dann sprachen wir von anderen Dingen, und ich empfand ein Gefühl großer Erleichterung. Eine Unterhaltung über Enderby war für mich fast so anstrengend, wie über Hessenfield zu diskutieren – wenn auch auf andere Weise.

Mehrere Wochen verstrichen. Damaris verhielt sich auch weiterhin mir gegenüber, als nehme sie mich kaum wahr. Wenn ich daran dachte, wie sie früher gewesen war, dann kam sie mir ganz fremd vor. Zum Glück war ich nie allein mit ihr. Manchmal fragte ich mich, was dann wohl geschehen würde...

Im August erhielten wir die Nachricht von Marlboroughs Sieg bei Höchstädt.

In Eversleigh herrschte daraufhin große Aufregung. Carl und Edwin fochten die Schlacht noch einmal auf dem Tisch aus, wobei sie Teller und Salzfäßchen als Truppen und Waffen einsetzten.

Es war zweifellos ein großartiger Sieg. Ludwig XIV. hatte gehofft, mit dieser Schlacht Wien zu bedrohen und damit Österreich ins Herz zu treffen, doch Marlborough hatte diesen Plan geschickt durchkreuzt. Die französischen Truppen wurden bei Höchstädt umzingelt und schließlich zum Aufgeben gezwungen, denn sie konnten es mit Marlboroughs Kavallerie nicht aufnehmen und wichen notgedrungen bis über den Rhein zurück.

Wie wirkten diese Nachrichten wohl auf Hessenfield? Dies überlegte ich mir inmitten des allgemeinen Jubels in Eversleigh.

Eines Nachmittags stattete ich zusammen mit meiner Mutter und Leigh Enderby Hall einen Besuch ab.

Als wir in der düsteren Halle standen, empfand ich deutlich, daß die Atmosphäre dieses Hauses keinen von uns unberührt ließ.

»Kommt, laßt uns einen kleinen Rundgang machen, damit wir es hinter uns haben«, schlug meine Mutter betont fröhlich vor.

Wir kamen auch in jenes Schlafzimmer, das voller Erinnerungen steckte.

»Was für ein prachtvolles Bett«, sagte meine Mutter. »Ich hoffe sehr, daß der nächste Besitzer auch das Mobiliar erwerben wird.«

Ich war froh, als wir das Zimmer verließen. Nie wieder wollte ich es betreten! Früher einmal hatte ich es geliebt. Beau nannte es immer unsere Zufluchtsstätte und lächelte dabei maliziös, denn alles, was auch nur eine Spur von Gefühl beinhaltete, mußte er wie einen Witz abtun.

Als wir ins Freie kamen, bemerkte ich, daß der Zaun fehlte, der früher ein verwildertes Stück Land umgab.

Leigh sah mein Erstaunen. »Es war eine Vergeudung, es brachliegen zu lassen«, erklärte er.

»Ich habe sowieso nie begriffen, warum du es überhaupt eingezäunt hast.«

»Oh, ich hatte etwas Spezielles damit vor, konnte meinen Plan aber nie in die Tat umsetzen. Mir fehlte immer die nötige Zeit. Nun haben wir Blumen angepflanzt.«

»Ja, hier befindet sich nun mein ganz privater Rosengarten«, fügte meine Mutter hinzu. »Ich pflanzte alles mit eigener Hand und habe angeordnet, daß niemand sonst sich darum kümmern darf.«

»Wehe, wenn jemand ihre Blumen anrührt«, sagte Leigh.

»Also ist es noch immer verbotenes Land?«

»Verbotenes Land?« wiederholte meine Mutter scharf. »Was für eine merkwürdige Ausdrucksweise.«

»Jedenfalls ist ein schöner Garten daraus geworden«, sagte ich besänftigend. »Zum Glück nicht allzuweit vom Haus entfernt.«

»Und er ist mein, nur mein«, erwiderte meine Mutter wieder fröhlich.

Wir schauten uns den neu angelegten Garten etwas näher an. Zum Teil gab es noch die ursprüngliche wilde Vegetation, was im Kontrast zu den Blumenbeeten sehr reizvoll aussah. In der Mitte lag der Rosengarten mit vielen verschiedenen Sorten, darunter auch Damaszenerrosen, die in unserer Familie besonders beliebt waren. Eine Vorfahrin war nämlich nach dieser Blüte genannt worden, als Thomas Liancre die ersten Ableger nach England brachte.

Als der September herannahte, kam für uns die Zeit zum Aufbruch, da wir noch vor dem unbeständigen Herbstwetter reisen wollten.

Am letzten Augusttag hieß es Abschied nehmen.

Leichter Dunst lag in der Luft, ein sicherer Vorbote der kühleren Jahreszeit. Manche Blätter färbten sich bereits rötlich, und Harriet machte die Bemerkung, daß wir gut daran taten, noch während des Nachsommers abzufahren.

Clarissa hatte sich unter vielen Tränen von Damaris verabschiedet. »Komm mit«, bettelte sie immer wieder. »Warum kommst du nicht mit? Warum? Warum?«

»Du mußt wiederkommen, mein kleiner Liebling«, sagte meine Mutter. »Und zwar bald.«

Clarissa schlang die Arme um Damaris' Hals und weigerte sich, sie loszulassen.

Es war schließlich Damaris, die sich sanft von ihr löste.

»Wir werden uns bald wiedersehen«, versprach sie.

Als wir losfuhren, war Clarissa traurig und schweigsam und ließ sich nicht einmal durch eine Zuckermaus aufheitern, die meine Mutter ihr noch im letzten Moment zugesteckt hatte.

Doch nach ungefähr einer Stunde machte sie uns auf eine Geiß aufmerksam, die an einem Stecken angebunden war.

»Jede Ziege kann uns verraten, wie das Wetter morgen wird«, behauptete Clarissa ernsthaft.

Da ich sie in bessere Laune bringen wollte, stellte ich ihr ihre eigene Lieblingsfrage. »Warum?«

»Weil sie es weiß. Wenn sie mit dem Kopf zum Wind frißt, wird es ein schöner Tag; frißt sie mit dem Schwanz zum Wind, dann regnet es.«

»Wer hat dir das erzählt?«

»Meine Tante Damaris.« Im Nu versank sie wieder in Trübsinn. »Wann werden wir sie wieder besuchen?«

»Mein liebes Kind, wir sind doch gerade erst weggefahren. Aber bald...«

Clarissa holte die Zuckermaus aus der Tasche und betrachtete sie melancholisch. »Wie kann sie etwas sehen, wenn ich ihr den Kopf abbeiße?« wollte sie wissen.

Nach einer Weile lehnte sie sich an mich und schlief ein. Zur schönsten Zeit am Nachmittag veranstalteten wir am Wegesrand ein gemütliches Picknick. Meine Mutter hatte uns einen Freßkorb mitgegeben, der für mehrere ausgiebige Mahlzeiten reichen würde. »Ihr wollt tagsüber sicher nicht bei einem Gasthaus anhalten«, hatte sie gesagt. »Viel netter ist es doch, sich ins Gras zu setzen, wenn man Appetit bekommt.«

Ihre Idee hatte viel für sich, und Clarissa war so entzückt über dieses improvisierte Mittagessen, daß sie aufhörte, Damaris nachzutrauern. Wir wählten ein schattiges Plätzchen unter einer mächtigen Eiche aus.

Die zwei Reitknechte gesellten sich zu uns und wurden von Clarissa mit Fragen nach den Pferden überhäuft. Hinterher erzählte sie uns allen eine Geschichte über ein Schwein und einen Igel, die sie von Damaris gehört hatte.

Sie endete mit den Worten. »Und wenn sie nicht gestorben sind, dann leben sie noch heute.«

Zufrieden schlief Clarissa ein, und auch wir dösten ein bißchen vor uns hin, weil es ein so warmer, sonniger Tag war. Dadurch blieben wir etwas länger, als geplant gewesen war. Doch schließlich nahmen wir wieder in der Kutsche Platz. Als wir gerade einen Waldweg entlangrumpelten, preschte ein Mann zwischen den Bäumen hervor.

Ich sah ihn flüchtig durchs Fenster. Im nächsten Moment hielt die Kutsche so ruckartig an, daß wir fast von unseren Sitzen geschleudert wurden.

»Was ist denn los?« schrie Harriet.

Ein maskiertes Gesicht tauchte in der Fensteröffnung auf.

»Guten Tag, Ladies. Ich fürchte, ich muß Euch einige Unannehmlichkeiten bereiten.«

Ich bemerkte die Donnerbüchse, die er auf uns gerichtet hielt. Nun befanden wir uns also in jener fatalen Situation, von der wir schon so viel gehört hatten und die uns bisher zum Glück erspart geblieben war.

»Was wollt Ihr?« herrschte ich ihn an.

»Ich will, daß Ihr aus der Kutsche steigt.«

»Nein.«

Statt einer Antwort hob er die Donnerbüchse etwas hoch, bis sie direkt auf mich zielte. Dann öffnete er den Kutschenschlag. »Seid so gut und steigt aus, Ladies«, befahl er.

Es blieb uns nichts anders übrig, als seinem Befehl zu gehorchen. Ich hielt Clarissas Hand fest umklammert. Hoffentlich hatte sie keine Angst! Mit einem Blick überzeugte ich mich davon, daß sie keineswegs ängstlich wirkte, sondern den Wegelagerer höchst interessiert musterte.

Im nächsten Augenblick sah ich unsere zwei Knechte, die von einem zweiten Räuber mit einer Waffe in Schach gehalten wurden. Ich betete innerlich darum, daß gerade jetzt jemand vorbeikäme und uns rettete.

»Welch unerwartetes Glück«, sagte der Wegelagerer und verbeugte sich vor Harriet und mir. »Es kommt höchst selten vor, daß man so schöne Frauen auf der Straße trifft.«

»Warum hältst du uns an?« fragte Clarissa mit aufgeregter Stimme.

Er wandte ihr seine Aufmerksamkeit zu, und ich trat einen Schritt vor. Kaum konnte ich meinen Impuls bezwingen, nach der Waffe zu greifen, was schierer Wahnsinn gewesen wäre. Schließlich gab es noch den zweiten Räuber.

Offenbar konnte er meine Gedanken erraten, denn er lächelte ironisch. »Höchst unklug«, meinte er. »Es würde Euch bestimmt nicht gelingen. « Dann schaute er wieder Clarissa an.

»Hier geht es um rein geschäftliche Dinge«, erklärte er ihr.

»Warum?«

»So ist die Welt nun einmal beschaffen, mein Kind. Eure Kleine ist sehr wißbegierig«, fügte er zu mir gewandt hinzu, und plötzlich wurde für mich zur Gewißheit, was ich bisher nur vage für möglich gehalten hatte. Er war kein üblicher Wegelagerer. Konnte ich jemanden verwechseln, mit dem ich so eng zusammengelebt hatte?

Der maskierte Mann war Hessenfield.

»Was wollt Ihr?« fragte ich.

»Natürlich Eure Geldbörse. Oder habt Ihr mir etwas Besseres anzubieten?« Ich zog die Börse aus der Tasche und warf sie auf den Boden.

»Mehr habt Ihr nicht? Wie steht es mit Euch, Mylady?«

»Meine Geldbörse liegt in der Kutsche«, erwiderte Harriet.

»Holt sie!«

Sie gehorchte seiner Aufforderung, worauf er ganz dicht an mich heran trat.

»Wie könnt Ihr es wagen!« flüsterte ich.

»Männer wie ich wagen viel, Mylady. Ihr habt da ein hübsches Medaillon.« Seine Hände griffen danach und streichelten dabei meinen Hals.

»Mein Vater hat es ihr geschenkt«, klärte Clarissa ihn auf. Er zog heftig an dem dünnen Kettchen, das sofort riß. Das Medaillon wanderte in seine Tasche.

»Oh!« war alles, was Clarissa herausbrachte.

Ich hob sie hoch. »Ist schon gut, Liebes.«

»Stellt das Kind wieder auf seine eigenen Füße«, befahl er.

»Ich muß sie vor Euch beschützen«, erwiderte ich.

Er nahm sie mir aus den Armen und hielt dabei immer noch die Donnerbüchse in der Hand. Clarissa kannte keine Furcht. Wahrscheinlich war ihr noch nie der Gedanke gekommen, daß jemand ihr weh tun könnte. Von allen, die sie kannte, wurde sie geliebt und verwöhnt.

Sie musterte ihn aufmerksam.

»Du siehst ulkig aus«, sagte sie dann und berührte die Maske. »Kann ich die haben?«

»Jetzt nicht.«

»Wann?«

Harriet stieg gerade wieder aus der Kutsche. »Ich kann meine Börse nicht finden.« Dann stieß sie einen kleinen Schrei aus. »Was tut er mit Clarissa?«

»Bitte laßt mein Kind los«, bat ich ihn. »Ihr macht ihr Angst.«

»Hast du Angst?« erkundigte er sich.

»Nein.« Clarissa schüttelte energisch den Kopf.

Er lachte und stellte sie auf die Erde.

»Meine werten Ladies, kein Grund zur Besorgnis. Ich werde meinen Freund zurückpfeifen, und Ihr könnt in Frieden weiterziehen. Immerhin habe ich die Börse und das Medaillon der jungen Lady. Habt Ihr nicht auch irgendein kleines Unterpfand, das mich an Euch erinnern wird, Mylady?«

Er schaute auf ein Armband, das Harriet trug.

Sie nahm es ab und reichte es ihm. Lächelnd steckte er es weg.

»Du bist ein Räuber«, konstatierte Clarissa. »Hast du Hunger?«

Ihr Gesichtchen verzog sich vor Mitleid. Hungrig zu sein gehörte zum Schlimmsten, was Clarissa sich vorstellen konnte. »Ich gebe dir den Schwanz von meiner Zuckermaus.«

»Wirklich?«

Sie fummelte in ihrer Tasche herum, brachte die Maus zum Vorschein und brach den Schwanz ab.

»Du darfst aber nicht alles auf einmal essen, sonst wirst du krank«, ermahnte sie ihn und wiederholte damit genau die Worte meiner Mutter.

»Danke, das werde ich nicht tun. Vielleicht esse ich den Schwanz überhaupt nicht, sondern hebe ihn auf. Als Erinnerung an dich.«

»Er wird bestimmt bald klebrig werden.«

Er strich ihr sacht über die Haare, und sie lächelte ihn an.

Dann verbeugte er sich.

»Ich will Euch nicht länger aufhalten, Myladies, sondern mich nun von Euch verabschieden.«

Er hob Clarissa noch einmal hoch und küßte sie. Dann ergriff er wie ein vollendeter Höfling Harriets Hand, beugte sich darüber, küßte sie und gab ihr zum Abschluß noch einen Kuß auf den Mund.

Dann war ich an der Reihe. Er zog mich an sich und hielt mich fest. Schon spürte ich seine Lippen auf den meinen.

»Wie könnt Ihr es wagen!« rief ich.

»Für dich wage ich viel, Liebling«, flüsterte er mir zu.

Dann lachte er. »In die Kutsche mit euch allen!«

Ich sah noch einmal kurz sein Gesicht vor dem Fenster, dann war er fort.

Harriet ließ sich auf die Polster zurücksinken. »Was für ein seltsames Abenteuer! Ich hätte nie gedacht, daß ein Raubüberfall so verläuft.«

»Wahrscheinlich gab es noch nie einen solchen und wird auch nie mehr einen solchen geben«, erwiderte ich.

Sie musterte mich forschend.

»Ein höchst ritterlicher Wegelagerer.«

»Findest du? Obwohl er meine Börse, mein Medaillon und dein Armband gestohlen hat?«

»Und den Schwanz der Zuckermaus«, ließ sich nun Clarissa vernehmen. »Aber den hab ich ihm ja geschenkt. Glaubst du, daß er daran denken wird, nicht alles auf einmal aufzuessen?«

Blaß und zittrig tauchten die Reitknechte auf.

»Gott steh uns bei, Mylady«, stammelte der Kutscher. »Die Burschen packten mich, eh ich mich versah.«

»Unsere Donnerbüchse hat uns nichts genützt«, sagte ich.

»Hat man euch auch etwas weggenommen?« erkundigte ich mich dann.

»Nichts, Mylady. Die waren nur hinter den Passagieren der Kutsche her.«

»Sie haben nicht viel erbeutet.«

»Ja, es hätte weit schlimmer sein können«, stimmte Harriet zu. »Aber jetzt zurück auf eure Posten. Und fahrt so rasch ihr könnt. Wir wollen vor Anbruch der Dunkelheit bei einem Gasthaus ankommen.«

Ein Weilchen fuhren wir in völligem Schweigen dahin. Ich schloß die Augen und dachte über ihn nach. Er war also zurück. Wie typisch für ihn, es mich auf diese Weise wissen zu lassen. Ich war davon überzeugt, daß er wußte, wem die Kutsche gehörte. Er hatte mich überraschen wollen. Schon bald würde ich ihn wiedersehen, dessen war ich mir gewiß. Ich spielte die Schlafende, um Harriets forschenden Blicken zu entgehen. Sie wußte Bescheid. Vielleicht hatten wir uns irgendwie verraten. Oder zumindest ahnte sie die Wahrheit.

Clarissa schlief tief und fest, und ich bewunderte wieder einmal die Fähigkeit der Kinder, selbst die außergewöhnlichsten Ereignisse einfach zu akzeptieren.

Nach dem Aufwachen verblüffte sie uns mit einer Bemerkung. »Er war nett«, sagte sie als erstes. »Ich mochte ihn. Wird er wiederkommen?«

»Meinst du etwa den Wegelagerer?« fragte Harriet. »Gott behüte, nein.«

»Warum denn nicht?«

Wir erwiderten nichts, und Clarissa gab sich ausnahmsweise damit zufrieden.

Benjie war überglücklich, uns wieder bei sich zu haben. Er erklärte, unsere Abwesenheit sei ihm ewig lange vorgekommen. Seit unserem Abenteuer mit dem Wegelagerer hatte ich so ausdauernd über Hessenfield nachgegrübelt, daß ich ein schlechtes Gewissen hatte. In solchen Fällen bemühte ich mich immer, es dadurch wiedergutzumachen, daß ich besonders liebevoll zu Benjie war.

Er war natürlich empört, als er von dem unliebsamen Zwischenfall erfuhr. »Es liegt sicher an der Kutsche«, meinte er. »Diese Gauner glauben, daß nur ganz reiche Leute sich ein solches Gefährt leisten können.«

Gregory machte ihm Vorwürfe, weil er uns nicht begleitet hatte, doch Harriet widersprach ihm. Ihrer Meinung nach war es wahrscheinlich sogar besser gewesen, daß wir ohne männlichen Schutz gereist waren.

»Er gehörte zu der Sorte von Gentleman-Verbrechern, von denen es heutzutage angeblich mehrere gibt. Wohl deshalb hatte er Mitleid mit zwei Frauen und einem kleinen Kind. Eigentlich hat er uns recht glimpflich behandelt. Nicht wahr, Carlotta?«

Ich nickte.

Zwei Tage nach unserer Rückkehr saßen wir im Winterzimmer, einem kleinen gemütlichen Raum an der Rückseite des Ostflügels, vor dessen Fenstern mehrere Büsche wuchsen.

Da es schon dunkelte, waren die Kerzen angezündet worden. Im Kamin prasselte ein Feuer und warf zitternde Schatten auf die getäfelten Wände. Harriet klimperte auf dem Spinett und summte gelegentlich eine Melodie dazu vor sich hin. Gregory lag bequem ausgestreckt in einem Sessel und betrachtete sie. Benjie und ich spielten Schach. Auf diese Art und Weise verbrachten wir viele Abende in Eyot Abbas.

Während ich mir meinen nächsten Zug überlegte, wurde ich plötzlich eines Schattens gewahr. Vielleicht zwang mich aber auch nur irgendein Instinkt, hochzuschauen. Auf jeden Fall tat ich es.

Jemand stand vor dem Fenster und spähte herein. Eine hochgewachsene Gestalt, in einen dunklen Umhang gehüllt. Ich wußte, wer es war.

»Draußen ist jemand!« hätte ich fast gerufen, vermochte es aber gerade noch zurückzuhalten.

Wie leicht konnte er entdeckt werden! Falls die Hunde losgelassen würden, hätte er keine Chance. Man würde ihn gefangennehmen, und ich ahnte, was das für ihn zu bedeuten hätte. An der Tafel meines Großvaters konnte ich genug mit anhören, um zu wissen, daß sich jeder rühmlich auszeichnen würde, der Hessenfield zu fassen kriegte. Schließlich galt er als ein Erzfeind unserer Königin.

Du Dummkopf, dachte ich. Warum spielst du mit der Gefahr, warum setzt du dein Leben aufs Spiel?

Ich wandte den Blick wieder vom Fenster ab.

»Du bist dran, Carlotta«, sagte Benjie.

Ich bewegte eine Figur, ohne nachzudenken.

Nach wenigen Augenblicken lächelte Benjie triumphierend. »Schachmatt.«

Es machte ihm stets großen Spaß, das Spiel hinterher zu analysieren.

»Du hast den Turm falsch gezogen. Drei oder vier Züge zurück warst du noch am Gewinnen, aber dann hat deine Konzentration nachgelassen, Carlotta.«

Verständlicherweise, dachte ich. Wie könnte es auch anders sein, da Hessenfield zurückgekommen ist.

Erst eine Stunde später konnte ich ins Freie schlüpfen. Für ein Weilchen würde man mich hoffentlich nicht vermissen. Ich hatte mir ein Cape umgehängt und mir auch schon eine Erklärung ausgedacht, falls mich jemand entdeckte.

Vielleicht war er schon wieder fort, denn selbst er mußte einsehen, wie gefährlich es für ihn war, hier herumzulungern.

Als ich bei den Büschen nachschaute, hörte ich plötzlich einen Eulenschrei, der mir etwas merkwürdig vorkam.

Ich machte noch einige Schritte. »Ist da jemand?« flüsterte ich kaum hörbar.

»Carlotta ...«

Seine Stimme! Ich rannte weiter und vergewisserte mich durch einen Blick über die Schulter, daß niemand sonst in der Nähe war.

Er fing mich in seinen Armen auf und küßte mich wieder und wieder, bis ich kaum noch atmen konnte.

»Du Dummkopf!« rief ich. »Wie kannst du nur hierherkommen? Du weißt doch, daß sie hinter dir her sein werden.«

»Liebste, ständig sind alle hinter mir her.«

»Möchtest du etwa deinen Kopf unters Richtbeil legen?«

»Nein, auf ein Kissen neben dich.«

»Hör mir bitte zu.«

»Nein, du hörst mir zu.«

»Du kannst mich nicht am Reden hindern. Dein Name wurde oft erwähnt. Man braucht dich nur zu erkennen, und es wäre dein Ende.«

»Deshalb sollten wir so schnell wie möglich fort von hier.«

»Ja, das solltest du wahrhaftig.«

»Wir, Carlotta! Ich bin gekommen, um dich zu holen.«

»Du bist verrückt.«

»Ja, das bin ich. Nach dir.«

»Es ist Jahre her...«

»Vier Jahre«, unterbrach er mich. »Viel zu lange allein ohne dich. Keine andere Frau kommt für mich in Frage. Das habe ich inzwischen erkannt.«

»Du bist nicht nur meinetwegen hier.«

»Ich verbinde das Angenehme mit dem Notwendigen.«

»Du hast dir viel Zeit gelassen.«

»Zu Anfang war mir noch nicht klar, wie wichtig du für mich bist.«

»Glaubst du wirklich, daß du nur mit dem kleinen Finger zu winken brauchst, damit ich alles hinter mir lasse und mit dir gehe? Hältst du dich für irgendeine Gottheit und mich für deine bescheidene Jüngerin?«

»Wie kommst du auf solch eine Idee? Wenn das der Fall wäre...«

»Dies ist heller Wahnsinn! Ich muß gehen. Es war töricht von mir, überhaupt herauszukommen. Wie leicht hätte dich jemand sehen können. Außerdem streifen nachts manchmal die Hunde auf dem Gelände frei herum. Ich kam nur, um dich zu warnen, das ist alles.«

»Carlotta, du bist noch schöner geworden und lügst so gewandt wie früher. Hat dir unser Abenteuer auf der Straße Spaß gemacht? Du hast mich nicht gleich erkannt, nicht wahr? Ich fühlte es, als es dann soweit war. Und dann wußten wir beide, du und ich, daß es noch genauso ist wie damals...«

»Warum mußt du dir bloß immer so dumme Streiche ausdenken? Wenn man dich auf der Straße gefaßt hätte, wärst du als Dieb aufgeknüpft worden.«

»Liebste Carlotta, ich lebe nun einmal gefährlich. Der Tod lauert immer an der nächsten Ecke und wird mich irgendwann auch erwischen. Bis dahin spiele ich ein aufregendes Spiel und bin mit der Gefahr so vertraut geworden, daß sie mir keine Angst mehr einjagt.«

»Du denkst bestimmt anders darüber, wenn du in einem modrigen Keller im Tower schmachtest.«

»Ich schmachte aber in keinem Keller und werde mich hüten, es in Zukunft zu tun. Ach, übrigens... wer hat die Schachpartie gewonnen?«

»Mein Mann.«

»Du bist mir also untreu geworden, Carlotta.«

»Ich habe ihn deinetwegen geheiratet.«

Er packte mich beim Arm.

»Ich wurde schwanger, und diese Heirat bot sich mir als der leichteste Ausweg an.«

»Ist etwa dieses entzückende Wesen...?« stammelte er ungläubig.

»Dein Kind. Ja, du bist Clarissas Vater.«

»Carlotta!« Er schrie meinen Namen so laut, daß ich zusammenzuckte. »Still. Willst du, daß alle Welt herbeigelaufen kommt?« flüsterte ich erschrocken.

Er umarmte mich wieder und küßte mich zärtlich. »Unser Kind, Carlotta. Meine Tochter«, sagte er leise in mein Ohr. »Sie mochte mich, sonst hätte sie mir nicht den Schwanz ihrer Zuckermaus geschenkt. Erzähl ihr doch bitte, daß ich ihn immer und ewig aufheben werde.«

»Er wird garantiert schmelzen, und ich werde ihr garantiert nichts von dir erzählen. Ich will, daß sie diesen Zwischenfall so rasch wie möglich vergißt.«

»Meine Tochter heißt also Clarissa. Ich habe sie vom ersten Moment an geliebt.«

»Du verteilst deine Liebe recht großzügig, hm?«

»Ihr kommt mit mir, alle beide. Ich werde keine Ruhe geben, bis wir drei vereint sind.«

»Meinst du wirklich, daß du uns nach so langer Zeit einfach von hier losreißen kannst?«

»Ich tue immer, was ich mir vornehme.«

»Mit mir nicht.«

»Einmal ist es mir schon gelungen. Und du warst durchaus willig, nicht wahr? Was für eine Zeit! Erinnerst du dich an jenen Tag, als wir am Meer waren und die Reiter uns ausfragten?«

»Ich muß jetzt reingehen. Man wird mich vermissen.«

»Hol das Kind und komm mit!«

»Du bist von Sinnen. Clarissa liegt in tiefem Schlaf. Selbst du mußt einsehen, daß ich sie nicht einfach aufwecken kann, um dann in aller Ruhe mit ihr das Haus meines Gatten zu verlassen.«

»Es ist kein unmögliches Unterfangen.«

»Doch, das ist es. Geh weg! Geh wieder zu deinen Aufwieglerfreunden! Geh und verstricke dich weiter in deine jakobitische Verschwörung! Aber zieh mich nicht hinein, denn ich bin für die Königin.«

Er lachte laut. »Dir ist es völlig egal, wer auf dem Thron sitzt, mein Liebling. Aber es ist dir vielleicht nicht so egal, wer dein Leben mit dir teilt. Ich werde derjenige sein und England nicht ohne dich verlassen.«

»Gute Nacht. Beherzige meinen Rat. Verschwinde aus dieser Gegend und komm nicht mehr zurück.«

Ich wollte mich aus seiner Umarmung lösen, doch er hielt mich fest.

»Einen Moment noch. Wie kann ich dich erreichen, mit dir in Verbindung treten, Carlotta?«

»Überhaupt nicht.«

»Wir müssen einen Treffpunkt ausmachen.«

Ich dachte an Benjie und schüttelte den Kopf. »Es ist vorbei. Ich will vergessen, daß wir uns je kennenlernten und du mich gezwungen hast, deine Geliebte zu werden.«

»Es war die glücklichste Zeit meines Lebens. Übrigens habe ich dich nicht zwingen müssen.«

»So sehe ich es aber«, widersprach ich.

»Und aus unserer Begegnung ist dieses Kind entstanden. Ich will es haben, Carlotta. Ich will euch beide.«

»Bis vor wenigen Tagen hast du von ihrer Existenz nichts gewußt.«

»Ich wünschte, es wäre anders gewesen. Du mußt mit mir fliehen.«

»Nein, nein, nein! Ich habe einen guten Ehemann, den ich nie wieder betrügen will...« Die Worte waren mir aus Versehen über die Lippen geschlüpft, doch Hessenfield schien ihren Sinn nicht zu erfassen. Ich sah Benjies Gesicht vor mir, als ich zurückgekommen war. Wie zärtlich, wie arglos war er gewesen und hatte mich mit guten Eigenschaften ausgestattet, über die ich gar nicht verfügte.

Andererseits konnte ich Hessenfield und jene abenteuerlichen Tage mit ihm nicht vergessen. Ein Teil in mir wollte entführt werden... wie damals.

»Vielleicht muß ich ganz plötzlich etwas mit dir besprechen«, sagte er gerade. »Wie kann ich in Kontakt zu dir treten?«

»Nun, du wirst mir wohl kaum einen offiziellen Besuch abstatten können.«

»Gibt es hier irgendein verborgenes Plätzchen, wo sich eine Nachricht hinterlegen läßt?«

»Am Rand der Büsche steht ein alter Baumstumpf, in dem wir als Kinder kleine Zettel füreinander versteckten. Ich zeige ihn dir.«

Er kam rasch hinter mir her.

»Wenn du von der Rückseite des Gartens kommst, besteht für dich weniger Gefahr, gesehen zu werden. Aber wage es ja nicht, bei Tageslicht herzukommen.«

Ich führte ihn zu der Eiche, die vor vielen Jahren vom Blitz getroffen worden war. Eigentlich hätte sie längst gefällt werden müssen, und es wurde auch immer wieder davon gesprochen, aber nichts getan. Ich nannte den Baum früher den Briefkasten, weil sich ein Loch darin befand, in dem man gut einen Brief unterbringen konnte.

»Nun aber geh«, bat ich Hessenfield.

»Carlotta.« Er drückte mich an sich und küßte mich, bis ich mich ganz schwach fühlte. Es durfte nicht sein, und ich haßte mich deswegen. Aber meine Gefühle ließen sich nicht unterdrücken.

Unter Aufbietung meiner ganzen Willenskraft riß ich mich von ihm los.

»Ich werde kommen und dich holen«, flüsterte er mir zu.

»Du vergeudest nur deine Zeit. Laß mich in Frieden!«

Ich rannte zum Haus zurück, schlüpfte aus dem Cape und war ungemein erleichtert, weil offenbar niemand meine Abwesenheit bemerkt hatte.

Aus einem Impuls heraus ging ich in Clarissas Zimmer hinauf, öffnete die Tür und schaute hinein.

Dann schlich ich auf Zehenspitzen zum Bett. Sie schlief fest und sah heiter und wunderhübsch aus.

»Ist irgend etwas nicht in Ordnung?« erkundigte sich Jane Farmer, unsere Kinderfrau, die eine große Zuneigung für Clarissa hegte, ohne sie aber zu verwöhnen.

»Nein, ich wollte nur rasch einen Blick auf Clarissa werfen«, erwiderte ich.

Falls Jane darüber erstaunt war, ließ sie es sich jedenfalls nicht anmerken.

»Sie schläft immer sofort ein, kaum daß sie im Bett liegt, weil sie tagsüber herumtollt, bis sie völlig erschöpft ist. Aber am Morgen steckt sie dann wieder voller Energie. Sie ist lebhafter als alle Kinder, die ich bisher in meiner Obhut hatte«, sagte Jane Farmer im Flüsterton.

Ich nickte ihr freundlich zu und verließ dann den Raum.

Sein Kind, das ihm in vieler Hinsicht ähnelte! Es wunderte mich nicht, daß er von ihr so begeistert war.

Meine Gefühle waren in einem heftigen Aufruhr, und ich wollte allein sein, um in aller Ruhe nachdenken zu können. Aber genau das war nicht möglich.

Kaum war ich in unserem Schlafzimmer, als Benjie hereinkam. Ich saß gerade am Ankleidetisch und bürstete mir die Haare. Er stellte sich zu mir.

»Manchmal frage ich mich, womit ich dich eigentlich verdiene«, sagte er liebevoll.

Mir war fast übel vor Scham.

»Du bist so schön und so vollkommen. Auch meine Mutter war früher eine große Schönheit, aber du ... du bist das bezauberndste Wesen, das es auf der Welt gibt.«

Ich strich ihm über die Hand. »O Benjie, ich wünschte, ich wäre... besser. Ich wünschte, ich wäre gut genug für dich.«

Darüber mußte er lachen. Er kniete sich neben mich und vergrub sein Gesicht in meinem Schoß.

Ich streichelte ihm übers Haar.

»Mir ist klar, was du damit meinst«, sagte er leise. »Du denkst an diesen Unhold, an Clarissas Vater. Daran darfst du dir keine Schuld geben, Carlotta. Es blieb dir gar nichts anderes übrig. Denk nicht, daß ich dir deswegen je einen Vorwurf machen würde.«

»Ich liebe dich, Benjie. Ja, wirklich, ich liebe dich.«

Am Tag darauf kam für mich gleich der nächste Schock.

Clarissa erhielt gerade ihre morgendliche Reitstunde. Natürlich war sie eigentlich noch zu jung dafür, doch Benjie hatte ihr ein winziges Shetlandpony gekauft, mit dem sie auf der Koppel am Leitzügel herumreiten durfte. Es machte ihr großen Spaß, und sie redete ständig von Shets, ihrem Pferd. Dabei behauptete sie, daß Shets ihr alle möglichen Geschichten erzählte und wie lustig sie es miteinander hätten.

Als ich in die Halle kam, tauchte Harriet in der Tür zum Winterzimmer auf.

»Wir haben einen Besucher, Carlotta.«

Mein Herzschlag beschleunigte sich. Für einen Moment befürchtete ich, Hessenfield sei tollkühn genug gewesen, um seelenruhig bei uns hereinzuspazieren.

Ich trat ins Zimmer.

Matt Pilkington erhob sich von einem Stuhl, um mir die Hand zu küssen.

Mir stieg das Blut ins Gesicht.

»Aber... wieso...«, stammelte ich. »Ich hätte nicht gedacht, daß...«

»Ich verbringe einige Tage in einem nahe gelegenen Gasthaus, um mich von anstrengenden Geschäften zu erholen. Natürlich wollte ich mich nach Eurem Befinden erkundigen, wenn ich schon in solcher Nähe bin«, sagte er.

»Es ist lange her...«

»Ich gehe nur rasch in die Küche und sage Bescheid, daß man uns Wein bringt«, mischte sich nun Harriet ein. »Ihr habt sicher ausreichenden Gesprächsstoff.«

Damit ließ sie uns allein.

»Ich mußte einfach kommen, Carlotta. Wie oft stand ich schon kurz davor, ließ es dann aber doch immer wieder bleiben...«

»Es war auch besser so...«

»Habt Ihr Damaris in letzter Zeit gesehen?«

»Ja, ich bin erst vor kurzem in Eversleigh zu Besuch gewesen. Es war das erste Mal seit damals...«

»Wie geht es ihr?«

»Sie war zu Anfang schwer krank... ein geheimnisvolles Fieber, das sie sehr verändert hat. Leider ist sie mehr oder weniger Invalidin.«

Er schaute schweigend zu Boden.

»Wie oft habe ich mir gesagt, daß ich unverzeihlich gehandelt habe, und daran wird sich nichts ändern«, stieß er schließlich hervor. »Und doch... und doch weiß ich, daß es wieder genauso geschähe, wenn ich die Zeit zurückdrehen könnte. Ständig muß ich an Euch denken. Ohne Euch kann ich nicht glücklich sein.«

»Bitte, hört auf. Ich möchte nicht weiter zuhören. Ich habe einen Mann, ein Kind...«

»Ihr hattet auch damals Mann und Kind«, wandte er ein.

»Stimmt. In mir steckt viel Schlechtigkeit und Selbstsucht, außerdem bin ich zu impulsiv. Ich tue Dinge, die andere und mich selbst verletzen, ohne lange darüber nachzudenken. Aber jetzt versuche ich ein besseres Leben zu führen. Ihr müßt wieder gehen, Matt. Wärt Ihr bloß nicht hergekommen.«

»Ich konnte nicht anders, Carlotta. Natürlich hatte ich Angst davor, hier aufzutauchen, aber ich mußte mit Euch reden, nachdem ich Euch gestern sah...«

»Wo?« fragte ich erschrocken.

»Es war in der Nähe dieses Hauses. Ich sah Euch in den Hof reiten, und sobald ich Euch zu Gesicht bekam, war ich verloren.«

»Redet bitte nicht weiter, Matt. Was zwischen uns bestand, ist längst vorbei. Es war wie ein momentaner Rausch... für uns beide. Aber es war falsch und schlecht. Ich gebe mir daran die Schuld. Damaris hat Euch geliebt und mußte uns ausgerechnet... so vorfinden. Sie blieb die ganze Nacht in jenem schrecklichen Sturm im Freien. Man hat überall nach ihr gesucht, und sie wäre gewiß gestorben, wenn Vater sie nicht zufällig entdeckt hätte. Es war unsere Schuld, Matt. Wir hätten sie beinahe umgebracht. Reicht das immer noch nicht? Wir dürfen uns nie wiedersehen, hört Ihr. Übrigens verkaufe ich Enderby Hall, weil ich kaum den Gedanken daran ertragen kann. Sicher ergeht es Damaris ebenso. Die Ärmste! Wir machten einen Besuch in Eversleigh Court, man mußte sie fast hineintragen. Man stelle sich das vor! Damaris, die kaum aus dem Sattel zu kriegen war. Die einzige Möglichkeit, wie wir all dies ertragen können, liegt im Vergessen. Wir müssen versuchen, es zu vergessen.«

Harriet gesellte sich wieder zu uns.

»Gleich wird Wein gebracht«, verkündete sie. »Aber jetzt erzählt uns, was Ihr getan habt, seit Ihr von Grasslands wegzogt. Vermutlich dient auch Ihr in der Armee, da England ja zur Zeit ständig irgendwelche Schlachten schlägt.«

»Stimmt, aber im Moment habe ich Urlaub.«

»Hoffentlich macht Marlborough diesem törichten Krieg bald ein Ende.«

»Wollen wir es hoffen«, entgegnete Matt.

»Wie geht es Eurer Mutter?«

»Recht gut, vielen Dank.«

»Nach ihrem kurzen Abstecher aufs Land fühlt sie sich nun wahrscheinlich ganz besonders glücklich in London, nicht wahr?«

»Ja, das Stadtleben sagt ihr wohl doch am besten zu.«

Harriet nickte fast wehmütig. »Die Stadt hat ja auch so vieles zu bieten. Geht Eure Mutter eigentlich oft ins Theater?«

Sie wandte sich zu mir um, da ihr auffiel, wie ungewöhnlich schweigsam ich war. »In Frankreich steht es schlecht um das Theater. Madame de Maintenon macht dem armen alten Ludwig derart die Hölle heiß, daß er jetzt kurz vor Torschluß ganz plötzlich Reue empfindet. Also hat er die meisten Theater geschlossen, als ob ihm das einen Platz im Himmel sichere. Ich bin überzeugt, daß er den Krieg nicht gewinnen wird. Die Theater zu schließen ist die beste Methode, um sich eine Niederlage einzuhandeln.«

»Aber Harriet, welch merkwürdige Logik«, sagte ich mit gezwungenem Lachen.

»Glaub mir, meine Liebe, ich weiß, wovon ich rede. Das Volk muß aufgeheitert werden, und zwar ganz besonders in Kriegszeiten. Falls man ihm statt dessen seine gewohnten Ablenkungen wegnimmt, folgt Mutlosigkeit auf dem Fuße. Seid Ihr nicht auch meiner Ansicht?« Sie lächelte Matt zu.

»Ich bin sicher, Ihr habt recht.«

»Aber natürlich! Das Volk war vor allem deshalb bereit, König Charles wieder willkommen zu heißen, weil es die puritanische Regierung satt hatte. Ich entsinne mich noch sehr wohl der allgemeinen Freude, als die guten alten Zeiten wieder auflebten. Ich war damals blutjung...«

»Das ist klar, Harriet«, stimmte ich ihr bei.

»Ob Eure Mutter sich wohl noch an das Theaterstück erinnert, in dem wir gemeinsam auftraten?« fragte sie Matt.

»Ja, ich glaube, sie hat es einmal erwähnt.«

»Kurz darauf verließ ich die Bühne. Aber es gilt wohl der Spruch: einmal Schauspielerin, immer Schauspielerin. Ich muß gestehen, daß mich die Rampenlichter nach wie vor in Aufregung versetzen.«

So plauderte sie vor sich hin, aber vermutlich hörte Matt genausowenig zu wie ich.

Als er sich verabschiedete, fragte ihn Harriet, wann er nach London zurückzukehren gedachte.

Er erwiderte, daß er vielleicht noch einige Tage in dem Landgasthaus bleiben würde, da die Landschaft hier so besonders schön sei. Er wolle viel spazierengehen und reiten.

»Kommt uns wieder besuchen, wenn Ihr mögt«, forderte Harriet ihn auf.

»Gern, vielen Dank«, sagte er mit Nachdruck.

Obwohl wir kein Wort mehr wechselten, wußte ich, daß er nach Eyot Abbas zurückkehren würde. Seine Augen verrieten es mir.

Am gleichen Tag kam Jane Farmer aufgeregt zu mir gelaufen und wollte wissen, ob Clarissa bei mir sei.

Ich war überrascht, denn Clarissa hielt sich normalerweise zu dieser Zeit im Garten auf.

»Ich saß mit meinem Nähzeug im Gartenhaus«, erklärte Jane. »Clarissa spielte nahebei mit ihrem Federball, schlug ihn in die Luft und fing ihn wieder auf, wobei sie ab und zu laut jauchzte, wie sie es vor Freude immer tut. Plötzlich war nichts mehr zu hören. Ich legte meine Arbeit sofort weg und schaute nach. Da ich sie nirgends entdecken konnte, nahm ich an, daß sie zu Euch gelaufen war.«

»Nein, hier ist sie nicht aufgetaucht.«

»Sie sprach davon, daß sie Euch ihren neuen Schläger zeigen will. Also dachte ich...«

In mir begann sich Furcht zu regen, doch ich weigerte mich, mir den Verdacht offen einzugestehen, den ich hegte.

»Wir müssen sofort etwas unternehmen«, sagte ich energisch.

Als Harriet hereinkam, bat ich sie, das Haus zu durchsuchen. Ich wollte mir den Garten vornehmen.

Bestimmt hat sie sich irgendwo versteckt, redete ich mir ein und erinnerte mich an frühere Situationen, die ähnlich angefangen hatten.

Jane wurde immer ängstlicher. Sie gab sich die Schuld, doch ich wußte ja, wie quicklebendig Clarissa war. Es war ganz unmöglich, sie ständig im Auge zu behalten.

Nach einer Stunde angestrengter Suche hatten wir sie immer noch nicht entdeckt. Inzwischen waren wir in Panikstimmung.

Benjie und Gregory waren tagsüber mit Gutsangelegenheiten anderweitig beschäftigt gewesen, kamen nun aber heim und schlossen sich uns an. Es war Benjie, der schließlich eine grüne Feder zwischen den Büschen fand. Sie stammte von Clarissas Federball.

Da ahnte ich das Schlimmste.

»Wahrscheinlich ist sie irgendwo wohlbehalten und in Sicherheit«, versuchte Harriet mich zu beruhigen. »Es erinnert mich an die Zeit, als du dich immer in Enderby Hall versteckt hast.«

Meine Befürchtungen hatten inzwischen eine klare Form angenommen. Es ist unmöglich, dachte ich verzweifelt. So etwas kann er doch nicht tun. Aber ich wußte genau, daß er zu allem fähig war.

Ich hastete zu der alten Eiche, in der wir als Kinder Zettel versteckten und die ich Hessenfield gegenüber erwähnt hatte. Zögernd steckte ich die Hand in die Öffnung und fand auch tatsächlich ein Blatt Papier.

Mit zitternden Fingern entfaltete ich es und las:

Liebste, sei nicht traurig.
Das Kind ist wohl und munter.
Du mußt zu uns kommen. Ich warte
heute abend an dieser Stelle auf dich. H.

Ich blieb stehen und zerknüllte das Papier. Meine Gefühle schwankten hin und her. Vor allem war ich natürlich erleichtert, daß Clarissa in Sicherheit war. Und insgeheim war ich auch stolz darauf, daß er so viel riskiert hatte, um sie in seine Gewalt zu bringen. Mich erregte die Aussicht, wieder mit ihm zusammenzusein. Andererseits hatte ich mir fest vorgenommen, Benjie nicht zu enttäuschen. Ich war zugleich überglücklich und tieftraurig. Immer mußte ich daran denken, daß ich Hessenfield schon heute abend wiedersehen und mit ihm fliehen würde. Wohin? Natürlich zur Küste, wo ein Boot auf uns wartete. In dieser Nacht konnte ein Leben voller Aufregung und Abenteuer für mich beginnen, und ich würde mein Kind wiederhaben, das mir von Tag zu Tag mehr bedeutete. Das Kind und seinen Vater... Nur das wünschte ich mir. Was nützte es, dies abzuleugnen? Ein zurückgezogenes Dasein auf dem Lande war nichts für mich. Für Damaris wäre es das Richtige, doch ihr würde es wohl versagt bleiben. Wie glücklich wäre sie mit Matt geworden, wenn ich ihr nicht einen Strich durch die Rechnung gemacht hätte. Und jetzt stand ich kurz davor, auch Benjies Leben zu ruinieren. Das durfte nicht geschehen! Mein Gewissen war schon genug belastet.

Was sollte ich bloß tun?

Es gab zwei Möglichkeiten, nein, sogar drei. Bei der einen würde ich meine kleine Tochter verlieren, und das kam überhaupt nicht in Betracht. Hessenfield würde Clarissa mitnehmen, falls ich heute abend nicht käme, soviel stand fest. Bei der zweiten Alternative mußte ich Benjie, Gregory und Harriet den Brief von Hessenfield zeigen und ihnen erklären, daß er Clarissa entführt hatte und wer er in Wirklichkeit war. Dann werden Soldaten den Garten umzingeln und Hessenfield in dem Moment gefangennehmen, in dem er mich an der Eiche erwartet. Für ihn das sichere Ende, doch die einzig loyale Handlungsweise Benjie und meinem Vaterland gegenüber. Als letzte Möglichkeit blieb mir nur, mich heimlich zu dem verabredeten Treffpunkt zu schleichen.

Ich ahnte, was dann geschähe. Er würde mich entführen, notfalls mit Gewalt.

Es war mir unmöglich, gleich ins Haus zurückzugehen, denn ich war viel zu aufgewühlt.

Wie konnte ich die anderen voller Angst weitersuchen lassen, wo ich doch wußte, daß Clarissa in Sicherheit war! Andererseits... wie sollte ich ihnen klarmachen, daß sie sich in den Händen eines jakobitischen Rädelsführers befand, der als Staatsverbrecher gesucht wurde?

Als ich schließlich doch ins Haus trat, legte mir Benjie fürsorglich den Arm um die Schulter. Sein Gesicht war bleich und angespannt.

»Wo hast du bloß gesteckt? Ich begann mir schon Sorgen um dich zu machen.«

Dies war der geeignete Moment, um ihm den Brief zu zeigen, den ich zusammengeknüllt in meinem Mieder verborgen hatte. Meine Hand tastete schon danach, da mir wieder einmal bewußt wurde, wie sehr Benjie mich liebte und welch guter Mensch er war. Doch der Augenblick ging vorüber, und ich erwähnte nichts, sondern ließ sie alle weiter glauben, daß Clarissa spurlos verschwunden sei.

Die Suche wurde fortgesetzt, doch ich schloß mich in mein Schlafzimmer ein und kämpfte einen einsamen Kampf.

Wie konnte er das bloß tun? Er hatte kein Recht dazu. Aber was hatte es für einen Sinn, bei Hessenfield nach Recht und Unrecht zu fragen? Er kannte nur seinen eigenen Willen, entschied von Fall zu Fall, was das Beste für ihn war, und erklärte es dann für rechtmäßig.

Auch nach einer weiteren Stunde war ich noch unentschlossen.

Jane Farmer war so außer sich vor Sorge, daß ich sie am liebsten eingeweiht hätte, nur um ihr die Last von der Seele zu nehmen.

Welch verrückter Gedanke! Wie kam ich bloß auf solche Ideen?

Endlich faßte ich einen Entschluß. Ich würde mich mit ihm treffen und ihn beschwören, Clarissa zurückzubringen.

Als es Nacht wurde, warf ich mir einen Mantel um und wartete unter der Eiche auf ihn.

Es dauerte nicht lange, da trat er von hinten an mich heran, umarmte mich und lachte leise, als er mich auf den Hals küßte.

»Du bist wahnsinnig! Dies kann dich dein Leben kosten«, sagte ich halblaut. »Wo ist Clarissa?«

»In Sicherheit. Wir fahren noch heute nacht nach Frankreich, denn meine Mission in England ist beendet. Ich habe alles, was ich mir holen wollte... und sogar noch mehr: meine Tochter. Oh, ich vergöttere sie schon jetzt.«

»Wo ist sie?« fragte ich noch einmal.

»In Sicherheit. Aber jetzt komm! Je eher wir von hier fort sind, desto besser. Ich befürchte nämlich, daß sie mir auf der Spur sind. Wir reiten zur Küste, wo an einem verschwiegenen Plätzchen ein Boot auf uns wartet.«

»Du mußt wahnsinnig sein. Glaubst du wirklich, daß ich dich begleite?«

»Aber natürlich.«

Ich riß mich von ihm los. »Ich bin nur gekommen, um dir zu sagen...«

Er zog mich lachend wieder an sich und begann mich zu küssen.

»... daß du mich liebst«, murmelte er zwischen zwei Küssen.

»Denkst du, ich sei so rücksichtslos und gefühllos wie du? Denkst du, ich verlasse meinen Mann, bloß weil du wieder aufgetaucht bist?«

»Ich bin für dich mehr als er, denn ich bin der Vater unseres Kindes. Vergiß das nicht.«

»Wenn ich dich bloß nie gesehen hätte, Hessenfield!«

»Du lügst, süße Carlotta, gib es zu. Es war Liebe, oder sollte ich mich so irren? Erinnere dich, daß du mich schon damals nicht verraten hast. Auch diesmal hättest du es wieder tun können.«

»Stimmt, und woher willst du wissen, daß ich es nicht getan habe? Vielleicht wartet bereits ein Trupp Soldaten, um dich festzunehmen.«

»Ich war bereit, dieses Risiko einzugehen, und werde dir auch sagen, warum. Ich halte dich eines solchen Verrats nicht für fähig. Komm, Liebste, wir wollen das Schicksal doch nicht unnötig herausfordern, oder?«

»Gib mir meine Tochter zurück und verschwinde. Ich werde bestimmt keinem erzählen, daß du hier warst.«

Er lachte mich an. »Clarissa ist äußerst vergnügt und glücklich, denn wir kommen blendend miteinander aus. Sie freute sich, mich wiederzusehen.«

»Aber... wo ist sie denn?«

»Auf See, wo auch du und ich diese Nacht verbringen werden. Noch diese Nacht, Liebste! Uns verbinden so wunderbare Erinnerungen. Keine Frau wird mir je mehr bedeuten als du. Ich werde jene Tage mit dir bis an mein Lebensende nicht vergessen.«

»Ich kann nicht fort. Das mußt du endlich begreifen.«

Er packte mich unvermutet und hob mich mühelos hoch, wobei mir der Mantel von den Schultern glitt. Dann trug er mich rasch zu einem Pferd, das er an einen Baum gebunden hatte.

Er setzte mich auf den Sattel und schwang sich hinter mich. Ich weiß nicht mehr, ob ich mich überhaupt wehrte, denn ein Teil in mir wollte von Hessenfield entführt werden. Seine Abenteuerlust steckte mich an. Gleichzeitig sah ich Benjies Gesicht vor mir. Er würde verzweifelt sein, wenn er annehmen mußte, daß ich ihn freiwillig verließ.

Wir hatten nur etwa eine Meile bis zur Küste zurückzulegen. Ein milchiger Halbmond versilberte die Landschaft. Ich sah das Inselchen Eyot im Meer liegen. Es wirkte so einsam und ruhig, wie die See in dieser Nacht war.

Hessenfield pfiff leise, und eine Gestalt tauchte am Ufer auf. Es war ein Mann, der offensichtlich dort gewartet hatte.

»Alles in Ordnung, Sir.«

»Sehr gut«, erwiderte Hessenfield.

Er saß ab und hob mich vom Pferd, das der Mann sogleich am Zügel ergriff. Als Hessenfield mich über den Kiesstrand hinter sich herzerrte, hörte ich den Fremden davongaloppieren.

Ein zweiter Mann saß mit eingezogenen Rudern in einem kleinen Boot, das sanft auf den Wellen schaukelte.

Wir wateten durchs Wasser, das uns bis zur Taille reichte. Hessenfield half mir beim Hineinklettern.

»Rasch. Wir haben keine Zeit zu verlieren!«

Der Mann begann in Richtung der kleinen Insel zu rudern. Plötzlich richtete sich Hessenfield auf und lauschte angestrengt. »Schneller«, befahl er dann. »Sie sind schon am Ufer. Bei Gott, wir haben es gerade noch geschafft.«

Ich konnte schattenhafte Gestalten am Ufer erkennen. Dann wurde ein Schuß abgefeuert, der das Boot nur knapp verfehlte.

»Wir sind bald außer Schußweite«, beruhigte mich Hessenfield.

»Ohne dein romantisches Abenteuer wären wir längst in Sicherheit«, brummte der Mann.

»Ich weiß. Aber bisher klappte ja alles wunderbar. Gleich sind wir da.« Wir hatten inzwischen die Insel umrundet, und ich sah ein wartendes Schiff.

»Geschafft!«

Wir legten längsseits an, und gleich darauf wurde eine Strickleiter heruntergelassen. Ich stieg als erste hinauf. Oben streckten sich mir Hände entgegen, um mir über Bord zu helfen.

Wenige Sekunden später stand Hessenfield neben mir.

»Unternehmen geglückt«, rief er lachend und legte mir den Arm um die Schultern. »Das erfolgreichste, das ich je durchgeführt habe. Wir stechen am besten sofort in See. Komm, du willst sicher gleich unsere Tochter sehen.«

Sie schlief friedlich und hielt dabei ihren Federball umklammert. Ich beugte mich hinunter und nahm sie in die Arme. Sie wachte auf.

»Mama...«

»Ja, mein kleiner Liebling.«

Sie öffnete ihre Augen ganz weit. »Ich bin auf einem großen Schiff und habe einen neuen Vater«, verkündete sie.

Hessenfield kniete sich neben uns.

»Und du magst ihn sehr gern, nicht wahr? Sag deiner Mutter, daß es so ist.«

»Er wird mir einen neuen Federball schenken«, erklärte sie mir.

»Du hast ihr noch nicht verraten, daß du mich gern magst, Clarissa.«

Sie richtete sich auf und schlang die Ärmchen um seinen Hals.

»Dies ist sein Schiff, Mama, und er wird mir zeigen, wie es segelt.«

## *Verbrechen aus Leidenschaft*

Ich hatte das Gefühl, mich in einem völlig anderen Dasein zu befinden. Zu Anfang kam mir alles so verwirrend vor, daß ich wie betäubt war. Ohne Schwierigkeit nahm ich die fordernde, leidenschaftliche und unersättliche Liebesbeziehung mit Hessenfield wieder auf, als hätte es keine jahrelange Unterbrechung gegeben. Zuerst zeigte ich mich natürlich als das empörte Opfer, doch Hessenfield machte dem rasch ein Ende und brachte mich dazu – wenn auch nicht in Worten – einzugestehen, daß ich das Zusammensein mit ihm ungemein genoß.

Allerdings war mein Glück nicht ungetrübt. Ich konnte keine Entschuldigung dafür finden, daß ich insgeheim selig war, auf diese Weise entführt worden zu sein. Andererseits empfand ich eine tiefe und echte Reue über das, was ich Benjie angetan hatte. Mein einziger Trost war, daß mein Mantel im Buschwerk hängengelieben war, woraus er hoffentlich schließen würde, daß ich nicht freiwillig mitgegangen war. Das würde seinen Kummer zwar kaum mindern, doch zumindest mußte er nicht annehmen, daß ich ihn verraten und im Stich gelassen hatte.

Die Überfahrt verlief ohne Zwischenfälle, und nach kurzer Zeit erreichten wir die französische Küste.

Clarissa war hingerissen von all dem Neuen. Sie akzeptierte dieses außergewöhnliche Abenteuer mit jener Selbstverständlichkeit, die für Kinder typisch ist. Einmal erkundigte sie sich allerdings, wann ihr Vater denn mit Gregory und Harriet nachkommen würde. Ich erwiderte ausweichend, daß wir es nicht genau wüßten.

»Ich möchte ihnen meinen neuen Vater zeigen«, erklärte sie mit Stolz in der Stimme, was mich zugleich freute und schmerzte.

Wir reisten quer durch Frankreich und stiegen in verschiedenen Gasthäusern ab, wobei es mir immer wieder auffiel, welch bekannter Mann Hessenfield war. Stets standen ihm die besten Zimmer zur Verfügung, worauf er diesmal ganz besonderen Wert legte, da er en famille reise, wie er den Wirtsleuten gegenüber erwähnte.

In unserer Begleitung befand sich der Mann, der uns zum Schiff gerudert hatte. Er hieß Sir Henry Campion und war ein guter, verläßlicher Freund Hessenfields. »Henry ist ein loyaler Jakobit, was du jetzt auch sein mußt, da du nun zu uns gehörst, mein Liebling«, sagte er zu mir.

Ich erwiderte nichts. Wenn ich doch nur Benjie und das Unglück vergessen könnte, das ich über ihn gebracht hatte!

Ohne die nagenden Schuldgefühle seinetwegen wäre ich in meiner jetzigen Situation geradezu ekstatisch glücklich, das stand für mich fest. Ich bereute es, Benjie geheiratet zu haben. Wenn ich mutiger gewesen wäre, hätte ich mein Kind auch ohne Ehemann zur Welt gebracht...

Solche Überlegungen waren natürlich völlig nutzlos. Ich hatte genauso gehandelt, wie es zu meinem Charakter paßte. Auch Hessenfield sah das wohl ein. »Ich hätte dich damals nicht zurücklassen dürfen«, sagte er einmal in einem Gespräch.

Aber er gehörte nicht zu den Menschen, die sich viel mit der Vergangenheit beschäftigen. Jeden neuen Tag genoß er und empfand vermutlich niemals Reue über irgendeine Handlungsweise. Er strahlte Heiterkeit, gute Laune und Leichtsinn aus. Vermutlich würde er auch noch lachen, wenn er starb...

Clarissa hatte ihn ganz und gar bezaubert. Es erstaunte mich, daß ein Kind ihm so viel bedeuten konnte. Andererseits war sie wirklich entzückend, dazu hübsch und auf erschreckende Weise waghalsig. Ihre Neugier schien geradezu unerschöpflich zu sein. Jeder Vater wäre wohl stolz auf sie gewesen, doch bei Hessenfield freute es mich ganz besonders, daß er sich neben all seinen Aufgaben und Pflichten so viel Zeit nahm, um sich mit ihr zu beschäftigen.

Schließlich trafen wir in Paris ein. Er hatte mich schon ein wenig auf die Stadt vorbereitet: »Der englische Hof befindet sich in St. Germain-en-Laye, wo der König in einem Schloß residiert. Es herrscht dort dasselbe Hofzeremoniell wie in England. Ich bin häufig beim König, besitze aber ein Haus – hier nennt man es hôtel – in Paris, da ich auch dort viel zu tun habe. Wir werden zusammen in diesem Haus leben, und ich werde dich dem König selbstverständlich als meine Frau vorstellen.«

»Als deine Frau?«

»Du bist meine Frau, liebste Carlotta. Ich weiß natürlich, daß du mit einem anderen Mann in England unglücklich verheiratet warst. Aber nun sind wir in Frankreich. Du wirst dich daran gewöhnen müssen, als Lady Hessenfield angeredet zu werden.«

Er nahm mein Gesicht in seine beiden Hände und küßte mich.

»Ich liebe dich. In dir ist etwas, das mich aufs wunderbarste ergänzt, Carlotta. Ich fühle mich dir näher als jedem anderen Menschen, und wir haben eine süße kleine Tochter. Gott sei Dank, daß ich dich hier bei mir habe.«

Er meinte es ernst und machte mich dadurch sehr glücklich, jedenfalls für den Moment, bis ich wieder an Benjie denken mußte...

»Du lebst im Exil und bist nun eine von uns«, sagte er bei einer anderen Gelegenheit. »Auch wenn du nicht aufgrund deiner eigenen Überzeugung zu uns gekommen bist, gehörst du jetzt dazu. Natürlich wollen wir wieder nach England zurückkehren, denn wer möchte schon sein Leben im Exil verbringen. Aber wann immer ich Heimatboden betrete, muß ich es heimlich tun, wie ein Dieb. Auf meinen Kopf hat man einen Preis ausgesetzt. Man jagt und hetzt mich, und dabei habe ich Besitztümer in Nordengland, wo meine Vorfahren wie Könige lebten. Ja, eines Tages kehren wir zurück, aber zuvor müssen wir dem rechtmäßigen König zu seinem Thron verhelfen. Unter der jetzigen Regierung verzichte ich auf England.«

»Dir bleibt gar nichts anderes übrig, da du als Verräter giltst.«

Er nickte. »In meinem Heimatland bin ich nur ein Verschwörer und ein... Flüchtling.«

»Warum mußtest du dich bloß in Staatsangelegenheiten mischen? Es lebt sich wahrlich nicht schlecht unter Königin Anne.«

»Typisch weibliche Logik«, neckte er mich. »Was geht uns die gerechte Sache an, wenn wir gut leben können? Nein, das kommt für mich nicht in Frage, Carlotta. Und vergiß nicht, auch du gehörst jetzt zu uns.«

»Nur, weil du mich dazu gezwungen hast.«

»So spricht eine gute Jakobitin«, spottete er. Ich wußte natürlich, daß er recht hatte. Ob es mir nun paßte oder nicht, die Mitwelt würde mich von nun an zu den Jakobiten zählen. Hitzig erklärte ich ihm, daß ich mir nicht das geringste aus seiner jakobitischen Verschwörung machte.

»Stimmt, aber du machst dir was aus mir. Und ich werde dir so manches Geheimnis ohne Furcht anvertrauen, weil ich weiß, daß deine Liebe zu mir so stark ist wie der stärkste Glaube an eine gerechte Sache. Wir gehören zusammen, Carlotta, und so soll es bleiben, bis der Tod uns scheidet.«

In den seltenen Augenblicken, in denen er so ernst war, rührte er mich zutiefst. Ich liebte ihn, o ja! Sein Wagemut, seine Stärke und seine sonstigen männlichen Vorzüge begeisterten mich stets aufs neue. Er war der geborene Führer. Im Vergleich zu ihm fiel Beau ab. Er hätte mich nicht halten können.

Wie herrlich wäre es, wenn wir uns auf andere Weise begegnet wären und ich seine rechtmäßige Frau sein könnte! Ach, wenn sich doch nur die Vergangenheit auslöschen ließe! Beau bedeutete mir inzwischen gar nichts mehr, nein, es war Benjie, dessen Bild mich verfolgte. Seinetwegen quälten mich Schuldgefühle, so daß ich nie ganz unbeschwert sein konnte.

Paris versetzte mich in Aufregung. Gleich nach unserer Ankunft in dieser faszinierenden Stadt bezogen wir das Haus im Marais, das zu den vornehmsten Vierteln zählte, wie ich später erfuhr. Der französische König verhielt sich all jenen englischen Adligen gegenüber sehr großzügig, die erklärte Feinde der englischen Königin waren.

In Eversleigh hatte man jedem von uns beigebracht, die Treue gegenüber der Krone als eine unserer wichtigsten Pflichten anzusehen. Trotzdem war mein Großvater Carleton in die Monmouth-Rebellion verstrickt gewesen. James hätte ihn gewiß als illoyal verdammt, was Hessenfield nun in Königin Annes Augen war. Im Grunde ging es nicht so sehr um Mangel an Loyalität, sondern um Prinzipientreue. Von Tag zu Tag wurde ich mehr zur Jakobitin.

In dem schönen Haus im Marais gab es mehrere Dienstboten, denen mich Hessenfield formell als Lady Hessenfield vorstellte. Ich hielt bei dieser kleinen Zeremonie Clarissa an der Hand, die sich mit großen Augen umschaute. »Und dies ist unsere Tochter«, fügte ihr Vater stolz hinzu.

Kein Mensch stellte uns in Frankreich irgendwelche Fragen. Hessenfield war in jakobitischer Mission nach England gereist und hatte Frau und Kind mit zurückgebracht. Es klang sehr plausibel. Ich schlüpfte mühelos in die neue Rolle, und Clarissa erging es ebenso.

In jenen ersten Tagen fühlte ich mich wie eine junge Braut. Hessenfield machte es Spaß, uns in Paris herumzuführen, denn dies war seiner Meinung nach die beste Methode, um eine Stadt kennenzulernen.

Wir schlenderten durch die ruhigen Straßen des Marais, wo einst die Könige aus dem Geschlecht der Valois residiert hatten. Hessenfield erklärte Clarissa, daß in der Rue Beautreillis früher Weingärten angelegt wurden, in der Rue de la Cerisaie Obstgärten und daß in der Rue de Lions die königliche Menagerie ihren Platz hatte.

Wir staunten über die pittoresken Häuser dicht am Fluß, gegen deren Mauern das Wasser schwappte. Clarissa interessierte sich brennend dafür, ob es wohl jemals durch die Fenster ins Innere floß. Sie befand sich ständig in Aufregung und war manchmal so überwältigt, daß sie sogar vergaß, ihre Lieblingsfrage ›warum?‹ zu stellen.

An einem der nächsten Tage drangen wir bis ins Stadtzentrum vor. Wir überquerten den Pont Marie und kamen zur Ile de la Cité, wo wir die gewaltigen Türme von Notre-Dame bewunderten. Am Quai des Fleurs kaufte Hessenfield uns herrliche Blumen. Clarissa wäre am liebsten in die kleinen Gassen hinter der Kathedrale gerannt, doch Hessenfield erlaubte uns nur, einen kurzen Blick darauf zu werfen. Dort hausten die Armen, und die Gassen waren so eng, daß kaum ein Sonnenstrahl in die Fenster dringen konnte. In der Straßenmitte verlief ein Rinnstein, der voller Unrat war.

»Kommt fort von hier«, sagte Hessenfield. »In solche Sträßchen dürft ihr euch nie hineinwagen. Es gibt sie überall in Paris, aber man kann sie nicht gefahrlos betreten.«

»In jeder großen Stadt gibt es Slums«, fügte ich hinzu.

»Was sind Slums?« fragte Clarissa.

»Das, was du hier siehst.«

Sie war ganz zappelig vor Neugierde und versuchte sich loszureißen, doch ich hielt ihre Hand eisern fest. Im nächsten Moment hob Hessenfield sie hoch. »Du bist sicher müde, Kleines. Soll ich für ein Weilchen deine Kutsche sein?«

Es rührte mich, als ich sah, wie Clarissa ihn anlächelte und die Arme um seinen Nacken schlang. Sie hatte Benjie und Gregory nicht vergessen, erwähnte sie aber seltener als zu Anfang.

In der Rue St. Antoine kamen wir an einer Apotheke vorbei. Süße Düfte erfüllten die Luft, und ich dachte flüchtig an Beau, der eigenhändig Parfüms hergestellt hatte und immer stark nach Moschus duftete. Das hatte mich zuallererst zu Matt hingezogen, denn er benutzte das gleiche Parfüm.

Hessenfield bemerkte meinen Blick. »Heutzutage gibt es in Paris nicht mehr so viele Apotheken wie früher, als hier an jeder Straßenecke Quacksalber Medizin, Elixiere, Heiltränke und sonstiges Gebräu verkauften. Plötzlich trat ein Wandel ein. Das muß wohl vor ungefähr vierzig Jahren geschehen sein, aber man spricht noch heute davon. Es gab damals einen berüchtigten Giftmischer namens La Voisin und auch eine Frau, Madame de Brinvilliers. Sie starben eines gräßlichen Todes, doch ihre Namen wird man nie vergessen. Alle Apotheker müssen seither leisetreten. Man hegt immer noch Verdacht gegen das ganze Gewerbe.«

»Haben die Leute wirklich Gift bei den Apothekern gekauft?«

»O ja. Jetzt ist es schwieriger geworden, aber für eine entsprechende Geldsumme klappt es sicher immer noch. Es waren hauptsächlich Italiener, die von jeher gewissermaßen Fachleute im Vergiften waren. Sie können Gift herstellen, das farblos und ohne Geruch und Geschmack ist und sogar durch die Kleidung wirkt. Das Gift kann allmählich oder auf der Stelle wirken. Diese Madame de Brinvilliers wollte ihren Ehemann umbringen und hat die verschiedenen Gifte vorher an den Kranken in den Hospitälern ausprobiert, wo sie als fromme Lady bekannt war, die sich rührend um die Siechen kümmerte.«

»Sie muß eine Teufelin gewesen sein.«

»Das war sie auch. Stell dir nur mal vor, wie sie irgendeine Delikatesse mit einer neuen Mixtur tränkt und dem armen Opfer später einen Besuch abstattet, um die Wirkung zu überprüfen.«

»Ich bin froh, daß Clarissa schläft, sonst würden wir mit hundert Fragen geplagt. Was für eine aufregende Stadt! Ich habe noch nie so viel Schmutz gesehen und so viel Krach vernommen.«

»Paß auf, daß du nicht bespritzt wirst. Es ist ein ätzender Dreck, der Löcher in die Kleidung frißt. Als die Römer herkamen, nannten sie Paris ›La Lutetia‹, was soviel heißt wie Stadt aus Dreck. Seither hat sich natürlich vieles gebessert, aber man muß immer noch sehr achtgeben. Und was den Krach betrifft – die Franzosen sind nun einmal ein lärmendes Volk.«

Oh, wie ich jene Tage genoß, als ich Paris und Hessenfield immer besser kennenlernte und beide immer mehr liebte.

Bevor eine Woche vorüber war, erklärte Hessenfield, daß ich nun am Hof von König James präsentiert werden müsse.

St. Germain-en-Laye lag ungefähr dreizehn Meilen von Paris entfernt. Wir fuhren mit der Kutsche, da ich für diese höfische Zeremonie entsprechend elegant gekleidet sein mußte. Hessenfield hatte bereits an unserem Ankunftstag eine Pariser Schneiderin kommen lassen, da ich ja nur jenes Kleid besaß, das ich auf dem Leib trug, als ich, nach meiner Version, verschleppt wurde oder willig England verließ, um meinem wahren Liebsten zu folgen, wie seine Version lautete.

Als erstes wurde ein schlichtes Tageskleid angefertigt, und dann kam die Robe für den Auftritt am Königshof an die Reihe. Es war lavendelblau und sehr schick, ohne jedoch protzig zu wirken.

»Mylord hat angeordnet, daß es genau die Farbe von Myladys Augen haben muß«, sagte die Schneiderin, die ein Aufheben um dieses Kleid machte, als handle es sich um ein Kunstwerk.

Ich hatte eine solch intensive Farbe nie zuvor gesehen und mußte zugeben, daß die Pariser Färber zu Recht berühmt waren. Zuunterst zog ich einen Petticoat mit Reifen aus Fischbein an. Darüber kam ein Reifrock aus blauer Seide, der gerüscht und gerafft und so üppig war daß das enganliegende Mieder die Taille um so zierlicher wirken ließ. Das Unterkleid war von einem derart raffinierten zarten Grün, daß man sich über die Farbe nicht ganz sicher sein konnte. Solch ein Kleid wäre in England undenkbar.

»Fantastisch«, meinte Hessenfield, der mich von Kopf bis Fuß musterte. »In der Mode hinken wir den Franzosen leider um Jahre hinterher.«

Mein Haar wurde von einem Coiffeur nach Hessenfields Wahl frisiert. Er gab kleine zufriedene Laute von sich, während er es kämmte und toupierte, bis es wie eine Krause von meinem Kopf abstand. Dann begann er sein eigentliches Werk, und ich war über das Ergebnis verblüfft, wie ich ehrlicherweise eingestehen mußte. Er hatte die Haare auf meinem Kopf hoch aufgetürmt und in eine kunstvolle Rolle gelegt. Das Ganze krönte ein Diamantendiadem.

Als Hessenfield mich so sah, geriet er völlig außer sich vor Entzücken.

»Niemand hat deiner Schönheit bisher Gerechtigkeit widerfahren lassen«, sagte er.

Er führte mich zu Clarissa, die mich mit offenem Mund anstarrte.

»Bist das wirklich du?«

Ich kniete mich hin, um sie zu küssen.

»Du wirst dir deinen Rock ruinieren«, rief Hessenfield.

Ich lachte, und er stimmte vergnügt mit ein.

»Bist du stolz auf sie, Clarissa?« fragte er.

Sie nickte. »Aber die andere Mama mag ich auch.«

»Du magst mich immer so, wie ich bin, nicht wahr, Clarissa?«

Sie nickte.

»Darf ich in diesen magischen Kreis eintreten?« erkundigte sich Hessenfield lächelnd.

»Was ist das?«

»Wir reden später darüber. Komm jetzt, Carlotta, die Kutsche wartet.«

Voller Erwartung fuhr ich ins Schloß von St. Germain-en-Laye.

Ich wurde als Lady Hessenfield dem Mann vorgestellt, der sich James III. nannte. Er war jünger als ich, vermutlich so um die siebzehn Jahre alt. Seine Begrüßung war sehr freundlich. Obwohl er eine königliche Haltung an den Tag legte, wollte er offensichtlich all jenen huldvoll seine Dankbarkeit zeigen, die sich im Exil zu ihm gesellt hatten. Dies galt natürlich besonders für Männer wie Hessenfield, die eine ganze Menge geopfert hatten, um ihm zu dienen.

»Ihr habt eine schöne Frau, Hessenfield«, sagte er.

»Da stimme ich Euch völlig bei, Sire.«

»Sie möge oft an unseren Hof kommen, denn wir bedürfen der Unterstützung durch Schönheit und Anmut, um diese schreckliche Wartezeit zu überstehen.«

Ich erwiderte, wie froh ich darüber sei, hiersein zu können. Er entgegnete, daß er einerseits natürlich hoffe, ich würde recht lange bleiben, andererseits wolle aber wohl keiner von uns länger als nötig Gast des französischen Königs sein.

»Wollen wir es so ausdrücken, Lady Hessenfield, daß Ihr und ich gute Freunde in Westminster und Windsor sein werden.«

»Möge es bald so sein, Sire.«

Dann wurde ich seiner Mutter vorgestellt, der armen, traurigen Maria Beatrice von Modena. Zu ihr fühlte ich mich mehr hingezogen als zu ihrem Sohn. Sie war sicher schon knapp fünfzig, da sie mit Anfang Dreißig James zur Welt gebracht hatte. Als junges Mädchen war sie nur äußerst ungern nach England gekommen, um James – damals Herzog von York – zu heiraten, der bereits Witwer war und eine fest etablierte Mätresse hatte. Damals hatte sie großes Leid erlebt. Ich empfand viel Mitgefühl für diese unglückliche Frau. Sie hatte ihrem Mann einen Sohn geschenkt, der sich nun James III. nannte, und war ihm ins Exil gefolgt. Früher soll sie eine Schönheit gewesen sein, doch nun sah sie so schmächtig aus, als hätten die Sorgen sie aufgefressen. Ihre Haut war bleich, doch sie hatte immer noch ausdrucksvolle dunkle Augen.

Sie war zu mir ebenso herzlich wie ihr Sohn und hieß mich bei Hof willkommen, wann immer ich sie zu sehen wünschte. Da sie erfahren hatte, daß meine kleine Tochter ebenfalls in Paris war, unterhielten wir uns ein Weilchen über Kinder.

»Lord Hessenfield hat meinen Mann und nun auch meinen Sohn sehr tatkräftig unterstützt«, sagte sie dann. »Ich freue mich für ihn, daß er seine schöne Frau endlich bei sich hat. Seit ich Euch gesehen habe, meine liebe Lady Hessenfield, verstehe ich, warum er so stolz auf Euch ist. Ihr seid wundervoll und eine wahre Zierde für unseren Hof.«

Hessenfield zeigte sich entzückt, weil ich solchen Erfolg hatte.

»Ich habe es vorausgeahnt«, sagte er. »Eine Schönheit wie die deine ist eine seltene Gabe, liebste Carlotta. Sie ist nur für mich da, doch ich lasse die anderen gern einen Blick darauf werfen, einen Blick, aber nicht mehr.«

»Jeder hier scheint mich für deine Frau zu halten.«

»Das bist du auch. Du bist mein, wir sind für immer verbunden. Ich sagte dir schon, daß nur der Tod uns trennen kann. Das schwöre ich. Ich würde dich schon morgen heiraten, wenn es möglich wäre. Aber hier gelten wir als verheiratet. Alle glauben es. Meine Liebste, ich bin glücklicher als je zuvor. Dich und das Kind ... mehr will ich nicht.«

Mir war klar, daß solche Worte für einen Mann wie Hessenfield höchst ungewöhnlich waren. Bisher hatte es in seinem Leben wenig Platz für Gefühle gegeben, doch nun empfand er starke, aufrichtige Liebe.

Als wir zu unserem Haus zurückfuhren, war ich über alle Maßen selig.

Ja, Hessenfield hatte sich gewandelt, war zu einem Mann geworden, der die volle Verantwortung für seine Familie trug. Nachts war er immer noch der leidenschaftliche und fordernde Liebhaber, doch gerade deshalb amüsierte es mich um so mehr, ihn tagsüber als Haus- und Familienvater zu erleben.

Die Schneiderin vom Versailler Hof kam oft zu uns ins Haus und fertigte für mich extravagante Kleider an. Ich lobte und bewunderte sie für ihre Nähkünste, mit denen sie es verstand, meine Schönheit noch besser zur Geltung zu bringen. Es kam mir zu Ohren, daß man mich die schöne Lady Hessenfield nannte. Wenn ich ausritt, gab es meistens einige Gaffer und Schaulustige.

Ich war eitel genug, um Spaß daran zu finden.

Clarissa beanspruchte viel von Hessenfields Aufmerksamkeit. Eines Tages erwähnte er, daß wir uns von nun an manchmal in St. Germain aufhalten müßten, da er dort gewisse Dinge zu erledigen habe. »Wir können Clarissa nicht mitnehmen. Das beste wäre, wir suchen uns eine gute Kinderfrau und Erzieherin für sie. Sie soll die Kleine unterrichten und gleichzeitig auf sie aufpassen.«

»Ich möchte nicht, daß sie nur noch Französisch spricht, denn dadurch würde sie sich irgendwie verändern.«

»Sie soll beide Sprachen beherrschen.«

»Aber ein französisches Kindermädchen wird wohl kaum Englisch mit ihr reden.«

»Es bleibt uns trotzdem nichts anderes übrig, denn eine englische Erzieherin werden wir hier in Paris garantiert nicht auftreiben. Ich habe es einigen Leuten gegenüber schon erwähnt, daß wir jemanden suchen.«

»Voraussetzung ist, daß sie mir gefällt.«

Er küßte mich. »Sie muß uns beiden gefallen.«

Es schien ein einmaliger Glücksfall zu sein, daß ausgerechnet Mary Marton sich um den Posten bewarb.

Ich war gerade mit Clarissa zusammen, als sie mir gemeldet wurde, empfing sie aber lieber allein im Salon. Sie war mittelgroß, schlank, hatte hellblondes Haar und blaue Augen. Ihr Auftreten war sehr bescheiden. Sie hatte gehört, daß ich ein verläßliches Kindermädchen suchte und wollte uns nun ihre Dienste anbieten.

Ihrem Bericht nach war sie mit ihrer Mutter nach Frankreich gekommen, weil ihr Vater dem nunmehr verstorbenen englischen König ins Exil gefolgt war. Ihr Vater war kurz darauf gestorben, und sie war mit ihrer Mutter in die Nähe von Angoulême gezogen. Da sie inzwischen völlig verwaist war, versuchte sie nun in Paris etwas Geld zu verdienen. Ihre Eltern hatten ihr leider nichts hinterlassen.

Sie hatte entfernte Verwandte in England, zu denen sie vorläufig nicht zurückkehren konnte, da ihr Vater Jakobit gewesen war. Folglich mußte sie sich ihren Lebensunterhalt selbst verdienen.

Mary Marton war gebildet, liebte Kinder und schien bestens geeignet, sich um Clarissa zu kümmern. Und zudem war sie äußerst dankbar für die Stellung, die wir ihr boten.

Mich freute diese Entwicklung ganz besonders, da ich wünschte, daß Clarissa ihre englischen Eigenarten nicht ganz verlor. Schließlich hoffte ich ja darauf, eines Tages nach England zurückzukehren, um meine Mutter und Harriet wiederzusehen. Wie oft mußte ich an Damaris denken! Sie und Benjie verfolgten mich wie zwei vorwurfsvolle Schatten.

Gleich vielen anderen nahm ich an, daß man James nach Annes Tod auffordern würde, nach England zurückzukommen. Dieser Zeit fieberten wir alle entgegen. Anne war eine kranke Frau und würde sicher nicht sehr alt werden. Sie litt unter schwerer Wassersucht, die ihr das Gehen fast unmöglich machte. Seit langem hatte sie jede Hoffnung auf einen Thronerben aufgegeben.

Clarissa sprach inzwischen schon ein bißchen Französisch, was ja gut und schön war, doch ihre Muttersprache sollte Englisch bleiben.

Mit Freuden stellte ich also Mary Marton ein, und Clarissa mochte sie auf Anhieb gern. Das war allerdings kein großes Kunststück, denn sie hatte alle Welt gern und wurde auch von aller Welt geliebt. So war jedenfalls ihre feste Meinung. Dies hätte ich gern denjenigen zu bedenken gegeben, die sie für verwöhnt hielten. Das Verwöhnen hatte aus Clarissa auf jeden Fall ein äußerst liebevolles Wesen gemacht.

Auch Hessenfield war natürlich erfreut, daß wir so rasch eine Erzieherin gefunden hatten. Häufig erzählte er mir nun von seinen Plänen. Ständig fuhren Freunde und Bekannte von ihm nach England, um für die große Invasion alles vorzubereiten. Wenn der bewußte Tag dann käme, wüßten sie, wo es sich am sichersten landen ließe und mit wie vielen englischen Sympathisanten man rechnen konnte.

Die Vorbereitungen befanden sich in einem entscheidenden Stadium. Mehrere Männer würden in Kürze nach England übersetzen und dort Waffen und Munition an sicheren Plätzen verstecken, nämlich in der Obhut von vertrauenswürdigen Jakobiten, die jedoch als loyale Untertanen der Königin galten.

»Überall im Land wird es derartige Stützpunkte geben«, erklärte mir Hessenfield. »Wir haben bereits zwei, doch der jetzt geplante wird der wichtigste von allen sein.«

»Du fährst hoffentlich nicht mit«, sagte ich ängstlich.

»Diesmal nicht. Ich habe hier genug Arbeit zu erledigen.«

Darüber war ich sehr froh.

Ungefähr zwei Wochen nachdem Mary Marton in unsere Dienste getreten war, meldete mir Jeanne, eines unserer Mädchen, daß ein Herr mich zu sprechen wünsche.

»Wer?«

»Er wollte keinen Namen nennen, Madame. Er ist Engländer.«

»Ein... Fremder?«

»Ich habe ihn noch nie gesehen, Madame.«

»Führe ihn herein«, bat ich sie.

Meine Überraschung war groß, als Matt Pilkington eintrat.

»Matt!« rief ich ganz entgeistert.

Er schaute mich fast schuldbewußt an.

»Carlotta, ich weiß, ich hätte nicht kommen dürfen«, sagte er, trat auf mich zu und ergriff meine Hände. »Aber ich konnte es nicht mehr aushalten. Ich mußte Euch wiedersehen...«

»Aber wie... wie seid Ihr denn hergekommen?«

»Das war nicht besonders schwer. Ich nahm ein Schiff und kam nach Paris.«

»Ihr müßt verrückt sein, Matt. England liegt mit Frankreich im Krieg... und Ihr seid Soldat. Hier befindet Ihr Euch in Feindesland.«

»Jaja, das weiß ich doch alles. Aber ich mußte Euch unbedingt sehen. Ich weiß alles...«

»Was wißt Ihr denn?«

»Daß Ihr gewaltsam entführt wurdet.«

Große Erleichterung überflutete mich. Das war also die allgemeine Ansicht, Gott sei Dank.

»Ich machte in Eyot Abbas einen Besuch. Ihr erinnert Euch vielleicht, daß ich nicht weit entfernt in einem Gasthaus wohnte. Man erzählte mir alles von Euch und dem Kind. Ich mußte herkommen, um mich mit eigenen Augen davon zu überzeugen, ob es wahr ist...«

»Ihr seid in großer Gefahr.«

Er schüttelte den Kopf. »Seit langem habe ich mit den Jakobiten sympathisiert, und das wissen sie auch. Ich bin hier willkommen und folglich nicht in Gefahr. Carlotta, ich wollte Euch unbedingt wiedersehen...«

»Ihr dürft nicht noch einmal herkommen, Matt.«

»Wieso lebt Ihr mit ihm, der Euch solches Unrecht antat? Man nennt Euch hier sogar allgemein Lady Hessenfield.«

»Es ist besser so.«

»Aber Euer Mann?«

»Habt Ihr ihn gesehen?« fragte ich rasch.

»Ja. Er war sehr traurig und sprach davon, nach Frankreich zu reisen. Aber für ihn ist es unmöglich. Hier sind nur Jakobiten erwünscht.«

»Habt Ihr die Jakobiten über Euer Kommen informiert?«

»Nein, ich mußte England in aller Heimlichkeit verlassen. Aber ich habe hier drüben Freunde und bin in Sicherheit.«

Ich seufzte. »Trotzdem dürft Ihr nicht mehr herkommen, Matt. Jene... Affäre zwischen uns ist vorüber. Es war nichts als eine momentane Verblendung. Versteht Ihr?«

»Es mag so sein, was Euch betrifft«, erwiderte er. »Für mich ist es meine wertvollste Erinnerung.«

»Nein, bitte nicht, Matt.«

»Schon gut, Carlotta. Ich will Euch nicht verletzen oder auch nur in Verlegenheit bringen. Aber laßt mich manchmal herkommen und Euch nahe sein. Ich verspreche Euch, ja, ich schwöre es, daß ich jenen Zwischenfall nie mehr erwähne. Aber ich muß Euch manchmal sehen. Ihr seid nicht nur schön, sondern Ihr habt mich verzaubert. Carlotta, das seid Ihr mir schuldig. Erlaubt mir bitte, manchmal herzukommen.«

»Da Ihr zu den Jakobiten gehört und für sie arbeitet, werdet Ihr wohl ab und zu Lord Hessenfield treffen«, sagte ich ausweichend.

»Euch will ich treffen. Euch und das Kind, das Euch so ähnlich ist, Carlotta.«

»Wo wohnt Ihr?«

»In der Rue Saint Jacques. Es war das beste Quartier, das sich in aller Eile auftreiben ließ. Später werde ich umziehen. Carlotta, ich möchte Euer Freund sein.«

»Wenn Ihr versprecht, das Vergangene zu vergessen...«

»Ich kann Euch das nicht versprechen«, erwiderte er heftig, »aber ich werde es weder Euch noch einem anderen gegenüber je erwähnen. Es genügt mir, wenn ich Euch ab und zu besuchen kann. Mehr will ich nicht.«

Ich gab ihm widerstrebend die Erlaubnis. Matt war sanft und ritterlich wie eh und je, doch mit ihm hing so vieles zusammen, an das ich nicht erinnert werden wollte.

In den folgenden Wochen war Matt bei uns ein häufiger Gast. Ihm lag anscheinend besonders viel daran, sich mit Clarissa anzufreunden, und die beiden kamen blendend miteinander aus. Meiner Meinung nach tat er es vor allem deshalb, um einen Vorwand für seine vielen Besuche zu haben. Doch plötzlich kam mir die Idee, daß Mary Marton möglicherweise annahm, Matt interessiere sich für sie.

Es war kein abwegiger Gedanke, denn er unterhielt sich häufig mit ihr oder begleitete sie auf ihren Spaziergängen mit Clarissa. Die Dienstboten begannen bereits vielsagend zu lächeln und über die beiden zu tuscheln.

Mir wäre nichts lieber gewesen, doch leider zweifelte ich daran, daß Mary in seinem Herzen Verwirrung anrichten konnte. Wenn er in meiner Nähe war, spürte ich zu deutlich, welch starke Wirkung ich immer noch auf ihn hatte.

Hessenfield erwähnte, daß Matt voller Enthusiasmus alle ihm gestellten Aufgaben anginge und schon wertvolle Informationen über die Lage der englischen Jakobiten geliefert habe.

»Er hat in England gut für uns gearbeitet und wartete nur den richtigen Moment ab, um hierherzukommen.«

Ich war mir nicht so sicher, daß es ihm hauptsächlich um seine politische Überzeugung ging. Nein, ich war eitel genug zu glauben, daß er vor allem meinetwegen in Paris war. Zum Glück hielt er sich an sein Versprechen und erwähnte mit keinem Wort die Zeit, die wir gemeinsam verbracht hatten. Einerseits war ich froh, daß alle eine Romanze zwischen Matt und Mary vermuteten. Andererseits hoffte ich, daß die liebe unschuldige Mary nicht zu sehr unter einer Enttäuschung leiden würde.

Hessenfield verbrachte viel Zeit am Hof, und ich wußte, daß sich alles um das große Projekt drehte.

Wenn wir nachts im Bett lagen, vertraute er mir mehr an als bei Tage. Er wirkte ausgesprochen nervös und angespannt.

»Ich weiß, daß ihr Waffen nach England schafft«, sagte ich.

»Habe ich dir das verraten? Dann vergiß es, meine Liebe.«

»Du hast mir aber nicht gesagt, wohin sie gebracht werden.«

»Das werde ich auch nicht tun. Je weniger Menschen darüber Bescheid wissen, desto besser. Nur ich und zwei andere sind eingeweiht, einer davon ist der König. Selbst die Männer, die den Auftrag durchführen, haben noch keinerlei Ahnung. Es ist von entscheidender Bedeutung, daß dieses Geheimnis gewahrt bleibt, denn es hätte katastrophale Folgen, wenn wir verraten würden.«

»Dann will ich lieber nichts mehr fragen. Nur eins noch... du fährst wirklich nicht mit, oder?«

»Nein. Ich schicke die Männer los und bereite dann alles für den nächsten Coup vor.«

Einige Tage später kamen mehrere Besucher, die nach außen hin lediglich eine gesellschaftliche Pflicht erfüllen. Doch ich wußte, daß dies nicht der wahre Grund für ihr Kommen war.

Hessenfield empfing sie in seinem Arbeitszimmer, einer Bibliothek, die im ersten Stock lag. Da er ungestört sein wollte, gab ich den Dienstboten entsprechende Anweisungen.

Auf der ersten Etage gingen drei Räume ineinander über, von denen die Bibliothek in der Mitte lag. Die beiden anderen wurden so gut wie nie benutzt. In dem einen gab es zwar einige Schränke mit Büchern, das war aber auch alles.

Während Hessenfield sich seinen Gästen widmete, spielte ich mit Clarissa im Kinderzimmer, bis sie müde wurde. Ich trug sie in ihr Bettchen, deckte sie zu und gab ihr einen Gutenachtkuß.

Dann zog ich mir einen Mantel über, weil ich etwas frische Luft schöpfen wollte. Wenn ich im Marais blieb, konnte ich gefahrlos allein spazierengehen. Es machte mir immer wieder großen Spaß, die kleinen Läden in den Querstraßen anzusehen. Ab und zu kaufte ich auch Bänder oder Fächer, Knöpfe und andere Kleinigkeiten, die für mich mehr Charme hatten als jene, die ich von England her kannte.

Wir wohnten in einem großen Haus, auf dessen oberstem Stockwerk sich das Kinderzimmer und unser Schlafzimmer befanden. Als ich die Treppe hinuntergehen wollte, glaubte ich unter mir ein Geräusch zu hören und blieb stehen. Falls Hessenfields Gäste gerade aufbrechen wollten, wäre es besser, noch ein bißchen abzuwarten. Ich wußte nämlich, daß sie es nach Möglichkeit vorzogen, nicht gesehen zu werden. Auch Hessenfield legte ganz besonderen Wert darauf.

Deutlich hörte ich, wie eine Tür vorsichtig geschlossen wurde, und gleich darauf ging jemand die Stufen hinunter. Ich lief hinterher. Als ich auf die Straße kam, sah ich Mary Marton rasch davoneilen.

Wieso war Mary wohl aus dem Zimmer neben der Bibliothek gekommen? Was hatte sie dort zu suchen? Wahrscheinlich wollte sie rasch irgendein Buch zurückbringen, das sie sich dort ausgeliehen hatte. Dann hörte sie plötzlich Stimmengemurmel, kam sich als Eindringling vor und schlich auf Zehenspitzen wieder hinaus.

Vielleicht konnte ich sie noch einholen. Ich beschleunigte meine Schritte, verlor sie aber vorübergehend aus den Augen, weil sie um eine Ecke bog. Gleich darauf sah ich sie in Begleitung von Matt.

Es stimmte also wohl doch, daß er in sie verliebt war, wenn er sich sogar heimlich mit ihr traf. Die beiden gingen in eine Gastwirtschaft namens L'Ananas. Eine große Ananas prangte in leuchtenden Farben auf einem Schild, das über der Tür hing. Das Lokal hatte keinen schlechten Ruf. Hier konnte man tagsüber ein Glas Wein trinken und in angenehmer Behaglichkeit einige Zeit verbringen. Bei Nacht wurde es allerdings vermutlich recht laut.

Ich lächelte, da mir die Vorstellung sehr zusagte, daß sich Matt und Mary ineinander verliebt hatten. Dann würde mein Gewissen wenigstens in einem Punkt etwas entlastet werden, da ich mir bisher immer Vorwürfe machte, weil ich Matts Unschuld ausgenützt hatte.

Nachdem ich einige Knöpfe erstanden hatte, kehrte ich nach Hause zurück. Hessenfield konferierte immer noch in der Bibliothek.

Erst spät nachts kam er ins Bett. Ich merkte ihm an, daß die Unterredung besonders wichtig gewesen sein mußte.

»Konntest du deine Arbeit erledigen?« erkundigte ich mich schläfrig.

»Erledigen!« Er lachte freudlos. »Sie hat erst begonnen.«

Hessenfield nahm mich wieder mit nach St. Germain-en-Laye. Diesmal blieb ich mit ihm einige Tage dort und verlebte aufregende Stunden. Ich hatte nie am Hof in London verkehrt, obwohl mein Großvater früher ein guter Freund von Charles II. gewesen war. Später war er in Ungnade gefallen, so daß dieses Hofleben für mich eine völlig neue Erfahrung darstellte. Ich sehnte mich jedoch bald nach Paris zurück. Diese Stadt hatte mich förmlich verzaubert. Allmorgendlich lag ich im Bett und lauschte auf die Geräusche der erwachenden Metropole. Die nächtliche Stille wurde von einer immer lauter werdenden Lärmkulisse verdrängt, und um neun Uhr herrschte bereits emsige Geschäftigkeit. Ich liebte den Duft von frischgebackenem Brot, der durch die Straßen zog, und hörte voll Vergnügen dem Geschrei der Hausierer zu. Wenn ich aufwachte, waren die Bauern aus den umliegenden Dörfern schon am Schlagbaum eingetroffen und schleppten ihr Gemüse, ihre Blumen, Hühner, Kaninchen und vielerlei Fisch zu den verschiedenen Stadtteilen, in denen sie ihre angestammten Plätze hatten. Falls man etwas ganz Bestimmtes kaufen wollte, wußte man daher genau, wo man es bekommen konnte.

Es machte mir große Freude, mit der Köchin und einer Küchengehilfin auf den Markt zu gehen. Sie gaben höflicherweise vor, auf mein Urteil Wert zu legen, doch im Grunde wäre ich völlig unfähig gewesen, das Richtige auszusuchen oder gar zu feilschen, was beim Einkauf von großer Wichtigkeit war.

Allmählich erfuhr ich immer mehr über das Leben in Paris, und was ich davon sah, gefiel mir ausnehmend gut. Überall gab es temperamentvolle, wild gestikulierende Leute, die mit irgendwelchen Angelegenheiten beschäftigt waren. Es machte mir Spaß, beim Apotheker die verschiedensten Parfüms auszuprobieren und mir dabei seine Ansichten anzuhören, die er mit einem Ernst von sich gab, als handle es sich um eine Sache von Leben und Tod.

Manchmal ritt ich mit Hessenfield zu den Schlagbäumen, die als Stadtbegrenzung fungierten und von denen es rings um Paris an die sechzig gab. Sie waren aus Kiefernholz und Eisen gefertigt.

So verstrichen die Tage, und ich merkte es Hessenfield an, wie begierig er auf die Nachricht wartete, daß dieses besonders wichtige Unternehmen erfolgreich verlaufen war. Ich erwähnte mit keinem Wort, daß mir seine Besorgtheit und Anspannung auffielen, denn ich wollte mir die Freude an seiner Gesellschaft nicht verderben.

Eines Tages fuhren wir zu dritt mit der Kutsche aufs Land und verbrachten dort unbeschwerte Stunden. Zum Glück erwähnte Clarissa Benjie kaum noch. Sie war ebenso begeistert über unser neues Leben, wie ich es war.

Am späten Nachmittag kamen wir nach Hause zurück,

wo uns ein Diener in ziemlicher Aufregung meldete, daß ein Gentleman vom Hof da sei, der Mylord dringend zu sprechen wünsche.

Hessenfield drückte meine Hand. »Bring Clarissa ins Kinderzimmer«, bat er mich.

Wenige Minuten später kam er mir nach. »Ich muß sofort nach St. Germain-en-Laye.«

Ich nickte.

»Keine Ahnung, wie lange es dauern wird. Aber vermutlich bin ich schon morgen wieder zurück.«

Gegen Abend des nächsten Tages wurde mir seine Ankunft gemeldet, und ich lief eilig die Treppe hinunter. Als ich ihn sah, wurde mir sofort klar, daß etwas schiefgelaufen war.

Wir gingen in unser Schlafzimmer, wo er nachdrücklich die Tür schloß. Sein Gesicht war finster.

»Eine Katastrophe!«

»Was... wie...?« stammelte ich entsetzt.

»Unsere Leute sind direkt in eine Falle gelaufen. Als sie landeten, wurden sie schon erwartet. Alles ist verloren... Männer, Waffen, Munition.«

Ich starrte ihn entgeistert an.

»Wie...?«

»Ja, das ist die Frage. Wie? Woher wußte man die Stelle, an der unsere Leute landeten? Jemand hat sie verraten.«

»Aber wer denn?«

»Das muß ich schnellstens herausfinden.«

»Vielleicht war es jemand in England; jemand, der vorgibt, auf eurer Seite zu sein, in Wirklichkeit aber gegen euch arbeitet.«

»Ich halte es für unwahrscheinlich, daß es jemand von drüben ist.«

»Wo könnte er es denn sonst ausspioniert haben?«

»Hier.«

»Hier? Aber niemand kennt die genauen Angaben. Du hast sie ja nicht einmal mir verraten.«

»Ich bleibe trotzdem bei meiner Ansicht.«

»Aber wer soll es denn sein?«

»Ich werde den Schuldigen schon schnappen.«

Am nächsten Tag reiste Hessenfield nach St. Germain-en-Laye zurück. Ich versuchte mich so zu verhalten, als ob alles normal wäre, doch ständig mußte ich an die Männer denken, die in die Falle gegangen waren und nun sicher im Tower oder einem anderen Gefängnis schmachteten. Garantiert würden sie zum Tode verurteilt werden. Natürlich war es auch schlimm, daß die Waffen, die der französische König zur Verfügung gestellt hatte, verloren waren. Aber am schlimmsten war, daß einige tapfere Männer in ihr Unheil gelaufen waren.

Nie zuvor hatte ich Hessenfield so betrübt und mutlos gesehen, was sonst gar nicht seine Art war.

Ich ging ins Kinderzimmer, um mich ein wenig abzulenken.

»Wo ist mein Vater?« fragte Clarissa, wobei sie wie immer das ›mein‹ ganz besonders betonte.

»Er ist beim König.«

»Mylord Hessenfield ist ziemlich überstürzt aufgebrochen, nicht wahr?« erkundigte sich Mary Marton.

»Ja, es handelt sich um eine wichtige Angelegenheit.«

»Er sah ein bißchen verstört aus, wenn ich mir die Bemerkung erlauben darf.«

Ich zuckte nur die Achseln.

»Wohin gehen wir heute?« erkundigte sich Clarissa eifrig.

»Ich möchte ein paar Ellen Spitze kaufen«, erwiderte ich. »Mademoiselle Panton« – das war meine Schneiderin – »möchte ein Kleid damit verschönen und legt ausnahmsweise großen Wert darauf, daß ich selbst die Farbe auswähle.«

»Wahrscheinlich ist diese Spitze nirgends zu kriegen, und sie will Euch die Schuld in die Schuhe schieben, weil Ihr irgend etwas anderes nehmen müßt«, sagte Mary lachend. »Dies ist Madames Geschmack.« Sie imitierte täuschend ähnlich Mademoiselle Pantons Tonfall.

»Mary kann Mademoiselle Panton, Jeanne und mich nachmachen«, sagte Clarissa und schaute ihre Erzieherin voller Bewunderung an.

Wir gingen alle zusammen aus, um die Spitze zu kaufen.

Nach dem Dinner machte Clarissa ihren Mittagsschlaf, und ich legte mich aufs Bett, um etwas zu lesen. Es war die ruhigste Tageszeit in Paris, weil alle entweder aßen oder ein üppiges Mahl verdauten. Gegen fünf Uhr nachmittags würde auf den Straßen wieder das gewohnte Treiben herrschen. Ich überlegte mir, was für Maßnahmen Hessenfield wohl ergreifen würde, um den Verräter dingfest zu machen. Welch beunruhigender Gedanke, daß wir in unserer Mitte einen Spion hatten!

Der Abend verlief für mich einsam und langweilig. In solchen Stunden vermißte ich Hessenfield fast schmerzhaft. Inzwischen liebte ich ihn von ganzem Herzen. Unsere Beziehung war schlechthin vollkommen. In ihm fand ich den Mann, nach dem ich mich unbewußt schon immer gesehnt hatte.

Wir waren beide von Natur aus Abenteurer, und das abwechslungsreiche Leben im Exil gefiel uns über die Maßen gut. Ab und zu versuchte ich mir auszumalen, wie es sein würde, falls James auf den englischen Thron zurückkehrte. Würden wir dann das geruhsame Dasein des Landadels führen? Ich hielt es für undenkbar. Hessenfield würde sicher immer in irgendein waghalsiges Unternehmen verwikkelt sein. In früheren Zeiten wäre er garantiert zur See gefahren und hätte spanische Galeonen überfallen.

Aber was wurde aus solchen Männern im Alter?

Bei dieser Überlegung fiel mir mein Großvater ein.

Welch ein Leben hatte er geführt, als er während des Protektorats unter Cromwell den Roundhead mimte, obwohl er überzeugter Royalist war, um den Besitz Eversleigh halten zu können!

Ich ging noch ein bißchen zu Clarissa, bis es für sie Zeit zum Schlafen war. Mary Marton brachte sie ins Bett, und ich erzählte ihr Geschichten, bis sie endlich einschlummerte.

Dann kehrte ich in mein einsames Schlafgemach zurück. Am nächsten Morgen wachte ich sehr früh auf, trank wie üblich schwarzen Kaffee, aß etwas Brot und ging dann zu Clarissa.

Sie saß mit einer Puppe im Bett, die ich ihr am Tag zuvor gekauft hatte.

»Mary ist weggegangen«, verkündete sie mir als erstes.

»Weggegangen? Zu dieser Zeit? Das ist ganz ausgeschlossen.«

»Doch«, beharrte Clarissa und hielt mir dann die Puppe zur Begutachtung hin. »Yvette hat blaue Augen, schau mal.«

»Ich bin sicher, daß Mary da ist.«

Clarissa schüttelte den Kopf.

Kurz entschlossen ging ich in Marys Zimmr, in dem das Bett schon gemacht war. Oder hatte sie in der letzten Nacht vielleicht gar nicht hier geschlafen?

Als ich den Schrank öffnete, stellte ich fest, daß er völlig leergeräumt war. Mein Blick fiel auf einen Brief, der auf dem Tisch lag und meinen Namen trug.

Liebe Lady Hessenfield,
ich mußte leider ganz überstürzt aufbrechen, da ich eine Nachricht erhielt, wonach meine Tante in Lyon sehr schwer erkrankt ist. Der Bote kam erst, als Ihr Euch schon zurückgezogen hattet, und ich wollte Euch nicht stören, da ein anstrengender Tag hinter Euch lag. Es blieb mir gerade noch Zeit genug, um die Kutsche nach Lyon zu nehmen, aber ich mußte mich sehr beeilen. Ich werde zurückkommen und Euch aufsuchen, wenn ich meine Tante wieder sich selbst überlassen kann.
Ich danke Euch für Eure Güte. Mary Marton

Das Papier entglitt meiner Hand. Etwas stimmte hier nicht, stimmte ganz und gar nicht, das spürte ich instinktiv.

Warum war sie so sang- und klanglos verschwunden? Wann war dieser geheimnisvolle Bote aufgetaucht? Ich hätte seine Ankunft doch bemerken müssen. Außerdem hatte Mary nie zuvor eine Tante in Lyon erwähnt, sondern mir vielmehr den Eindruck vermittelt, als habe sie in Frankreich keinerlei Verwandte.

Unwillkürlich dachte ich an Matt.

Ja, das war wohl des Rätsels Lösung. Sie liebte ihn, doch er hegte nicht die gleichen Gefühle für sie, was sie wiederum nicht ertragen konnte. Mary hatte einen eigenartigen Charakter und war äußerst verschlossen. Sie war zwar mit Clarissa bestens ausgekommen, hatte sich aber mit mir nie so richtig wohl und unbeschwert gefühlt. Ihre Freundschaft mit Matt war mir aus mehreren Gründen sehr lieb gewesen, ich hatte ernsthafte Absichten dahinter vermutet. Doch nun sah das Ganze etwas anders aus. Offensichtlich hatte Mary einsehen müssen, daß ihre Liebe nicht erwidert wurde, und wollte sich daher ganz von Matt lösen. Ich traute es Mary durchaus zu, daß sie dies auf eine so geheimnisvolle Art und Weise tat.

Hessenfield kam am nächsten Abend zurück, nachdem er zwei Tage weggewesen war.

Er wirkte wie ausgewechselt, war wieder sein altes, strahlendes Selbst.

»Ich möchte sofort mit Clarissas Erzieherin sprechen«, sagte er, sobald er mich zur Begrüßung umarmt hatte.

»Merkwürdig, daß du gleich nach ihr fragst. Sie ist nämlich verschwunden.«

»Verschwunden?«

»Gestern morgen suchte ich sie in ihrem Zimmer und fand dort ein Schreiben für mich. Angeblich ist sie zu einer kranken Tante nach Lyon gereist.«

»Eine kranke Tante in Lyon! Mein Gott, sie hat sich also rechtzeitig aus dem Staub gemacht! Sie war nämlich die Schuldige und hat die Informationen weitergegeben.«

»Soll das heißen, daß sie eine Spionin war?«

»Und was für eine! Ich sagte dir ja schon, daß ich Nachforschungen anstellen würde. Mary Marton habe ich als erste überprüfen lassen, denn es konnte nur jemand aus unserem Haus sein. Nur hier wurde unser Plan erwähnt und sonst nirgends. Es geschah an jenem Tag, als ich mit meinen Freunden in der Bibliothek beisammensaß, um alle Einzelheiten festzulegen. Ich habe den Ortsnamen, wo die Landung stattfinden sollte, nicht einmal niedergeschrieben; so vorsichtig waren wir. Alles wurde mündlich abgesprochen.«

Ich hörte Hessenfield mit atemloser Spannung zu.

»Folglich mußte es jemand sein, der unser Gespräch belauschte und verriet. Also wollte ich mir jeden aus unserem Haushalt einzeln vorknöpfen. Über Mary erfuhr ich eine ganze Menge. Ihre Eltern leben in England, und sie arbeitet als Spionin für die englische Königin. Man ist drüben fest entschlossen, unserer Organisation den Garaus zu machen, und am ärgsten trifft es uns natürlich, wenn unsere Waffenlieferungen abgefangen werden. Zum Glück habe ich Mary Marton gleich als erste verdächtigt und die Richtige damit erwischt.«

»Ich kann es einfach nicht glauben. Ausgerechnet Mary!«

»Guten Spionen traut man nie etwas Derartiges zu, und sie ist gut, das kann ich dir garantieren. Ich hoffe natürlich, daß wir sie irgendwie in die Hände bekommen, halte es aber für unwahrscheinlich. Aber immerhin kann sie sich nicht mehr in Frankreich blicken lassen, denn das wäre für sie zu gefährlich.«

»Eigentlich hätte ich mißtrauisch werden müssen«, sagte ich nachdenklich. »Ich erinnere mich sehr gut an den Tag, als deine Freunde herkamen und ich Mary im ersten Stock überraschte. Ich glaubte zu hören, daß eine Tür ganz leise geschlossen wurde. Sie verließ kurz vor mir das Haus. Natürlich dachte ich mir nichts dabei, sondern nahm an, daß sie lediglich zu einem heimlichen Rendezvous mit ihrem Liebsten schlich.«

»Mit welchem Liebsten?«

»Matt Pilkington. Du weißt doch, daß wir annahmen, die beiden hätten eine Beziehung. Zuerst glaubte ich übrigens, daß Mary seinetwegen unser Haus verließ, weil irgend etwas zwischen ihnen vorgefallen war. Vielleicht erklärte er ihr, daß er sie doch nicht liebe; das denken jedenfalls die Dienstboten. Ständig reden sie über dieses Thema, denn sie mögen ja nichts lieber als eine romantische Affäre.«

»Sollen sie es ruhig weiterhin denken«, sagte Hessenfield grüblerisch.

Der Zwischenfall hinterließ bei mir einen unangenehmen Nachgeschmack, aber Hessenfield gewann rasch seinen Optimismus zurück. »So sind die Wechselfälle des Lebens. Mal hast du Erfolg, dann wieder Pech.«

Er wirkte heiter und lebensfroh, doch ich war in nachdenklicherer Stimmung, als es sonst meine Art ist. Immer wieder fielen mir neue Details über Mary ein. Ich hätte merken können, daß sie keine normale Erzieherin war, hätte ihre angebliche Vorgeschichte genauer überprüfen müssen. Es ärgerte mich, daß ausgerechnet ich uns diese Spionin ins Haus geholt hatte. Natürlich stellte mir Clarissa eine Unmenge Fragen, auf die ich ihr die Antwort gab, daß Mary zu einer kranken Tante nach Lyon gereist war. Hessenfield und ich hielten es für das beste, wenn dies die offizielle Version blieb. Die Dienstboten fanden es natürlich etwas merkwürdig, daß sie fortgegangen war, ohne einer Menschenseele etwas zu verraten. Einmal hörte ich zufällig, wie Jeanne abfällig äußerte, daß Mary ja schließlich Engländerin sei und Engländer täten oft merkwürdige Dinge.

Ungefähr eine Woche nach Marys überstürztem Aufbruch war ich mit Clarissa und Jeanne unterwegs. Wir hatten auf dem Markt Gemüse eingekauft und gingen am Fluß entlang nach Hause, als wir auf eine Menschenmenge stießen.

Natürlich waren wir neugierig und traten etwas näher.

Nachdem Jeanne gesehen hatte, um was es sich handelte, drehte sie sich zu mir um. »Das ist nichts für la petite, Madame.«

La petite war natürlich sofort ganz Ohr.

»Was ist los? Was haben sie gefunden?« rief sie.

»Ach, irgend etwas, das sie aus dem Fluß gezogen haben«, erwiderte Jeanne.

»Aber was? Was?«

»Sie wissen es wohl selbst noch nicht. Außerdem muß ich mich jetzt ums Dinner kümmern.«

»Maman!« Clarissa hatte die französische Anrede voll übernommen und benutzte sie ständig. »Wir wollen noch hierbleiben.«

»Nein, wir müssen heim«, sagte ich energisch.

»Es handelt sich sowieso nur um ein Bündel alter Kleider, die jemand aus dem Wasser gefischt hat«, erklärte ihr Jeanne.

»Wer hat sie reingeworfen?«

»Das wissen wir nicht.«

»Wer weiß es dann?«

»Derjenige, der die Sachen reinwarf.«

»Wer war das?«

»Clarissa, hör auf! Uns ist nicht mehr bekannt als das, was wir dir gesagt haben, und jetzt gehen wir rasch nach Hause, damit Jeanne das Dinner vorbereiten kann. Du willst doch etwas zu essen haben, oder?«

Clarissa dachte nach. »Zuerst will ich wissen, wer seine Kleider in den Fluß geworfen hat.«

Ich nahm meine Tochter bei der Hand und zog sie trotz ihres Protestgeschreis hinter mir her.

Später kam Jeanne zu mir.

»Ich dachte mir, daß Madame vielleicht Näheres erfahren möchte. Es war ein Mann, den sie heute morgen aus dem Fluß gezogen haben.«

»Ach, der Ärmste! Was muß er gelitten haben, um sich das Leben zu nehmen.«

»Es heißt, daß er angeblich ermordet wurde, Madame.«

»Das ist ja noch schlimmer. Zum Glück haben wir nicht zugelassen, daß Clarissa etwas hörte oder sah. Verrate ihr nichts davon und halte auch die anderen davon ab.«

»Ja, Madame.«

Ich wußte, daß irgend etwas geschehen war, denn im Haus herrschte ein Geflüster und Gewisper, das jedes normale Maß überstieg. Wenn ich jedoch in die Nähe kam, verstummte es schlagartig.

Schließlich konnte Jeanne sich nicht länger zurückhalten.

»Madame, man weiß inzwischen mehr über die Leiche, die aus der Seine gefischt wurde. Man weiß, wer der Mann war.«

»Wer war es denn?«

Es entstand eine kurze Pause, bevor Jeanne hastig hervorstieß: »Der Gentleman, der so oft hierherkam.«

»Wer?« schrie ich entsetzt.

»Monsieur Pilkington.«

»Nein, das kann nicht sein«, flüsterte ich.

»Doch, Madame. Er wurde ermordet. Erschossen, heißt es.«

Ich war völlig durcheinander. »Das gibt es doch nicht! Warum sollte ihn denn jemand erschießen?«

Jeanne zuckte mit den Schultern.

»Vielleicht aus Eifersucht, Madame?«

»Aus Eifersucht? Wer könnte denn auf ihn eifersüchtig gewesen sein?«

Jeanne machte ein undurchdringliches Gesicht.

»Ich dachte nur, daß Ihr es wissen solltet, Madame.«

»Ja, ich danke dir, daß du es mir erzählt hast. Bitte sorge dafür, daß meiner Tochter nichts davon zu Ohren kommt.«

»Nein, nein. Das wäre bestimmt nicht gut für la petite.«

Ich schloß mich in mein Zimmer ein und konnte es immer noch nicht fassen. Es mußte ein schrecklicher Irrtum sein. Matt... tot... ermordet. Seine Leiche in der Seine treibend...

Da ich es im Haus nicht aushielt, ging ich durch die Straßen, in denen es anscheinend kein anderes Gesprächsthema gab als diesen Mord. Leute, die mich kannten, musterten mich seltsam, als ob sie über mich irgendwelche Spekulationen anstellten.

Du lieber Himmel, die denken doch nicht etwa, daß ich in die Angelegenheit verwickelt bin...

Als ich heimkam, wurde immer noch in allen Ecken und Winkeln getuschelt. Auf der Treppe belauschte ich eine Unterhaltung von zwei Dienstmädchen.

»Crime passionnel«, hörte ich die eine sagen. »Das ist es... es geht um Liebe.«

»Merkwürdig, daß jemand getötet wird, weil er einen liebt.«

»Tja, darum geht es halt bei einem crime passionnel, du Dummchen.«

Ich flüchtete mich förmlich in mein Schlafzimmer.

Was hatte das zu bedeuten? Was meinten sie damit?

Als Hessenfield spätnachts kam, wartete ich schon voller Ungeduld auf ihn.

Er sah ruhig und gelassen aus. Ob er wohl schon etwas von der Leiche gehört hatte, die angeblich Matt Pilkington sein sollte?

»Was ist passiert?« erkundigte er sich nach einem Blick auf mein Gesicht.

»Matt Pilkington soll ermordet worden sein«, rief ich. »Es muß ein Irrtum sein.«

»Nein, es stimmt.«

»Du... hast du es getan?«

»Nicht eigenhändig, falls du das meinst. Sein Tod wurde beschlossen und... durchgeführt. Er war ein Spion.«

»Das glaube ich nicht.«

»Meine liebe Carlotta, für dich mag so etwas unfaßlich sein. Aber ich mache mir Vorwürfe, weil ich es nicht längst erkannt hatte.«

Fassungslos starrte ich ihn an. Matt – ein Spion? Er hatte eine lange Zeit in Grasslands verbracht, als er Damaris den Hof machte. Damals erwähnte er Besitzungen in Dorset und eine Stellung in der Armee. Wahrscheinlich stimmte das sogar, doch er war merkwürdigerweise immer leicht abkömmlich gewesen. Dann fiel mir noch etwas ein. Als ich in jener Nacht England verließ, befand er sich ganz in der Nähe von Eyot Abbas. Alles paßte plötzlich zusammen. Er hatte geahnt, daß Hessenfield da war, und ihm nachspioniert, als er nach Eyot Abbas kam, während ich in meiner Selbstgefälligkeit natürlich annahm, er wäre hinter mir her. Dabei diente ich nur als Entschuldigungsgrund. Seinetwegen wären wir beinahe noch gefaßt worden, bevor wir das Schiff erreichten.

Matt war also tatsächlich ein Spion. »Vermutlich hat er mit Mary Marton zusammengearbeitet«, sagte ich.

Hessenfield nickte. »Sicher hat sie sich im angrenzenden Zimmer versteckt und uns belauscht, als wir die geheime Landung in England planten.«

»Und wie verabredet hat sie diese Informationen dann an Matt weitergegeben, als sie sich an der Ecke mit ihm traf«, folgerte ich.

»Ja, so muß es gewesen sein. Wie gut, daß du die beiden

beobachtet hast, nachdem Mary das Haus verließ. Dadurch kam ich ihm auf die Spur. Er wurde auf frischer Tat ertappt, um es mal so auszudrücken, denn er trug Briefe bei sich, die ihn völlig bloßstellten.«

»Daraufhin habt ihr ihn umgebracht.«

»Wir konnten es nicht riskieren, ihn leben zu lassen. Also erschossen wir ihn und warfen seine Leiche in die Seine.«

»... wo sie heute morgen gefunden wurde.«

»Die Ironie des Schicksals will es, daß die Leute mich in Verdacht haben. Weißt du auch, warum? Sie vermuten, daß Pilkington dein Liebhaber war oder es zu werden versuchte. Man glaubt allgemein, daß ich ihn aus Eifersucht aus dem Weg räumte.«

»Wir müssen etwas dagegen tun.«

»Nein, ganz im Gegenteil. Ich möchte, daß dies die allgemeine Ansicht bleibt.«

»Aber dann bist du als Mörder gebrandmarkt.«

»Das macht mir keine Sorgen.«

»Und was ist, falls das Gesetz...?«

»Hier sind die Richter geneigt, Verbrechen aus Leidenschaft milde zu beurteilen. Außerdem kann ich ja beweisen, daß er spioniert hat. Ihm ist das verdiente Schicksal eines Spions zuteil geworden.«

»Dann sollen die Leute also ruhig denken, daß...«

»Ja, das sollen sie. Jeder weiß, wie sehr ich dich liebe und wie oft Pilkington dir Besuche abgestattet hat, dir, einer außergewöhnlich schönen Frau. Vor allem unsere Feinde sollen annehmen, daß er aus Eifersucht erschossen wurde und nicht etwa deshalb, weil wir ihn als Spion entlarvt hatten.«

Ich fröstelte.

Hessenfield schlang die Arme um mich.

»Liebste, es geht hier nicht um ein Spiel, sondern um blutigen Ernst. Immerzu blicken wir dem Tod ins Auge, jeder einzelne von uns. Pilkington und Mary Marton wußten es so gut wie ich. Du bist jetzt eine von uns, Carlotta, und wir sind alle bereit, für die gerechte Sache zu sterben. Falls du zu große Angst hast, könnte ich dich heimschicken. Es ließe sich ohne große Schwierigkeiten bewerkstelligen.«

»Du willst mich wegschicken? Dann bist du meiner also schon überdrüssig.«

»Du bist eine kleine Närrin, wenn du das glaubst. Ich täte es nur aus Liebe... weil ich dich durch unsere Pläne, durch unsere ganze Verschwörung nicht in Gefahr bringen will.«

Ich warf mich in seine Arme und klammerte mich an ihn. »Nie, nie will ich dich verlassen.«

Er streichelte mir übers Haar. »Im Grunde wußte ich, daß du so reagieren würdest.« Er lachte. »Nur deshalb schlug ich vor, dich nach England zu schicken.«

In dieser Nacht liebten wir uns mit ganz besonderer Leidenschaft, doch das Herz war mir schwer. Ich bezweifelte, ob ich je wieder unbeschwert fröhlich sein könnte, denn es gab zu viele Dinge, die mich quälten und verfolgten. Damaris und Benjie lasteten mir auf der Seele, und nun war noch Matt hinzugekommen. Ständig mußte ich daran denken, wie seine Leiche aus der Seine gezogen worden war.

## *Zwei Paar Handschuhe*

Es war mir bestimmt, Ludwig XIV., dem Sonnenkönig, erst dann zu begegnen, als sich sein Leben bereits dem Ende zuneigte. Er war nun schon sehr alt und seit zwanzig Jahren mit der frommen Madame de Maintenon verheiratet. Beides brachte es mit sich, daß er mehr an den himmlischen als an den irdischen Freuden interessiert war. Siebenundsechzig Jahre war er alt, von denen er zweiundsechzig auf dem Thron gesessen hatte – wahrhaft ein großer Monarch.

Er repräsentierte all das, was man von einem französischen König erwartete. Das höfische Protokoll war viel steifer als in England. Ein kleiner Ausrutscher genügte, um einen Mann aller Hoffnungen auf Protektion zu berauben. Das Leben eines Höflings war folglich alles andere als gefahrlos. Hessenfield hatte mir immer wieder eingeschärft, wie ich mich verhalten sollte. Er war wie alle Freunde von James huldreich vom französischen Herrscher aufgenommen worden, denn es bestand kein Zweifel, daß Ludwig sich zunehmend Sorgen über Marlboroughs ständige Siege machte.

Ich sollte in Versailles, dem prächtigsten Palast von ganz Europa, vorgestellt werden, der nach Ludwigs Plänen erbaut wurde und seiner würdig war an Pracht und Großartigkeit. Für diesen Auftritt wurde eine besondere Robe für mich angefertigt, die Madame Panton in helle Aufregung versetzte. Sie hatte an mir herumhantiert, unaufhörlich geplappert und gestikuliert, war in Entzückensrufe und dann wieder in Seufzen ausgebrochen. Ein- oder zweimal wäre sie beinahe in Ohnmacht gefallen, da sie fürchtete, der Schnitt oder die Eleganz des voluminösen Rocks könnte allerhöchsten Ansprüchen nicht genügen.

Doch schließlich stand ich in einem leuchtendblauen, fast durchsichtig schimmernden Gewand vor dem Spiegel. Ich trug nur wenig Juwelen, da Ludwig durch die zwanzigjährige Beeinflussung von Madame de Maintenon in seinem Geschmack weitaus bescheidener geworden war und auf zu ostentative Prachtentfaltung äußerst empfindlich reagierte.

»Es gab Zeiten, da wäre ich davor zurückgescheut, dich ihm vorzustellen«, sagte Hessenfield. »Auch jetzt noch wird er dich bestimmt sehr bewundern, denn er liebt jede Art von Schönheit. Aber Madame de Maintenon hat ihn inzwischen davon überzeugt, daß die wahre Schönheit im Himmel liegt und nicht auf Erden. Tja, er ist eben ein alter Mann geworden. Ich bin gespannt, ob ich im Alter auch fromm werde.«

»Das trifft auf viele Leute zu«, erwiderte ich. »Je sündiger man gelebt hat, desto heftiger muß man später bereuen. Du wirst sehr, sehr fromm werden müssen.«

»Du auch?«

»In gleichem Maße wie du, fürchte ich.«

»Wir werden es gemeinsam versuchen, Liebste«, sagte er lachend. »Doch nun wollen wir uns deiner Vorstellung am Hofe der sinkenden Sonne Frankreichs zuwenden.«

Versailles war wirklich wunderschön und beeindruckend. Ich habe nie vorher oder nachher etwas Vergleichbares gesehen. Wir trafen mit der Kutsche in dem kleinen, wenig bemerkenswerten Ort ein, der ungefähr elf Meilen von Paris entfernt liegt. Vielleicht hatte Ludwig absichtlich eine so bescheidene Umgebung ausgesucht, damit die Wirkung dieses prachtvollsten Palastes der Welt durch diesen Gegensatz noch gesteigert wird.

Wir fuhren an der Kathedrale St. Louis und der Kirche Notre-Dame vorbei und gelangten schließlich im Westen zu einem vergoldeten Tor aus Schmiedeeisen, das zwischen Steinbalustraden den Palast von der Place d'Armes abschirmt.

Ich schaute mir die allegorischen Skulpturengruppen zu beiden Seiten und die Statuen von Frankreichs großen Staatsmännern sowie das riesige Reiterstandbild Ludwigs an und war förmlich überwältigt. Rechts und links erstreckten sich die langen Seitenflügel des Schlosses. Die herrlichen Gartenanlagen, von Le Notre entworfen, waren ebenso atemberaubend schön wie das Gebäude selbst. Es gab Unmengen von Blumen, anmutig geformten Wasserbecken, Statuen, mächtigen Baumgruppen und weiten, samtig grünen Rasenflächen.

»Nun komm schon«, forderte mich Hessenfield auf. »Du gaffst wie ein Mädchen vom Lande. Die beste Aussicht hast du von einem der Fenster in der Spiegelgalerie.«

Da es so unendlich viel zu bewundern gab, kann ich mich gar nicht mehr an alle Einzelheiten erinnern. In meinem Gedächtnis dreht sich ein Kaleidoskop aus breiten Freitreppen, eleganten Zimmern, farbenfrohen Gemälden, Gobelins, Büsten. Das Ganze glich einem Schatzhaus, das passende Ambiente für einen König, der sich über andere Sterbliche weit erhaben dünkte. Ein Gott! Der Sonnenkönig!

Natürlich konnten wir als Engländer nicht erwarten, daß uns hier ein Empfang zuteil würde wie in St. Germain-en-Laye. Auch James selbst wurde eigentlich nur deshalb so wohlwollend behandelt, weil Königin Anne, die er vom Thron jagen wollte, die ärgste Feindin von Ludwig XIV.

war. Die Engländer unter Marlborough bereiteten dem Sonnenkönig Sorgen, wie er sie zuvor kaum je gekannt hatte. Es war undenkbar, daß jemand wie er gezwungen sein könnte, um Frieden zu bitten, doch eben dies schien Marlborough tatsächlich anzustreben. Aus diesen Gründen wurden die Jakobiten in Versailles freundlich aufgenommen, denn es bestand ja die Hoffnung, daß sie den Engländern Schaden zufügen konnten.

Man durfte sich jedoch nicht der Illusion hingeben, daß sich der König persönlich mit all denen abgab, die begierig darauf warteten, ihm vorgestellt zu werden. Die Bittsteller mußten sich in einem Vorzimmer in der Nähe der königlichen Gemächer aufhalten, an dem der König auf seinem Weg in einen anderen Teil des Schlosses vorbeikommen konnte. Dort wartete Tag für Tag eine ganze Menge Personen, in der Hoffnung, einen Blick von ihm zu erhaschen. Es war gut möglich, daß er überhaupt nicht auftauchte, so daß sie ganz umsonst gehofft hatten. Trotzdem würden die Bittsteller am nächsten Tag aufs neue erscheinen.

Immerhin war es schon ein Erfolg, in dieses Vorzimmer zu gelangen. »Es ist der erste Schritt«, sagte Hessenfield. »Solange der König dich nicht offiziell akzeptiert hat, wirst du bei Hof nicht zugelassen.«

Also begaben auch wir uns in jenen Teil des Schlosses hinter der Spiegelgalerie, in dem sich Ludwigs Räume befanden. Gespannt betrat ich das Vorzimmer, das nach der Form seines Fensters allgemein Ochsenauge genannt wurde.

Eine Gruppe von elegant gekleideten Leuten wartete bereits in derselben Hoffnung wie wir, die Aufmerksamkeit des Königs auf sich zu ziehen, falls er an diesem Vormittag vorbeizukommen geruhte.

Wir mußten lange warten. Währenddessen betrachtete ich die anderen, die alle überaus ernst wirkten. Ein kleiner boshafter Kobold in mir brachte mich fast dazu, in Gelächter auszubrechen. »Warum sollen wir hier alle so demütig und untertänig herumstehen, nur um auf das eventuelle Wohlwollen eines Mannes zu lauern?« hätte ich am liebsten gerufen. »Mir ist es egal, ob es sich um den Sonnenkönig handelt, der sich mit unermeßlichem Geld diesen Palast erbauen ließ. Warum soll ich mich dafür interessieren? Was geht es mich an?« Ich beschloß, noch an diesem Abend mit Hessenfield darüber zu reden.

Allerdings wußte ich schon jetzt, wie seine Antwort lauten würde. »Wir müssen uns Ludwigs Gunst erhalten, denn ohne ihn können wir nichts bewerkstelligen. Er muß weiterhin willens sein, James auf den englischen Thron zu verhelfen.«

Na schön, das war ein ausreichender Grund. Aber was erhofften sich alle diese anderen Bittsteller? Doch wohl Ludwigs Begünstigung irgendwelcher Vorhaben. Also war es Ehrgeiz, der sie veranlaßte, hier herumzulungern, bereit, jederzeit demütig und anbetend niederzuknien, wenn der Sonnenkönig in seiner Glorie auftauchte.

Plötzlich wurde ich mir bewußt, daß mich eine schöne Frau beobachtete, deren herrliche schwarzen Haare ganz besonders kunstvoll frisiert waren. Sie trug ein silbergraues Gewand, zu dem die Perlenohrringe und ein Perlenkollier perfekt paßten. Eine äußerst elegante Erscheinung, dachte ich bewundernd. Irgendwie kam sie mir bekannt vor, und ich überlegte, wo ich sie schon einmal gesehen haben könnte.

Sie lächelte mich an, und ich nickte ihr freundlich zu.

Wenige Minuten später drängte sie sich etwas weiter zu mir durch. »Es dauert sehr lange«, sagte sie auf englisch, aber mit starkem französischen Akzent.

»Ja, wahrlich.«

»Ich wartete auch gestern schon, doch er ist nicht aufgetaucht. Hoffen wir, daß er heute kommt.«

»Ihr sprecht ein ausgezeichnetes Englisch.«

Sie zuckte die Achseln. »Meine Großmutter war Engländerin.«

Es galt nicht als schicklich, sich zu unterhalten. Man sprach höchstens im Flüsterton und schielte immer zu der Stelle, wo der König jeden Moment erscheinen konnte.

»Ihr seid Lady Hessenfield, nicht wahr?« murmelte sie.

»Ja.«

»Ihr dient einer guten Sache.«

»Vielen Dank. Ich fürchte, daß ich viel zuwenig tun kann.«

»Ihr unterstützt Euren Mann, und das ist ausgesprochen löblich.«

»Dürfte ich Euren Namen wissen?«

»Elisse de Partière. Mein Mann wurde bei Höchstädt getötet.«

»Oh, das tut mir leid...«

Wir schwiegen beide, und im nächsten Moment wandten sich alle Blicke in äußerster Spannung der Tür zu.

Der große Moment war gekommen. Der Glanz des Sonnenkönigs würde uns überfluten.

Mit welcher Würde er einherschritt! Er war zwar inzwischen ein alter Mann, doch der Reichtum seiner Kleidung blendete förmlich das Auge, so daß man das faltige, gezeichnete Gesicht unter der üppigen Perücke kaum wahrnahm. Die dunklen Augen wirkten wachsam und listig. Ihn umgab eine Aura, die ihn von anderen abhob, ihn auszeichnete. War es seine Selbstsicherheit? Er war so davon überzeugt, über allen Menschen zu stehen, daß er seine Umgebung mit dieser Überzeugung ansteckte.

Hier und da hielt er kurz an, um mit dem einen oder anderen Auserwählten ein Wort zu wechseln und ihn vorübergehend in die Glorie seiner königlichen Macht einzuhüllen.

Hessenfield trat vor und nahm mich bei der Hand.

»Sire, darf ich Euch meine Frau vorstellen?«

Die dunklen lebhaften Augen zwischen den runzligen Lidern musterten mich aufmerksam. Ich errötete leicht und sank in den obligaten tiefen Hofknicks. Sein Blick belebte sich noch mehr, und er lächelte, als er mein Gesicht, meinen Nacken und mein Dekolleté betrachtete.

»Sehr hübsch«, sagte er. »Mein Kompliment, Mylord.«

Dann schlenderte er weiter. Es war ein Triumph für mich.

Kurz darauf war er verschwunden, und der Vormittag im ›Ochsenauge‹ hatte damit ein Ende.

»Welche Auszeichnung«, jubelte Hessenfield. »Ich hätte

es mir ja denken können, daß du Eindruck auf ihn machst. Er bekommt nur selten eine so hübsche Person wie dich zu sehen.«

»Was ist denn mit seinen vielen Geliebten?«

»Pst. Er schätzt Diskretion über alles. Außerdem ist keine von denen auch nur halb so schön wie du. Gelobt sei Gott, daß er nun ein alter Mann ist, der um sicheren Zugang zum Himmel besorgt ist.«

»Sag so etwas nicht! Das kann dich deine Stellung kosten.«

»Du hast recht«, flüsterte er mir zu. »Nun bist du auch bei Hof gesellschaftsfähig. Der König hat dich akzeptiert.«

Im Garten flanierte eine Menge Leute, doch Hessenfield wollte nicht mehr bleiben. »Unsere Mission ist beendet, ich möchte so rasch wie möglich nach Paris zurück.«

Gerade als ich in unsere Kutsche steigen wollte, trat eine Dame zu uns, in der ich sofort die elgante Madame de Partière erkannte, mit der ich mich im Vorzimmer unterhalten hatte. Ihr Gesicht wirkte kummervoll.

»Madame... ob Ihr mir wohl einen Gefallen erweisen könnt? Ich muß unverzüglich nach Paris zurück. Wollt Ihr gerade aufbrechen, wenn ich fragen darf?«

»Ja.«

»Welches Pech ich heute habe! An meiner Kutsche ist ein Rad gebrochen...« Sie hob hilflos die Schultern. »Ich begreife nicht, wie das passieren konnte. Nun sagt mir mein Kutscher, daß es Stunden dauern wird, bis es repariert ist, falls er es überhaupt noch heute schafft. Aber ich muß unbedingt nach Paris zurück.« Sie sah mich bittend an. »Vielleicht wärt Ihr so freundlich und würdet mich mitnehmen.«

Hessenfield gesellte sich zu uns, und sie wandte sich sofort an ihn. »Ich sah Euch im ›Ochsenauge‹, und mir fiel natürlich Madame auf. Wem fällt eine solche Schönheit nicht auf? Ich unterhielt mich kurz mit ihr, weil ich äußerst neugierig war. Nun möchte ich Euch um einen Gefallen bitten. Dürfte ich mit Euch nach Paris zurückfahren?«

»Aber selbstverständlich«, erwiderte Hessenfield. »Es ist uns ein Vergnügen.«

Madame de Partière traten Tränen in die Augen. »Was für eine Erleichterung! Ich machte mir solche Sorgen.«

Also fuhren wir mit unserer neuen Bekannten nach Paris, wo sie nach eigenen Angaben ein Haus in der Rue St. Antoine bewohnte.

»Madames Mann fiel bei Höchstädt«, erklärte ich Hessenfield.

»Mein Beileid, Madame.«

»Ihr seid sehr freundlich.« Sie wandte den Kopf ab und wischte sich über die Augen.

Nach einer Weile hatte sie sich soweit gefangen, daß sie weitersprechen konnte. »Ihr seid freundlich und so... tapfer. Ich weiß, daß Ihr hier in der Verbannung lebt und für eine gerechte Sache kämpft. Das ist sehr ehrenhaft.«

»Ihr sprecht erstaunlich gut Englisch, Madame.«

»Oh, aber der Akzent stört, und den richtigen Tonfall schaffe ich auch nicht so recht. Es ist seltsam, daß die Franzosen die englische Aussprache nie perfekt beherrschen.«

»Umgekehrt ist es genauso«, warf ich ein.

»Es gibt immer eine Kleinigkeit, die nicht ganz stimmt«, sagte Hessenfield.

»Meine Großmutter war Engländerin. Sie lebte mit ihrer Familie zu Cromwells Zeiten hier in Frankreich, wo sie dann auch meinen Großvater traf. Die beiden verliebten sich, heirateten, und sie blieb auch nach der Restauration in Frankreich. Ihrer Tochter wurde Englisch beigebracht, und dieser machte es wiederum Spaß, mir schon als Kind die englische Sprache einzuüben. So kommt es, daß ich Englisch spreche. Aber leider nicht so gut, wie ich es möchte.«

»Ihr lebt in Paris?«

»Zur Zeit noch, aber ich bin mir nicht sicher, wofür ich mich entscheiden werde. Der Tod meines Mannes hat mich... irgendwie aus der Bahn geworfen.«

»Habt Ihr Kinder?«

Sie wandte wieder den Kopf ab.

»Einen Sohn«, erwiderte sie schließlich.

»Lebt Ihr mit ihm zusammen?«

»Er ist tot.«

Ich drückte mein Mitgefühl aus, und es war mir klar, daß wir zu viele Fragen gestellt hatten.

Dann plauderten wir über Versailles und die Pracht des Palastes, seiner Gärten, Grotten, Wasserfälle und Bronzestatuen.

Madame de Partière wollte wissen, ob wir den Springbrunnen Apollo gesehen hatten, wo der Gott in seinem Triumphwagen, von vier Pferden gezogen, dargestellt wird. Wir nickten.

»Ich würde zu gerne einmal bei einer Vorführung der Wasserspiele dabeisein«, sagte sie schwärmerisch. »Es soll wie ein Erlebnis aus einer anderen Welt sein.«

»Ja, es ist wirklich fantastisch«, stimmte Hessenfield zu. »Ich durfte es schon einmal bewundern. Besonders bei Nacht, wenn noch ein Feuerwerk hinzukommt, wirken die venezianischen Gondeln, die prächtig mit Blumen geschmückt sind, direkt unwirklich.«

Anschließend berichtete uns Hessenfield von den Schönheiten der Orangerie, des Steingartens und der Wasserfälle. Er wußte viel besser über Versailles Bescheid als wir.

»Mir kommt es fast so vor, als hättet Ihr mir nicht nur eine Fahrt nach Paris geboten sondern eine Führung durch Versailles«, sagte Mdame de Partière lächelnd.

Dann wandte sie sich mir zu und hob einen meiner Handschuhe hoch, der neben mir auf dem Polster lag.

»Welch wundervolle Stickerei und welch exquisite Perlenverzierung. Ein kleines Meisterwerk. Verratet mir bitte, bei wem Ihr Eure Handschuhe kauft.«

»Ich habe eine vorzügliche Schneiderin«, erwiderte ich. »Sie gestattet mir fast nie, etwas selbständig auszuwählen. Vor kurzem brachte sie mir diese Handschuhe mit der Bemerkung, sie seien für eine besondere Gelegenheit wie gemacht.«

»Damit hatte sie völlig recht. Es interessiert mich deshalb sehr, weil ich mich glücklich schätze, einen der besten Handschuhmacher von Paris zu kennen. Er betreibt nur einen ganz kleinen Laden an der Kreuzung beim Châtelet, ist aber ein wahrer Künstler. Vier, fünf Mädchen nähen und sticken für ihn, aber der Entwurf stammt immer von ihm selbst, und darauf kommt es ja an. Dieser schöne Handschuh hier könnte von ihm sein.«

Sie strich ihn glatt und legte ihn wieder auf den Sitz.

So verging mit viel Geplauder die Zeit, bis wir Paris erreichten.

Hessenfield erklärte, daß wir zuerst Madame de Partière bei ihrem Haus absetzen würden, bevor wir heimkehrten. Als wir in der Rue St. Antoine ankamen, stieg Hessenfield aus, um ihr hinauszuhelfen. Sie wollte ihm gerade die Hand reichen, als sie einen leisen Schrei ausstieß, sich bückte und etwas aufhob. Es war mein Handschuh, den sie beim Aufstehen mit ihrem ausladenden Rock vom Sitz gestreift hatte. Zu allem Übel war sie auch noch daraufgetreten.

Ich fürchtete, sie würde gleich in Tränen ausbrechen, als sie ihn musterte.

Ein Schmutzfleck war nicht zu übersehen, und einige der kleinen Perlen waren abgerissen.

»Oh, was habe ich bloß getan!« rief sie.

Ich nahm ihr den Handschuh weg. »Es macht gar nichts«, beruhigte ich sie. »Madame Panton wird ihn sicher reparieren können.«

»Aber ich habe ihn ruiniert. Ihr wart überaus freundlich zu mir, und ich belohne es Euch so schlecht.«

Hessenfield mischte sich ein. »Madame, ich bitte Euch. Es ist nichts ... eine Lappalie, nicht mehr.«

»Ich werde es mir nie verzeihen. Wie zum Hohn für Eure Liebenswürdigkeit!«

Die Concierge war inzwischen herausgekommen, um sich vor Madame de Partière zu verbeugen.

»Bitte, macht Euch keine Gedanken«, bat ich unsere neue Bekannte. »Es war eine so angenehme Fahrt, und wir haben Eure Gesellschaft sehr genossen.«

»Ja, wirklich«, stimmte Hessenfield zu. »Außerdem war es eine reine Selbstverständlichkeit. Wir sind ja sowieso nach Paris zurückgefahren.«

»Wie verständnisvoll Ihr seid«, flüsterte sie und verfiel dann ins Französische. »Vous êtes très aimable ...«

Hessenfield nahm ihren Arm und geleitete sie zur Haustür. Sie wandte sich noch einmal um und lächelte mir schuldbewußt zu.

Ich mußte lachen. »Adieu, Madame de Partière. Es war mir ein Vergnügen.«

»Au revoir«, erwiderte sie.

So endete mein Besuch in Versailles.

Ich vermißte Mary Marton, die zwar eine Spionin sein mochte, gleichzeitig aber eine ausgezeichnete Betreuerin für Clarissa gewesen war. Meine kleine Tochter erkundigte sich oft nach ihr.

Es ist schwierig, ein Kind mit Erklärungen abzuspeisen, die nicht plausibel klingen, wenn dieses Kind so intelligent ist wie Clarissa. Die Wahrheit konnte ich ihr natürlich nicht verraten. Weiß Gott, was ihre lebhafte Fantasie aus einer wahren Geschichte machen würde, die von Spionen und Verschwörungen handelte.

Jeanne erwies sich als große Hilfe für mich und übernahm fast völlig die Aufgabe, sich um Clarissa zu kümmern, die es ihr mit großer Liebe und Anhänglichkeit vergalt. Das Mädchen war eine Meisterin darin, Clarissas unaufhörliche Fragen zufriedenstellend zu beantworten.

Da sie mit Clarissa immer nur Französisch sprach, beherrschte das Kind inzwischen beide Sprachen perfekt. Man hätte sie für eine kleine Französin halten können.

»Dies wird ihr gut zustatten kommen«, meinte Hessenfield. »Nur wenn man von klein auf Sprachen lernt, kann man sie später perfekt sprechen.«

Da Jeanne sich so wunderbar in die neue Rolle eines Kindermädchens einfügte, verbrachte auch ich einen Teil meiner Zeit mit ihr, was mein Französisch entschieden verbesserte. Sie war ein aufgewecktes Mädchen von Anfang Zwanzig. Eine Stellung in einem so feinen Haus war immer ihr Wunschtraum gewesen, denn sie hatte vorher als Blumenverkäuferin sehr ärmlich gelebt. Unsere Köchin kaufte früher manchmal bei ihr Blumen, um den Eßtisch zu dekorieren.

»Es war ein Glückstag für mich, als Madame Boulangère kam, um sich bei mir Blumen auszusuchen«, erzählte mir Jeanne. »Allerdings ließ sie nicht mit sich spaßen. Sie war äußerst sparsam und hat immer um jeden Sou gefeilscht. Ich lebte bei meinen Verwandten, von denen es reichlich viele gibt, in einem trostlosen Teil von Paris, Ihr kennt das Viertel nicht, und es ist auch nichts für Euresgleichen. Es liegt in der Nähe von Notre-Dame, gleich hinter dem Hôtel Dieu, bevor man zum Justizpalast kommt. Dort sind die Straßen... einfach schrecklich, Madame, und auch gefährlich. Wir hatten ein Zimmer in der Rue de Marmousets. Aber die Rinnsteine haben mir Spaß gemacht, denn da flossen die Laugen durch, mit denen die Färber ihre Stoffe behandeln. Was für schöne Farben, Madame, grün, blau, rot, wie meine bunten Blumen. Wir haben die vornehmen Lords und Ladies oft angebettelt, aber ich habe nie etwas gestohlen, nie, Madame. Meine Mutter hat mir das schon früh eingeschärft. ›Laß die Finger vom Klauen! Du hast dann zwar ein bißchen Geld, aber man wird dich bestimmt schnappen. Und dann landest du im Châtelet oder im Fort l'Evèque. Dein Los wird so gräßlich sein, daß man's nicht beschreiben kann.‹ Ja, so hat meine Mutter geredet.«

»Arme Jeanne, du hast ein trauriges Leben geführt.«

»Aber jetzt ist daraus ein gutes geworden Madame. Ich habe eine schöne Stellung und kümmere mich so gern um die Kleine.«

Ja, sie kümmerte sich wirklich sehr um Clarissa und erzählte ihr Geschichten vom alten Paris, denen das Kind ganz versunken lauschte. Nichts gefiel ihr besser, als mit uns durch die Straßen zu wandern und Jeanne zuzuhören, die ihr alles beschrieb.

Jeanne kannte sich überall bestens aus, und ich war mir sicher, daß ich ihr Clarissa bedenkenlos anvertrauen konnte. Da ich öfter nach Versailles oder St. Germain-en-Laye reisen mußte, war dies ein Pluspunkt von entscheidender Wichtigkeit.

Manchmal setzte ich mich ein bißchen mit ihr zusammen, wenn wir Clarissa ins Bett gebracht hatten, und wir unterhielten uns über alles mögliche. Sie wußte viel über die früheren Zeiten in Frankreich, da in ihrer Familie jede Generation der nachfolgenden davon erzählt hatte.

Besonders interessiert war Jeanne an dem großen Giftskandal, der Paris ungefähr dreißig Jahre zuvor erschüttert hatte und bei dem La Voisin und Madame de Brinvilliers ihrem gerechten Schicksal überantwortet wurden. Die Angelegenheit war deshalb so hochgespielt worden, weil mehrere angesehene Herrschaften darin verwickelt waren. Selbst die Mätresse des Königs, Madame de Montespan, war in Verdacht geraten.

Jeannes Großmutter erinnerte sich noch an den Tag, als Madame de Brinvilliers nach grausamen Folterungen in den Verliesen der Conciergerie zur Place de Grève gebracht und dort enthauptet wurde.

»Es war eine furchtbare Zeit, Madame, jeder Apotheker in Paris bangte um sein Leben. Auch in der großen Gesellschaft hatten viele Angst, denn Ehemänner hatten ihre Frauen mit Gift beseitigt oder die Frauen ihre Männer. Söhne und Töchter vergifteten ihre Eltern, weil diese zu lang lebten und man sich von ihrem Tod Profit versprach. Aus Italien kamen fremdartige Gifte zu uns. Wir Franzosen kannten nur Arsen und Antimon, aber die Italiener stellten raffinierte Gifte her. Dazu gehörte vor allem ein Gift, das man mit der Luft einatmete. Sie waren Künstler auf diesem Gebiet. Überall tuschelte man über die Borgias und eine französische Königin, die aus Italien stammte, Katharina von Medici, die allesamt Giftmischer waren.«

»Jeanne, was hast du für einen morbiden Geschmack, daß du dich so sehr mit diesen Dingen beschäftigst.«

»Madame, es heißt, daß es auch heute noch einen Italiener in Paris gibt, der ganz in der Nähe vom Châtelet einen schönen Laden mit nobler Kundschaft hat. Doch im Hinterzimmer arbeitet er mit allerlei Tinkturen. Er soll sehr reich sein.«

»Alles nur Gerüchte, Jeanne.«

»Mag sein, Madame, aber ich bekreuzige mich jedesmal, wenn ich am Geschäft von Antonio Manzini vorbeikomme.«

Durch Jeanne lernte ich so vieles über Paris kennen, was ich als Fremde nie erfahren hätte.

Später, wenn Clarissa älter ist, müssen wir eine englische Erzieherin für sie einstellen, dachte ich.

Wo würden wir dann wohl sein? Noch hier in Paris? Würden wir uns immer noch bemühen, dieses Abenteuer zu beenden? Irgendwie konnte ich es mir nicht recht vorstellen.

Die Zukunft hielt viele Probleme für uns bereit. Wie sollte ich je nach England zurückkehren? In Eyot Abbas lebte Benjie, der Ehemann, den ich benutzt und tief gekränkt hatte. Und in Eversleigh gab es Damaris, der ich ihren Liebsten aus einer Laune weggenommen hatte, wodurch ich ihr Leben ruinierte.

Du verdienst es nicht, glücklich zu sein, sagte ich mir.

Aber ich war glücklich, denn ich liebte Hessenfield über alle Maßen. Die wilde Leidenschaft, die schon bei der ersten Begegnung zwischen uns aufgelodert war, hatte sich zu einer tiefen, innigen Liebe entwickelt.

Obwohl die Gegenwart so schön war, wagte ich es nicht, mir die Zukunft auszumalen.

Aber im Grunde war es sicher das beste, nur dem Augenblick zu leben, ohne nach vorne oder gar zurück zu blicken.

An einem der nächsten Tage brachte mir ein Diener zwei Päckchen. Das eine war an mich adressiert, das andere an Hessenfield.

Ich öffnete das eine und fand ein Paar wunderschöner Handschuhe.

Sie waren aus so weichem und schmiegsamen grauen Leder, daß sie aus Seide gefertigt zu sein schienen. Winzige Perlen bildeten kunstvolle Verzierungen. Da die Handschuhe jenen glichen, die ich nicht mehr benutzen konnte, weil Madame de Partière daraufgetreten war, ahnte ich gleich, von wem sie stammten. Meine Ahnung erwies sich als richtig. Ein Brief war beigelegt worden.

Meine liebe Lady Hessenfield,
ich muß mich dafür entschuldigen, daß es so lange gedauert hat, bis ich Euch nun ein Zeichen meiner Dankbarkeit zukommen lassen kann. Verzeiht, aber die Schuld lag

nicht bei mir. Es war sehr zeitraubend, das Leder zu finden, das ich im Sinn hatte. Ich hoffe sehr, daß Euch die Handschuhe gefallen. Eurem Gatten habe ich ein ähnliches Paar gesandt.

Ich möchte mich noch einmal dafür bedanken, daß Ihr so freundlich wart, mich nach Hause zu bringen, als mir dieses Mißgeschick mit meiner Kutsche passierte. Um so mehr schämte ich mich natürlich, daß ich Eure Liebenswürdigkeit damit vergalt, Eure herrlichen Handschuhe zu ruinieren.

Hoffentlich werden wir uns einmal wiedersehen, wenn ich nach Paris zurückkehre. Gerade jetzt muß ich eine Reise aufs Land antreten und werde ungefähr einen Monat abwesend sein.

Liebe Lady Hessenfield, bitte nehmt die Handschuhe als kleines Geschenk an und tragt sie, damit mir die Befriedigung zuteil wird, mich wenigstens ein wenig für das revanchieren zu können, was Ihr für mich getan habt.

Ich werde mir erlauben, bei Euch vorzusprechen, wenn ich von meinem Landaufenthalt zurückkomme. Noch einmal vielen Dank! Elisse de Partière

Was für ein charmanter Einfall! Die Handschuhe waren exquisit und saßen wie angegossen, als ich sie anprobierte. Ich packte sie sorgfältig weg, um sie bei einer passenden Gelegenheit zu tragen.

Am Hof von St. Germain-en-Laye herrschte nach wie vor große Betriebsamkeit. Es hatte ganz und gar nicht den Anschein, als ob der letzte Fehlschlag die Jakobiten beirren könnte.

Dennoch mußte man den Verlust aller Waffen und der gesamten Munition, der auf das Konto von Matt Pilkington und Mary Marton ging, als eine empfindliche Niederlage ansehen. Hessenfield erzählte ihr, daß die Franzosen sehr verärgert seien und uns die Schuld in die Schuhe schöben, weil wir so unvorsichtig gewesen waren, eine Spionin in unserem Haushalt aufzunehmen.

»Ich habe die Hauptschelte abbekommen«, sagte Hessenfield mit einem grimmigen Lachen. »Aber jetzt werde ich es ihnen beweisen, daß so etwas nie mehr vorkommen wird.«

Die Tage verstrichen ungemein rasch, doch ich genoß jeden einzelnen mit großer Intensität. Später kam es mir so vor, als hätte ich wohl schon etwas vorhergeahnt. Insgeheim hegte ich sowieso immer die Furcht, daß dieses Glück nicht andauern könnte.

Wir lebten leidenschaftlich, fast fiebrig. Ich erinnerte mich oft an Hessenfields halb scherzhafte Erklärung, daß der Tod immer ganz in der Nähe auf ihn lauere. Also klammerte ich mich an unsere schöne Gegenwart...

Eines Tages mußte er nach Versailles fahren, um mit einem Minister zu verhandeln, der mit den Jakobiten mehr sympathisierte als seine Kollegen. Von dort aus reiste Hessenfield gleich nach St. Germain weiter.

Als er nach Hause kam, sah er erschreckend bleich aus, während er normalerweise eine blühende Gesichtsfarbe hatte. Außerdem wirkten seine Augen glanzlos, wie erloschen.

Ich geriet sofort in Angst.

»Etwas ist schiefgelaufen«, sagte ich. »Du mußt große Sorgen haben.«

Er schüttelte den Kopf. »Im Gegenteil. Die Franzosen sind ausgesprochen willig, uns zu helfen. In St. Germain herrscht Hochstimmung.«

Ich ergriff seine Hand, die sich feuchtkalt anfühlte.

»Du bist krank!« rief ich aus.

Hessenfield hatte sich immer prächtiger Gesundheit erfreut und auch nie begriffen, wieso jemand krank wurde. Insgeheim nahm er wohl an, daß derjenige dann irgendwie unzulänglich konstituiert war oder es sich überhaupt bloß einbildete. Eine Ausnahme machte er nur, wenn jemand einen Arm oder ein Bein verlor oder eine sonstige Verstümmelung aufwies.

Da ich ganz ähnlich fühlte, verstand ich ihn nur zu gut. So war es ein erstes Alarmzeichen, als Hessenfield meinte, er müsse sich wohl hinlegen.

Ich half ihm beim Auskleiden und brachte ihn zu Bett. Dann setzte ich mich zu ihm und schlug vor, ihm ein leckeres Mahl bereiten zu lassen, doch er lehnte ab. Etwas zu essen sei das letzte, was er wolle. Sicher würde er bald wieder ganz in Ordnung sein, versuchte er mich zu beruhigen.

Er lag nur still da und schien keinen anderen Wunsch zu haben.

Da ich große Angst um ihn hatte, verbrachte ich eine fast schlaflose Nacht. Am Morgen quälte er sich mit Wahnbildern herum. Ich ließ einen Arzt kommen, der ihn gründlich untersuchte, den Kopf schüttelte und etwas von einem Fieber murmelte. Vielleicht würde dem Kranken geholfen sein, wenn man ihm zwei tote Tauben auf die Fußsohlen legte. Zusätzlich würde er noch eine Arznei schicken.

Ich packte den Mann bei der Hand. »Was fehlt ihm denn?«

»Ein Fieber. Aber er wird sich schon erholen.«

Am Nachmittag ging es Hessenfield immer noch nicht besser.

Ich lief wie benommen durch das ganze Haus. Mit etwas Derartigem hatte ich nie gerechnet. Um mich zu beschäftigen, räumte ich seine Anziehsachen weg – den Rock mit Schnurbesatz, die Kniehosen, die feinen Strümpfe und die Handschuhe, die Madame de Partière ihm geschickt hatte. Dann setzte ich mich wieder zu ihm ans Bett. Hessenfield sah völlig verändert aus, war unnatürlich bleich und wirkte abgehärmt.

»Madame, ich weiß von einem Apotheker, der die besten Medikamente hat. Es ist der Italiener Antonio Manzini. Es heißt, daß er schon viele geheilt hat«, sagte Jeanne zu mir.

»Ich werde ihn aufsuchen, und du begleitest mich, Jeanne.«

Wir gingen in mein Zimmer. »Ihr müßt einen warmen Mantel anziehen, Madame, denn es liegt Frost in der Luft.« Dann öffnete sie eine Schublade und holte die Handschuhe von Madame de Partière heraus.

Ich streifte sie über, und wir verließen gemeinsam das Haus. Jeanne führte mich durch das Straßengewirr bis zur Kreuzung beim Châtelet.

Wir traten in den Laden.

»Madame ist sehr in Sorge, denn ihr Mann ist krank«, sagte Jeanne einleitend.

»Krank, aha«, erwiderte der Mann, der dunkle, buschige Brauen und fast schwarze, durchdringende Augen hatte. »Was fehlt ihm?«

»Ein Fieber, das ihn unendlich schwächt. Bis jetzt war er immer gesund«, erklärte ich ihm.

Während ich sprach, legte ich ihm der Eindringlichkeit halber die Hand auf den Arm. Er warf einen Blick darauf und trat einen Schritt zurück. »Ich habe eine Tinktur, die Fieber kuriert. Sie ist aber sehr teuer.«

»Das macht nichts«, versicherte ich ihm. »Wenn sie meinem Mann hilft, bin ich bereit, alles zu zahlen ... soviel Ihr auch verlangt.«

Jeanne zupfte mich am Ärmel, und Antonio Manzini verschwand im Hintergrund seines Ladens.

»Madame möge mir verzeihen«, sagte Jeanne. »Aber es ist unnötig, so viel zu versprechen. Bezahlt seinen Preis, der ist schon hoch genug.«

Ich bezahlte das Fläschchen mit der Mixtur, und wir eilten nach Hause. Als ich an Hessenfields Bett trat, sah ich sofort, daß sich sein Zustand weiter verschlechtert hatte.

Hastig zählte ich die vorgeschriebenen Tropfen der Medizin ab und flößte sie ihm fast gewaltsam ein. Dann setzte ich mich in einen Sessel, um auf das Wunder zu warten.

Aber es geschah kein Wunder.

Bei Einbruch der Nacht war keinerlei Besserung zu erkennen.

Ich wachte die ganze Nacht hindurch an seiner Seite. Kurz vor Morgengrauen stand ich endlich auf, doch eine seltsame Schwäche umfing mich.

Vorsichtig berührte ich meine Haut. Sie war kalt und feucht, und dabei war mir sehr heiß.

Also hatte auch ich mir dieses Fieber geholt, auch ich würde krank werden, das stand für mich fest.

Nein, es durfte einfach nicht sein! Ich mußte gesund bleiben, um Hessenfield zu pflegen. Wem sollte ich schon trauen können außer mir selbst?

Krampfhaft versuchte ich die Mattigkeit abzuschütteln, doch es fiel mir unendlich schwer. Ich verspürte den übermächtigen Wunsch in mir aufsteigen, zu Bett zu gehen, doch ich wehrte mich verzweifelt dagegen.

Während des Vormittags verschlechterte sich Hessenfields Zustand ganz beträchtlich. Er tobte im Fieberdelirium, redete wirr von General Langdon, von Spionen, von mir und von Clarissa. Sein wirres Stammeln ergab keinerlei Sinn. Inzwischen ging es auch mir immer schlechter.

Als Jeanne mein Zimmer betrat, weiteten sich ihre Augen angstvoll, als sie mich erblickte.

»Eine Lady ist gekommen, die Euch unbedingt sehen möchte. Sie behauptet, es sei äußerst wichtig. Und sie will Euch nur unter vier Augen sprechen.«

Ich ging in einen kleinen Raum, der neben dem Salon lag, und sagte Jeanne, daß ich die Dame dort empfangen würde. Es war Madame de Partière, aber sie sah ganz anders aus als bei unserer letzten Begegnung. Ich fuhr mir mit der Hand über die Stirn, da ich scheußliche Kopfschmerzen hatte. Vielleicht hatte durch das Fieber auch mein Sehvermögen gelitten.

»Madame de Partière?« fragte ich unsicher.

Sie nickte.

»Ich sehe, daß es Euch gar nicht gutgeht, Carlotta.«

Verwundert starrte ich sie an, denn ihr französischer Akzent war völlig verschwunden, und sie sprach nun wie eine Engländerin.

Sie war sehr blaß, als sie zu sprechen begann. »Lord Hessenfield ist schwer krank und wird sterben. Es gibt kein Gegenmittel...«

»Seid Ihr nur gekommen, um mir das zu sagen?« unterbrach ich sie zornig.

»Wie oft habt Ihr die Handschuhe angezogen?« fragte sie unvermittelt. »Ich merke, daß Ihr sie schon getragen habt.«

Ich wehrte mit einer ungeduldigen Handbewegung ab.

»Meine Frage ist von entscheidender Wichtigkeit«, sagte sie scharf. »Sie wirken tödlich.«

Sie muß verrückt geworden sein, dachte ich. Wie werde ich sie bloß los? Ich fühlte mich überhaupt nicht in der Lage, mit ihr fertig zu werden. Kurz entschlossen wandte ich mich wieder der Tür zu.

»Ihr habt die Handschuhe getragen. Ich erkenne die Symptome. Mit Eurer Schönheit ist es in ein, zwei Tagen aus und vorbei. Wir sind gezeichnet. Euer Gatte, Ihr und auch ich. Deshalb bin ich hergekommen. Ich möchte, daß Ihr, bevor Ihr sterbt, begreift, worum es geht.«

»Madame, heute ist ein ungünstiger Zeitpunkt für einen Besuch«, erwiderte ich schwach. »Mein Mann ist sehr krank.«

»Als ob ich das nicht wüßte! Auch Ihr seid sehr krank, es ist weit schlimmer, als Ihr ahnt. Selbst ich blieb nicht davon verschont. Sie sind tödlich, und ich habe zuviel mit ihnen herumhantiert.«

Ich griff nach einem Stuhl, da ich sonst hingefallen wäre.

»Madame, ich bitte Euch zu gehen. Sonst muß ich die Dienstboten herbeirufen. Es gibt viel Wichtigeres für mich zu tun...«

»Dies ist von größter Wichtigkeit für Euch«, widersprach sie, »denn es geht hierbei auch und vor allem um Euch. Ihr müßt anfangen, Eure Sünden zu bereuen.«

»Meine Sünden...?«

»Von denen Ihr viele begangen habt. Das gleiche gilt für Lord Hessenfield. Ihr habt an mir und meiner Familie verbrecherisch gehandelt, und ich nahm mir fest vor, Rache an Euch zu üben.«

»Also gut, erklärt Euch, wenn es denn unbedingt sein muß.«

»In Versailles glaubte ich einen Moment, Ihr hättet mich erkannt. Wir trafen uns nämlich schon früher.«

»Im Vorzimmer, dem sogenannten ›Ochsenauge‹...«

»Nein, nicht dort, sondern in Enderby Hall. Entsinnt Ihr Euch Beth Pilkingtons?«

»Beth Pilkington! Ihr?«

Dann fiel es mir wie ein Schleier von den Augen. Damals hatte sie prachtvolles rotes Haar, das sich natürlich leicht färben ließ. Ja, es war ihr Gesicht. Was für eine gute Schauspielerin sie doch war! Sie hatte perfekt die französische Adelige gespielt.

»Ich kam nach Enderby Hall, und Ihr habt mich herumgeführt. Mit meinem Besuch wollte ich endlich herausfinden, was mit Beaumont Granville geschehen war. Und ich fand es schließlich auch heraus.«

»Beau? Was hatte er mit Euch zu tun?«

»Er war mein Geliebter... jahrelang. Ich war sozusagen seine Favoritin, und er versprach mir die Ehe, wenn ich ihm einen Sohn schenken würde. Er sehnte sich nach Kindern, nach einem Sohn.«

Ich schaute sie fassungslos an.

»Ihr habt all dem ein Ende bereitet. Glaubt nicht, daß ich Euch deshalb Vorwürfe mache. Es war nicht Eure Schuld. Ihr seid einfach aufgetaucht und hattet ihm alles zu bieten: Schönheit, Charme, Jugend und sogar ein Vermögen. Das war am wichtigsten. Wenn Ihr nicht so reich gewesen wärt, hätte Beau mich zur Frau genommen, denn ich hatte inzwischen einen prächtigen Sohn... sein Kind.«

»Ihr meint Matt?«

»Ja, Matt.«

Nun verstand ich, wieso Matt mich so angezogen hatte. Damals glaubte ich, daß er mich nur ganz vage an Beau erinnerte, so wie ein Dandy eben einem anderen gleicht. Mir fiel wieder jener Knopf ein, den ich in Enderby Hall fand, und auch der eigenartige Moschusduft, der mich damals so verwirrte. Vermutlich hatte Matt einen Rock mit diesen Knöpfen getragen, der früher seinem Vater gehörte. Von ihm hatte er wohl auch seine Vorliebe für Moschusparfüm geerbt.

»Ich kam, um nachzuforschen, was mit Beaumont geschehen war«, wiederholte sie. »Ohne Zweifel hätte er mir Nachricht zukommen lassen, falls er auf das Festland geflohen wäre, was die meisten Leute annahmen. Unsere Beziehung war vom ersten Tag unserer Begegnung an nie abgebrochen. Ich blieb ihm immer verbunden, auch wenn er andere Frauen hatte. Für ihn war ich im Grunde seine Ehefrau und wäre es auch nach dem Gesetz geworden, wenn Beau Euch nicht kennengelernt hätte. Aber das spielt jetzt keine Rolle mehr. Mir kommt es nur darauf an, daß Ihr erfahrt, wie alles geschah. Ich kam mit Beaus Hündin Belle nach Enderby, und Belle fand auch tatsächlich seinen Schuh. Deshalb mußte sie sterben.«

»Wo?« flüsterte ich.

»Auf jenem Stück Land, dessen Betreten so streng verboten war. Belle wurde dort vom Mann Eurer Mutter verscharrt.«

»Das kann ich nicht glauben«, stieß ich hervor.

»Er hat die Hündin erschossen, aber Beau hat er nicht auf dem Gewissen. Eine Frau namens Christabel Willerby war seine Mörderin. Beau versuchte sie zu erpressen, worauf sie ihn erschoß. Euer Stiefvater vergrub Beaus Leiche, da er annahm, Eure Mutter habe ihn getötet. Wenn man sämtliche Details kennt, paßt alles perfekt zusammen, doch ich tappte lange Zeit völlig im dunkeln. An Beaus Tod seid Ihr also unschuldig, Carlotta. Aber deshalb bin ich auch nicht hier.«

»Ich glaube, daß Ihr Euch alle diese Dinge ausdenkt, Mistreß Pilkington. Ihr habt Halluzinationen, seid krank...«

Sie zuckte die Achseln. »Das Ende ist für uns alle gekommen, auch für mich. Hört jetzt besonders gut zu. Ich wollte, daß mein Sohn glücklich wird, und das wäre er mit Eurer Schwester auch geworden. Sie ist ein aufrichtiger und guter Mensch. Es stimmte mich sehr froh, als ich merkte, daß sie sich ineinander zu verlieben begannen. Damaris war genau das Mädchen, das ich mir für Matt wünschte. Sie war anders als alle Frauen, die er in London treffen konnte, und Matt war sich ihrer vielen Vorzüge voll bewußt. Sie hätte ihm Sicherheit und Geborgenheit geben können, wozu ich nie in der Lage gewesen war. Genau das ersehnte ich mir für ihn.«

Sie musterte mich voller Abscheu und preßte die Hand aufs Herz, da sie nur mühsam Atem holen konnte.

»Aber Ihr habt alles ruiniert«, zischte sie mir dann ins Gesicht. »Er folgte Euch nach Paris und wurde ermordet. Ohne Euch würde mein einziger Sohn noch am Leben sein. Matt war für mich der Mittelpunkt... aber Ihr habt ihn hierhergelockt, worauf Lord Hessenfield ihn ermordete, oder besser gesagt, ermorden ließ.«

»Ihr irrt Euch«, widersprach ich hastig. »Er war ein Spion und ist nicht meinetwegen nach Paris gekommen. Glaubt mir, er war hier, um Informationen über die Jakobiten in Erfahrung zu bringen.«

»Er kam Euretwegen, nur Euretwegen!«

»Nein! Er arbeitete mit einem Kindermädchen zusammen, das in unserem Haushalt angestellt war. Man faßte ihn und fand bei ihm Dokumente, die ihn als Spion überführten.«

Sie schüttelte den Kopf. »Ich kannte meinen Sohn. Er war genau wie sein Vater und hätte ein bestimmtes Ziel niemals aufgegeben. Ihr wart dieses Ziel, und deshalb kam er auch her. Hessenfield war eifersüchtig. Da er ein harter, skrupelloser Mann ist, hat er Matt einfach aus dem Weg geräumt. Alle reden davon und nennen es ein Verbrechen aus Leidenschaft.«

»Falsch!« schrie ich. »Alles falsch...«

Sie wirkte plötzlich entmutigt. »Ich spürte schon damals in Eurer Gegenwart etwas Unheilvolles, als wir uns in Enderby sahen. Schönheit wie die Eure hat etwas Böses in sich. Sie ist keine Gabe Gottes, sondern stammt vom Satan.«

Sie musterte mich mit funkelnden Blicken und machte dabei den Eindruck einer Wahnsinnigen. Vielleicht hatte Matts Tod sie um den Verstand gebracht.

»Ihr gleicht der legendären Meerjungfrau, die auf einem Felsen sitzt und mit ihren Liedern die Seeleute anlockt – in den sicheren Tod. Ja, einer Zauberin gleich versprecht Ihr den Männern alles, was sie sich ersehnen. Doch statt dessen finden sie durch Euch den Tod.«

»Ihr redet Unsinn, Mistreß Pilkington.«

Sie schüttelte den Kopf. »Beau ist Euretwegen umgekommen, denn ohne Euch wäre er nicht nach Eversleigh gereist und hätte nicht die Frau wiedergetroffen, die er dann erpreßte. Also würde er heute noch leben, und ich wäre vielleicht sogar mit ihm verheiratet. Natürlich wäre auch Matt bei uns. Aber da traf er Euch, verführerisch und schön. Doch er fand keine liebevolle Braut samt großem Vermögen, sondern den Tod. Auch Matt hat Euren Sirenengesang vernommen. Wohin hat er ihn geführt? Zum Tod in der Seine. Mein geliebter Sohn... Doch nicht genug damit. Welches Unglück habt Ihr über Euren Gatten gebracht! Selbst Euer derzeitiger Liebhaber, Lord Hessenfield, konnte dem Unheil nicht entgehen, das Ihr mit Euch bringt. Er liegt im Sterben...«

»Ich muß Euch jetzt bitten zu gehen«, sagte ich. »Viel ist zu tun...«

»Jaja, näht ein Leichenhemd für Euren Liebsten, für Euch und auch für mich.«

Das Grauen drohte mich zu überwältigen, denn ich begriff, daß sie die Wahrheit sprach.

»Ich habe alles sorgfältig geplant, um Euch zu vernichten. Es soll keiner mehr Euretwegen leiden. Drei Männer tot, durch Eure Schuld. Ich habe es so eingefädelt, daß wir uns in Versailles treffen, und habe mich verkleidet, damit Ihr mich auf keinen Fall wiedererkennt. Zum Glück war ich immer schon eine perfekte Schauspielerin, so daß mir meine Rolle nicht schwerfiel. Soviel wie möglich versuchte ich über jene alten Giftprozesse zu erfahren, sprach mit Leuten, die sich erinnerten, und faßte schließlich einen Entschluß. Zuerst glaubte ich allerdings nicht daran, daß es tatsächlich Gifte gibt, die durch die Haut wirken. Aber es gibt sie, o ja! Man muß nur wissen, wo man sie bekommen kann. Natürlich braucht man auch viel Geld, aber das habe ich ja in ausreichender Menge. Also ließ ich die Handschuhe präparieren... Lord Hessenfield hat die seinen offensichtlich über längere Zeit getragen, denn ihm geht es viel schlechter als Euch. Aber dennoch müssen wir alle daran glauben, wenn es auch bei mir etwas länger dauern wird. Es gibt keinerlei Gegenmittel. Ich schicke die Verführerin und Mörderin meines Sohnes in den Tod, zerstöre mich aber durch diese Tat gleichzeitig selbst.« Sie lachte bitter auf.

Ich erhob mich schwankend. Mir kam es vor, als hörte ich einer Verrückten zu.

Zunächst muß ich sie loswerden! Dann gehe ich zu Hessenfield, oder nein, ich hole einen Arzt und erzähle ihm, was diese Irre behauptet hat.

Als ich das Zimmer verließ, hörte ich hinter mir ihre tastenden Schritte.

Mühsam schleppte ich mich zum Schlafzimmer hinauf.

Hessenfield lag bleich und still im Bett.

Ich wußte sofort, daß er tot war.

Bis zu diesem Augenblick hatte ich immer noch an ihren Worten gezweifelt und mir eingeredet, daß sie glatt gelogen hatte, was das Gift betraf. So etwas mochte ja dreißig Jahre zuvor passiert sein, doch heutzutage war es einfach undenkbar. Andererseits wußte ich, daß es immer noch italienische Giftmischer in Paris gab, die in dunklen Hinterzimmern ihre Arzneien mischten und reich damit wurden.

Ich war wie benommen, denn zu vieles stürmte auf mich ein. Die ganze Zeit, während der ich mich nach Beau gesehnt hatte, lag er bei Enderby unter der Erde. Leigh, mein Stiefvater, hatte ihn begraben, und auch meine Mutter war irgendwie daran beteiligt. Und... Matt war Beaus Sohn!

Alles in mir sträubte sich dagegen, und doch paßten die einzelnen Teile perfekt zusammen.

Beau war also seit vielen Jahren tot, Matt war sein Sohn. Kein Wunder, daß ich mich zu ihm hingezogen fühlte. Ich empfand in diesem Gedanken fast etwas Tröstliches. Es war von mir doch nicht nur eine pure Laune gewesen.

Aber all das bedeutete mir gar nichts angesichts der einen schrecklichen Tatsache, die mit einem Schlag mein Leben sinnlos gemacht hatte. Ich beschäftigte mich in Gedanken nur deshalb mit der Vergangenheit, um die Gegenwart nicht ertragen zu müssen.

Hessenfield tot? Ich konnte es einfach nicht akzeptieren. Er, der so vital, so gesund gewesen war, konnte doch nicht an ein Paar Handschuhen sterben! Gleich würde er vom Bett aufstehen und mich auslachen. Es mußte einer seiner mutwilligen Tricks sein. Er wollte mir durch meine Verzweiflung einmal mehr beweisen, wie sehr wir uns liebten.

Oh, ich liebte ihn unendlich. »Für immer«, flüsterte ich.

Dann schlug ich die Hände vors Gesicht, die sich eiskalt anfühlten. Meine Haut brannte, und gleichzeitig zitterte ich am ganzen Körper.

Plötzlich überwältigte mich eine wilde Glückseligkeit. »Ich komme zu dir, Hessenfield. Wir sagten doch, daß uns nur der Tod trennen wird, doch selbst er kann es nicht.«

Ich setzte mich an sein Bett, um ihn zu betrachten. Dabei empfand ich fast so etwas wie einen heimlichen Triumph.

»Ich begleite dich. Es dauert nicht mehr lange.«

Der Tod war mir sehr nahe. Ich glaubte seine Schwingen bereits zu spüren. Eigentlich merkwürdig, sich den Tod mit Schwingen vorzustellen...

Plötzlich drang mir ein neuer Gedanke ins Bewußtsein.

Hessenfield und ich würden beisammen sein, doch was wurde aus Clarissa, unserer Tochter? Was soll aus ihr werden, wenn wir beide tot sind?

Ich krampfte die Hände zusammen, um deren Zittern zu verhindern.

Mein Kind, mein kleines Mädchen. Du wirst hier ganz allein sein.

Etwas mußte getan werden, und zwar rasch.

Als ich aufstand, drehte sich das ganze Zimmer um mich.

»Schnell, beeile dich«, flüsterte ich mir halblaut zu. »Wer weiß, wieviel Zeit dir noch bleibt.«

Leise fing ich an zu beten. Ich konnte mich kaum daran erinnern, es je zuvor getan zu haben. Wahrscheinlich beten solche Menschen wie ich nur dann, wenn sie etwas haben wollen, und ich hatte immer alles im Überfluß gehabt. Nur wenn uns etwas verweigert wurde, dachten auch wir ans Gebet.

Plötzlich kam es wie eine Erleuchtung über mich. Ich wußte, was zu tun war.

Ich ließ mich auf den Stuhl vor dem Sekretär fallen und nahm einen Bogen Papier. In dieser unseligen Stunde voller Verwirrung, Angst und Trauer dachte ich an meine Schwester.

Mir fiel ein, wie sie sich mit Clarissa angefreundet hatte, als wir in Eversleigh Besuch machten. Zwischen den beiden hatte sich eine ganz besondere Beziehung entwickelt.

Damaris! Ja, Damaris war die Rettung.

Mit unsicherer Hand begann ich hastig zu schreiben.

Liebe Damaris,

ich sterbe und werde längst tot sein, wenn Du diesen Brief erhältst. Lord Hessenfield, Clarissas wahrer Vater, ist ebenfalls tot. Meine größte Sorge gilt nun meiner kleinen Tochter. Sie ist hier in der Fremde, und ich weiß nicht, wer sich um sie kümmern soll, wenn ich nicht mehr bin.

Ich war oft schlecht, aber das ist nicht Clarissas Schuld. Damaris, bitte nimm Du sie zu Dir! Hole sie so schnell wie möglich ab von hier, und erziehe sie als Deine Tochter. Es gibt niemanden, dem ich sie lieber anvertraue als Dir. Man kennt mich hier unter dem Namen Lady Hessenfield, und Clarissa gilt allgemein als unsere Tochter, was ja auch der Wahrheit entspricht. Ich kann Dir jetzt nicht mehr erzählen, wie alles geschehen ist, und es ist auch unwichtig. Wichtig ist einzig und allein, was aus Clarissa wird. Ich habe hier eine verläßliche Französin namens Jeanne. In ihrer Obhut lasse ich Clarissa, bis sie abgeholt wird. Jeanne war früher Blumenverkäuferin und lebte in großer Armut, aber ich vertraue ihr mehr als allen anderen. Damaris, ich war ein schlechter Mensch und habe allen nur Unheil gebracht. Dir habe ich das Leben ruiniert, doch Matt war im Grunde nicht gut genug für dich, denn sonst hätte er sich nicht so verhalten, wie er es tat. Dir ist nur der Beste ebenbürtig.

Tu es für mich, bitte! Oder nein, tu es für Clarissa! Hole sie sofort zu Dir, wenn du mein Schreiben bekommst.

Deine Schwester Carlotta

Ich versiegelte den Brief und ließ den Boten kommen, der Hessenfields wichtige Nachrichten immer nach England gebracht hatte.

»Liefert dieses Schreiben so rasch wie möglich ab«, schärfte ich ihm ein.

Dann betete ich darum, daß der Brief bei Damaris auch wirklich ankommen möge, denn angesichts der Kriegslage war eine solche Sendung ziemlich riskant. Oft erreichten die Kuriere nicht ihren Bestimmungsort, und die Kontrollen waren bei der Einreise sicher noch mehr verschärft worden, seit man die Waffenlieferung entdeckt hatte.

Als nächstes schickte ich nach Jeanne.

»Ich sterbe, Jeanne«, sagte ich ruhig.

»Madame, das kann doch nicht sein!«

»Weißt du schon, daß Lord Hessenfield tot ist?«

Sie nickte traurig. »O Madame, was soll aus uns allen werden?« rief sie gleich darauf.

»Jeanne, ich vertraue dir das Kind an. Hörst du!«

»Mylady?«

»Kümmere dich um Clarissa, bis sie abgeholt wird. Ich habe meiner Schwester in England geschrieben, was hier geschehen ist.«

»Wann wird jemand kommen, Mylady?«

»Bald, schon bald. Ich weiß, daß man Clarissa holen wird.«

»Aus England, Madame?«

»Warte es ab, Jeanne, und sorge gut für das Kind. Jeanne, ich bitte dich...« Ich ergriff ihre Hände und schaute sie flehend an. »Dies ist der Wunsch einer Sterbenden.«

Jeanne wirkte verängstigt, doch ich wußte, daß sie ihr Wort halten würde.

Ich verbrannte die beiden Paar Handschuhe. Sie leuchteten in einer seltsamen Stichflamme auf und waren binnen kurzem nichts weiter als ein Häufchen Asche.

Dann trug ich in mein Tagebuch ein, was mir in letzter Zeit zugestoßen war, denn ich erhoffte mir etwas Trost, wenn ich mir alles von der Seele schrieb.

Zuvor hatte ich Jeanne erklärt, daß sie mein Tagebuch aufbewahren solle, bis meine Schwester käme. Nur ihr dürfe sie es geben.

Es war mir ein tiefes Bedürfnis, daß Damaris erfuhr, wie alles geschehen war. Verstehen heißt oft auch verzeihen.

Als ich mit meinen Aufzeichnungen fertig war, rief ich nach Jeanne und sagte ihr, wo sie das Tagebuch finden würde.

Sie machte immer noch einen ängstlichen und verwirrten Eindruck, hörte sich aber folgsam meine Instruktionen an. Als sie mich allein gelassen hatte, konnte ich mich nicht bezähmen, sondern nahm die Feder noch einmal zur Hand und schrieb...

»Dies ist der Gesang einer Sirene, die sich ihren Charakter nicht selbst ausgesucht hat«, schrieb ich auf die erste Seite des Tagebuchs. »Aber sie war nun einmal so, und es stimmt, was jemand ihr zur Last gelegt hat: jene, die ihr nahe kamen, gingen in den Tod. Daher erscheint es nur recht und billig, daß der Tod sie mitten in ihrem Gesang ereilt.«

# Damaris

## *Der Besitzer von Enderby Hall*

Ich bin einsam, und die Tage kommen mir endlos lang vor. Stunde um Stunde liege ich auf einem Ruhebett und sage mir, daß mein Leben vorüber ist. Eigentlich hat es nie richtig begonnen.

Allerdings war ich einmal glücklich und stand auf der Schwelle zu einem wunderbaren Abenteuer, wie mir schien. Doch plötzlich war es damit vorbei. Alles, wovon ich geträumt hatte, war durch einen verräterischen Augenblick zerstört worden. Und dann folgte gleich darauf der zweite mörderische Schlag.

Manchmal glaube ich, daß es dem Schicksal nicht genügt, einen Menschen unglücklich zu machen; meist läßt es sich zusätzlich etwas einfallen, um sein Leben noch unerträglicher zu machen. Ich verlor den von mir geliebten Mann an einem dunklen Novembertag und zog mir in derselben Nacht eine schreckliche Krankheit zu, die aus mir eine Invalidin gemacht hat.

Über zuwenig Liebe kann ich mich nicht beklagen. Es gibt sicher kein Mädchen, das von seinen Eltern mehr geliebt und verwöhnt wird als ich. Auf tausendfache Art haben die beiden mir zu verstehen gegeben, daß ich der Mittelpunkt ihres Lebens bin. Sie geben sich die Schuld an dem, was mir zugestoßen ist, doch sie haben keinerlei Anteil daran. Aber wie kann ich es ihnen klarmachen, ohne Carlotta mit hineinzuziehen?

An Carlotta will und kann ich nicht denken. Manchmal sehe ich sie unwillkürlich vor mir, und dann rede ich mir ein, daß ich sie hasse. Doch ich habe immer wieder ihre fast überirdische Schönheit vor Augen. Niemand hat ein Recht, so schön zu sein, denke ich dann.

Sie hatte alles, alles, alles. Ich beobachtete oft die Blicke der Männer, wenn Carlotta ins Zimmer trat. Sie mußte sie nur anschauen, und schon lagen sie ihr zu Füßen. Oh, wie ich sie bewunderte und wie stolz ich darauf war, sie zur Schwester zu haben.

Inzwischen habe ich viel über meine Familie dazugelernt,

denn meine Mutter gab mir ihr Tagebuch zu lesen. Dort steht alles über Carlottas Geburt in Venedig und über das gräßliche Erlebnis, das meiner Mutter zustieß. Ich weiß Bescheid über jenen gewissenlosen Mann, weiß auch, wer ihn umbrachte und welch schrecklichen Verdacht meine Eltern gegeneinander hegten. Nun ist mir klar, warum mein Vater Belle erschießen und begraben mußte. Wenn ich etwas von den Leiden meiner Eltern geahnt hätte, wäre ich nicht zu Belles Grab gegangen, nachdem ich Matt und Carlotta miteinander überraschte.

Ich war damals zutiefst getroffen, denn ich nahm an, daß mich nicht nur Matt getäuscht hatte. Auch mein Vater schien gefährliche Geheimnisse zu haben, sonst hätte er kein unschuldiges Tier töten müssen. So sah die Situation zu jener Zeit für mich aus, und ich litt sehr darunter.

Wenn ich etwas erfahrener gewesen wäre, hätte mir gleich auffallen müssen, daß zwischen Carlotta und Matt eine starke Anziehungskraft bestand. Auch das hätte mich natürlich geschmerzt, aber dieser furchtbare Schock wäre mir erspart geblieben.

Aber was hatte es für einen Sinn, darüber nachzugrübeln. Matt war aus meinem Leben verschwunden, und Carlotta bekam ich kaum zu Gesicht, was mir auch sehr recht war, denn ihr Anblick war für mich geradezu eine Qual. Ihre kleine Tochter hatte ich allerdings sofort in mein Herz geschlossen.

Als Clarissa das erste Mal in mein Zimmer trat, spürte ich endlich wieder ein gewisses Interesse am Leben. Wenn wir zusammen waren, vergaß ich sogar meinen Groll gegen ihre Mutter. Es machte mir großen Spaß, wenn sie gebieterisch eine Antwort auf jede Frage forderte, und es machte auch Spaß, sich Spiele für sie auszudenken. ›Ich sehe was, was du nicht siehst‹, war ihr Lieblingsspiel, bei dem der eine den Gegenstand erraten mußte, den der andere sich gerade angeschaut hatte.

Zwischen uns war es Liebe auf den ersten Blick.

Als ich eines Tages wie üblich auf meiner Chaiselongue lag, hörte ich Clarissa mit viel Geschrei im Garten spielen. Doch plötzlich war alles still. Ich lauschte, und die Stille dünkte mich endlos. Mir kam der schreckliche Gedanke, daß Clarissa sich weh getan haben könnte.

Ich stand auf und rannte zum Fenster. Clarissa lag der

Länge nach im Gras und beobachtete irgend etwas, wahrscheinlich ein Insekt. Ich sah, wie sie vorsichtig einen Finger ausstreckte, um es zu berühren.

Erleichtert legte ich mich wieder hin, und erst da wurde mir schlagartig bewußt, daß ich tatsächlich gerannt war. Ich, die seit jener Nacht nur mit größten Schwierigkeiten gehen konnte.

Es war wie ein Wunder. Nach dieser Begebenheit fiel mir auch das Laufen etwas leichter.

Da es Carlotta peinlich und unangenehm war, mir zu begegnen, machte sie von da an keine weiteren Besuche bei uns im Dower House.

So mußte ich leider auch auf Clarissa verzichten.

Aber ich dachte sehr viel an sie, und hauptsächlich ihretwegen holte ich mir viele kleine Erlebnisse, die mir früher auf meinen Streifzügen durch die Umgebung widerfahren waren, ins Gedächtnis zurück.

Sie alle wollte ich irgendwann einmal Clarissa erzählen.

Natürlich war es eine Nachricht über Carlotta, die meine Familie wie ein Blitzstrahl aus heiterem Himmel traf. Sie und Clarissa waren nach Frankreich entführt worden!

In unserem Haus herrschte schreckliche Aufregung, als Harriet kam, um nähere Einzelheiten zu berichten.

Meine Mutter zog mich voll ins Vertrauen, wie sie es eigentlich immer tat, seit ich erkrankt war. Vermutlich war sie der Meinung, daß ich mich damals aus reiner Unwissenheit in jenen verbotenen Garten geflüchtet hatte, statt gleich nach Hause zu kommen. In diesem Fall hätte nämlich sicher eine Chance bestanden, mich gesundzupflegen. Ein falsches Verhalten aus Unwissenheit wollte sie von nun an unbedingt vermeiden.

Sie setzte sich zu mir ans Ruhelager. »Harriet behauptet, daß Carlotta von einem gewissen Lord Hessenfield entführt wurde, der einer der wichtigsten Jakobiten ist. Man vermutet, daß er sich in der Gegend von Eyot Abbas in geheimer Mission aufhielt. Er flüchtete nach Frankreich und hat auch Clarissa mitgenommen, die sein Kind ist, was bisher nur Harriet wußte.«

Harriet erzählte uns später ausführlich davon, wie Carlotta von Jakobiten gefangengenommen wurde, als sie auf dem Weg nach Eyot Abbas im ›Schwarzen Eber‹ übernachtete.

Lord Hessenfield vergewaltigte sie, Carlotta wurde schwanger, und Benjie heiratete sie, um alles ins Lot zu bringen, wie Harriet es ausdrückte. Benjie liebte Carlotta seit langem und ergriff mit Freuden die Gelegenheit, ihr zu helfen. Hessenfield liebt Carlotta wohl auch, denn er hat bei dieser Entführung ja schließlich sein Leben aufs Spiel gesetzt. Es steht fest, daß Carlotta sich erbittert wehrte, denn bei dem Kampf verlor sie ihren Mantel, den man später im Buschwerk fand. Clarissa war vermutlich bereits vorher in Hessenfields Gewalt, denn man vermißte sie schon einige Stunden, bevor Carlotta verschwand.

Das Ganze wirkte völlig unglaublich, doch Carlotta waren immer unglaubliche Dinge zugestoßen. Wenn ich mir allerdings überlege, was meine Eltern alles erlebt haben, dann muß ich sagen, daß fast jeder in unserer Familie stürmische Episoden hinter sich hat. Selbst ich war schon in ein schreckliches Abenteuer verwickelt, als mich nämlich die gute Mrs. Brown ausplünderte.

Übrigens gibt es seit kurzem einen neuen Besitzer von Enderby Hall, was mich sehr wundert, da dieses Haus so wenig einladend ist und sogar Geister beherbergen soll. Es gab davor nur ein oder zwei Interessenten, die sich jedoch nach der Besichtigung nicht zu einem Kauf entschließen konnten.

Ich erinnere mich gut an den Tag, als meine Großmutter zu uns kam und von einem Mann erzählte, den sie erst kürzlich in Enderby herumgeführt hatte.

Wir saßen alle zusammen in meinem Zimmer, da meine Mutter jeden Besucher in der Hoffnung zu mir brachte, mich dadurch etwas aufzuheitern.

»Ich habe keine Ahnung, wieso er es sich überhaupt ansehen wollte«, sagte meine Großmutter. »Er schien nämlich von vornherein alles zu mißbilligen, und das fällt einem bei Enderby leider auch nicht schwer.«

»Glaub mir, man könnte Enderby total verwandeln, wenn man sich nur die Mühe machen würde«, meinte meine Mutter nachdenklich.

»Wie denn, Priscilla?« wollte meine Großmutter wissen.

»Man müßte einiges abholzen und die vielen Kletterpflanzen zurückstutzen, denn die Mauern sind zu stark überwuchert. Dieses Haus braucht Licht und Sonnenschein. Am liebste stelle ich mir dort ein glückliches Ehepaar mit einer Horde von Kindern vor, die alle Räume mit Lachen erfüllen.«

»Ach, Priscilla«, war alles, was meine Großmutter dazu sagte.

Enderby Hall war schon Schauplatz zweier Tragödien gewesen. Beaumont Granville war dort ermordet worden und lag ganz in der Nähe begraben, und außerdem hatte sich dort vor langer Zeit eine Frau erhängen wollen.

»Erzähl uns von diesem Mann«, bat meine Mutter.

»Er paßt eigentlich recht gut nach Enderby, das kann ich nicht leugnen, denn er hinkt und ist eine reichlich düstere Erscheinung. Man hat den Eindruck, daß ihm ein Lächeln geradezu weh täte, und dabei ist er noch nicht einmal alt. Ich fragte ihn, ob er etwa allein in Enderby leben wolle, falls er es nähme, und er nickte. Als ich ein erstauntes Gesicht machte, fügte er wortkarg hinzu, daß es ihm so am liebsten wäre. Er äußerte dies wie eine Warnung, daß ich meine Gedanken besser für mich behalten solle, was ich dann natürlich auch tat. Auf seine Bemerkung, daß alles sehr düster und unfreundlich wirke, riet ich ihm dasselbe, was du vorhin gesagt hast, Priscilla. Laßt mehr Licht herein, sagte ich, und alles wird viel heiterer aussehen.«

»Was ist mit den Möbeln?« erkundigte sich meine Mutter, und ich mußte sofort an das Himmelbett mit den roten Vorhängen denken.

»Er erklärte, daß er es lieber möbliert hätte.«

»Na, damit wäre jedenfalls ein Problem gelöst«, erwiderte meine Mutter.

»Noch ist nichts gelöst, Priscilla. Ich glaube, daß er sich Enderby nur deshalb anschaute, um uns triumphierend zu verkünden, wie ungeeignet es ist.«

»Vielleicht hast du recht.«

»Wahrscheinlich müssen wir alle Möbel ausräumen und das ganze Gebäude von oben bis unten reparieren lassen, bevor wir es verkaufen können. Jedenfalls brauchen wir wohl kaum noch einen Gedanken an diesen Jeremy Granthorn zu verschwenden. Von dem hören wir sicher nichts mehr.«

Doch darin irrte sie sich.

Schon bald war Jeremy Granthorn der neue Besitzer von Enderby Hall.

Er tat nichts, um Enderbys Ruf zu verbessern.

Das Dienstmädchen, das besonders für mich zuständig war, hieß Abby. Meine Mutter hatte gerade sie für diese Aufgabe ausgewählt, weil sie nicht nur fleißig, sondern auch fröhlich war. In meinen Augen war sie allerdings eher geschwätzig. Ich redete kaum mit ihr, da ich meistens mit meinen Gedanken beschäftigt war, doch Abby gehörte zu den Leuten, die keine aufmerksame Zuhörerschaft benötigen.

Während sie in meinem Zimmer putzte und aufräumte, plapperte sie unaufhörlich über alles, was sich ringsum ereignete. Ab und zu nickte ich oder murmelte irgend etwas, um ihr nicht völlig den Spaß zu verderben, doch im Grunde war mir das alles egal.

Genau das war mein größtes Problem. Nichts konnte mein Interesse wecken.

In Abbys Plaudereien über Nachbarn schlich sich mit der Zeit immer häufiger der Name Jeremy Granthorn ein.

»Er hat nur einen Diener bei sich, Mistreß. Es heißt, daß er Frauen nicht leiden kann.« Sie kicherte. »Ein komischer Bursche muß das sein. Und dieser Diener – er heißt Smith – ist genau wie sein Herr. Emmy Camp kam mal an Enderby vorbei und wollte sich ein bißchen umschauen. Dieser Smith arbeitet gerade im Garten, und Emmy fragt ihn nach dem Weg ins Dorf Eversleigh. Dabei weiß sie es doch genau. Emmy sagt also: ›Welchen Weg muß ich gehen?‹ Er deutet ohne ein Wort in die Richtung, worauf sie sagt: ›Seid Ihr stumm, Sir?‹ Darauf sagt er ihr, sie solle nicht so unverschämt sein. Emmy sagt, daß sie doch nur nach dem Weg gefragt habe, aber er glaubt ihr nicht. ›Wir mögen hier keine Leute, die herumschnüffeln‹, sagt er zu ihr. ›Es gibt hier einen großen Hund, und der mag auch keine Schnüffler.‹ Emmy war ganz verdutzt. Normalerweise kommt sie gut mit Männern aus, aber dieser Smith blieb unnahbar.«

»Emmy hätte nicht so aufdringlich sein dürfen«, sagte ich.

»Nein, Mistreß. Aber wir möchten doch alle gern wissen, was dort los ist...«

An einem der nächsten Tage nahm Abby das Thema wieder auf. »Kein Mensch ist bisher dort gewesen. Biddy Lang sagt, daß da nur die Geister hausen. Zwei Männer allein in so einem großen Haus, das ist doch nicht normal, sagt Biddy.«

Es ging mich nichts an, was aus Enderby wurde. Ich hatte mir geschworen, es nie wieder zu betreten.

Seit Clarissas Besuch lief ich ein bißchen besser als zuvor, was meine Mutter sehr froh machte. Ihrer Meinung nach würde ich mit der Zeit schon wieder ganz gesund werden.

Ich verriet ihr nicht, daß ich zwar meine Beine etwas besser bewegen konnte, ansonsten jedoch keinerlei Fortschritt sah. Wie rasch wurde ich müde! Und besonders schlimm war die schreckliche Teilnahmslosigkeit, die mich selbst am meisten quälte.

Wenn meine Mutter mir vorlas, mußte ich Interesse heucheln. Wenn mein Vater mit mir Schach spielte, gab ich mir kaum Mühe. Sieg oder Niederlage kümmerten mich nicht im geringsten.

Doch eines Tages stellte ich überrascht fest, daß ich Abby mit zunehmender Aufmerksamkeit lauschte. Ich fragte sie zwar nie aus, begann mich aber für das merkwürdige Paar in Enderby zu interessieren.

Inzwischen konnte ich sogar ein wenig ausreiten, wenn auch nicht weit, da ich rasch ermattete. Kam ich zum Stall, wurde ich von Tomtit mit sichtlicher Freude begrüßt. Er wieherte, drückte seinen Kopf gegen meine Schulter, und schon allein seine Anhänglichkeit brachte mich dazu, hin und wieder einen Ausflug zu machen.

In jener Sturmnacht hatte ich ihn allein gelassen, hatte ihn in meinem Kummer vergessen, und dabei war dies das Schlimmste, was man einem Tier antun konnte. Doch er hatte es mir nicht verübelt. Als ich mich ihm das erste Mal nach langer Zeit schuldbewußt näherte, empfing er mich so vertraut, als hätten wir uns erst am Tag zuvor gesehen.

Also ritt ich manchmal aus und überließ es Tomtit, die Richtung zu bestimmen. Er galoppierte nie und trabte auch nur selten, sondern ging gemächlich im Schritt. Wenn ich müde wurde, beugte ich mich nach vorne und tätschelte seinen Hals. »Bring mich heim, Tomtit«, brauchte ich nur zu sagen, und er wählte den kürzesten Rückweg.

Meine Eltern hätten vermutlich ziemliche Angst, wenn ich mit einem anderen Pferd ausreiten würde, doch bei Tomtit waren sie ganz beruhigt. »Tomtit paßt schon auf sie auf«, lautete ihr Kommentar.

Als ich ihm eines Vormittags wie üblich die Zügel locker ließ, brachte er mich in die Nähe von Enderby Hall, und ich verspürte plötzlich den Drang, Belles Grab zu besuchen.

Ich stieg vom Pferd, was mir ziemlich schwerfiel, da mir normalerweise zu Hause im Stall von einem Reitknecht heruntergeholfen wurde.

Nachdem ich Tomtit an einem Zaunpfahl festgebunden hatte, lehnte ich mich kurz an ihn. »Diesmal werde ich dich nicht vergessen«, flüsterte ich ihm zu. »Ich bin gleich zurück.«

Zögernd betrat ich jenen Boden, den ich früher den verbotenen Garten genannt hatte. Wie war alles verändert! Nichts von Düsterkeit war mehr zu spüren. Über der Stelle, wo Belles Grab sich befinden mußte, blühte ein großer Rosenstrauch.

Hier hatte sich nun meine Mutter ihren privaten Garten angelegt.

Ich dachte an Belle, deren Neugierde ihr den Tod eingehandelt hatte. Zum Glück war sie rasch und schmerzlos gestorben. Da ich mittlerweile die Beweggründe kannte, war es mir unmöglich, meinem Vater wegen dieser Tat gram zu sein.

Ich wandte mich ab und wollte zu Tomtit zurückgehen, doch überfiel mich plötzlich der starke Wunsch, einen Blick aufs Haus zu werfen. Wind war aufgekommen und blies die ersten gelben Blätter von den Bäumen. Mir behagte diese frische Brise, da sie die Nebelschleier vertrieb, die zu dieser Jahreszeit fast immer über der Landschaft hingen.

Dann sah ich das Haus, es wirkte düsterer denn je. Eigentlich konnte nur ein Misanthrop sich darin wohl fühlen.

Unvermittelt sah ich die beiden wieder ganz deutlich vor mir – Matt und Carlotta. Selbstmitleid überflutete mich, und meine Augen wurden feucht. Rasch zog ich ein Taschentuch hervor, um mir die Tränen abzuwischen, doch ein jäher Windstoß entriß es mir und wehte es zur Auffahrt. Ich lief hinterher und wollte es aufheben, doch der Wind spielte mir wie ein mutwilliges Kind einen Streich und ließ mich vergeblich danach fassen.

Auf diese Weise drang ich immer weiter auf das Grundstück vor. Als ich das Taschentuch endlich aufheben konnte, hörte ich ein bedrohliches Knurren. Ein großer schwarzer Neufundländer kam auf mich zugerannt.

Ich befand mich auf fremdem Gelände, und mir fiel ein, daß Abby von einem Hund berichtet hatte, der herumschnüffelnde Fremde nicht mochte. Im Augenblick erweckte ich ganz sicher diesen Eindruck. Aber zum Glück kam ich eigentlich immer mit Hunden, wie mit allen anderen Tieren auch, gut aus.

»Braver Hund«, murmelte ich einige Male besänftigend. »Ich bin dein Freund.«

Er zögerte. Es war ein reichlich furchteinflößender Hund, doch ich hatte keine Angst vor ihm. Er entdeckte das Taschentuch und nahm wohl an, daß ich es gestohlen hatte, denn er packte es mit den Zähnen und verwundete mich dabei leicht an der Hand.

Ein paar Blutstropfen färbten das feine Batisttuch rot.

Ich ließ nicht los, und er ließ nicht los.

»Wir werden sicher gute Freunde werden«, sagte ich zu ihm. »Du bist ein braver Wachhund.«

Gerade als ich ihn streicheln wollte, hörte ich eine fremde Stimme. »Nicht anfassen! Komm her, Dämon. Na, komm schon.«

Der Hund ließ sofort das Taschentuch los und näherte sich schwanzwedelnd einem Mann.

War es der Diener Smith? Gleich darauf sah ich, daß er hinkte. Es war also Jeremy Granthorn.

Er musterte mich mißtrauisch. »Der Hund hätte Euch garantiert gebissen. Was tut Ihr eigentlich hier?«

»Ich spazierte in der Nähe vorbei, als mir der Wind mein Taschentuch entriß. Daraufhin versuchte ich es mir wiederzuholen.«

»Nun, das hat sich ja erledigt, wie ich sehe.«

»Ja, vielen Dank.«

Was für ein unangenehmer Zeitgenosse, dachte ich. So benahm sich hier auf dem Lande kein Mensch. Aber ganz offenkundig wollte er in Enderby wie ein Eremit hausen.

»Es tut mir leid, Euer Grundstück betreten zu haben. Aber schuld daran war wirklich nur der Wind. Guten Tag.«

»Der Hund hat Euch verletzt«, sagte er kurz angebunden.

»Ach, das ist nicht weiter schlimm. Außerdem war es ja mein Risiko. Warum bin ich hier eingedrungen, wo ich eigentlich nichts zu suchen habe.«

»Die Wunde muß schnellstens versorgt werden.«

»Da ich mein Pferd dabeihabe und gleich drüben im Dower House wohne, ist das kein Problem.«

»Trotzdem werden wir den Biß gleich hier verarzten.«

»Wo denn?«

Er machte eine Handbewegung zum Haus hin.

Diese Gelegenheit konnte ich mir natürlich nicht entgehen lassen. Wenn ich meinen Eltern und Abby Glauben schenken durfte, war bisher noch niemand ins Haus gebeten worden.

»Ich danke Euch«, erwiderte ich.

Welch merkwürdiges Gefühl, die Halle wiederzusehen!

»Ihr habt überhaupt nichts verändert.«

»Warum sollte ich auch?« entgegnete er.

»Die meisten Menschen wollen ihrem Zuhause einen persönlichen Stempel aufdrücken.«

»Ich betrachte Enderby nur als einen Ort, wo ich in Frieden und Ruhe leben kann.«

»Das läßt sich nicht übersehen. Ich fühle mich fast wie ein Eindringling.«

Er widersprach mir nicht, was ich eigentlich erwartet hatte.

»Setzt Euch«, forderte er mich statt dessen auf.

So saß ich in der Halle und schaute zur Spukempore hinauf, und das Ganze kam mir noch trostloser vor als früher.

»Smith«, hörte ich Jeremy Granthorn rufen. »Smith! Herkommen!«

Smith schaute mich an, als ob er seinen Augen nicht traute. Er wirkte ebenso grimmig wie sein Herr, war allerdings um einige Jahre älter.

»Die junge Lady ist gebissen worden.«

»... beim unbefugten Betreten des Grundstücks«, murmelte Smith.

Mein Gastgeber, der allerdings reichlich ungastlich war, verteidigte mich nicht. »Hol heißes Wasser und eine Bandage oder etwas Ähnliches!«

»Bandage?«

»Du wirst schon irgend etwas finden.«

Ich stand auf und straffte die Schultern. »Wie ich sehe, verursache ich Euch Schwierigkeiten. Es handelt sich doch nur um eine Kratzwunde. Außerdem war alles meine eigene Schuld, wie Ihr mir deutlich zu verstehen gebt.«

»Setzt Euch bitte wieder«, sagte Jeremy Granthorn.

Zögernd gehorchte ich seiner Aufforderung.

Dann versuchte ich es mit etwas Konversation. »Dieses Haus gehörte früher meiner Schwester.«

Er gab keine Antwort.

»Gefällt Euch das Haus und die... Nachbarschaft?«

»Es ist schön ruhig, friedlich... jedenfalls meistens.«

War dies eine Rüge für meine letzte Frage? Dabei hatte ich sie wahrlich nur aus reiner Höflichkeit gestellt.

Smith brachte eine Schüssel mit heißem Wasser, ein Tuch und einen Salbentiegel. Außerdem brachte er noch einen Streifen Stoff, den er wohl gerade irgendwo abgerissen hatte. Ich tauchte zuerst die Finger in das heiße Wasser, und dann strich mir Mr. Granthorn etwas Salbe auf die Wunde.

»Sie ist gut erprobt«, erklärte er mir dabei. »Bei Verstauchungen und leichteren Schnittwunden hilft sie eigentlich immer.«

Als er meinen Zeigefinger verband, kam der Neufundländer und schnüffelte an meinem Rocksaum.

»Du hast nichts Schlimmes getan«, sagte ich zu ihm, worauf er seinen Kopf schieflegte und mit dem Schwanz wedelte.

Mir entging nicht, daß ich zum erstenmal das Interesse meines Gastgebers erregte.

»Merkwürdig«, sagte er. »Dämon ist ja ganz freundlich.«

»Er hat begriffen, daß Ihr mich akzeptiert und findet mich folglich auch akzeptabel«, erwiderte ich.

»Gut, Dämon«, lobte er mit völlig veränderter Stimme und tätschelte den Hund, der noch etwas näher kam.

Furchtlos streckte ich die Hand aus und strich ihm über den Kopf.

Damit beeindruckte ich Jeremy Granthorn ganz offensichtlich.

»Ihr mögt Hunde anscheinend gern?«

»Alle Tiere, aber am liebsten sind mir die Vögel.«

»Ich hätte nie gedacht, daß Dämon sich mit jemand so rasch anfreundet.«

»Oh, mir war gleich klar, daß wir Freunde werden würden«, widersprach ich. »Übrigens hat er nur ganz leicht zugebissen, fast liebevoll.«

Er warf mir einen ungläubigen Blick zu.

»Dämon konnte gar nicht anders handeln, denn es ist schließlich seine Pflicht, dieses Haus zu bewachen. Ich wagte mich auf fremden Grund und konnte ihm leider nicht erklären, daß ich nur mein Taschentuch zurückholen wollte.«

Es dauerte eine ganze Weile, bis Jeremy Granthorn wieder etwas sagte. »So, ich glaube, die Wunde wird gut verheilen. Ihr werdet damit keinen Kummer mehr haben.«

»Danke.« Ich stand auf.

Sein Gesicht verriet seine innere Unschlüssigkeit. Vielleicht überlegte er, ob er mir eine kleine Erfrischung anbieten sollte, doch ich hatte nicht die Absicht, mich noch länger mit einem so wenig liebenswürdigen Gastgeber herumzuquälen.

»Auf Wiedersehen.« Ich streckte ihm die Hand hin, die er kurz drückte, nachdem er sich verbeugt hatte. Dann wandte ich mich zur Tür. Er folgte mir mit Dämon auf den Fersen. Schweigend schaute er mir nach, als ich mühsam und unter Schmerzen zu der Stelle ging, wo Tomtit auf mich wartete. In mir war ein unbändiger Zorn auf diesen seltsamen Einsiedler, dessen Benehmen man schon als grob bezeichnen mußte.

Andererseits kam es mir vor, als hätte ich etwas wiedergewonnen, was mir verlorengegangen war, als ich Carlotta und Matt Pilkington auf dem Bett mit den roten Vorhängen überraschte.

Als ich heimkam, war ich zu Tode erschöpft. Meine Mutter machte sich schon große Sorgen, da sie bei jedem Ausritt fürchtete, ich könnte mich überanstrengen und dadurch einen Rückschlag erleiden. Auch am nächsten Tag war ich noch so matt, daß ich das Haus nicht verließ, doch ich fühlte mich irgendwie verändert. Vielleicht lag es an meinem Interesse an Jeremy Granthorn, seinem Diener und dem schönen Neufundländer Dämon.

Eine Woche später sah ich ihn wieder.

Ich befand mich mit Tomtit gerade auf dem Heimweg, als ich Jeremy Granthorn und Dämon begegnete.

Kurz vorher hatte ich Tomtit zugeflüstert, daß er mich nach Hause bringen sollte, und ich wollte ohne Verzögerung an meinem unfreundlichen Gastgeber vorbeireiten, als er mir einen Gruß zurief.

Also hielt ich an.

Vor Müdigkeit war ich einer Ohnmacht nahe, und Tomtit stampfte ungeduldig mit den Hufen, da dieses kluge Tier fühlte, daß ich schnellstens zum Dower House zurückkehren wollte.

»Fühlt Ihr Euch krank?« fragte mich unser Nachbar.

Bevor ich etwas erwidern konnte, hatte er schon die Zügel ergriffen.

»Ihr solltet Euch ein Weilchen ausruhen.«

Er führte Tomtit hinter sich her, der in ihm den großen Tierfreund witterte, der er wohl auch war. Seine Schroffheit sparte er sich offensichtlich für die Menschen auf.

Nachdem er Tomtit angebunden hatte, hob er mich mit überraschender Sanftheit aus dem Sattel.

»Ich will nicht stören«, protestierte ich. »Ihr haßt doch jeden Störenfried.«

Ohne mir zu antworten, geleitete er mich in die Halle.

»Smith«, schrie er. »Smith!«

Smith kam eilig herbeigelaufen.

»Der Lady geht es nicht gut«, erklärte er. »Ich möchte sie ins Besuchszimmer bringen. Hilf mir dabei.«

Sie hakten mich beide unter.

»Vielen Dank, aber ich fühle mich schon besser... und kann durchaus nach Hause reiten.«

»Nicht gleich«, widersprach Jeremy Granthorn. »Ihr müßt erst etwas zu Euch nehmen, das Euch erfrischt. Ich habe da einen ganz speziellen Wein.« Er drehte sich zu Smith um und flüsterte ihm etwas zu, worauf dieser nickte und hinausging.

Nun saß ich also in einem kleinen Salon, den ich schon von früher her kannte. Es war einer der hübschesten Räume von Enderby und wirkte nicht so düster wie der Rest.

»Es wäre auch ohne Eure Hilfe gegangen«, sagte ich

leichthin. »Mein Pferd hätte mich heimgebracht, denn es merkt immer, wenn ich müde bin.«

»Seid Ihr oft... in diesem Zustand?«

»Hin und wieder...«

»Ihr solltet nicht allein ausreiten.«

»Mir ist es aber lieber so«, widersprach ich.

Smith stellte zwei Gläser auf den Tisch und schenkte aus einer Flasche eine rubinrote Flüssigkeit ein.

»Ein ganz spezieller Wein«, erklärte Jeremy Granthorn. »Ich hoffe, er wird Euch munden, und ganz gewiß stärkt er Euch, denn dafür ist er berühmt.«

Als ich einen Schluck nahm, stellte ich fest, daß er nicht zuviel versprochen hatte. Der Wein belebte mich tatsächlich.

»Ich hatte eine schwere Krankheit«, erklärte ich ihm und schilderte einige Symptome. »Die Ärzte fürchten, daß ich immer eine Invalidin bleiben werde. Erst seit kurzem wage ich mich wieder ins Freie.«

Er hörte mir aufmerksam zu.

»Es ist deprimierend, wenn man in seiner Bewegungsfähigkeit eingeschränkt ist«, sagte er ernst. »Auch auf mich trifft das bis zu einem gewissen Grad zu. Ich wurde bei Venlo verwundet und werde nie wieder normal laufen können.«

Daraufhin erzählte ich ihm, daß ich eine ganze Nacht im Regen bewußtlos auf der Erde gelegen hatte, wodurch ich mir das Fieber holte, das meine Gliedmaßen in Mitleidenschaft zog.

Plötzlich mußte ich lachen, weil es mir komisch vorkam, daß ausgerechnet dieses traurige Thema uns ein gewisses Interesse aneinander abnötigte.

Er erkundigte sich nach dem Grund meines Lachens. Als ich ihm verriet, was mir eben durch den Kopf geschossen war, nickte er.

»Natürlich ist dies für leidende Menschen das wichtigste Thema. Ihr Leben kreist um ihre Krankheit.«

»Aber es muß doch auch für uns noch andere Dinge geben«, protestierte ich und wunderte mich flüchtig, wie mühelos ich mich diesmal mit ihm unterhalten konnte.

Als nächstes erkundigte ich mich, wie er es schaffe, mit nur einem Diener das ganze Haus in Ordnung zu halten.

Er gab mir zur Antwort, daß viele Zimmer nicht benutzt würden.

»Warum habt Ihr dann ein so großes Haus gekauft?« hätte ich am liebsten gefragt, verbiß es mir aber gerade noch. Seltsamerweise antwortete er darauf, als habe er meine Frage gehört.

»Dieses Haus hat einen ganz besonderen Reiz für mich.«

»Wie bitte? Wir hielten Enderby immer für ein düsteres, trostloses Gemäuer«, rief ich erstaunt.

»Da ich düster und trostlos bin, paßt es prächtig zu mir.«

»Bitte sagt doch so etwas nicht!«

Der Wein – vielleicht war es aber auch etwas anderes – machte mich kühn genug, um weiterzureden. »Ich habe mich verloren gefühlt, absolut lustlos... wißt Ihr, was ich meine?«

Er nickte.

»Als ich mich damit abfinden mußte, wohl nie wieder ohne Schmerzen laufen zu können, was mich zu langen Stunden auf der Chaiselongue verdammte, da war mein Leben leer. Ich lag da und wartete darauf, daß die Zeit vergeht. Sonst gab es für mich nichts mehr. Dieses Gefühl habe ich immer noch oft.«

»Ja, das kenne ich auch sehr gut.«

»Doch dann passiert plötzlich irgendeine Kleinigkeit, die außerhalb der Routine liegt, und man gewinnt neues Interesse. Deshalb fand ich es gar nicht schlimm, als Dämon mich gebissen hat. Es war eher komisch.«

»Ihr habt recht«, erwiderte er, und seine Stimme klang irgendwie fröhlicher.

»Wie geht es der Wunde?« erkundigte er sich.

Ich streckte ihm die Hand hin. »Eure Salbe hat Wunder gewirkt. Alles ist gut verheilt.«

»Diese Salbe verwendeten wir in der Armee.«

Wie gern hätte ich nachgehakt, doch ich machte es mir zum Prinzip, ihm kaum Fragen zu stellen. Er sollte von sich aus reden, und ich glaube, daß er dies sehr zu schätzen wußte.

Es ging mir schon bald besser, und ich erhob mich, um zu gehen. Er hielt mich nicht zurück, bestand aber darauf, mit mir zum Dower House zurückzureiten.

Dort angekommen, schlug ich ihm vor, mit meinen Eltern Bekanntschaft zu machen, doch davon wollte er nichts wissen.

Ich drängte ihn nicht weiter, sondern verabschiedete mich. Obwohl ich mich am nächsen Tag zu schwach fühlte, um ausreiten zu können, war mir wohler zumute als seit langem.

So fing unsere Freundschaft an. Ich besuchte Jeremy Granthorn nie, sondern traf ihn meist zufällig bei einem Reitausflug. Dann bat er mich ins Haus und bot mir ein Glas Wein an. Er war Weinkenner und ließ mich die verschiedensten Sorten probieren.

Wenn ich an Enderby Hall vorbeiritt, stürzte Dämon heraus und bellte aufgeregt, woraufhin Jeremy oder Smith auftauchten, um nachzusehen, was denn los sei. Auch in solch einem Fall luden sie mich immer ein.

Als meine Mutter davon erfuhr, freute sie sich.

»Ich werde ihn zum Dinner einladen«, schlug sie vor.

»Nein, bitte, tu das nicht. Er nimmt keine Einladungen an.«

»Dann muß er wirklich ein seltsamer Mensch sein.«

»Das ist er auch. So eine Art Einsiedler.«

Sie legte unserer Freundschaft nichts in den Weg, da sie es für gut hielt, wenn ich unter Leute ging.

Wir freundeten uns mehr und mehr an.

Ich erzählte ihm einiges über mich, meine schöne Schwester Carlotta und darüber, daß ich einst einen Mann geliebt hatte, der aber Carlotta vorzog.

Auch er stellte nie Fragen. Dies war ein ungeschriebenes Gesetz für uns, so daß jeder von sich berichten konnte, ohne fürchten zu müssen, daß der andere nachbohrte.

Jeremy hatte ebenfalls eine unglückliche Liebesgeschichte hinter sich. Nachdem er verwundet aus Venlo zurückgekehrt war, entschied sich das Mädchen für einen anderen. Vieles blieb ungesagt. Doch ich wußte, daß es ihn sehr verbittert hatte.

Offenbar tat ihm zu gewissen Zeiten sein verkrüppeltes Bein ziemlich weh, was er nur schlecht vor mir verbergen konnte. Er hatte ausgesprochen schwarze Tage, an denen ich mich besonders gern mit ihm traf, da ich sicher war, ihn in bessere Stimmung zu bringen.

Wir sprachen oft von den Hunden, die wir einmal besessen hatten, und es war sehr lustig, wenn Dämon dabeisaß und ab und zu mit dem Schwanz wedelte, als ob er seine Zustimmung ausdrücken wollte.

Jeremy – so nannte ich ihn in meinen Gedanken, sprach ihn aber niemals so an – freute sich über unsere Unterhaltungen, forderte mich aber nie zum Wiederkommen auf. Was würde wohl geschehen, falls ich nicht mehr käme, dachte ich oft.

Nach und nach verriet er mir einiges über sein Leben. Vor dem Krieg war er viel gereist und hatte einige Zeit in Frankreich gelebt. Er kannte sich dort sehr gut aus.

»Ich würde gerne einmal wieder dorthin zurückkehren«, sagte er, »aber wem soll ich schon von Nutzen sein? Ein Krüppel von einem Soldaten, was gibt es Lästigeres?«

»Ihr habt der Armee aber gute Dienste geleistet«, widersprach ich.

»Sobald ein Soldat nicht mehr in den Krieg ziehen kann, ist er ein nutzloses Wesen. England braucht ihn nicht. Wofür taugt er denn? Er kann sich nur aufs Land zurückziehen und den anderen aus dem Weg gehen. Für die Umwelt ist er schwer zu ertragen, weil er sie daran erinnert, daß er fürs Vaterland zum Krüppel wurde.«

Wenn er in solch trübe Stimmung geriet, lachte ich ihn einfach aus und schaffte es oft, daß er schließlich in mein Lachen einstimmte.

Ich verlebte eine friedliche Zeit, in der meine Freundschaft mit Jeremy sich mehr und mehr zu einem wichtigen Bestandteil meines Lebens entwickelte.

Doch eines Tages wurde ich durch einen Boten jäh aus meiner Ruhe aufgestört.

Meine Eltern waren nicht zu Hause, worüber ich eigentlich ganz froh war, denn ich bekam den aufregendsten Brief meines Lebens. Er kam aus Frankreich und war von meiner Schwester Carlotta.

Meine Finger zitterten, als ich ihn öffnete. Dann überflog ich die Zeilen und traute meinen Augen kaum.

Carlotta... im Sterben, und Clarissa brauchte mich.

»Bitte nimm du sie zu dir...«

Ich saß wie erschlagen da und umkrampfte den Brief.

Weit, weit entfernt glaubte ich Clarissa zu sehen, die ihre Arme nach mir ausstreckte.

## *Ein Wiedersehen in Paris*

Ich versteckte den Brief vor meinen Eltern, da ich annahm, sie würden irgendeinen geheimen Boten nach Paris senden, um das Kind abzuholen. Natürlich wäre dies auch das Vernünftigste gewesen, doch ich fürchtete zu sehr, daß es mißglücken könnte. Schließlich lagen wir mit Frankreich im Krieg, so daß es keine normalen Verkehrsverbindungen zwischen den beiden Ländern gab. Man konnte nur heimlich an Land gehen und mußte mit Verfolgung rechnen, es sei denn, man war Jakobit.

Falls mein Vater die Aufgabe übernähme, Clarissa zu holen, würde er sicher daran scheitern. Ein Mann wie er, der früher Soldat gewesen war und dem man das auch heute noch anmerkte, war eine viel zu auffällige Erscheinung im Feindesland.

Immer wieder las ich den Brief. Carlotta dem Tod nahe... was war bloß geschehen? Da auch Lord Hessenfield tot war, nahm ich an, daß es sich um irgendeine Seuche handeln mußte.

Was sollte aus Clarissa werden, der armen Waise, die ganz allein in Paris war? Halt, nein, da gab es noch Jeanne, die ehemalige Blumenverkäuferin...

Ich war wie vor den Kopf geschlagen. Was sollte ich bloß tun?

Meiner Mutter fiel natürlich auf, wie blaß und überanstrengt ich aussah, und sie schalt mich liebevoll aus, weil ich ihrer Meinung nach zuviel unternommen hatte.

Also legte ich mich folgsam hin, grübelte aber weiterhin unablässig darüber nach, was zu tun wäre.

Mitten in der Nacht kam mir die rettende Idee, und ich begann vor Aufregung zu zittern. In diesem Moment fühlte ich mich stark genug, um sofort zur Küste zu reiten und nach Frankreich überzusetzen.

Mir kam es vor, als ob neue Kräfte sich in mir regten, obwohl mein gesunder Menschenverstand ständig gegen mein Vorhaben protestierte. »Es ist ganz ausgeschlossen!« argumentierte meine Vernunft. »Nein, ich kann es schaffen!« widersprach ich laut.

Schlaflos erwartete ich den Morgen. Mit dem Tageslicht stürmten alle Zweifel verstärkt auf mich ein. »Es ist Wahnsinn, nichts als ein Wunschtraum, ein Fantasiegebilde der Nacht«, flüsterte ich vor mich hin.

Womit ich mich so herumquälte, war mein Wunsch selbst nach Paris zu fahren und Clarissa zu holen.

Ich glaubte Stimmen zu hören, die sich über mich lustig machten. »Ausgerechnet du, eine Invalidin, die so rasch ermattet und noch nie besonders wagemutig war... Du, die immer nur den einfachsten Weg gegangen ist, du planst ein solches Abenteuer? Das ist ja lächerlich, das ist heller Wahnsinn!«

Trotzdem klammerte ich mich an diese Idee.

Bevor noch der Vormittag vorüber war, hielt ich es nicht mehr für unmöglich, sondern dachte über Mittel und Wege nach, wie es bewerkstelligt werden könnte.

Eine Frau, die durch Frankreich reiste, würde wohl kaum viel Aufmerksamkeit erregen – oder etwa doch? Ich könnte mir Reitknechte und Pferde beschaffen. In einer so großen Stadt wie Paris schaffte man es sicher leicht, unterzutauchen.

Welche Freude würde es mir machen, Clarissa endlich wiederzusehen!

Erst nach ihrem damaligen Besuch im Dower House hatte sich in mir wieder etwas Lebenswillen geregt, und nun hatte ich einen abenteuerlichen Plan gefaßt, der mir von Minute zu Minute mehr Kraft gab.

Wenn ich mit meinem Vater darüber beratschlagen würde, bliebe ihm keine andere Wahl, als Clarissa selbst zu holen. Meine Mutter würde dabei vor Angst umkommen, und es gäbe sicher endlose Überlegungen, bis es vielleicht zu spät war.

Den ganzen Tag über und die folgende Nacht freundete ich mich in Gedanken mit meinem Vorhaben an, aber ich wußte immer noch nicht, wie ich es anpacken sollte.

Am Morgen darauf war mein Entschluß gefaßt. Es gab einen Menschen, der mir vielleicht helfen konnte, da er Frankreich gut kannte. Ihm wollte ich meinen Plan erzählen. Vermutlich würde er mich zuerst auslachen und verhöhnen, mich dann jedoch ausreden lassen und mir sicher helfen, falls es ihm möglich war.

Ich ritt nach Enderby Hall zu Jeremy Granthorn.

Es kam so, wie ich vermutet hatte. Er verhöhnte mich zuerst gnadenlos.

»Ihr seid verrückt geworden. Ausgerechnet Ihr wollt nach Frankreich reisen? Selbst wenn Ihr im Vollbesitz Eurer Kräfte wärt, könntet Ihr es nicht schaffen. Wie habt Ihr Euch ein solches Unternehmen überhaupt vorgestellt? Das verratet mir.«

»Ich werde jemanden suchen, der mich nach Frankreich bringt.«

»Oh, natürlich muß ich ein Boot mieten.«

»Von wem?«

»Das wird sich schon finden.«

»Ist Euch eigentlich klar, daß zwischen England und Frankreich Krieg herrscht?«

»Frankreich ist schließlich nicht ein einziges Schlachtfeld.«

»Na schön, der Punkt geht an Euch. Aber nun verratet mir einmal, was für einen Empfang Ihr Euch als Engländerin im Feindesland erwartet.«

»Das ist mir egal. Ich werde mich irgendwie nach Paris durchschlagen und zur angegebenen Adresse gehen.«

»Ihr redet wie ein Kind. Euer Plan ist nicht durchführbar und zeigt mir nur, daß Ihr von nichts eine Ahnung habt.«

Er musterte mich fast verächtlich.

»Ich hoffte, daß Ihr mir einen Rat geben würdet, da Ihr Frankreich kennt und sogar dort gelebt habt.«

»Meinen Rat könnt Ihr gern haben. Laßt die Finger davon. Zeigt Eurem Vater den Brief, was Ihr sowieso gleich hättet tun sollen. Was ist übrigens mit dem Kurier, der den Brief brachte?«

»Er ist schon wieder fort.«

»Ihr hättet ihn zurückhalten sollen. Vielleicht hätte er

Euch nach Paris gebracht. Es wäre zwar auch äußerst riskant gewesen, aber immerhin... Aber ich sehe schon, daß Euch der Verstand in dieser Angelegenheit im Stich läßt.«

»Und ich sehe, daß Ihr mir keinen Rat geben könnt.«

»O doch! Ich habe ihn Euch bereits gegeben. Weiht Eure Eltern in das Problem ein. Sie werden derselben Meinung sein wie ich. Es bleibt nichts anderes übrig, als bis zum Kriegsende zu warten. Dann kann man das Kind holen lassen.«

»Wie lange wird der Krieg Eurer Schätzung nach dauern?«

Er gab keine Antwort.

»Ihr ratet mir also tatsächlich dazu, das Kind in Frankreich zu lassen? Wie kann ich wissen, was aus Clarissa wird?«

»Ihr Vater war doch recht einflußreich, oder? Seine Freunde werden sich schon um sie kümmern.«

»Ihr begreift einfach nicht. Meine Schwester, die jung und gesund war, stirbt aus unerfindlichen Gründen. Kurz vor ihrem Tod schreibt sie mir diesen Brief, in dem sie mich anfleht, für Clarissa zu sorgen. Haltet Ihr es wirklich für richtig, eine solche Bitte zu ignorieren?«

»Ich halte es für richtig, abzuwarten, sich vernünftig zu verhalten und alle Schwierigkeiten zu bedenken.«

»Nichts wurde je dadurch erreicht, daß man alle Schwierigkeiten bedacht hat«, protestierte ich hitzig.

»Es wird auch nichts dadurch erreicht, daß Ihr wie eine Verrückte in einen Abgrund springt.«

Zitternd vor Zorn stand ich auf und verließ das Haus.

Als ich gerade Tomtit losband und am liebsten laut geweint hätte, weil Jeremy mich so enttäuschte, kam er hinter mir her.

»Einen Moment«, rief er. »Kommt zurück!«

»Es gibt nichts mehr zu sagen«, erwiderte ich.

»Ihr seid zu ungeduldig. Kommt zurück! Ich möchte mit Euch reden.«

Also kam ich zurück und war vor Erleichterung den Tränen nahe. Meine Augen glänzten sicher verräterisch.

Er wandte sich verlegen ab.

Wir setzten uns in den kleinen Salon.

»Es wäre zu machen«, sagte er auf einmal bedächtig.

Ich klatschte vor Freude in die Hände.

»Es ist verrückt und gefährlich, aber machbar. Laßt uns in Ruhe darüber diskutieren. Wie wollt Ihr jemanden auftreiben, der Euch hinüberbringt? Das Meer ist sozusagen die erste Hürde.«

»Leider weiß ich es noch nicht, aber ich werde Nachforschungen anstellen. Schließlich gibt es genug Leute mit Booten...«

»Liebe Damaris, man kann nicht einfach herumlaufen und Bootsbesitzer bitten, sich auf feindliches Gebiet vorzuwagen. Nachdem erst vor kurzem eine jakobitische Waffenlieferung abgefangen wurde, herrscht allerorten größte Vorsicht. Man müßte es also ganz im geheimen tun.«

Ich nickte eifrig.

»Mir ist ein Mann bekannt...«

»Oh, danke... ich danke Euch!«

»Schon gut, wir wissen ja noch nicht, ob er mitmacht. Man müßte sehr behutsam vorgehen.«

»Würdet... würdet Ihr das eventuell übernehmen?« wagte ich ihn zu fragen.

»Schon möglich«, sagte er nach kurzem Zögern.

»All das kostet Geld. Ich habe viele wertvolle Dinge, die ich verkaufen könnte.«

»Das würde alles sehr verzögern.«

Wie recht er hatte. Plötzlich verlor ich allen Mut.

»Ihr könnt es mir später zurückzahlen«, sagte er ruhig.

Vor lauter Glückseligkeit ergriff ich seine Hand und küßte sie. Natürlich war es töricht von mir, so etwas zu tun, und er zuckte auch gleich zurück.

»Entschuldigung«, stammelte ich. »Aber Ihr seid so gut. Ich... ich liebe dieses Kind und stelle mir ständig vor, was wohl aus ihm würde, wenn ich es allein ließe.«

»Schon recht«, brummte er. »Ich werde Euch Briefe an Freunde von mir mitgeben, damit sie Euch in Frankreich bei sich aufnehmen. Sprecht Ihr Französisch?«

»Ein bißchen.«

»Ein bißchen nützt gar nichts. Jeder wird Euch sofort als Engländerin erkennen, sobald Ihr den Fuß auf französischen Boden setzt.« Er zuckte die Achseln.

»Ihr haltet es für hellen Wahnsinn, ich weiß. Ich will auch gar nicht widersprechen. Aber es geht um ein Kind, meine eigene Nichte, die mich braucht. Nur das zählt.«

»Ihr geht ein immenses Risiko ein. Ist Euch das klar?«

»Vollkommen, aber das wird mich nicht abhalten. Ich muß Clarissa finden und sie zu mir nehmen.«

»Ich will sehen, was sich tun läßt.«

»Danke! Ich weiß nicht, wie ich Euch danken soll.«

»Wartet lieber damit, bis Ihr mit dem Kind wieder sicher in England gelandet seid. Es ist ein waghalsiges Unterfangen.«

»Der Erfolg wird mir recht geben«, verkündete ich siegesgewiß, obwohl mir eher ängstlich zumute war.

»Falls ich einen Bootsmann finde und auch alles Sonstige arrangieren kann, müßt Ihr Eure Eltern in den Plan einweihen.«

»Sie würden alles tun, um mich davon abzubringen.«

»Genau darauf hoffe ich.«

»Ich dachte, Ihr wolltet mir helfen.«

»Je mehr ich darüber nachdenke, desto verrückter kommt mir das Ganze vor. Ihr seid für eine so anstrengende, gefährliche Reise nicht stark genug. An manchen Tagen ermüdet Euch schon ein kurzer Ausritt. Habt Ihr das vergessen?«

»Irgendwie bin ich verwandelt. Es ist kaum zu glauben, aber ich fühle mich fast so wie früher, wie vor dieser Krankheit. Wenn es sein muß, kann ich mich den ganzen Tag im Sattel halten. Alles ist anders, wenn man ein Ziel hat.«

»Es hilft zweifellos«, gab er zu. »Aber es heilt keine Krankheit.«

»Mir geht es im Moment sehr gut. Ich versichere Euch, daß ich meinen Plan durchführe, ob Ihr mir nun helft oder nicht.«

»Dann bitte ich Euch um etwas anderes, Damaris. Wenn alles arrangiert ist, müßt Ihr Euren Eltern eine Nachricht hinterlassen. Legt den Brief dazu, den Eure Schwester schrieb, und informiert sie darüber, daß ich mein möglichstes tun werde, um Eure Reise sicher zu gestalten.«

»Das will ich gern tun«, versprach ich und stand auf. Am liebsten hätte ich ihn umarmt, ließ es aber wohlweislich bleiben.

Am nächsten Vormittag wollte ich Jeremy wieder aufsuchen, doch Smith teilte mir mit, daß er nicht zu Hause sei. Als ich am Nachmittag wiederkam, war er zurück.

»Ich habe alles in die Wege geleitet«, erklärte er mir. »Ihr brecht morgen bei Abenddämmerung auf. Hoffen wir, daß der Wind günstig steht.«

»Oh, Jeremy!« rief ich spontan und sprach seinen Vornamen zum erstenmal aus.

Sofort entstand zwischen uns eine fast peinliche Verlegenheit. Ich nahm mir fest vor, mich in Zukunft besser unter Kontrolle zu haben und meine Dankbarkeit nicht zu offen zu zeigen.

»Kehrt nach Hause zurück und bereitet alles vor«, forderte er mich auf. »Ich habe jemanden aufgetrieben, der Euch begleiten wird. Kommt morgen am späten Nachmittag her, dann bringe ich Euch zu der Stelle, wo das Boot wartet. Es ist nur ein kleines Fahrzeug, mit dem die Überquerung selbst bei ruhigem Wetter nicht ungefährlich ist. Sobald Ihr in Frankreich seid, ist das Schlimmste überstanden. Auf dem Weg nach Paris wird man Euch nur in sicheren Herbergen unterbringen, die mir bekannt sind. Wenn Ihr Euch unauffällig benehmt, müßte eigentlich alles glattgehen. Gehorcht den Anordnungen Eures Begleiters und vergeßt nicht, Euren Eltern einen Brief zu hinterlassen. Es ist besser für sie, zu wissen, was Ihr vorhabt, auch wenn es ihnen natürlich großen Kummer macht.«

Ich tat, was er mich geheißen hatte, und war schon mittags mit allen Vorbereitungen fertig.

Gegen fünf Uhr ging ich nach Enderby, wo Jeremy bereits auf mich wartete. Wir bespachen noch einige Einzelheiten, und er informierte mich, daß mich mein Begleiter auch nach England zurückbringen würde. Ich könnte ihm völlig vertrauen.

In der Abenddämmerung brachen wir auf und erreichten zum angegebenen Zeitpunkt die Küste.

Als wir uns einem einsamen Fleckchen näherten, kam ein Reiter hinter uns her, in dem ich meinen Reisebegleiter vermutete. Es war jedoch Smith.

Wir banden die Pferde an einem Baum fest und gingen über den Kiesstrand zum Wasser.

Dort lag ein Boot, in dem eine schattenhafte Gestalt saß.

»Ist alles in Ordnung?« erkundigte sich Jeremy bei Smith.

»Ja, Sir.«

»Du weißt, was du zu tun hast?«

»Ja, Sir.«

»Sehr gut. Zum Glück ist die See ruhig. Wir sollten losfahren.«

Ich stieg ins Boot.

Jeremy stellte sich neben mich, und ich wandte mich ihm zu, um mich zu verabschieden. »Ich werde Eure Hilfe bis an mein Lebensende preisen«, sagte ich und war seinem Geschmack nach sicher wieder viel zu gefühlvoll.

»Hoffen wir, daß ich mich dieser Lobpreisung noch recht lange erfreuen kann«, erwiderte er lächelnd.

Smith verbeugte sich vor uns.

»Machen wir, daß wir wegkommen«, sagte Jeremy.

Völlig entgeistert schaute ich ihn an. »Ihr...«

»Natürlich begleite ich Euch. Smith bringt die Pferde zurück.«

In mir stieg eine überschwengliche Freude auf, wie ich sie nie zuvor verspürt hatte. Wie gern hätte ich ihm gestanden, was sein Entschluß für mich bedeutete!

Als ich sein Gesicht forschend musterte, fand ich darin nur Mißbilligung für meinen unvernünftigen Wunsch, ein so gefährliches Abenteuer meistern zu wollen.

Rasch erkannte ich, daß ich es ohne ihn niemals geschafft hätte.

Jeremy sprach fließend Französisch und hatte das sichere Auftreten, das eine ausgezeichnete Erziehung mit sich bringt. Dies und seine abweisende Art verhinderten allzu neugierige Fragen.

Wenn wir die Nacht in einem Gasthaus verbrachten, verlangte er stets bequeme Unterkünfte für sich, seine Nichte und seinen Diener. Wenn nur ein Raum zur Verfügung stand, bekam ich ihn zugeteilt, während die beiden Männer in der Wirtsstube schliefen. Wir mußten mehrmals übernachten, da ich trotz meines eisernen Willens und meiner neugewonnenen Kräfte keine weiten Strecken zurücklegen konnte. Zumindest ließ Jeremy es nicht zu. Wenn ich dennoch weiterreisen wollte, erinnerte er mich unnachgiebig an mein Versprechen, gehorsam zu sein, und ich fügte mich wohl oder übel.

Diese seltsame Reise bewirkte bei uns beiden gewisse Veränderungen. Jeremy fand sich manchmal zu einem Lächeln bereit, und ich staunte über meine Durchhaltekraft.

Ich wurde aus mir selbst nicht ganz schlau. Die schreckliche Lustlosigkeit war so völlig verschwunden, daß ich allmorgendlich dem Tag entgegenfieberte.

»Wie viele Meilen sind es noch bis Paris?« fragte ich beim Frühstück und freute mich, weil die Entfernung immer mehr zusammenschrumpfte.

Häufig machte ich mir über meine Krankheit Gedanken. Vielleicht war ich gar nicht zu krank gewesen, um ein normales Leben zu führen, sondern hatte bloß keine Lust gehabt und mich hinter meiner körperlichen Schwäche versteckt.

Endlich kam der heißersehnte Moment, da die Seine-Metropole in der Ferne auftauchte. Ich hielt Paris für die wunderbarste Stadt der Welt, wenn auch nur, weil Clarissa dort zu finden war.

Spät am Nachmittag kamen wir an, und ich schaute zu den Türmen und Dächern hinauf, die das verblassende Sonnenlicht golden aufschimmern ließ. Vor mir sah ich die Silhouette des Justizpalastes, die Glockentürme, Zinnen und Wasserspeier von Notre-Dame.

Wir überquerten eine Brücke, und ich fühlte mich eingefangen von der fremdartigen Atmosphäre dieser Stadt.

Als ich Jeremy einen Blick zuwarf, entdeckte ich in seinem Gesicht so etwas wie grimmige Zufriedenheit.

Bisher war zu seiner großen Verwunderung alles sehr glatt gelaufen. Ich dagegen nahm es als selbstverständlich hin, da ich felsenfest von unserem Erfolg überzeugt war.

»Wir werden zuerst eine Herberge für die Nacht suchen und dann ins Marais-Viertel gehen.«

»Wir sollten im ›Les Paons‹ übernachten, Monsieur. Das wäre für uns am besten«, schlug der von Jeremy angeheuerte Diener Jacques vor.

»Also gut. Auf zum ›Les Paons‹.«

»Warum gehen wir nicht gleich zum Haus von Carlotta?« protestierte ich.

»Wir können unmöglich so verstaubt und ramponiert dort auftauchen. Schaut Euch mal an, wie schmutzig Euer Rock ist. Außerdem sind die Pferde müde, sie hassen diesen Pariser Straßenmorast. Es ist der ärgste Dreck der Welt.«

Ich mußte einfach widersprechen, obwohl ich einsah, wie recht er mit seinen Argumenten hatte.

»Trotzdem möchte ich gleich zum Haus gehen!«

Jacques schüttelte den Kopf.

»Es ist nicht ratsam, bei Nacht auszugehen, Mademoiselle.«

Also suchten wir das Gasthaus, das mit Pfauen bemalt war, von denen es auch seinen Namen hatte. Es war recht behaglich, und ich bekam ein Zimmer mit Blick auf die Straße. Neugierig blieb ich einige Minuten dort stehen und schaute mir die vielen Passanten an. Es war mir nur schwer möglich, meine Ungeduld zu bezähmen, aber leider blieb mir gar nichts anderes übrig.

Sorgsam herausgeputzt und wohlanständig würden wir uns am nächsten Tag auf den Weg ins Marais machen.

Schon morgen um diese Zeit ist Clarissa bei mir, dachte ich immerzu.

Wie eine Ewigkeit kam es mir vor, und ich fragte mich, wie ich die Nacht überstehen sollte. Ich war zwar hier in Paris und kurz vor dem ersehnten Ziel, doch noch immer lagen dunkle Stunden des Wartens vor mir.

Als wir uns in der Gaststube zum Abendessen setzten, war ich viel zu aufgeregt, um einen Bissen hinunterzubringen. Jeremy war die Ruhe in Person und versuchte mich abzulenken, doch ich konnte mich auf kein Gesprächsthema konzentrieren.

An Schlaf war in dieser Nacht nicht zu denken. Ich saß am Fenster und schaute zur Straße hinunter, auf der sich nach Einbruch der Dunkelheit die Szenerie drastisch veränderte. Düstere, wenig vertrauenerweckende Gestalten traten an die Stelle gutgekleideter Passanten. Jeremy hatte also tatsächlich recht gehabt mit seinem Vorschlag, bis zum nächsten Morgen zu warten.

Bettler lungerten herum und streckten die Hand aus, sobald jemand an ihnen vorbeikam. Eine Frau stieg in Begleitung eines jungen Mädchens aus einer Kutsche und ging mit ihr in das gegenüberliegende Haus. Wenige Minuten später kam sie allein heraus und fuhr wieder weg. Dieser Vorfall erinnerte mich an mein eigenes Abenteuer in London, als die gute Mrs. Brown meine Naivität so geschickt ausgenützt hatte.

Eine andere Frau wartete vor dem Haus, in das man das Mädchen gebracht hatte. Sobald ein gutangezogener Mann auftauchte, faßte sie ihn vertraulich beim Arm, doch keiner zeigte sich zugänglich.

Ich legte mich ein Weilchen hin, war aber so unruhig, daß ich meinen Beobachtungsplatz am Fenster schon bald wieder einnahm.

Allmählich kam ich zu der Überzeugung, daß sich dem Gasthaus gegenüber ein Freudenhaus befand.

Gleich darauf bestätigte sich mein Verdacht aufs schrecklichste. Ein halbwüchsiges Mädchen kam halbnackt auf die Straße gerannt, nur mit einem glitzernden Hemdchen bekleidet. Sie wirkte vollkommen verängstigt. Kaum jedoch war sie erschienen, da stürzte eine Frau hinter ihr her und zerrte sie grob wieder in den Hauseingang zurück, obwohl das arme Ding wild um sich schlug.

Nur kurz sah ich das Gesicht der Frau, aber es kam mir wie eine böse, unmenschliche Fratze vor.

Mir wurde ganz übel, als ich überlegte, daß Clarissa sich in dieser Stadt voller Laster und Verbrechen aufhielt. Ich hatte es am eigenen Leib erlebt, was einem in einer solchen Umgebung zustoßen konnte. Die gute Mrs. Brown würde ich nie vergessen.

Aber ich hatte noch Glück im Unglück gehabt. Viel Schlimmeres hätte mit mir geschehen können.

Mich beseelte der starke Wunsch, wieder ganz gesund zu werden, um für Clarissa gut sorgen zu können.

Ich würde es schaffen, weil es sein mußte. Clarissa brauchte mich.

Schon früh am Morgen war ich bereit zum Aufbruch. Vor lauter Aufregung hatte ich gerötete Wangen, so daß niemand auf die Idee kommen konnte, ich hätte eine schlaflose Nacht hinter mir.

Ich war ganz zappelig vor Ungeduld, doch Jeremy holte mich zum Glück auf die Minute pünktlich ab.

Schon bald standen wir vor dem Haus, in dem Carlotta mit Lord Hessenfield und Clarissa gelebt hatte. Es war ein imposantes, hochherrschaftliches Gebäude.

Wir stiegen die Stufen zum Portal hinauf, und sogleich erschien die Concierge.

»Dies ist Lady Hessenfields Schwester«, erklärte ihr Jeremy.

Sie betrachtete mich von oben bis unten. Dann schüttelte sie den Kopf. »Lady Hessenfield ist tot.«

»Aber ihre Tochter...«, begann ich.

Sie unterbrach mich sofort. »Die ist auch nicht mehr hier.«

»Es muß aber jemand vom Personal dasein... ein Dienstmädchen namens Jeanne«, stammelte ich hilflos.

»Ich frage nach, ob Madame Deligne Euch empfangen will«, sagte die Concierge nach kurzem Zögern.

»Ja, tut das!« bat ich sie inständig.

Wir wurden in einen Salon geführt, wo uns die Dame des Hauses begrüßte.

Jeremy erklärte ihr den Grund unseres Kommens, und sie antwortete in einem Französisch, das ich einigermaßen gut verstehen konnte.

Lord und Lady Hessenfield waren an einer geheimnisvollen Krankheit gestorben. Es muß wohl eine Art Seuche gewesen sein, da eine Besucherin, eine gewisse Madame de Partière, gleichfalls dahinsiechte. Die ganze Angelegenheit hatte viel Aufsehen erregt und Furcht verbreitet.

»Lady Hessenfield hat eine kleine Tochter hinterlassen, die wir nach England mitnehmen möchten«, sagte Jeremy, als Madame Deligne geendet hatte.

»Ja, stimmt, da gab es ein Kind. Aber ich habe keine Ahnung, wo es sich jetzt aufhält«, erwiderte sie.

»Was ist mit Jeanne, dem Dienstmädchen?«

»Wir haben natürlich unsere eigenen Dienstboten mitgebracht, Monsieur.«

»Was geschah mit denjenigen, die vorher hier gearbeitet haben?«

Madame Deligne zuckte die Achseln. »Wahrscheinlich sind sie von anderen Leuten eingestellt worden. Wir konnten sie jedenfalls nicht übernehmen.«

»Erinnert Ihr Euch an diese Jeanne?«

Sie runzelte die Stirn. »Eine junge Frau, ja, ich glaube mich zu entsinnen. Soviel ich weiß, ging sie wieder dorthin zurück, wo sie arbeitete, bevor sie in dieses Haus kam.«

»Und Ihr wißt nicht, was aus dem Kind wurde?«

»Nein, ich habe nichts mehr von diesem Kind gehört.«

Madame Deligne war freundlich und mitfühlend, konnte uns aber leider keine weiteren Informationen geben.

Nie werde ich vergessen, in welch trostloser Stimmung ich das Haus verließ. Wir hatten einen so weiten Weg zurückgelegt, und jetzt war alles umsonst gewesen.

Was sollten wir nun bloß tun?

Jeremy war immer pessimistisch, wenn alles gutging, doch nun überraschte er mich durch seinen Optimismus.

»Wir müssen nur diese Jeanne finden, das ist unser einziges Problem«, sagte er energisch.

»Aber wo... wo denn?«

»Was ist uns über Jeanne bekannt?«

»Sie stammt aus einer armen Familie und war früher Blumenverkäuferin.«

»Sehr gut. Folglich müssen wir alle Leute befragen, die in Paris etwas mit Blumen zu tun haben.«

Obwohl ich am Erfolg seines Vorhabens zweifelte, konnte Jeremy mich doch mit neuer Zuversicht erfüllen.

»Fangen wir am besten gleich damit an«, schlug ich vor.

Er nahm meine Hand und drückte sie. Es war seine allererste liebevolle Geste.

»Wir werden sie finden«, versprach er mir.

Die nächsten Tage waren für mich wie ein Alptraum. Allabendlich sank ich völlig erschöpft ins Bett und schlief sofort ein, bis mich grauenvolle Träume aufschrecken ließen. In diesen Träumen war ich immer auf der Suche nach Clarissa, rannte durch viele Straßen und landete unweigerlich in einem Keller, wo gräßliche Gestalten mich umkreisten. Die gute Mrs. Brown fand sich immer darunter.

Meine Träume wurden von den Erlebnissen gespeist, die mir tagsüber widerfuhren. Ich sah schreckliche Dinge, die mich schaudern ließen. Wahrscheinlich war das Leben in allen großen Städten so. Aber ich war wohlbehütet auf dem Lande aufgewachsen, und dies alles stellte für mich eine ganz neue Erfahrung dar. Das Abenteuer mit der guten Mrs. Brown hatte ich nie vergessen können, und nun stellte ich mir zu allem Übel Clarissa in solchen Fängen vor.

Die Nächte nach den anstrengenden, frustrierenden Tagen brachten mir kaum Erholung, da mich Visionen quälten, in denen Clarissa und ich zu einer Person wurden.

Selbst Jeremy wurde langsam ratlos. Er hatte Leute gefunden, die mit den Hessenfields bekannt gewesen waren. Aber auch sie wußten nicht, was aus dem Kind wurde. Die Dienstboten? Ach, die hatten sich in alle Winde zerstreut. Unsere Suche konzentrierte sich auf die Blumenverkäuferinnen. Was für eine Aufgabe! Es schien Hunderte zu geben. Inzwischen war es Frühling geworden.

»Eine gute Zeit«, sagte Jeremy mit seinem neuerworbenen Optimismus. »Im Frühling kaufen alle Leute Blumen, weil sie sich so freuen, daß der Winter vorüber ist. Falls Jeanne wieder in ihrem alten Beruf arbeitet, müßten wir sie eigentlich finden.«

Wir kauften Unmengen von Blumen und verwickelten die Verkäuferinnen in Gespräche, um herauszufinden, ob jemand eine gewisse Jeanne kannte, die vorübergehend als Dienstmädchen in einem Haus im Marais lebte.

Manchmal zogen wir eine völlige Niete, manchmal ergoß sich ein Wortschwall über uns, so daß wir schon hofften, auf der richtigen Fährte zu sein. Einmal waren wir sicher, Erfolg zu haben, denn jemand erzählte uns von einer Jeanne, die Blumen verkaufte. Als wir sie dann fanden, wußte sie jedoch nichts von Clarissa und war auch alles andere als vertrauenerweckend. In ihrer Obhut hätte Carlotta das Kind bestimmt nicht gelassen.

Ich war nicht nur durch unseren Mißerfolg so deprimiert und mutlos; auch all das Elend ringsum setzte mir zu. Es gab Bettler, Säufer und Diebe, und es gab vor allem unzählige zerlumpte Kinder, deren kleine Gesichter schon jetzt gezeichnet waren. In jedem von ihnen glaubte ich Clarissa zu sehen.

Wir wanderten durch die Märkte, wo barfüßige Halbwüchsige zwischen den Buden herumkrochen, um Gemüse- oder Obstabfälle einzusammeln. Manchmal quälten sie sich mit schweren Körben ab, die so groß wie sie selbst waren. Sie alle wirkten furchtsam wie geprügelte Hunde. Es brach mir fast das Herz. Die gute Mrs. Brown war mir auf einmal ganz nahe. Ich glaubte sie manchmal neben mir gehen zu sehen und über meine Naivität spotten zu hören. Hier in Paris gab es für mich ein jähes Erwachen.

Am liebsten wäre ich davongelaufen, hätte mich wieder auf mein Ruhebett zurückgezogen und mich verwöhnen lassen, um die böse Welt zu vergessen.

Wie leicht ist es doch, die Augen zu verschließen, wenn du von Menschen umgeben bist, die dich lieben. Dann kannst du alles Häßliche ignorieren und so tun, als ob es nicht existiere. Du lebst in Watte gepackt und verdrängst jeden Gedanken an die gute Mrs. Brown oder gar an zwei Menschen, die sich auf einem Himmelbett in den Armen liegen.

Aber du darfst nicht verdrängen, sondern mußt über diese Dinge Bescheid wissen. Je mehr du weißt, desto leichter begreifst du auch alles, was rings um dich und mit dir selbst geschieht. Wenn du weiterhin naiv bleibst und deine Augen vor allem Negativen verschließt, wirst du Clarissa bestimmt nicht finden. Mit solchen Gedanken quälte ich mich von morgens bis abends ab.

Mit jedem Tag malte ich mir drastischer aus, was Clarissa in dieser Stadt alles zustoßen konnte.

Eine unaufhörliche Folge von Bildern zog an meinen Augen vorüber. Auf den Straßen herrschte emsiges Treiben, man hörte erregte Stimmen und lautes Gelächter, parfümierte Damen mit Schönheitspflästerchen stolzierten einher oder saßen mit gutgekleideten Herren in eleganten Kutschen. Ich beobachtete, wie zwischen schönen Frauen und galanten Männern Verabredungen getroffen wurden, und dazwischen liefen Bettler, Marktschreier und Blumenverkäufer herum.

Am meisten verstörte mich der Anblick der ärmlichen, halb verhungerten Kinder, und ich hätte mich jedesmal am liebsten abgewandt. Aber woher sollte ich wissen, ob nicht vielleicht Clarissa schon zu ihnen gehörte.

Fast ebensosehr rührten mich die Frauen, die ›Marcheuses‹ genannt wurden und die ärmsten, traurigsten Gestalten waren, die ich je gesehen hatte. Jeremy erklärte mir, daß sie in ihrer Jugend als Prostituierte arbeiteten. Sie waren nun zwar erst in ihren Zwanzigern, sahen aber aus wie fünfzig oder sechzig. Ihr Gewerbe hatte sie verbraucht und zerstört, so daß sie jetzt darauf angewiesen waren, Botengänge für ihre erfolgreicheren Kolleginnen zu machen, um sich ein paar Sous zu verdienen. Daher stammte auch ihr Spitzname – die Marschiererinnen. Im Grunde hatten sie vom Leben nichts mehr zu erwarten, aber sie quälten sich weiter, bis ein gnädiger Tod sie erlösen würde.

Ich sah Putzmacherinnen und Nähmädchen, noch jung und unschuldig, wie sie den Lehrlingen zulächelten und nach einem Mylord Ausschau hielten, der sie als Entgelt für gewisse Dienste zum Abendessen einladen würde.

Mir war klar, daß mich dieser Aufenthalt in Paris ungemein veränderte, denn ich lernte neben allem anderen auch sehr viel über mich hinzu. Bisher hatte ich mich hinter meiner Krankheit versteckt, weil ich Angst vor dem Leben, Angst vor der Welt gehabt hatte.

Es war unbedingt nötig, daß ich das Böse im Menschen als Tatsache endlich akzeptierte. Selbst wenn ich die Augen davor verschloß – es blieb doch bestehen. Und daneben gab es schließlich auch viel Gutes und Schönes – die Liebe meiner Eltern und Jeremys Güte, die ihn dazu brachte, seinen Schlupfwinkel zu verlassen, um mir in meiner Hilflosigkeit beizustehen.

Wir waren schon ein seltsames Pärchen! War er doch nach Enderby gekommen, um sich vor der Welt zu verstecken. Und nun hatten wir uns beide herausgewagt. Endlich lebten wir wieder!

Sieben Tage nach unserer Ankunft in Paris kamen wir eines Abends wieder völlig erschöpft ins Gasthaus zurück, und Jeremy schlug vor, daß wir uns vor dem Essen noch etwas ausruhen sollten.

Ich legte mich für ein Weilchen aufs Bett, konnte aber nicht schlafen. Ständig verfolgten mich Eindrücke von unseren Streifzügen: die Buden auf dem großen Markt; die Bäuerinnen mit den lebenden Hühnern, dem Obst und Gemüse; die Blumenverkäuferinnen, die Jeanne nicht kannten; das

Kind, das einer dicken Frau die Geldbörse stehlen wollte, aber dabei erwischt und arg verprügelt wurde. Alle möglichen Stimmen klangen mir noch im Ohr, wie sie lauthals die Vorzüge ihrer Ware priesen; das Gefeilsche und Geschimpfe ...

An Schlaf war gar nicht zu denken.

Ich stand auf und trat zum Fenster.

In einer halben Stunde würde es ganz dunkel sein. Oh, wie müde ich war! Jeremy ging es sicher ebenso. Außerdem bereitete ihm sein verletztes Bein manchmal Schmerzen.

Wie schon oft zuvor setzte ich mich ans Fenster und beobachtete die Straße, die vorläufig noch ihr Tagesgesicht zeigte. Noch konnten hier respektable Bürger flanieren, ohne Angst haben zu müssen. Sobald die Dunkelheit hereinbrach, würden sie verschwunden sein. Ich schaute zum gegenüberliegenden Haus, das der Welt seine fast schmucke Fassade präsentierte. Mir graute es bei der Vorstellung, was sich hinter diesen Fenstern abspielte. Mehrmals hatte ich nach dem halbwüchsigen Mädchen im Glitzerhemd Ausschau gehalten, doch es war nicht wieder aufgetaucht.

Eine Frau kam die Straße entlanggeeilt. Sie hatte ihr schwarzes Haar straff zurückgekämmt und trug am Arm einen Korb mit Veilchen.

Aufregung erfaßte mich, mir war fast so, als hörte ich einen Befehl. Vielleicht war dies die gesuchte Blumenverkäuferin Jeanne, die nach Hause zurückkehrte, obwohl sie noch nicht alles verkauft hatte.

Es war keine Zeit zu verlieren. Ich mußte mich beeilen, wenn ich sie noch einholen wollte.

Also griff ich hastig nach meinem Mantel, verließ unser Gasthaus und rannte hinter ihr her. Zum Glück sah ich sie gerade noch um die nächste Ecke biegen.

»Mademoiselle«, rief ich atemlos. »Mademoiselle ...«

Sie drehte sich um.

»Violettes?« fragte sie und lächelte mich an.

Ich schüttelte den Kopf. »Jeanne ... Jeanne ... Heißt Ihr Jeanne? Vous vous appelez Jeanne?« stammelte ich mühsam in der mir ungewohnten Sprache.

»Jeanne, c'est moi«, erwiderte sie.

»Ich suche ein kleines Mädchen«, sagte ich.

»Ein kleines Mädchen«, wiederholte sie.

»Clarissa...«

Sie nickte. »Clarissa.«

Ich bemühte mich vergeblich um die richtigen Worte. Mein Herz schlug rasend schnell, und ich bekam kaum noch Luft. Diese Blumenverkäuferin nickte und lächelte auf meine Fragen hin. Konnte es bedeuten, daß...?

Sie ging weiter und winkte mir, ihr zu folgen, was ich auch tat.

»Ich suche ein kleines Mädchen«, sagte ich noch einmal.

»Oui, oui. Ein kleines Mädchen«, fügte sie dann in holperigem Englisch hinzu.

»Ich muß sie unbedingt finden!«

Sie nickte mir noch einmal lächelnd zu, und ich ging folgsam hinter ihr her.

Wir gelangten allmählich in immer engere Straßen, und es war schon fast dunkel. Mich überfiel Furcht. Was tat ich hier? Wieso vertraute ich dieser Frau? Auf die gleiche Weise hatte mich die gute Mrs. Brown hinter sich hergelockt.

Die Gedanken überschlugen sich förmlich in meinem Kopf. Damals hast du noch Glück gehabt. Wieso forderst du das Schicksal ein zweites Mal heraus? Mir fiel wieder jenes Haus von gegenüber ein, aus dem das Mädchen im bloßen Hemd herausgerannt war und wo die angemalten Frauen und vermeintlich ehrbaren Matronen hausten, die als Aufpasserinnen fungierten.

Warum hatte ich nicht auf Jeremy gewartet? Aber irgend etwas hatte mich dazu getrieben, dieser jungen Frau zu folgen. Ihre Veilchen hatten Symbolkraft für mich. Auch damals waren Veilchen im Spiel gewesen...

»Geh sofort zurück«, sagte ich halblaut zu mir. »Noch kannst du den richtigen Weg finden. Sag der Frau, daß sie zum Gasthaus kommen soll. Falls sie es aufrichtig meint, wird sie es bestimmt tun.«

»Falls sie nun aber tatsächlich Jeanne ist, kann sie mich direkt zu Clarissa führen«, widersprach in mir eine andere Stimme.

Also ging ich immer weiter.

Wir befanden uns inzwischen in engen, gewundenen Gassen.

Ich trug einen innerlichen Kampf mit mir aus, denn am liebsten wäre ich sofort umgekehrt und hätte mich in Sicherheit gebracht. Andererseits glaubte ich immer Clarissa vor mir zu sehen, Clarissa in einem Flitterhemdchen.

Also ging ich weiter.

Keine Chance durfte vertan werden! Hinter uns lagen lauter Fehlschläge, und selbst Jeremy wußte nicht mehr so recht, was wir noch tun konnten, um Clarissa endlich zu finden. Die junge Frau hatte genickt, als ich nach Jeanne fragte und Clarissas Namen erwähnte. Ja, sie hatte ihn sogar wiederholt.

Sei nicht töricht! Natürlich tut sie das, weil sie alle Tricks kennt.

Kehr um, solange es noch geht! Sprich mit Jeremy! Laß dich von ihm begleiten!

Trotz dieser inneren Warnungen ging ich weiter.

Endlich blieb meine Führerin vor einem jener kleinen Häuser stehen, die sich eng aneinanderduckten und deren gegenüberliegende Dächer sich fast berührten, so schmal war das Gäßchen.

Sie stieß eine Tür auf und forderte mich mit einer Handbewegung zum Eintreten auf.

Ich zögerte. Das beste wäre es sicher, morgen mit Jeremy wieder herzukommen, statt mich jetzt allein hineinzuwagen.

Aber ich brachte es nicht fertig. Mein Instinkt sagte mir, daß Clarissa hier war.

Also stieg ich hinter der jungen Frau eine Treppe hinunter. Als eine zweite Tür geöffnet wurde, glaubte ich die Szene bei Mrs. Brown noch einmal zu erleben. Nun wird man mir meine Kleider wegnehmen und mich nackt auf die Straße schicken, dachte ich.

Eine alte Frau blickte auf. »Bist du es, Jeanne?«

»Wo ist das Kind?« rief ich. »Das Kind!«

Etwas bewegte sich auf dem Boden, das ich zuerst für ein Kleiderbündel gehalten hatte.

Dann ertönte ein Stimmchen. »Tante Damaris!«

Im nächsten Augenblick hielt ich das kleine Lumpenbündel in den Armen.

Clarissa! Ich hatte Clarissa entdeckt. Doch das war nicht alles: Ich hatte mich selbst wiedergefunden.

Jeanne brachte uns zum Gasthaus zurück, und ich war so glücklich wie nie zuvor.

Als erstes rief ich nach Jeremy, der sofort die Treppe herunterstürmte. Er betrachtete uns mit leuchtenden Augen und schien sich an uns gar nicht satt sehen zu können.

Es war ein wundervoller Augenblick.

Jeanne redete wie ein Wasserfall auf Jeremy ein. Sie war von den neuen Hausbesitzern entlassen worden, da es keine Arbeit für sie gab. Also mußte sie ihre alte Beschäftigung wiederaufnehmen und Blumen verkaufen. Damit konnte man allerdings kaum etwas verdienen. Sie behielt Clarissa trotzdem bei sich, weil Lady Hessenfield ihr versichert hatte, daß ihre Schwester das Kind holen würde.

»Sie war so fest davon überzeugt, Monsieur, daß ich ihr glaubte«, sagte Jeanne. »Nun bin ich sehr froh, denn dies ist kein Leben für Clarissa.«

Ich mischte mich ins Gespräch. »Wir müssen etwas für sie tun, Jeremy. Sie ist so arm und hat wahrlich eine Belohnung verdient.«

Jeremy übersetzte Jeanne, daß wir für sie und ihre Mutter sorgen wollten.

Als erstes gab ich ihr zwei Schmuckstücke, die ich trug, und versicherte ihr, daß wir sie gerne mit nach England nähmen, wo sie Clarissas Kindermädchen sein könnte wie früher.

Jeanne schüttelte den Kopf und erwiderte, daß sie ihre Mutter nicht allein lassen könne, da diese krank sei. Aber eines Tages vielleicht...

Es war mir ein ehrliches Anliegen, Jeanne zu helfen, denn sie lebte in ärmlichsten Verhältnissen.

Voller Freude machte ich mich später daran, Clarissa zu baden und neu einzukleiden. Sie war überglücklich, bei mir zu sein, und erzählte mir, wie nett Jeanne zu ihr gewesen sei. Ein- oder zweimal hatte Jeanne sie mitgenommen, als sie Blumen verkaufte. Sie hatte Clarissa jedoch nie allein auf die Straße gelassen. Am meisten sprach Clarissa von ihrer schönen Mutter und dem wunderbaren Vater, die sie beide wie überirdische Wesen vergöttert hatte. Da sie wohl nicht ganz von dieser Welt gewesen waren, überraschte es sie gar nicht besonders, daß sie nun in himmlische Gefilde übersiedelt waren.

Wir verlebten herrlich unbeschwerte Tage miteinander. Die Zuneigung, die wir schon bei unserer ersten Begegnung füreinander empfanden, wurde von Tag zu Tag stärker. Wir liebten und brauchten uns gegenseitig.

Am Tag vor unserer Rückkehr nach England teilte mir Jeremy mit, daß er bei Freunden eine Stellung für Jeanne gefunden habe. Sie könne sogar ihre Mutter dorthin mitnehmen.

»Wie wundervoll! Das Leben ist schön, nicht wahr?« rief ich spontan.

»Es freut mich, wenn Ihr das findet.«

Ich war so kühn, seine Hand zu berühren.

»Ich werde nie vergessen, was ich Euch schulde, Jeremy.«

Er wandte sich ab.

Clarissa nahm regen Anteil an allem und war immer guter Laune, obwohl es ihr schwerfiel, Jeanne zu verlassen. Als ich sie mit dem Hinweis tröstete, daß Jeanne eines Tages vielleicht nach England kommen würde, um bei uns zu leben, war sie gleich wieder vergnügt.

Sie steckte immer noch voller Fragen, doch ihre Erlebnisse hatten sie verändert und nachdenklicher gemacht. Sie fragte so häufig wie früher ›warum?‹ oder ›wie?‹. Aber sie hörte sich nun viel aufmerksamer die Antworten an.

Wie ganz anders verlief die Rückfahrt! Ich war so glücklich, daß ich oft vor mich hin sang, und Clarissa stimmte ein, wenn sie das Lied kannte. Die Reise war für uns alle ein Vergnügen.

Wir kamen zur Küste und hatten wieder Glück, denn die See war ruhig, so daß die Überfahrt ohne Zwischenfälle verlief. Mir schien es, als wäre ich in den paar Wochen, die zwischen Abreise und Ankunft lagen, um Jahre älter geworden. Nun wollte ich mich nicht mehr vom Leben abkapseln. Ich würde mich mit allem auseinandersetzen, was die Zukunft mir auch bringen mochte. Wenn ich glücklich sein wollte, dann mußte ich das Leben mit beiden Händen packen und keine Angst davor haben, verletzt zu werden. Bestimmt würde ich nicht mehr auf der Chaiselongue liegen und mich hinter meiner Krankheit verstecken. Nein, ich war keine Invalidin mehr, sondern eine Frau, die eine gefährliche Reise wagte und das Unmögliche möglich machte.

Was für ein aufregender Augenblick, als wir englischen Boden betraten!

Clarissa lachte aus vollem Halse, als Jeremy sie über den Kiesstrand trug. Dann gesellte ich mich zu ihnen und atmete tief die würzige Luft ein. Bald würden wir zu Hause sein...

»Bist du von nun an meine Mutter?« fragte mich Clarissa.

Meine Stimme klang belegt, als ich ihr antwortete: »Ja, Clarissa. Ich bin von nun an deine Mutter.«

Rasch ergriff Clarissa Jeremys Hand und preßte sie an ihre Wange. »Und du wirst mein Vater, nicht wahr?«

Er erwiderte nichts, doch Clarissa gab nicht auf.

»Wirst du es? Sag, wirst du es?«

In der Stille, die nun entstand, hörte ich besonders deutlich die heiseren Schreie der Möwen, die tief über dem Wasser kreisten.

»Wirst du es?« wiederholte Clarissa ungeduldig.

»Das hängt ganz davon ab, was Damaris dazu meint«, sagte er leise.

»Dann wird alles gut«, erklärte Clarissa triumphierend. »Ich weiß es.«

Jeremy legte die Arme um uns und hielt uns fest. Wir blieben unbeweglich stehen.

Endlich brach Clarissa das Schweigen. »Es ist schön, wieder heimzukommen.«